花城
年选系列

韩小蕙 编选

海,以及星光

2022中国散文年选

SPM 南方传媒 | 花城出版社

中国·广州

图书在版编目（CIP）数据

海，以及星光：2022中国散文年选 / 韩小蕙编选. -- 广州：花城出版社，2023.1
（花城年选系列）
ISBN 978-7-5360-9815-2

Ⅰ. ①海… Ⅱ. ①韩… Ⅲ. ①散文集－中国－当代 Ⅳ. ①I267

中国版本图书馆CIP数据核字(2022)第221881号

出 版 人：张 懿
责任编辑：李珊珊　欧阳蘅
责任校对：欧瑞平　李道学
技术编辑：凌春梅
封面设计：张年乔
封面绘画：鲤清鹤白

书　　名	海，以及星光：2022中国散文年选 HAI, YIJI XINGGUANG：2022 ZHONGGUO SANWEN NIANXUAN
出版发行	花城出版社 （广州市环市东路水荫路11号）
经　　销	全国新华书店
印　　刷	佛山市迎高彩印有限公司 （佛山市顺德区陈村镇广隆工业区兴业七路9号）
开　　本	787毫米×1092毫米　16开
印　　张	20.25　1插页
字　　数	300,000字
版　　次	2023年1月第1版　2023年1月第1次印刷
定　　价	68.00元

如发现印装质量问题，请直接与印刷厂联系调换。
购书热线：020－37604658　37602954
花城出版社网站：http://www.fcph.com.cn

目 录

1	韩小蕙	主编语

江山

2	李敬泽	自吕梁而下
10	劳罕	在那遥远的地方
		——说说新疆人
21	叶梅	崇明岛上玫瑰
27	韩小蕙	远在眼前
34	王剑冰	小鸟新天堂
38	刘汉俊	故乡的花开
42	苏沧桑	山中初雪
48	吴光辉	一座城的沧海桑田（节选）
56	学群	风在水上是有路的

世相

64	刘心武	羊角灯胡同
71	卓然	冬釭凝兮夜何长（节选）
		——记忆中的腊月夜

1

	79	杨永康	从肖切出发（节选）
	87	朱鸿	长安所思
	94	王兆胜	纸的世界
	98	乔叶	春菜小记
	102	刘元举	南北冰雪书
	105	梦野	甜甜糖纸
胸臆	110	阎纲	我的文化之旅
	117	肖复兴	秋山图
	122	江子	师父
	127	李美皆	黄金时代的青春阅读
	130	马叙	劳动，机器，工具集（节选）
	136	陈蔚文	海，以及星光（节选）
	144	李育善	再见，老屋
	148	任慧文	我那渐渐老去的亲人们
知在	154	孔见	与他者共在（节选） ——仁道主义的推恩过程
	161	汗漫	骤雨打新荷
	169	陆春祥	况钟的笔
	177	穆涛	季节里的中国原理（节选）
	184	张金凤	汉字二题
	191	阿莹	多少楼台烟雨中 ——走读"陕西古塔"
	197	朱蕊	在水绘园谈一场恋爱
	200	逄金一	水流土失的唐诗宋词

缤纷	208	黑陶	打碎的紫砂壶(节选)
			——文学笔记七则
	214	吴佳骏	一天中的四分之一时光
	219	闫文盛	词语万象(节选)
	224	素素	我喜欢荒凉之美
	229	周晓枫	走向童年,是比走向未来更远更难的路
	233	许言	西部电影元素
			——看《巴斯特·斯克鲁格斯的歌谣》
	242	王子罕	切尔诺贝利的生死悖论(节选)
	250	叶褐 (旅法)	被吊销执照的鱼类侦探

思望	258	赵丽宏	情系中国蓝
	265	阎纯德	怀念汉学家魏柳南
	273	陈歆耕	文学之眼读钱穆(节选)
	280	张曼菱	那些"常为新"的教诲
			——怀任继愈先生
	286	柏峰	"中国恐龙之父"杨钟健的诗与文(节选)
	296	许谋清	今天是昨天的明天(节选)
	302	聂鑫森	不能忘的林希兄
	306	黄康生	一跳惊天下

主编语

韩小蕙

在当代中国文学史上,"2022"注定是一个让人难以忘怀的年份。疫情汹汹,防疫攘攘,但还是有巨多作家学者们,虽然像风雨中被吹得左摇右晃的树,但还是紧紧抓住脚下的土地,沉静下心,坚持读书写作做学问;也有坚持核酸与口罩,顽毅参加采风和各种文学活动的。在我们的日常生活中、在人类的社会生活中,文学是阳光雨露,是人间烟火,是时间空间,是理念信心,是坚定我们内心的精神支柱,因而是一切一切的底蕴和基石。

"我自横刀向天笑,去留肝胆两昆仑"。为此,我先向2022年的散文佳作致敬。

1. "江山" 一派红胜火

我一向非常喜欢"江山"这个词,这是宏大叙事的一幅图景,使人襟怀方阔,胸胆开张。特别是在疫情紧张蜗居斗室之时,品读描写"江山"的文章,更别有一番向往。

拿李敬泽的《自吕梁而下》作为本书的开篇，可以说开得"襟三江而带五湖，控蛮荆而引瓯越"。李文以吕梁大山为背景，引出了与之相关的一众响当当人物：打金枝的郭子仪，坚持抗战的冯玉祥，建筑学家梁思成、林徽音夫妇，国际汉学泰斗费正清，著名作家马烽，电影导演贾樟柯……古往今来，吕梁山里藏着多少传说和轶事，也许还有更多没被挖掘出来，更还有没被认识清楚的，比如单从文学艺术上来说，就有《吕梁英雄传》《我们村里的年轻人》《天注定》《站台》《小武》……活生生的作品，活生生的人物，活生生的青春，活生生的历史推衍，李敬泽笔下的吕梁山真是雄壮妖娆，意蕴深厚，余音绕梁，不绝其声。

劳罕的《在那遥远的地方》主要是说新疆人，曾作为记者在新疆工作多年，深深了解和喜爱上了新疆各族人民。人民也是江山，是江山的脊梁，也许还能说是江山存在的理由：他们能对毫无关系的陌生人倾囊相助，从未想到过任何回报，不为什么，只因为天荒地老的淳朴；他们能为养活"碰到"的一个残疾弃婴，十多年里没有添过一件新衣裳，过节都舍不得宰只羊，甚至不惜倾家荡产也要筹钱给他做手术，不为什么，只因为沧海桑田的善良……在这样的"江山"面前，你只感到热血汹涌，心跳加快，一辈子都再也忘不了江山的巍巍乎伟大。

刘汉俊的《故乡的花开》把对家乡的怀念，深深嗅在梨花、李花、桃花、枣花的绽放里，远隔万水千山、远隔几十年时光，依然能嗅到儿时的馨香。应当代生态农业之运而生《崇明岛上玫瑰》，亦让叶梅嗅出了人与自然和谐共生的当代新花香。当一曲老淮调缠绵悱恻地唱响《一座城的沧海桑田》时，吴光辉的心弦突然被拨动，重新打量起自己生于斯、长于斯的庙湾古城，熟悉的陌生化，陌生化之后的重新熟悉，古今血脉相连，后浪推动前浪，悠悠岁月，绵绵千年，江山依旧在，还看今朝颜。

2. "世相"故事真好看

刘心武的《羊角灯胡同》通篇百分之九十都在写恭王府、《红楼梦》以及清王朝的羊角灯等生活零碎，由于作者是写过品读红楼学术专著的红学家，又是老北京，你以为他就是在写这些陈年老事，摆古论道。正读得津津有味，孰料他在篇末笔锋一转，道出"流年碎影荡漾心头，都是生命中不能承受之忆"。

卓然的《冬釭凝兮夜何长》把记忆中的腊月夜写得何等温馨，那时，生活在小山村的农民虽然贫穷，家徒四壁，但并非没有精神境界，也不是我们以为的愁闷潦倒。你看，爷爷们"云古三国"，奶奶们"破谜儿"，父亲唱《龙头案》，母亲讲"白娘子"……苦中作乐，乐即是甜，特别是在回忆中，苦也是甜。更何况，这种乡村冬夜里的小小享受，也是中华文化的滋养，世世代代种在子子孙孙的心田上，生根，发芽，开花，结果，万里晴空下，稻黍稷麦菽，滚滚滔滔，一片金黄。

杨永康给我们展示了独龙江的生活画面，他多次去那里看望独龙族的亲戚朋友。乔叶惦记的是春天的野菜，小说家的笔法，平直地氤氲出天地的芳香。梦野回望的是儿时收集的糖纸，一个小小男孩儿，竟然也能专心做属于女孩子的"营生"，大概他的文学之路就是从此开始的吧。

3. "胸臆" 直抒辨是非

已到鲐背之年的阎纲，可以说是庄严地写下了《我的文化之旅》，回顾自己这一生究竟是怎样走上文学道路的，当初那颗小种子，是民间故事？民俗戏曲？野语村言？这里面，当然也有爷爷也有父亲，但更主要的还是地域文化的浸淫，秦腔多么激越，陕人多么硬气，这在他后来的读书学习过程中一而再、再而三得到强化。但这还不仅仅是一篇回顾文章，作为文艺理论家的阎纲，有着更深层次的思考："如何看待中西文化，这是百年来困惑民族复兴的大难题，让我一时明白一时糊涂。"甚至，鲐背人还有发问："娜拉出走以后怎样？"

肖复兴的《秋山图》也是回忆，由一本薄薄的《芥川龙之介小说十一篇》，忆出中外文坛的几位重量级文学家，日本的芥川龙之介、中国的汪曾祺和翻译家楼适夷等。短短三千字文章，写出了几个时代的变迁和氛围，以及对于书与读书的强烈情感。是啊，高尔基说过"书是人类进步的阶梯"，能够忘情地买书读书，尽情地吸吮书中的营养，撷取古往今来由全世界人民所共同创造的文明成果，然后也投身其中奋力发出自己的一点萤光，是多么美好的人生。

这感慨也是作家们共同的心声：李美皆也写到了自己青春时代的阅读，虽然历史的列车已经前进到20世纪80年代，那是中国文学的黄金时代，但阅读对于"70后"一代新人来说，依然是一件无与伦比的幸事，比之阿里巴巴大盗打开的装满了金银财宝的洞窟，还要辉煌不知多少倍。马叙对工厂生活的叙述，也勾起了我血涌心头的回忆，其中重要的一个情节，也有偷偷的"地下读书"，那时几乎所有的世界文学名著都属于"黑书"，中华传统名著也是"毒草"，读那些书必须是偷偷进行的，否则轻则被揭发批评，重则会被批斗，我自己就被书记诫勉过。不过诫勉是诫勉，那是书记的职责，他还是一个很正派的人；更让我偷着乐的是，我们车间做车工的团支部书记，竟然狡黠地把初中代数课本包上书皮，上书"车工数学"四字，当我们四目相对之时，都在彼此心里留下了"此时无声胜有声"的慰藉。

4．"知在" 意蕴深几许

"知在"原是著名作家张洁最后一部长篇小说的书名，我曾当面请教过她，张洁只说这是她创造的一个词，没作进一步解释，让我自己去体会。我读完《知在》已有十余年时光了，一直还在品咂这两个字的意思，一时亦有一时的体味，越品越觉得意蕴深深深几许。现在将它们借用在此，也请读者自行去解读吧。

孔见的《与他者共在》亦文学亦哲学，然而并不难读，开宗明义道出他对仁道主义的理解："人文主义的起点，是对人生命的珍惜、同情、爱护与尊重，它的终点则是人性的充分开展与圆满实现。"汗漫借用元散曲的开山之作——元好问的自度曲《骤雨打新荷》作为自己散文的题目，对这位宋金对峙时期北方文学的主要代表、文坛盟主给予了极高评价："如果没有元好问，'靖康之变'后，北方在言志、抒情上的能力，完全无法与拥有陆游、辛弃疾、范成大等诗人的南方，相互比肩。"张金凤这几年醉心于研读汉字，把一个个我们熟悉的字和词做出精彩的散文化表达，其领悟之独特、笔法之新异，如同一台台令人眼花缭乱的戏曲、一个个水袖上下翻飞的旦角，直让满场戏迷喝出一声声好。

这几年一直在做中国文化功课的还有穆涛，他钻研的范围更广，从星辰宇宙、地域山川、时间空间、季节气候、器具珍玩、动物植物，乃至古书典籍、先贤圣哲、文人墨客中，回顾华夏文明的演进历史，梳理中华文化的发展脉络，追根寻源，借古喻今，视野纵深广阔，格局大开大合，对照当今时代和社会的发展，提出了不少属于个人的真知灼见，这是认真读书的结果，也是边写作边升华自己的过程。

5．"缤纷" 花树交相映

这个小辑里的文章用"缤纷"来概括真的是恰如其分，为什么呢？你看，这些都是"不太安分"的作者，他们早已不满足于传统散文的小风景，尝试着走出那条"一枝杨柳隔枝桃"的旧堤，去蹚出"别开一番新洞天"的异路。

所以，黑陶宁愿《打碎紫砂壶》，也要赞颂李白笔下"伟大却孤独的野性长江"，钦敬沈从文一直向往做一匹"无从驯服的斑马"。吴佳俊冒险让一个酒鬼做了自己文章的主人公，他在乡人眼里绝对不属于一个正经人；另一个主人公是丈夫突然被离家、不得不独自带养两个娃儿的可怜农妇。以前这种人物顶多出现在虚构的小说里，现在散文家也想探究他们卑微的心路历程。女作家素素则痛快宣布自己喜欢荒凉之美，这不是偏倚的价值取向，而是就大自然的生态保护而言。另外，王子罕、许言、叶褐等几位八零后九零后，他们看世界的新鲜眼光和下笔的奇异角度，就更是与前人不同了，连语言也变得有所不同，"分野中峰变，阴晴众壑殊"，王维的诗句放在这里恰有一比。

我个人认为这种探索是非常值得推崇的，就算谁天天吃好吃不过的饺子，也是会腻歪的。所以我现在与大多数读者一样，更愿意读一些创新型散文，谛听鹦鹉八哥之外的莺歌燕语，感受牡丹玫瑰之外的争艳百花。不过，有一点当然是需要注意的，我也反对否定一切的极端倾向，不能为了追求语言就不要结构，为了标新立异就抛弃了写作的一些基本原则，为了标新立异、特立独行、与众不同就把文章写成天书或者经书——写作虽说首先是抒发个人的心声，但毕竟还是要考虑一下接受美学的"诫勉"，如果你孜孜矻矻写写写，却总是没有读者愿意读，你怕不能老是用"阳春白雪和者寡"来安慰自己吧。

6．"思望"前头万木春

"思望"是我自己创造的一个词，第一次"问世"是在张洁家，在她的"知在"面前。当时女评论家王绯也说出了一个她造的新词，于是我也就鼓足勇气说出了"思望"。张洁对此予以肯定，说语言应该是不断发展的，这也让我想起当年在大学课堂上，老师也说过语言不是死水，而是一条流动的河，信然！

从字面上看，"思望"不难解读，但它确实有着多重含义，不只是思念和回望，还有许多欲说还休的心事与承载。赵丽宏的《情系中国蓝》深情讲述了已去世十余年的久保玛萨女士，这位为中国的蓝印花布追寻、辛苦了一生的日本老人，费尽千辛万苦在上海建起了一座"中国蓝印花布馆"，并在生命的终点前，拒绝了日本有关机构收藏并提供固定展厅的邀请，她考虑的是"这些蓝印花布，在中国创造，把它们留在中国吧"。阎纯德笔下的魏柳南也是一位外国人，这位法国汉学家一生热爱中国文化，为中法文化交流作出了属于他个人的许多大的和细小的贡献，对于中国来说，这样的朋友是越多越好。

陈歆耕利用防疫在家的大把时间，静下心来研读大历史学家钱穆的著作《中国历代政治得失》，不仅读出了对人的崇敬，也读出了有关历史的三个问题，这种读书态度是谓真正的读书，对当下海量的走马观花式的浏览，亦是一种以读为镜，可以正学风的提醒。张曼菱记述与任继愈先生的交往，着眼点不在敬仰其学问，而在中国传统知识分子最在乎的"做人"，历代传承，他们都是教导子弟作文先做人；秦桧、严嵩都有才学，字也写得不错，但他们在老百姓的口碑里是永被唾骂的奸臣，而岳飞、文天祥则是世世代代被歌颂的民族英雄。

特别想补充一句的是，本小辑里还收录了黄康生写全红婵夺冠的小文章。14岁的农村苦孩子，不仅是靠她的成绩，还凭着她小小身躯里体现出来的强大的、不可遏制的、我们中华民族所特有的吃苦耐劳精神，感动和征服了天下人。因而思前想后，我究竟还是破例把这带着稚气的纤细小姑娘，放在与前面那些国际名人、中华名人同等的位置上——不过分，这是我们整个国家和民族明天的希望。

2022年10月25日定稿于北京燕草堂

江山

自吕梁而下

李敬泽

此山自黄土高原站起，左手按下去一个晋中盆地，跨晋中、向太行；右手隔黄河指陕西，黄河浩荡犁开黄土，奔赴壶口而去。这是吕梁山，一山断秦晋，分出西北华北。关于吕梁山，我知道什么？我知道吕梁，儿时看过连环画《吕梁英雄传》，后来读过马烽、西戎的《吕梁英雄传》。吕梁是山西一个地级市。由《吕梁英雄传》，我知道，抗日战争中，这里是日军所抵的最西之地，在这里，吕梁英雄拦住了他们，再不能向西。马烽是文学史上山药蛋派的代表性作家，20世纪80年代末他自山西来京，任中国作协党组书记，我曾在不同场合远远见过他。吕梁有好酒，汾酒。有好酒处必有一条好水，汾水。汾水之南有汾阳，现在是吕梁辖下一个县级市。汾阳有郭子仪。郭子仪平安史之乱，功比天高赏无可赏，最后封了汾阳郡王，"好一条老汉他本是关中人，救唐王平天下他封在汾阳。"汾阳姓郭的人必定不少，比如郭德纲，祖籍汾阳，不知从哪一代离了汾阳去天津，生了个小儿子就叫郭汾阳。汾阳有贾樟柯。贾樟柯的电影里，汾阳是宇宙的中心，飞机、火车、长途客车、大卡车、小汽车、自行车，来来往往载着人在世上奔忙，自汾阳出走、向汾阳归来。

最后，我到了汾阳才知道，汾阳有个贾家庄。贾家庄本不是贾樟柯的庄，但贾樟柯现在以此为家，办一个活动叫"吕梁文学季"。此来正是为此。这一晚，贾家庄里上演山西梆子《打金枝》。广场上，黑地里站满了人，男男女女，指指点点，忽然风翻荷叶，笑成一片，有孩子骑在大人脖子上仰天看月。此情景仿佛贾樟柯的《站台》。《站台》里的野台子是在遥远的、无限遥远的上世纪之末，台上台下鼓荡着野地般荒凉的欲望和苦闷，眼下这台戏却已到2019年，鲜花烈火、富丽堂皇。锣鼓起，大幕开，汾阳郡王把寿筵摆。郭子仪今日庆寿诞，金玉满堂好儿孙一双一双上前拜，偏剩下小儿子形单影只名叫郭暧，却原来，郭暧的妻唐王的女升平公主她摆起了架子不肯来。小郭暧，气冲冲，回宫找到公主说明白。说明白就说明白，天下事有黑就有白，公主道：君是君来臣是臣，哪里有为君的倒把臣来拜！郭暧闻听气冲斗，没有我老郭家卖命，哪有你老李家的江山来！——这个破韵押不下去了，总之，郭暧急了怒了，一抬手，打了公主一巴掌。打老婆啊，这是家暴！今天下午几位女作家女学者刚刚在村里另一个台子上讨论了女性地位和女性权利，晚上这个台子上就一耳光打出了父权夫权和男权的威风，郭暧这厮他是不是觉得他是个男人就比皇帝还大就比天还大，他这是要用一巴掌来宣布世界是他们的归根结底还是他们的，他这是丧心病狂啊他就是比封建皇帝还大的反动派！但台子上下，戏照唱，戏照看，男男女女并不肯就此翻脸。我们之所以在寒风中看戏，不是因为我们没看过，《打金枝》谁没看过呢？中国的戏看的就是熟人熟戏熟悉，人生如戏、戏如人生，我们就是要在戏里把我们熟悉的人生温习一遍，神州不会陆沉、天下不会大乱、打金枝不会闹成打离婚，因为熟悉，所以安然。一出《打金枝》，根本要义就是三个字，北方话叫"活稀泥"，八级泥瓦匠，南方话叫"捣糨糊"，上海老阿姨。南北同心，天下同理，说的就是一个过日子难得糊涂。戏台上，郭暧和公主青春明亮照人，年轻，所以遇事要分明，公主论君臣，郭暧讲父子，忠和孝针尖麦芒；公主论名分，郭暧摆功劳，名与实如火如水，这日子过不下去了、这世界眼看就要翻车。谢天谢地，还有唐王有郭子仪，年纪一大把胡子一大把，早知道这个理讲不清，这个架打不得，我大唐靠的是老郭家拼命冲杀，老郭家反大唐又得拼命冲杀，这个架打起来，就要从家里的坛坛罐罐打到山河破碎一地，一场安史之乱，总人口减少三分之二，难不成再减三分之二？于是，唐王骂闺女、郭子仪捆儿子，哄得小两口重归于好，从此后和和美美过日子，红红火火、地久天长。此时月朗星稀，台上台下的人，最终都是笑了。这戏唱了几百年，从封建主义的明清唱到半封建半殖民地的民国，唱到了新中国。山西梆子唱、京剧唱，几乎所有地方戏都唱，唱遍天下州府，所唱的就是时间中的智慧、老生老旦长须白发的持重稳当。——倒也不仅是中国，自有人类大抵如此。山洞里走出一个人，一抬头，前边还有一个人，两个人往前走，前边又有一个人，三人围兔总好过一人逐兔，于是合作打兔子。但三人行必要吵架，打到兔子烤熟了必有四条兔腿三张嘴的分配难题。那就谈，比一比谁的功劳大，谈好了，继续一块儿打兔子，蛋白质供应充足。谈崩了，分道扬镳，各追各的兔子，忙几天各自追不到眼看要饿死，人类文明危乎殆哉。荷马史诗《伊利亚特》里，阿基琉斯就狂怒了，宣布兔子不打了，自己要回山洞了，因为他作为强者未能公平地得到强者的报偿。这个小郭暧，也是个阿基琉斯啊，打老婆当然是绝对错误，但是，他真正怒气冲冲提出的问题是，郭家为王朝立下了如此巨大的功劳，我们是否得到了公平。年轻人的血气和冲动把这出戏把世界推到了悬崖边上：你要的是什么公平呢？莫非你要当村长当皇帝不成？唐王和郭子仪必须把这个悬崖上的问题糊涂到平地上去。所有胡子长的人包括孔子、柏拉图、亚里士多德，他们都站在唐王和郭子仪一边，他们接受世界的不完善，他们深思熟虑、老奸巨猾，他们通过《打金枝》宣传推广老年的、安静的德性。戏散了，贾家庄的路上清辉如霜，路两边是高树，早春疏朗的枝杈印在幽蓝的天上。回到住处，是几幢仿建的老式洋房：徽音水坊、焕章别墅、正清金屋等等。徽音是林徽音，焕章是冯玉祥，正清是费正清，他们都曾来过汾阳，他们来过贾家庄吗？应该来过的吧。现在，吕梁山下，中国的肘腋之地，他们比邻而居，可以开会了。我本一俗人，当然希望住到林徽音家，白日里被人领着一路走来，一抬头，却是站在冯先生门前。我真的不想住在他家，我是文人书生，与冯相处不安，地久天长、一夜安眠还是住在林家。1934年，梁思成、林徽音与费正清夫妇相偕来到汾阳考察古建筑，彼时伪满洲国已经成立，希特勒已经上台，五洲震荡，天下欲沸，他们却注视着那些老的、旧的事物，那些在岁月中经受磨损经历风雨、地震、兵火而依然幸存依然屹立的事物，那些不变的、具有长须白发的恒久品性的事物。而冯先生，很难想象他对此有什么兴趣，1930年，风云突变，军阀重开战，蒋介石一方，阎锡山、冯玉祥和桂系一方大战中原，阎冯战败，冯借阎一角地暂且容身。这个人注定不能在吕梁山下安居，他身上有洪荒之力，他的天命就是破坏一个旧世界。1924年北京政变，冯先生大闹一场，到最后出其不意、声东击西，一把撕毁1911年的《清室优待条例》，驱赶溥仪出宫。戏不是这么唱的呀，台下众人大惊，对！老子要的就是你们这大吃一惊，《打金枝》的戏散了吧，不再有悬而未决、不再有犹豫留恋、不再有揖让和糊涂，从此后白刃相见、水落石出。这个民族正处生死存亡的危机，在危机中把一切视为例外，更何况不过是一纸《优待条例》。这座房子小了、这张床也小。冯先生会撑破这间卧室。我不知道他的确切身高，我看过照片，他比合影者高出一大截，他是巨人猛虎，这个人必对他周围所有的人形成威迫，他在乱世中啸聚起庞杂的大军，他会在暴怒或故作暴怒中狠抽部将的耳光，耳光啪啪响亮，将军立正站好，然后他会命令将军在他的卧室外彻夜站岗。现在，我的房门外可能就站着这样一个倒霉的将军，《打金枝》的世界不复存在，他心中一千架渔阳鞞鼓一起敲响，安史之乱正动地而来。忽然想起，多年前读陈公博回忆录，20世纪30年代，中国被日本迫上悬崖，汪精卫、陈公博等结成"低调俱乐部"，他们认为他们有"理性"、世界大势了然于胸，他们断定中国无法与日本对抗，中国太弱了，必须寻求妥协。但是，冯玉祥这个"莽夫"，他坚决认为必须打、只有打，陈公博在回忆录中带着蔑视，带着秀才遇见兵的无奈写道，每次谈到中国所面临的种种不可能时，冯大爷根本不听，只有一句话：打！打到胜利！——历史站在这高昂壮硕的血性汉子一边，把那群整洁消瘦、彬彬有礼、"体面""理性"的绅士们扫进了垃圾堆。在危机状态中，历史由血气翻腾的激情和决断所写定。1924年，冯玉祥把溥仪轰出紫禁城，绅士们莫名惊诧，他们被冯的决绝鲁莽吓住了，胡适甚至说：这是民国史上最不名誉的一件事。后有鼠目寸光者看大事，以为没有当年的仓皇出宫，或许就不会有后来的伪满洲国，其实只要脑筋稍微转个弯就能想到，假如溥仪仍留在故宫北平，在日本拨弄下难保不会搞出更大的烂事。在1924年，胡适见不及此，冯先生自己也没想那么多，胡适讲客气，冯先生则不管三七二十一掀了桌子。哪有什么地久天长，真要长久的话，皇帝如今还坐在宫里，时间猝然提速，世界轰鸣，欲绝尘而去，现在，需要一个鲁莽无畏的人来解决这个BUG，他一抬手就解决了它，顺便以绝对的轻蔑，宣布了那个长须白发、请客吃饭的温良恭俭让的旧世界的完蛋。胡适吓了一跳，王国维吓了一大跳，吓得都不想活了，他们未必多么爱大清爱溥仪，他们只是深刻意识到了这件事背后的逻辑。在这个太行与黄河之间、吕梁之下的村庄里，林徽音、梁思成、费正清和冯玉祥成为邻居，他们被博物馆化了，被从各自的世界中提取出来，如安放在玻璃柜中的藏品，各自被灯光聚焦、照亮，各有各的心事。现在，冯玉祥从这幢房子走出去，在花园里，碰见了深夜未眠的梁思成和林徽音，他们会谈些什么？在1930年或1934年，他们或许无话可说，道不同不相为谋，话不投机半句多。但如果再过些年呢？比如1944年，林徽音千里流亡，僻居宜宾李庄，卧病在床，据说，她的儿子梁从诫曾经问她：如果日本人打进四川怎么办？林徽音说："中国念书人总还有一条后路，我们家门口不就是扬子江吗？"——此时这一腔血，林和冯是一样的。再过五年，1949年，冯玉祥昔日的部将傅作义签署了北平和平解放的协议，固然是兵临城下、大势不可当，但战场双方的商量何尝不是出于对这古都、这故宫，对民族生活的长久岁月和恒常价值的眷念和珍重。而此前一年，冯先生已殁于黑海的船上，彼时，他正满怀憧憬地奔赴新的中国。贾家庄里，梁思成、林徽音、冯玉祥，见那边遥遥走来一个童子，走近了，却是马烽。1930年，马烽8岁；1934年，马烽12岁；1958年，马烽36岁，在贾家庄完成了《我们村里的年轻人》剧本初稿；1959年，电影在国庆10周年前夕上映。——夜里，我在冯玉祥的房间从电脑上搜出了这部电影，那是60年前的中国故事。2019年，我来到了这个故事的根基所在：贾家庄。这吕梁山下的村庄，千百年来贫困、孤独，4000亩可耕地中2800亩是盐碱地，它在封闭、脆弱的生存循环中耗尽全部能量。一代一代人老去，时间周而复始。但是现在，时间挺直了，时间获得了方向，这里有一群年轻人，他们要打开这个村庄，劈开两座大山、跨越三条深沟，从远方引来清水，洗去盐碱，让这里成为流淌奶与蜜的地方。

在网上，我读到了刘芳坤、田瑾瑜两位山西学者合写的论文，他们敏锐地注意到了剧本中一个意味深长的现象，尽管片名是"年轻人"，但在马烽的行文中，却始终贯串着一个集体的、抽象的指称——"青年"："一伙青年正在锄地，一个个汗流浃背""青年们纷纷报名""歌声继续着，青年们在未打通的那段崖上和塌下来的巨石上打着炮眼"……在山西人的口语中，其实是不使用"青年"这个词的，这不是吕梁山和贾家庄的词，它来自北京、来自普遍性的现代汉语书面语，从梁思成的父亲梁启超的"少年"，到李大钊的"青春"，到陈独秀的"新青年"，青年是决绝地向未来、向现代而去，是血气、激情和梦想，是断裂然后创造，是旧邦的新命。必须是"青年"，不能是"一伙年轻人正在锄地，一个个汗流浃背""年轻人们纷纷报名""歌声继续着，年轻人们在未打通的那段崖上和塌下来的巨石上打着炮眼"，这其中隐含着一种老年视角，"年轻人"终将被收回自然的生命周期、周而复始的日子，而"青年"，这个使山西人、使贾家庄人感到陌生的、不自然的词，以它超出日常经验的光芒和生硬，拒绝被注视拒绝被收回，它喻指着、它本身就是宏大的历史主体，将这个村庄向着未来和现代打开。——忽然想起，我其实是很近地见过马烽的。1990年底，我从被停刊的《小说选刊》调到《人民文学》，去八里庄鲁迅文学院的招待所和《人民文学》的主编程树榛见面。老程和马烽都是从京外调来，暂住招待所。马烽苍老，就是一个饱经风霜的老农，他和夫人正围着一个电炉子下面，山西人啊，想必是自己擀的面，像招呼一个年轻人一样，他说：来一碗？我很后悔没有吃一碗马烽的面。归去来兮，调到北京的马烽大部分时间仍在山西，过了几年终于彻底回去。这不是他第一次回去，建国初期，他就在中国作协工作，1956年终于在34岁时回山西，挂职汾阳县县委副书记，从此，他在贾家庄有了家。这里不是他的家乡，他的家乡在吕梁地区的孝义，但汾阳、贾家庄离吕梁山更近。在一张1980年的照片上，我看见马烽走在贾家庄的乡亲们中间，整个人明朗舒展，是走在他的风光、他的山川里。天亮了，一群人去看马烽当年所居的小院。进得门来，迎面是马烽的坐像，他端坐在椅子上，依然老年形象。我忽然想，这是不对的，马烽是青年是新青年啊，他属于在20世纪塑造中国的青春洪流。22岁的马烽和比他小半岁的西戎写出了《吕梁英雄传》，来此之前我专门找了一本带上，这是一本多么粗糙的书，但正是这种粗糙令人震撼折服，事件与行动、抉择与战斗，密如疾风猛雨，作者和读者都不能停留、无暇沉吟，必须奔跑，在混乱的战场上拼死和求生，没时间、也不应该把这一切编织成严密周详熟练得包了浆的故事，战争和危机中的书写不是绣花，是立即开枪。但在这一切的底部，有一个根本逻辑：生命、时间、历史的循环必须打破，为了使世界获得前行的动力，必须张扬身体的澎湃"血气"，老成持重、深思熟虑是怯懦的，糊涂和忍让是可耻的，悬崖之上，只有搏斗，再无苟活。吕梁英雄们秉青春之血气，雷石柱、康明理、孟二楞，这些康家寨的年轻人，说服、带动、反抗他们的长辈，义无反顾地把这个村庄推入了滚滚向前的历史。当青年们和强行入侵的日本鬼子干起来的时候，他们也就把康家寨打开了，从此这个村庄进入现代历史、奔向一个现代世界。直到《我们村里的年轻人》，决心创造新生活的高占武依然不得不与长须白发的高忠爷争辩，在后者看来，年轻人畅想的未来不过是少不更事、痴人说梦。而在影片上映的1959年，黄河那一边的柳青正在对《创业史》第一部做最后的修改。年轻的梁生宝力图打破祖祖辈辈的命运循环，在此地，走异路，变成别样的人们，但他的身上却不仅是血气，而更多俄罗斯式的沉思、忧郁，甚至是马烽暮年的苍老……现在，贾樟柯走进马烽的小院，马烽会对他说什么？以我的直觉，垂暮之年的马烽不是一个喜欢教导别人的人，很可能，他只是从大碗上抬起眼，说一句：来一碗？但是，如果是写《吕梁英雄传》的22岁的马烽、写《我们村里的年轻人》的34岁的马烽，贾樟柯碰见他、我碰见他，我们又会说什么？2019年，我55岁，贾樟柯49岁，我们已是比马烽更老的老人。谁知道呢？贾樟柯的电影，终究也是关于"我们村里""我们县里"的年轻人，马烽在片名中使用"年轻人"或许是对口语、对日常经验、对恒常土地和岁月的妥协，而在贾樟柯这里，"年轻人"似乎正在从"青年"中离散出去，变成加速器中向着四面八方漫射的原子。但谁知道呢？也许有些事仍然在，马烽把康家寨、把贾家庄置入了广大的空间、广大的世界，历史不再是时间问题，不再是仅由时间标定的价值，他和柳青，他们把时间空间化，向着远方和远景、向可能和不可能敞开和扩展。当马烽遇见贾樟柯，他会发现，空间仍在，但那已不是隐喻和转喻，那就是必须使用交通工具去跨越和抵达、去置身其中的地理空间，这不再是《伊利亚特》，这是《奥德赛》，奥德修斯们是否记得回家的路，还是，他们的家在路上？在贾家庄，我待了两夜。第一夜，是《打金枝》；第二夜，是音乐会。暮霭沉沉，钢琴在流淌弹跳飞翔。这不是音乐厅，这是幽蓝的天之下、这是群山之间。乐声透明、饱满，似乎上空膨起一个巨大的玻璃的气泡，收拢着珍惜着所有的声音，让所有的声音闪闪发亮。我忽然想到，此行竟不曾看见吕梁山。我想起上一次、也是第一次来到吕梁，那是二十多年以前，大概是1994年，由太原奔孝义，在孝义大醉，上车一路西行，醒来时，下车，唯见荒烟蔓草。余醉未消，我问，吕梁山何在？我记得，同行者笑道：醉了醉了，脚下便是吕梁山。

（原载《十月》2022年第2期）

在那遥远的地方
——说说新疆人

劳军

对新疆人，你了解多少？

我在新疆工作多年，走遍了天山南北，结交了各族朋友。我的感受是：论淳朴、豪气、幽默，能和新疆人比肩的，恐怕不多。

一

我曾在很多场合讲过这么一件事：

2002年的一个冬日，我到离乌鲁木齐100多公里的一个牧业自然村采访。中午赶不回去，便在一户哈萨克族牧民家里用餐。户主是个50多岁的壮汉，话不多，一脸朴实。

从屋里的陈设看，这家人的生活还很艰难。饭菜上桌了——几个烤馕和一盘熏马肠。我礼貌地向主人道谢，连夸熏马肠味道正宗。主人很高兴，双眼熠熠放光："是吗？是吗？自己做的。等过肉孜节的时候，做了新的、更好的，我送给你尝尝。"

原以为这不过是饭桌上的客套话,说说也就罢了。谁知三个月后的一天,我在单位三楼的阳台上看到一个牧民打扮的人和门卫在说着什么。不久,门卫找我,递给我一个柳条编的小篓子,说是一个哈萨克族人给我送的熏马肠。

我一下子想了起来,赶紧下楼去追。来人已没了踪影……

他叫什么?费了多少周折才找到了我的单位?至今,我都没有搞清楚。

这几年,有句话人们常挂在嘴边:"追求诗和远方。"那么,远方究竟有什么魅惑?

细忖,主要是因为:在朝九晚五的职场上疲顿了,在晋级评先的竞争中拼累了,在水泥森林的城市里待腻了,只想着逃出去,喘口气。

一句话,想找一个安妥心灵的所在。

的确,尘世行走,筋骨劳顿,寒饿交加,有时候人们并不会觉得累。那种钻心之累,是心累,或倾尽心智劳无所获,或信而见疑不被理解,或谗人间之遭遇不公。

安妥心灵,需要周遭都是些善良的人——心中有爱,行中有善,口中有德,目中有人。一旦置身这样的环境,哪怕心灵奔波得起了褶皱,也会在风轻云淡中慢慢被抚平。

宋代张耒这几句诗说得好:

奔走倦尘埃,
相逢颜暂开。
语阑灯烬改,
饮散月华来。
……

新疆,天高地迥;新疆,有一群又一群善良、有趣的人。如果你想让心灵歇歇脚,建议多去新疆走走。

二

　　新疆人的淳朴，不仅写在大漠风霜劲拂过的脸庞上，也因漫漫古道隔绝了市廛熏染，让箫鼓春社、衣冠古风深深刻进了人们的心田。

　　那种淳朴，没有任何伪饰，完全是一种发自内心的本能，如同石缝里渗出的清泉，不见丝毫喧哗和泡沫，透着一见到底的清澈。

　　在新疆，你到牧区旅游，如果正好是饭点，随便钻进一家帐篷，不管认不认识，主人都会端上喷香的奶茶和手抓肉。如果要借宿，主人会把最新的被子让给你。遇到谁人失怙失恃，邻里会毫不犹豫伸出援手；遇到哪个鳏寡孤独，大家会争先恐后相扶相携。

　　而做这一切时，没有人想会得到什么，认为都是天经地义的。

　　我曾采访过巴楚县色力布亚镇英阿瓦提村一位叫阿布力孜的维吾尔族老汉。年过六旬的他，一天下地干活时，在村头树林子里捡到一个弃婴。孩子先天没有肛门。

　　阿布力孜儿孙满堂，全家老老小小十多口子，负担重得很。有人劝老汉把孩子送到福利院算了。但阿布力孜没有那样做。

　　孩子排便不畅，他和老伴儿每天都要为孩子揉三四次肚子；每三天就要去镇医院给孩子清洗导管；为了便于孩子消化，尽管家里生活很困难，他顿顿都要让孩子吃上羊尾巴油炒核桃仁……

　　十多年来，他倾家荡产先后四次为孩子做手术，老两口没添置过一件新衣服。就连古尔邦节，家里也没宰过一只羊。

　　采访他时，我问："您又不是没儿没女，这样做，到底图啥？"

　　"孩子是我碰到的。碰到了，就得管呀。"老人对我的问话，感到很惊讶。

　　我还采访过清河县的阿比包夫妇。30多年间，这对善良的老人先后收养了维吾尔族、回族、哈萨克族、汉族等不同民族的10个孤儿，并资助他们一一成家立业……

　　阿比包是个普通公务员，月工资只有45元。爱人阿尼帕没有工作。为了不让孩子们饿肚子，阿比包每天下了班，就去帮人家打土块，每打一块能挣1.2分钱。为了给孩子们增加些营养，阿尼帕经常到屠宰场去帮忙，只为换回一些羊内脏。长期在冰冷刺骨的河水里洗羊头，阿尼帕落下了严重的风湿性关节炎……

这样的古道热肠，在新疆，比比皆是。

这些年，我一直在追寻新疆义勇军远去的背影。1931年"九一八"事变后，东北人民奋起抗战，出现了各种群体的抗日义勇军，队伍一度发展到几十万人。日寇不得不动用关东军精锐清剿。由于敌我力量悬殊，义勇军战败，部分撤至苏联。短期休整后，这批铁血军人绕道西伯利亚从新疆的塔城和伊犁回国。

一听说是咱中国人自己的队伍，为保家卫国抗击日寇被迫背井离乡，又遭受了万里颠沛流离之苦，边城父老像迎接久别的亲人一样，家家户户门口支起了案子，把最好吃的东西拿出来，摆得满满的，让他们可着劲儿造。看大家衣裳单薄，有的人还把新崭崭的衣服也拿出来往他们身上披。

从义勇军老战士杨方的儿子那里，我了解到这样一件感人的事：他的父亲和他的叔叔都是义勇军，来到塔城后，一时衣食无着。当地一户姓王的菜农见状，就想着办法要帮帮这哥俩儿，先是变着法儿请他们吃饭，发现这两兄弟自尊心极强，又想了这么一计：一天，老人找到他俩说："我和老伴年纪越来越大，园子里的菜实在卖不动了。你们兄弟俩能不能帮老汉个忙？园子里的菜，拿到集市上卖掉。刨去我该得的，剩下的归你们。"

边城客流少，有时候菜卖不出去，王大爷还倒贴钱给哥俩，说："这是我借给你们的。等生意好了，我再扣回来。"

可从不见他扣去。

城里另一位商人艾合买提也伸出了援手。一天，找到哥儿俩商议，想和他们合开一个铁匠铺。这样，可多一份收入。

艾合买提的条件，优惠得让人无法置信：两兄弟无须出分文，得利对半分。

当铁匠铺渐入佳境后，艾合买提又说话了："我家业太多，顾不过来。铁匠铺你们兄弟俩经营吧，我撤了。"艾合买提要了很低廉的转让费。杨方哥俩过意不去，提出要翻倍，人家艾合买提还生气了："你们逞什么能？比我家业大吗？"

艾合买提家里水浇地有几十顷，城里买卖有好几处，家业几辈子都花不完。他这是诚心想帮帮这哥俩哩！

义勇军这支将近4万人的队伍，大多数人最终落脚在了苍茫的西北大漠。能让他们留下的原因之一，恐怕与新疆人的古道热肠大有关系。

三

就漫漫历史长河看，口里（新疆人对内地的称呼）许多省份的人，碰到年成逃荒，或是逃婚、逃事（躲避仇家）都爱往新疆跑。一来是因为这里地面宽展，容易活人；二来是因为这里的人淳朴，容得下人。

我在新疆采访过的一个河北籍的制种专家，说起来新疆的缘由，他告诉我，尽管是名校毕业，可由于是大地主出身，在那个不正常的年代，在老家一碰上运动就被批斗得死去活来。万般无奈，只好投奔在伊犁的一个远房亲戚。

这里的人，也知道他的出身，但是，每次运动也就是让他"过过筛子"、洗个"温水澡"。所以，他得以有时间和精力埋首制种事业。

艾青与新疆的故事，也是一段佳话。

艾青，集东西方文化所长于一身，为新诗的发展开辟了宽广的道路，是一位在国际上享有盛誉的诗人。

1957年，他受到错误批判，被划为"右派"，并被开除党籍，撤销其中国美术家协会理事、中国文学艺术界联合会委员等职务。

在他走投无路的时候，王震将军邀他前往新疆。

据《新疆生产建设兵团史料选辑》记载：

1960年8月，王震在乌鲁木齐兵团和平剧院召开了团以上干部扩大会议。会上，王震笑呵呵地对台下的干部们说："我向大家介绍一个人！"说完，请出艾青,"他就是享誉中外的大诗人艾青同志!"

为了进一步保护艾青,王震建议艾青把家安在石河子。王震这样交代农八师领导:

"给艾青同志师级干部待遇,生活上多照顾,思想上多帮助。这样有利于思想改造,有利于他的文学创作。"

时值困难时期,职工大都以甜菜渣代食。为了照顾好艾青夫妇,农八师安排他们全家在机关小食堂免费就餐。为方便他们生活,在师机关大院的一幢平房里打了个隔墙,划出三间房给他们一家人住。艾青的夫人高瑛也被安排到联合加工厂工作。

知识分子,最希望的是学有所用。尽管艾青头戴"帽子",每一次兵团审查文工团剧目时,都会邀请艾青参加,并认真听取他的意见。还把树劳动模范苏长福的任务交给了他。

艾青用时三个多月,写出了长达15万字的长篇报告文学《苏长福的故事》,这部书由新疆青年出版社出版。

据《新疆生产建设兵团史料选辑》记载,兵团机运处党委曾给兵团党委和中国作家协会党组写过这么一份报告:

通过报告文学《苏长福的故事》的采访和写作,说明艾青同志是一位平易近人、勤勤恳恳的文化人,建议给他摘掉右派帽子,恢复他的公民权利。

在那个年代,能做到这样,确实是个奇迹。

艾青在新疆生活了16年,直到粉碎"四人帮"后,才回到了北京。

四

说到新疆人的豪放,相信凡到过新疆的人,都会有很深的感受。

在新疆,人大都豁达敞亮。和新疆人打交道,你不用去猜,少有弯弯绕的。新疆人连说话,都大声大气,干脆利落,少有叽叽咕咕的。

在新疆,盛东西用大碗大盘。你吃过大盘鸡吧?一盘子端上来能占半个桌面。馕,是新疆常见的面食,比脸盆小不到哪里去。

在新疆，买西瓜论个、论麻袋——一丢丢、一牙牙、一屑屑，那不属于这块土地。

在新疆，连做买卖的计量，用的都是公斤呢！

除了淳朴和豪放，新疆人身上还有着与生俱来的幽默感。

在新疆，我认识一个叫伊纳耶提的记者同行。他开起玩笑来，往往让人喷饭。

一次，我们一起去喀什采访。他和一个大他很多的维族大嫂开玩笑，恭维大嫂多么多么漂亮，他是多么多么喜欢。

大嫂一嗔："去，我比你大多少啊！"

他作出严肃状："喂，你喜欢吃青杏子嘛还是黄杏子？当然是熟了的好吃呀！"

大嫂被逗得哈哈大笑。

还有一次，他夸赞一个体型很胖的女记者，说自己如果没有结婚，一定会追人家。

姑娘是个实在人，有些不好意思地说："我太胖了……"

他一脸真诚地说："喂，你是喜欢坐硬板凳呢还是喜欢坐沙发？当然是沙发呀！"

这种幽默，是新疆人从骨子里面带来的。

一次，我在一个维吾尔族朋友家里吃饭，他的80多岁的老母亲劝我多吃点："巴郎子，敞开肚子，多多地吃。你这个年龄，吃石头拉沙子呢。"

老人的意思是，这个年龄消化机能好，即使吃了石头，也能消化成沙子。

还有一次，我认识的一个维吾尔族干部和下属因为一件小事发生了冲突，另一位维吾尔族干部这样劝解："不值得和他生气，鸡蛋碰不过石头，可会把石头糊脏呢。"

我采访过喀什民族团结"老先进"茹先·艾力。这个幽默的老汉告诉我：当年，在喀什师范学院毕业前夕，相恋多年的女朋友托人给他捎去了一个手帕，里面包了一根烧焦的火柴和一颗杏仁，意思是："快回来吧，思念之火烧焦了我的心。"

这样表达爱意，在我们内地，无论是刘巧珍还是张秀英，恐怕都做不到吧！

五

一方水土养一方人。新疆人性格的形成，我推测，与新疆的环境有关：或是茫茫瀚海，车奔波一天，沙连沙，尽灰黄；或是草原无际，绿毯铺到了地平线，任马奔，任鸟翔。

地域辽阔，会不会造成新疆人的脑路也是直线型的？于是，性格直率豪放。我也曾在西湖边生活过，这里一步一个景，处处不同天，九曲十八弯，会不会对脑路的沟回也会造成一定的影响？心思缜密，虑事周全，也是一种好品格呀！

我的一位杭州朋友这些年经常去新疆旅游，他说：去了新疆，心变宽了，人变开朗了，生活变得生动有趣了。无论谁，在新疆待久了，都会染上新疆人独有的那种古道热肠。

地广人稀，好活人。北疆许多地方，至今水浇地人均十几亩、甚至二十几亩。家底如此殷实，难怪新疆人有那番豪气。

地广人稀，见人便分外亲。2003年春天，我在帕米尔高原采访边防连，奔波了半个多月，除了戍边的将士，只见过两个游牧的老乡。说句实话，那时节，就是看见一只匆匆跑过的土拨鼠，都觉得是那样的可爱。

新疆干旱、多风。"百里风区"大风阻断火车的事，时有发生。极端的气候条件、粗粝的地表特征可能对新疆人的性格也有影响。

不知你去没去过库车的神秘大峡谷？千万年的风蚀，硬生生把大地撕开一道数百米深的豁口。朝崖壁上看，没有丝毫圆润的感觉，真的是撕开的一般，直上直下，劈地摩天，磅礴神奇。你再看克拉玛依附近的魔鬼城，裸露的石层被狂风雕琢得奇形怪状：或狰狞怒目，或龇牙咧嘴，或危台高耸，或森然搏人。一俟风起，立马飞沙走石，朔风啸叫，天昏地暗，怪影迷离。

可能是受这样的自然环境的熏染吧，新疆盛产男子汉——是那种"大行不顾细谨，大礼不辞小让"的真汉子。你想想，面对搅天风沙你能怎么办？咬紧牙关迎上去！

沙海里奔波得嗓子都冒了烟，哪里还顾得上用浴液洗手、用纸巾揩拭，碰到一个西瓜摊，操起一只"咚"的一拳砸开，双手抱起就啃，任凭汁液流得满嘴满脸；见到一瓶啤酒，等不及找起子，往嘴里一塞，牙帮一使劲"嘎嘣"咬掉瓶盖，仰天就灌……

这种场景，在西湖边檀香氤氲的茶楼里，在江南"轻拢慢捻抹复挑"的丝竹声里，是难以想象的。

我上大学那会儿，随着《追捕》《远山的呼唤》等电影热映，日本演员高仓健在我国受到不少女士的追捧。我在一家很知名的南方的晚报上看到，当地女子嫌身旁的男子"娘娘腔"，于是，男的到医院移植胸毛、连鬓胡子成为时尚。

这样"移植"出来的男人，无论外表看起来多么威猛，恐怕都不应该称为男子汉吧。当然，那种戴着耳钉，涂着口红的小鲜肉，就更谈不上了。

何谓男子汉？饱经严酷岁月的冲刷，艰难生存环境的磨砺，摧肝裂胆情感的激荡，职场九蒸九晒的考验……都挺过来了，始终硬硬朗朗挺着，这就是真正的男子汉！

的确，艰难困苦，玉汝于成。无论谁，在艰难困苦中待久了，灵魂里一定透着倔强，心智也会硬朗起来。严寒酷暑算得了什么！漫天沙暴狂吼着袭来，抖一抖沙尘，只管朝前走去。骆驼刺划伤了皮肤，恐怕看都懒得看一眼。这里容不得丝毫的娘娘腔。

当然，男子汉也不是不解风情、一味地粗粝，也有柔情。不过，那种柔情，不是体现在"讨厌""死鬼""用小拳拳捶你"这样的娇嗔里，而是秋水深潭般眸子的一瞥和对舞时肩膀的一耸、眉毛的一挑，看似不经意，那种醉呀，醉到心里了！

六

新疆人还有一个特点，不知大家注意了没有：总体看，新疆人比"口里"

人要长得高大。

我发现这样一个规律：在新疆生活的汉族人，"疆二代"普遍比"疆一代"高，而"疆三代"又高过"疆二代"。

一个在塔里木油田工作的朋友告诉我，他的父亲只有一米六几，而他们弟兄三个都接近一米八，而第三代的四个男孩中，有三个超过了一米九。

新疆温州商会一位朋友也告诉我，他们的孩子大多是在温州出生，在新疆长大。这些孩子成人后再回温州，普遍比儿时的玩伴高出半个头。

不光是人，在新疆，连植物也比"口里"的长得大。我的一位老领导是散文家，他很善于观察。一次，他来新疆出差，指着周围的树木告诉我他的一个发现："你瞧，新疆无论白蜡树还是榆树，叶子都比内地的大出几倍。"

我曾就这个问题请教过新疆生产建设兵团农二师的周副政委。他告诉我，新疆日照时间长，昼夜温差大，利于植物贮存养分。譬如，小杭椒种在内地，也就小拇指大小。拿到新疆种，繁殖几代之后，能长到一扎长。

植物生长和动物生长，不知道有没有共通之处？我不是学生物的，不好妄下结论。

不过，和内地相比，新疆的饮食结构，似乎更利于人体的发育生长。新疆电视台一位姓赵的编导是我的朋友。老赵祖籍广东，上世纪50年代中期随父亲支边来到新疆伊犁尼勒克牧区。他告诉我：在他长个子时，尽管还是"瓜菜代"岁月，但在牧区，肉骨头还是经常可以吃到的。实在饿得不行，他和小伙伴们就翻进牛栏，对着母牛的奶头猛嘬。他开玩笑说："那是真正的牛初乳！"

他说，等他长大后回老家探亲，发现自己比所有的堂兄弟都高出许多。

日照充足，昼夜温差大，饮食以肉、奶为主，是不是更利于人长高？倒是有一个事实，可以佐证这个观点：国内CBA赛场上，很多篮球运动员都来自新疆。

再披露一个新疆的秘密：这里盛产俊男靓女。

新疆位居丝路要冲，历史上各种文化在这里会聚，各个民族在这里融合，新疆人身上便有一种独特的美。

前不久，新疆一位朋友来京，我俩聊起一部正在热播的电视剧。我说，网友评论那位来自新疆的女演员很漂亮。谁知这个朋友颇不以为然，一哂："嗤，这样的长相，我们新疆，多了去了！"

仔细一想，她的话确实没毛病。

一位作家说过这样的话：在新疆，你随处可以看到惊为天人的美貌姑娘，就在道路边、河对岸、村庄前、土屋旁，静静地站着，睁着大眼睛天真无邪地看着你，让你入定般迈不动双腿、移不开目光。

这么一说，你是不是对新疆又多了一层向往？别急，还有一首美妙的新疆歌曲送给你呢：

> 我给你摘一颗金黄杏，
> 你一甩辫子扭过身。
> 我给你摘一颗金黄杏，
> 你一甩辫子扭过身。
> 是害羞？是难为情？
> 怕酸了你的红嘴唇。
> 啊，阿娜尔罕
> 我的黑眼睛……

（原载《中国作家》2022 年第 5 期）

崇明岛上玫瑰

叶梅

一

很久以前,崇明岛并不是一个岛,但它已在海洋的深处埋有根基,亿万年间,沉默耐心地等待那些小小的沙粒由遥远的江水挟裹而来。从青藏高原的唐古拉山脉各拉丹冬西南侧发源的长江,经由几度排山倒海的剧变,穿切黄土、红土、青土颜色不一的高山峡谷、丘陵和平原,终究向东流去,归入浩瀚的海洋。它一路呼啸而行之中,泥沙滚滚,它是决计要将陆地的气息带入海洋吗?它是知道那里有着长久的等待吗?

我出生于长江三峡巴东,从儿时到年长,曾多少次站立于三峡岸边,看大江东去,一心向往它远去的地方。记忆中那滔滔江水浑黄如泥,浩浩荡荡,一刻也不停歇,似乎承载着不可推卸的使命而步履匆匆。那时我难以想象,它在完成最后的行程之后不仅只是扑向大海,还会落地生根,于大江与海洋的相通之处催生出一片片沙洲,随之成为一个岛,一个如今形状如巨人脚印的岛。直到我踏上这片土地，才明确地知晓，事实上，崇明岛正是新长江三角洲发育过程中的珍宝，你看那长江奔泻至入海口，宽袍大袖地减缓了流速，而几千里挟带而来的泥沙也终于如雪花飞降，于河的深处找到了归宿。那些细小到几乎肉眼都无法看清的沙粒经过了漫长时光的沉淀，极其耐心地日积月累，在无声无息之中，于长江口南北岸抹画出宽阔的滨海平原，同时又在江海之间形成了珍珠般的沙洲。

原来，积沙成岛。

相比之下，集腋成裘、积土成山、聚沙成塔都只能算是一般的功夫了。在这里，崇明岛经历了亿万年的积淀，又经历了千余年的涨坍和重组，成为江海的宏大叙事之一。

2021年，我在秋风吹动江涛的日子里来到崇明岛。沿岛行走之时，面朝江海连片的水面，不免遐想远途而来的泥沙就在眼前这摇动的波涛之下，多少年无怨无悔地随着浪潮的推拥，时而堆积、时而滑落，它们在散漫与凝聚之间，由无数次偶然走向必然，最终密不可分地凝固在一起。熟悉岛性的崇明人将这些盘结在水底下的沙礁称为"铁板沙"，它们已然化沙为铁，从泥沙俱下中的微不足道变为这座岛赖以支撑的基石和筋骨。

秋风一阵阵吹过，江海之间的波涛传来细碎的回响，若不凝神去听，在这人声嘈杂的岸边根本感觉不到，但在这短暂的伫留之时，我却分明听见了，那切切的，自大海深处一层层传递过来的絮语，漫延着，经久不息。那一定潜藏着某种历史的回声。在水与岛拥偎拍打之间，时光悄然而过，倏忽千年，你不禁会悟到，人只有与大自然不离不弃，以无穷的耐心代代相守，才会有了岛之今日。

二

一群穿着鲜亮的上海人在岸边照相，吴侬软语唭唭嘈嘈，那里立着一块巨石，上刻"崇明海塘碑记"，碑朝大江，背后则是车水马龙的街道和楼房。岛上有滩涂良田，也有人烟稠密的市井高楼，人们称崇明岛是上海的后花园，如今有了交通的便捷，从黄浦江来此如穿梭一般。

走进崇明博物馆，可以清晰地看到动态的崇明岛历史绘图。唐朝时，它只是两枚大江与海洋孵出的绿色蛋卵，人们从一开始对沙洲的来历就心知肚明，知道它们是沙的结晶，于是直接以沙命名，将它们称之为东沙、西沙。到了宋代，江口又出现了新的两枚沙洲，并且有了人烟和姓氏，便以这居住者的姓而叫做姚刘沙。而之后渐渐地，浮出水面的沙洲接二连三，就像一个个新生的孩子，逐一面世。

大江是孕育这群孩子的母亲，大海则是接纳它们的父亲，那些一个个于江海怀抱之中诞生的沙洲，正是长江和大海完美结合的新生命。

它如婴儿一般渐渐长大，经过元朝、明朝，到清朝时期，那些分散的沙洲日益丰满壮实，最后终于联成一体，成为一个长200里、宽40里的大岛。那是由好些个"沙"结聚而成的。日隆沙、永安沙、平安沙、仙景沙、利民沙、协旺沙、东三沙等30余沙，这些"沙"的名字，都是从四面八方挑着担子，扛着织机和锄头到此谋生的打鱼人、种田人、织布人叫出来的，那是他们对脚下宝贵的土地及未来的满心期待。他们最初或许是因为逃荒、避乱，也或许是相中了沙洲土地的肥沃，江海的宽阔，总归是一代代扎下根来，从此在岛上生生不息。

江海孕育了大岛，自然是恩比天高，但江海也是性格豪放、严厉而并不迁就于扭捏作态的。江海之间的崇明岛，每日昼夜要接受两次潮汐的奔涌，平顺时只是掀起齐腰深的波浪，形同嬉戏，而狂放时则高达数丈，大有吞噬摧毁一切之势。可想而知，那些小小的沙粒只能任由摆布，即使有了人的加固也时常经受不起剧风激浪，岛上历代兴建的土城不得不数次迁徙，自元代开始，到明代已经历了五迁六建。

但尽管如此，这座逐渐成为世界上最大的河口冲击岛，中国继台湾岛、海南岛之后的第三大岛，有着诱人的平展肥沃的土地，可以采盐，可以种稻，可以眼见那些蓬松的芦苇、看似柔软却也利如刀剑的关草、丝草妆点着河边路旁、岸坡、田间，种什么长什么，即使灾荒年月，也会有摘不尽的野菜、沟渠里随手可捧的小鱼小虾用来果腹。那是可以养育万物的土地，正所谓

"九州美壤"。

"九州美壤",这句专门形容崇明土地的词,听来让人爱极了。这是从出生于崇明岛的诗人徐刚那里得知的,他家住北京几十年,却是常常宣称"我的家乡在崇明岛",而每当说到此,一定是在他最愉悦、最动情之时,这位年过七旬的诗人已是满头白发,而在对家乡的回忆之中回到了少年。我问"九州美壤"一词来自何处,他说是写在崇明县志里。

崇明人好学,留下的诗文里便有"江左文风擅古瀛,茅檐随处读书声",自古以来崇文尚教,历代科举人才辈出,有这一句"九州美壤"便道出了崇明的根基。呵,自青藏高原而来的6300公里的长江,两岸该有多少肥土玉沙,养育得一路奇花异草、五谷飘香,"长江几千里,万折必归东",随大江汇聚于此化作了良田沃土,好一派九州美壤。

三

岛的天然与人的辛勤相得益彰,崇明岛上好风景。

这座满载着中华大地基因的沙岛,经历了千年沧桑,如今智慧地选择了"生态立岛"的未来,定位于建设"世界级生态岛"。

经营绿色农业、生态产业,如今在崇明岛已成热门话题。从前,岛上的居民多以渔樵为生,种植水稻、麦子、玉米、豆子、棉花、油菜、香料和中药材,以及薯类、瓜果和蔬菜。崇明的棉花尤其享有盛名,早年民谣里就有"织机声彻夜相应"之说,可见崇明人的勤劳,也可见此地的棉花及纺织在上海、江苏、浙江各地供不应求。但在今天,人们越来越意识到,崇明岛已成为国际大都市上海最为珍贵、不可替代的生态空间,经过多年的努力,岛上的产业转型与民生福祉已得到双提升,水、土、林、气、滩的生态环境良好,生态、生产、生活可谓"三生共赢"。

九州美壤,滩涂广阔,供养出百余种可食用、药用的草类,常见的有益母草、苍耳草、佩兰、泽漆草……还有被诗人经常吟诵的芦苇、苦草、粉黛乱子草。"蒹葭苍苍,白露为霜。所谓伊人,在水一方。溯洄从之,道阻且长。

溯游从之，宛在水中央。"（诗经《蒹葭》），这样的诗情画意近些年重新再现。人们说，一个地方的生态环境好不好，先看看鸟是不是往那飞、鱼是不是往那里游。如今，崇明岛森林资源和滩涂资源大幅跃升，在东滩鸟类国家级自然保护区，这座中国规模最大、最为典型的河口型潮汐滩涂湿地上，丹顶鹤、天鹅等珍稀鸟类，每年都会有290多种、超过100万只次在此栖息或过境，受到众多国内外鸟类学和生态学研究者的关注，被世界自然基金会（WWF）列为具有国际意义的生态敏感区和全球湿地生物多样性保护的热点地区之一。近年来，崇明岛还与联合国环境规划署、人居署、粮农组织、教科文组织等建立了良好的合作关系，在生态、科研、农业等领域开展了大量的合作交流。

恰在我们去往崇明岛的前不久，岛上刚刚举办了中国第十届花博会。为了抓住举办花博会的机遇，崇明默默蓄力，用三年的筹备周期实现了这座生态岛的美丽蝶变，通过"四横七纵"基础设施的建设，环岛景观道等一批骨干路网四通八达；同时，修复河道生态和人居环境，呈现出"白墙灰瓦坡屋顶，林水相依满庭芳"的乡村美貌；特别让人惊艳的是全力发展花卉园艺产业，扶持现代花卉园艺生产示范基地和龙头企业，鼓励产业科研投入，智能化、精细化扶持种苗创新发展，花博酒店、花博民宿、花博人家遍布岛上。

这次花博会，开在乡村和森林里，展示了几千个花卉品种，白玉兰、荷花、羽扇豆、金鸡菊、水仙、琼花等，花团锦簇、万紫千红，将崇明岛变成了鲜花的海洋。人们说，崇明是由中华大地一粒粒沙子聚成的，眼下又有来自全国各地一粒粒花的种子撒在岛上，越加散发出中华大地的浓郁芬芳。

我们去时已是秋天，岛上仍处处飘荡着花香，恰好住在一处名叫"海上花岛玫瑰庄园"的农庄，主人陈政正是一位种玫瑰的人。他和他的团队采用了传统与科技相结合的种植技术，栽种了1200亩玫瑰，是应运而生的生态产业，也是华东拥有最多种植品种的玫瑰基地，其中，有自研的盛政一号、中国红重瓣玫瑰，还有金线、桃香、和音等稀有品种。美丽的玫瑰经由他们的精心栽培和自主研发，已经形成了一条新型的产业链，有了食品、化妆、洗护、芳香、文创五大门类产品，可观赏、可食用、可养生、甚至还可穿戴，令人惊讶。

行走在香气四溢的玫瑰园里,人会随之心情愉悦,再多的烦忧似乎一时间也都消散开去。你看那玫瑰花儿虽没有牡丹艳丽,也不似荷花全然清雅,还带着坚硬的刺,却天生一种傲然,花开得紧凑精致,就连花瓣也像是透着生命的力度,不显娇嫩而显高贵。

崇明岛上玫瑰,倒是随了这岛的性情。

就在我回到北京,撰写这篇文章之际,从新闻里看到上海市政府近日正式印发了《崇明世界级生态岛发展规划纲要(2021—2035)》,其美好愿景即在2035年,崇明世界级生态岛将成为人与自然和谐共生的"中国样板",并以此集粹长江经济带"共抓大保护"的真实成果。

那是令人十分向往的未来,崇明岛将成为国际大都市中的宜居乐土,无数的花儿将为此面朝大海,年年盛开。

(原载《人民日报海外版》2022年3月19日)

远在眼前

韩小蕙

1. 原来这里，就是海可枯、石可烂，人不失其志的现场，果然大气磅礴！

面对，大东海，浅蓝、碧蓝、橙蓝、深蓝、湛蓝……的波峰浪谷，一望无际，前赴后继，直冲上十八层云霄。苍苍茫茫中，东方的儒、释、道、玉皇、王母、神女仙女、天兵天将，西方的圣父、圣母、宙斯、赫拉、雅典娜、大卫神，一位位迤逦而来，纷纷攘攘，在海阔天空的大舞台上现身。你只能呆立在金色沙滩上，怅望天之仙、海之神的万古演绎，浮想联翩，心神飞动，一时竟不知是神之于我，还是我之于神？

背后，金沙止步处，巍巍然奇峰高耸，合纵连横，亦是直插十八层云霄。最是晴天朗日时候，阳光洒下天大地大的金纱帐幔，不知谁手当空一拨弄，七彩光纤摇荡起来，大山在其中动，巨石在其中动，绿树红花在其中动，飞檐黄瓦的寺庙、悲壮苍凉的古城堡、鹅卵石筑成的老民居皆在其中动，茶人、渔人、农人、工人、商人、游人也都在其中动。远望峰顶上依偎在一起的标志性造像"夫妻石"，以及"九鲤朝天""金鸡报晓""金猫扑鼠""玉兔听潮""玉猴照镜"等等一个个天然巨石雕塑，思接千载，心游万仞，又一时不知是山之于我，还是我之于山？

这群山，名曰"太姥"，雄卧于中国东南大陆最顶端处。现在所属福建省福鼎市，对了，就是那个著名的"白茶之乡"福鼎。

2. 原来这里，就是海可枯、石可烂，人不可失其志的现场，果然元气磅礴！

往外迈一步，就是神州的东南大门。再迈一步，就踏上了中国的万里海疆。当年太姥娘娘种蓝之际，双手一扬，洒下一串水珠，织就了大嵛山岛、小嵛山岛、鸳鸯岛、烽火岛等一众大大小小岛屿，如今镶串在一条珠光宝气的手镯上，统称"福瑶列岛"。这个"瑶"字多么漂亮，"琼瑶"，美玉也；"琼浆"美酒也；"瑶琴"，镶嵌玉石的琴；"瑶池"，王母娘娘的华宫。我还喜欢"种蓝"这个词，满盈着蓝个英英的诗意，同时还伴有小童子们在奶声奶气地唱着"种星星""种太阳""种希望"……如同亲临其境，"种蓝"还具有一种垂直的现场感：太姥娘娘年轻时叫"蓝姑"，俊美清朗，心灵手巧，带着村姑们种蓼蓝，制成名为"靛蓝"的染料，一代代传承于后世，逐步发展为大名鼎鼎的青花蓝。我都怀疑天蓝、海蓝也是太姥娘娘种出来的吧？她又领着村人植白茶，亦茶，亦药，亦保健品，亦养家糊口的"粮食"，亦富邦强民的国宝，不仅救治了众多染疫患者的性命，还给世人留下了永远的香茗……闽人感念其恩泽，将蓝姑奉为太姥娘娘，又为女娲，又为妈祖，又为人间始祖母，各种祭拜、大礼、奉祀连绵数千年，历代歌功颂德的诗文滔滔涛涛。直至今天尚有骚客为其作赋，其中有这样一段：

夫何太姥之庄兮，澹娴兮若云海之丰盈。披虹霓之玉颜，莹莹兮若琼瑜之秀嫣；眼语柔衹，笑靥雨霁，百鸟羽集，缀以瑰姿，拂之华裾，飘之广带，展风云之彩兮，采月白之青兮，翼青烟而行兮，若往而返，履以水莲，步步流云，凌紫冥而飞兮，顾才山而停兮。（孟丰敏《太姥娘娘赋》）

是了，赋之美，之轻灵，之飘忽，将太姥娘娘描绘成衣袂飘飘的仙女。然则美则美矣，却是耽于飘忽想象之中。事实是，蓝姑乃筚路蓝缕的开闽先民代表，远古时期，大地上野兽蛇蝎遍布，人类尚未开化，木簇石斧，茹毛饮血，生产力极端低下，要开垦凶莽的荒山野岭，走出一条通往天堂的路，该是何等的艰难与万险！不知熬过了多少岁岁年年的饥馑，不知经历了多少前扑后继的牺牲，不知遭受了多少椎心泣血的完败，最后，才终于种出来像模像样的"蓝"，皱染出青花布，淬炼出青花瓷；才终于收获了"一年茶，三年药，七年宝"福鼎白茶，越过千条闽水，飞跃万重闽山，助力华夏"黍、稷、麦、菽、稻"的五谷丰登，将中华农耕文明推上了一个新的高度。

款款深情，我虔敬地请太姥娘娘坐下，掰开她的手掌，不禁心头震撼：那上面满是一道道、一缕缕、一条条血痕，层层叠叠的老茧下面，露出银河一样密布的血泡。千古蛮荒，沧海桑田，世上本无《清明上河图》，那些一马平川，那些千里良田，那些高楼大厦，那些上天入地，那些金融特区，那些水坝电站，那些卫星飞船，那些电脑手机……都是"种"在我们自己的手上哦。搞不懂、说不明、不接受那个轻佻的"玩"字，甚至有些写作者也号称自己的作品是"玩"出来的——真的吗？这世界若真能轻轻松松地"玩"出来，只能说是给孩子们演绎的童话故事了。

太姥娘娘很赞同我的观点，深深点了点头，缓缓说："我虽然老了，不能逢山开路、遇水搭桥了，但我还能站在这里，一方面给海航船做航标，也能替国家守大门。"

善哉！

3. 原来这里，就是海可枯、石可烂，人不可失其志的现场，果然雄气磅礴！

曾在这里为中华守大门者，多多矣！远的不说，自明清以来，戍边守疆，抗击倭寇，驱除鞑虏，收复台湾，血战英军，保卫定海，一场场与外敌的殊死鏖战，杀出了太姥山的英雄儿女程伯简、张銮三、陈红花（女）、王建楠，以及中国近代史上第一位在抗击外敌战斗中，为国捐躯的高级将领定海镇总兵张朝发。陈红花不幸为敌所擒，坚贞不屈，宁拔刀自刎而死也绝不苟活。

张朝发率领几百将士，拼死迎击 26 艘进犯的英国军舰，虽舰不如夷，炮不如夷，武器装备皆不如英夷，然保家卫国的呐喊声气冲云霄，"只许坚守，不许后退"，直至以身许国，一个个战死疆场！

白云呜呜低垂，惊涛砰砰裂岸，一直见证着百多年的后来人。直至上世纪三四十年代的抗日战争中，太姥山的子孙们始终追随着前辈先烈的脚步，留下了一个个浴血御敌的身影……

"取义成仁，丹心炳照"，这是太姥山后人对先烈的尊奉。大东海滔滔，每当朝阳从东天升起，第一缕阳光都是先照亮这八个大字；太姥山巍巍，每天晚霞告别大地的最后一道霞光，也一定要吻别这八个大字。这八个大字，镶嵌在太姥山脚下的浓绿中，不仅高悬在用汉白玉修建起来的英烈义冢上方，亦镌刻在福鼎人民的胸膛上。这是他们最炽烈的情感表达，天天有人来照拂，日日有人来凭吊，逢重大节假日和纪念日，更是扶老携幼，呼邻唤友，家家户户都要前来拜谒，祭奠，缅怀，讲述，宣誓，誓要把太姥山的血脉和精神，一代代浇灌与传承下去，这是他们世世代代最要守护的珍宝！

4. 原来这里，就是海可枯、石可烂，人不可失其志的现场，果然刚气磅礴！

有大海就有高山，有武将也一定缺席不了文人。自唐以降，来过太姥山的著名文人多多矣，有福建"登第第一人"薛令之（唐），有边塞诗人陈陶（唐），有"八闽之全才"林嵩（唐），有民族英雄文天祥（南宋），有"雁门才子"萨都剌（元），有曾任刑部、兵部、工部尚书的"天文学家"熊明遇（明），有"哲学家、科学家"方以智（明、清），有"抗清志士"夏完淳（清），有爱国诗人张际亮（清），还有现代学者卓剑舟和易学专家黄寿祺……他们的朝代、出身、籍贯、年龄、学历、官阶、脾气、秉性各自不同，但有一共同点，即个个也都是诗人，为太姥山留下了大量诗篇。比如夏完淳《梦怀长公郭侍御五竺崔舍人》：

乾坤戎马倚吴钩，犹忆当年太姥游。

梦里云霞双凤阙,醒来烟水一渔舟。

穷途知己谁青眼,歧路伤心已白头。

遥想天南新侍从,茫茫沧海动新愁。

  这些人里面,最著名的当属大哲学家、思想家朱熹(南宋),这位昔日名震朝野的"帝师",为避政治迫害与奸臣追杀,一路南奔,栖栖遑遑,直至远遁在福建的崇山峻岭中,大有"举头何处是中华"的无望,人生似乎走进了再也见不到天日的黑洞里。孰料就在那至暗时刻,是太姥山张开了宽阔的双臂,将他迎迓在温暖的怀抱中。湜湜绿水,洗去了蒙在朱子心头的尘垢;绵绵青山,驱逐了压抑在朱子头脑里的忧愤;大海辽远无垠,开阔了朱子处江湖之远的家国胸襟。浪涛声声,鸣镝声声,学子们遽尔聚来的问学声声,重新振作起了朱老夫子"而今迈步从头越"的学问境界——伟人之"伟",并非永远昂首阔步地一往无前,而更在于能在逆境中迅速修复自己的伤楚,重新高昂起不屈的头颅,登高望远,去完成历史托付的重任。朱熹从未想到,自己竟还能在太姥山完成了《中庸》一书的重校与注释,还留下了一座石湖书院,泽披远在天边的八闽弟子们,致"理学中的闽派,历元明清三代而不衰。前清一代,闽中科甲之盛,敌得过江苏,远超过浙江"。(郁达夫语)

  是的,至此我方才顿悟,为什么走在太姥山树茂林密的小道上,忽一阵炊烟的背后,就会闪出一座文气森森的汉家寺院;三五片肥硕的草叶之下,便躺着几块唐砖宋瓦的华夏建构遗存。一甩头,猛然间就看见一座熟悉的中华式七级浮屠,高耸在雄崛的山峰之上;而身边触手可抚的,则是一座座由巨型条石、块石、鹅卵石修筑的明清古城堡和炮台,它们的姓氏也都是"中华""中原""中国""华夏""炎黄"等等。就连头顶上不时掠过的喜鹊、麻雀、野雉、中华鹃,乃至不知名的各种山雀与飞虫,也都在唧唧喳喳地念着"鹅鹅鹅,曲项向天歌""锄禾日当午,汗滴禾下土""举头望明月,低头思故乡"……必须缀上一笔的是,"中华鹃"是国家二级保护动物,非常有幸地出现在我们眼前。它的体形比野雉大,黄喙,红脸,漆黑披肩发,浑身白羽上有着褐色和黑色的、前卫画家们最爱用的规则与不规则相结合的条纹，再缀着两条二尺多长的、飘飘逸逸的、凤凰一般拉风的大翎尾，可真乃"中华神鸟"是也！它一点儿也不怕人，仪态万方地来到我们面前，像黛玉湘云们品蟹一样，优雅地食用我们投下的花生米，吃相可圈可点。可见，它是见过大世面的，同时亦能见出太姥山群众对它们是多么的宝贝。

这神奇的太姥山！

5. 这里，就是海可枯、石可烂，人不可失其志的现场，今天这儿还香气磅礴！

太姥娘娘掩饰不住内心的欣悦，殷殷地挽留我说："你看这满山满岭的茶树，这么碧绿，让人心内喜欢。这么清香，提纯思想境界。人勤茶丰，茶丰人寿，留下来吧，这是一片养人的福地。"

我双手合十，欣欣然回禀：谢娘尊盛情！其实您有所不知，我虽远在千里之外的京城，但也早就日日静好于闽茶的清香中了——我所居住的"茶叶一条街"，就是福建茶农身背肩挑，用一担担茶叶开垦出来的。经过30多年的艰苦耕耘，当年那块荒草招摇的水洼子地，如今已是高楼大厦闪耀着大玻璃幕墙的现代化荧光，街面商城里自动化扶梯整日不停地转动，八车道的大街上车水马龙，一家接一家茶店、茶舍比肩接踵，多到不知有几千家何？尤以福鼎白茶的招牌抢眼。远居在北京四九城的居民，几乎都来逛过"茶叶一条街"，夸说这里的茶别有馨香。每年春季、秋季主办的"马连道茶叶街文化节"，更已成为北京市一块亮丽的金字招牌哦……

我分明看见，太姥娘娘眼中竟然闪出了晶莹的亮光。是的，我太能理解她了，远离中原，远离中华政治、文化和商业中心，远在荒蛮的深山老林，远在云雾迢迢的天尽头，猛然间听到了这么振奋丹心的好消息，能不激情飞腾吗？

我亦被深深感动了，顿觉心胆开张，与娘娘同休戚，与福鼎共荣融。好吧，我留下，留下——登上"大荒茶业"的茶山，我着意挑了一株壮硕的老茶树，挂上一块写有"韩小蕙"的小木牌。在今后的日子里，无论春和景明，无论阴雨霏霏，哪怕台风横暴，哪怕雷霆万钧，"我"，都坚如磐石地站在那里，屹立，生长，开花，结果，年年岁岁，大丰收！

(原载《散文百家》2022年4期)

小鸟新天堂

王剑冰

一

雷从凌晨四点开始，实际上闪电先到场。雷闪过后，雨接踵而至。湖面在开花，绿树在增色。站在窗前望去，古城焕然一新。

想起过往的肇庆，很长一段时间内，都是谈起中国文化时不可忽视的地域。打开尘埃里的线装书，肇庆端砚，在历史的墨香里泛光。

端砚不只是一个词，它是一个时代。一千多年的历史和文明，都在端砚上显现。当年，包拯任端州（今肇庆）知府不持一砚归，两袖清风，留下千古佳话。

清晨，一切重新开始。映入眼帘的，是一方巨大无比的砚池，还有其间的七星岩和野树杂花。墨汁泅染。湖上起了云烟，渐渐散开，却是一只只鸟。那些白色的羽翅，在长满山石的水中回旋，恰恰的音声里，是浓浓的负氧离子。

这些天赋异禀的绘画大师，在水面一次次挥毫，迅疾的笔锋，形成一幅神秘的图画。

大片的芦在雨后疯长，每棵芦尖都抱着晶亮的珠玉。有鸟落在上边，将珠玉啄洒。更多的鸟落在树上，同枝叶共振。

天空的蓝，一点点打开。阳光的羽翼与鸟的羽翼交会一起，一道道透亮的光焰，将所有目光瞬间点燃。

二

一方山水养一方人，有了这片山水，整个城市都变得灵动。在这灵动里转，七星岩、星湖湿地、水月宫、千年诗廊、出米洞、鼎湖山……再迫切，也不能"一日看尽长安花"。

岸边，黄色红色的叶子铺了一地。石缝间，一群蚂蚁在搬家，它们已经适应了这种仪式。

多年前的时光，从云隙间流下。心灵在宋代流浪，想象那个舞台上的包公，在端州时，应该不是严肃的黑脸形象。也可以说，他在端州怡然舒展，心清气朗。

空气不仅清爽，而且有点甜润。有的水草长在了水下，像是用超级透明的镜子罩着。小船无声地在镜面上划。远处，一群青头鸭围成一圈，排练着水上芭蕾，涟漪渐渐扩散。荷叶在水面摆盘儿。一枝花蕾高高钻出，等着杨万里的蜻蜓。"接天莲叶无穷碧，映日荷花别样红。"绿色的水珠从荷叶上弹起，带出三两声蛙鸣。

刚才还碧青的水，这时又变成了墨绿。让你想到酽酽的墨汁。落羽杉似穿着长裙的美人，大片地倒映在水中，到了秋天，它们的长裙会变得澄黄飘曳。棕榈在岸边列队，头顶的扇叶，像清一色帽子的提花。水边的杉树、蒲桃、桉树和香樟，按照各自的美学生长，有的威武直立，有的慵懒歪斜，有的干脆躺平。一棵榕树，竟然将身体从这座小岛伸到另一座岛上，伸成一座桥。鸟儿喜欢这桥，熙熙攘攘地在桥上赶着"露水集"。

一群鸟衔着中原的麦香远远而来。它们在慢慢飞，细细地品味沿途风光。

每只鸟在这里都心静如水，而水却像鸟在翻扑着翅膀。有的鸟似一个顽皮的孩子，向湖里掷石子，不，它是把自己掷进去，水玻璃发出炸裂的脆响。一个个石子掷下去，一次次炸裂的脆响。纹络八方扩展。小的雀鸟像叶子从树上落下来，带着哗啦啦的声响，而后又像镜头回放，哗啦啦地回到树上。几片抓不牢的叶片飘进水中，鸟儿扬了扬尾，并不去追，聪明在此刻显现，它们知道，那不是鱼。鱼翔浅底，它们要看自己的情绪。

这是鸟的乐园。一只鸟儿，正对着另一只鸟直言不讳地表达心曲，而后再加上一段独舞，另一只鸟高兴了，向空中飞去，这只也随之跟去，两个情侣忽上忽下地变换交叠。想不到，鸟的爱情如此纯粹而迅疾。这个季节，诸多小鸟将会出生。

最多的是鹭鸟，它们一行行地从杜甫的诗中飞来，在青天重现唐时的盛景。只是它们不再远去，它们有了不舍的依恋。鹭鸟已经会排班，白鹭早晨出去，灰鹭晚上出来。据说晚上出来的灰鹭有特殊的"夜视仪"。黎明或傍晚，那是群鸟交接的奇观，就像一张大网，在湖上撒来撒去。

湿地里那么多丹顶鹤，它们并不因那一抹丹红而倨傲显摆，本身自带的高贵仪态，足以让它们冠压群芳。火烈鸟同样身姿颀长，长着一双大长腿，如一团团火在滩池晃来晃去，点燃栏边孩子们的热情。胖胖的雁鹅不如丹顶鹤和火烈鸟注重体形，它懒得运动，爱吃零食。有人叫："代沟，代沟！"雁鹅听到，就摇晃着身子跑过来。原来是鸟语，意思是赞美它好看。来自澳洲的黑天鹅在天鹅种类中有着最长的脖子，那呈"S"形拱起的竖琴般优美造型，加上明亮的蜡质的红色鸟喙，简直让人惊叹。

水一生都在流动，鸟一生都在飞翔。它们都有同样的愿望，有一个尽情舒展和释放的地方。五湖所在，差不多一千公顷的空旷，足以让160多种鸟类尽享自在，恣意放浪。

三

就这么呆呆地望着那些鸟儿，如同望着某个时刻的自己。它们不知要怎样地翻飞，表达对一个地方的爱慕。它们是七星岩外的另一群星光，在有月亮或没有月亮的昼夜，于空中或水中随意绽放。

"水泉深则鱼鳖归之，树木盛则飞鸟归之。"鸟是具有灵性的生命，鸟的选择就是大自然的选择。它们有的甚至来自遥远的西伯利亚，漫漫征途中，找到一方新天地。每一片羽毛虽沾满各自故乡的信息，但在这里打卡久了，干脆安居乐业，娶妻生子。这里便成为一个小鸟的新天堂。

鸟的到来也引来更多的同类和更多的游人。就算是绘鸟大师奥杜邦来，想必也会被这里的景致唤醒灵感。

随着视角不同，远处的山形发生着变化。有一处似卧佛观天，有一处如苍龙昂首，有一处就像是一只鸟，或立或飞。

晚上，长久地坐在湖边，有鸟还在水面上飘，那就是所说的夜鹭吧。望着它的时候，会感觉湖水像海在涨潮，一圈圈的水环，把月光环在了里边。

（原载《人民日报·海外版》2022年7月28日）

故乡的花开

刘汉俊

读过一篇英语小散文。大意是,作者幼时随父母从比利时回到位于法国的阿尔萨斯—洛林——我们在都德的《最后一课》读到过这个地方。父亲送他一棵樱桃树,灼灼的花、灿灿的果,结在他童年的记忆树上。若干年过去了,迟暮之年的他考虑再三,决定把家从日内瓦迁往美国纽约的多布斯费里。他和妻子准备到郊区买一处房子。他们举着伞,在雨中踽行了多时,找不到家的感觉,渐感失望。突然,在一处庭院前,他一下子顿住了:院里立着一棵开着密密花儿的樱桃树!老两口毫不犹豫地买下了这处房子,从此住在了这里。

我能够理解这位外国老人的心情。他流浪辗转了大半辈子,童年的某个情结一直潜植在他的心底。暮之将至,心灵的翅翼渴望回栖在初春的枝头。那棵树,树上的花,拴住了他。一旦情思被具化,思路被连通,心灵的底片便即刻清晰起来。于是,简单而丰富、曲折而笔直的人生路上,呼啸的高铁就嘎然停住,下车。

人的一生就是这样,一旦出生就进入了死亡的倒计时,一离开起点,就向终点飞奔而去。这是所有物种的悲哀。这位外国老人是幸运的,他把起点和终点重合在一起，暮年时分找到童年的画面，在一棵树、一树花上找到归宿，是一种圆满、一种福运。与滔滔长河、茫茫浩宇相比，在以光年计算距离的空间里，人的一生连一粒微尘都不是，连一滴墨点都留不下。人生苦短，微信难求，但是这位外国老人把微尘放大成树，把墨粒点染成灿烂的花，找到了人生归航的系泊处。

不经意间，外国老人的樱桃树，催生了我心地上那一片的李树、梨树、桃树、枣树、棠棣树，那一树的花开，一片的花香……

我的老家是鄂东南赤壁市大田畈的莲花塘刘家。莲花塘的桃花涧山腰上，有一片竹林围着的菜园。园中央一棵梨树，长势健壮茂盛，枝干根根向上。晚春时节，梨树开花，风吹梨花雨，落地一片白。菜园是我家的，梨树当然也是我家的。由于怕孩子们等不及果实成熟就糟蹋它，大人早早地用刺蓬围住了主干。直到阔叶间成熟的梨儿肚皮撑白了，早馋得不行了的孩子们踮起脚，用长竹篙东一个西一个地敲得差不多了。但每每树顶上总会有三两只硕大的梨儿够不着。胆儿大一点孩子冒着屁股受尖刺之痛，爬上光溜溜的梨树干，起劲一摇曳，一不留神一只只肥梨"嗖"的一声从枝叶间坠下，"嘭"地砸在树底守望的脑门上，来不及哭就笑了。

枣树是没人爬的。赭色的尖刺坚硬而锋利，扎进肉里，有一种彻心彻骨的痛。因此，枣们在没成熟的时候逃避了许多蹂躏。只有鸽子不怕它，还敢在树冠里做窝，这件神奇的事一直困惑着我的童年。后来有人说，鸽子是为了躲避人的侵犯，才在荆棘丛中寻找安乐窝的，这叫最危险处最安全。黄黄的枣花在密密的荆棘中灿灿地开着，谁也不敢惹她。花多而果少，枣儿们总是等不到脸儿红就给打光了。

莲花塘水草丰沛，果子树成片成林，最多的当数李树。山冲屋后，婀娜的李树依依丛丛，素净的李花挤挤密密，黑色的树干粗糙皲裂如网，虬枝离奇，枝丫交叠。抓住某根粗枝一顿狂摇，便下起了李花雨，天上一阵雨，地上一片白；真正果实累累的李树，多生在港汊泽畔、塘边井口；青的绿的红的黄的李子成串、满枝，点缀在茂密的枝叶之间，把个枝条都压弯了。李树好攀，树不高，枝干多，登之如拾级而上，一脚钩稳斜枝，信手揪来一颗李子，拂去一层白霜就入了口。再一顿狂摇，地上顷刻间就见了青，树枝也秃了。

莲花塘的桃树数量不多，几乎生长在最好的位置。树态有些矜持，枝干精致光洁如同打了一层防护蜡。与梨树的团叶、李树的短叶相比，桃树的叶儿略长略窄。茂密的树冠，像少妇顶着刚烫的发。花期一到，枝放艳丽，蕊吐芬芳，满枝的桃花放肆地开，难见几片绿叶了。满溪满沟地簇拥，漫山漫坡地绽放，是穷山僻壤间的霓裳少女，用粉红点燃了春天的风情。桃花多而密，果儿却不多，但只要有果，就一定是绿叶不掩丹霞。李熟枝残，桃熟流丹，半边红半边青；看一眼，心花比桃花怒放，咬一口，心里比嘴里甜蜜。山里农家生孩子取名儿，没有那么多讲究，看啥就叫啥，拈来就上口，带着泥土的味道，我的小学同学中叫"桃儿""桃英"的女生就有好几个。离开莲花塘十多年后有一次回家，见到同班同学，问到他的姐姐、也是一个班的同学桃英，他告诉我，她早已不在了。她在如花的年龄，没等到妖娆就夭亡了，令我怅然了好长时间。房前屋后，若是哪家的桃儿红了，便早有人眼馋心馋、手馋口馋了。我依稀记得，小时候常常梦到突然发现绿叶里掩藏着嫣红的桃儿，或者是遇到纷纷扬扬的桃花雨，那是躲都躲不开的桃花运。有一年天热了，我和小伙伴窜进谁家的院墙，吱溜溜地爬上桃树冠，突然吱呀呀一声，木门开了，谁家老奶奶搬了竹椅在树荫下歇着。这可苦了我们，不敢下树，摘的几个毛桃塞在短裤背心里，毛茸茸地奇痒难耐。终于等到老太眯着了，赶紧如猿猴探涧般蹑手蹑脚地溜之大吉。跳进莲花塘，衣裤一褪，蘸着塘水啃青桃，嘻嘻哈哈，得意忘形。

桃红李白梨儿青，幼时贪恋的是果，记忆里留存的却是花，尤其是雨中的花。第一次看到"千树万树梨花开"的场景，才七八岁。记得是一大早走过岭上，前夜走过的梨树下一夜之间变成一片白，白得像老师的白粉笔，雨意迷迷蒙蒙地浸渍着，感觉空气都是梨花白、梨花味，像是明清的一幅写意画。有时一场夜雨，大人会说，睡吧，明儿早起看桃雨。果然，第二天清早上学的路上、村口、山坳里花粉潇潇，落红一片，踩着的，是一脚春泥。

梨花、李花、桃花、枣花是不怎么香的。莲花塘的花儿们争奇斗艳，但要比拼香力，当数兰草花、栀子花。这两种花儿并不十分妖艳，却是香力逼人。山里孩子多有嗅觉灵敏的鼻子，在万绿丛中能一鼻子找准花香的源头。闻香寻花，眼比脚快，绿纤纤的叶儿、黄嫩嫩的蕊儿，一定有一株或几株兰草花在叶丛中、山石旁、峭壁下，静静地等你。叶儿不硕大，花色不艳丽，那逼人的幽香却能撞击你的嗅球，直抵你的心扉。兰草花脚下的泥土并不肥沃，不一定有高高的流泉、巍巍的大树作依衬，但风雨不凋其香，贵贱不移其位，岁月不改其志。花不在多，只需两三丛，便是香满山坡、洗肺洗心了。幽兰不择土壤，不居繁华，不着艳丽，不攀高枝，甘守贫瘠与荒凉，甘于寂寞与孤独，却留清气在人间，是花中的君子、草中的仙子，幽兰君子性、虚竹学士风，是文儒之士、品高之人、雅量之仕追求的修炼境界。从上小学起，老师们总是把兰草花作为我们写作文的题目，意在告诉我们，兰草花是我们的老师。与兰草花的幽香相比，栀子花有着不可抵挡的清香，香气扑面而来，让你能感受到一种洗心革面的力量。栀子花白得没有一丝杂质，花瓣或开或闭，开着香力四射，合着香气不减，色不俏艳却很坦白，花不热烈香却浓烈，让你无法抵挡。藏就藏在深绿灌叶丛的树心处，不伴花柳，不事张扬，只见叶浓，不见花开，让你醒悟到低调的力量、内敛的力量、朴素的力量。采一束兰草花插在有水的瓶里，斗室生香；摘几枝栀子花挂在衣角前襟，是最好的装饰物、最好的香水味。故乡的兰草花和栀子花，得雨露之滋养，脱草木之胎，乃天地之精华，是三生石畔的绛珠仙草，是哲思的珍卉、智慧的奇葩，有人生的味道。

年复一年，花开花落，果熟果落，村里没人在意，没有林妹妹"花谢花飞花满天，红消香断有谁怜"的感叹，没有崔护"人面不知何处去，桃花依旧笑春风"的惆怅。就像村里的庄稼、村里的毛头小子，一茬又一茬在成长，留不显迹，走无涟漪。我应该也算是其中的一茬，只不过移栽到了北方的京城，但根须依然连着水草肥美的南方，枝丫依然向着遥远的山冲，仍然是莲花塘的味道。

我奢望着，什么时候能拥有一处属于自己的院落，像那对外国老人一样。院里亭立着几株桃李梨枣树，一丛的兰草花，一树的栀子花，让我在静谧中，听那夜夜的花开。

（原载《长江日报》2022 年 4 月 21 日）

山中初雪

苏沧桑

一

　　引墨，最初的雪子在窗外绣球花的叶片上叩响第一声时，我正在一座名叫"在茨"的石头屋内侧耳聆听。我看了看手机，2021年立冬，上午九点四十四分。打开门，听见整个齐鲁大地响彻着恢弘的沙沙声，然后，我目睹了秋季短短几分钟令人震惊的"回光返照"。

　　绣球花硕大的叶片曾在昨天最后一个秋日里呈现火焰般的红。此刻，雪子落在上面，有的瞬间化了，有的凝了薄薄一层，于是，被雪水打湿的叶片，高举着烙铁般的红。

　　大叶吴风草像巨型铜钱草，雪子落在上面，像一只只盛了砂糖的浅盏，"砂糖"很快融化，雪水濡湿了所有叶片，于是，大叶吴风草在地上燃起了火焰般的蓝绿色。

　　黄杨球一根根玉手指般簇拥在地上，雪子落在上面，像很多只刚被母亲洗净还未擦干的孩童的手。石墙上的老石头和满墙的爬山虎也被雪水涂得闪闪发亮。远处，东山上的柿子和满山的黄栌叶也被雪水涂得闪闪发亮。

在雪子抵达大地、雪花尚未到来那极短的的几分钟内，秋季挣扎着释放了最艳丽最辉煌的色彩，像是对天地最后的最深情的告白，然后迅速被铺天盖地、寂静无声的白茫茫层层覆盖。

一场雪，像季节的一个渡口。

中午十二点零二分时，我坐在青未了客栈落地窗前等一碗山东人立冬必吃的饺子。这是山东淄川的土峪村，离惊蛰时节我来时，已经隔了两个季节。初春的那个晴天，我靠在老柳树横卧在水边的巨大枝干上和你通电话，反复讨论我的新书《纸上》的封面设计，两个季节后，黄菊和这里的小伙伴邀我来围炉分享新书。黄菊和天气预报都说，立冬会有一场雪，果然。一个南方人能在北方目睹冬天的第一场雪，心里自然激动，未曾料到的是，这场雪如此大，来去如此迅疾——一夜间，天地从秋过渡到冬，一夜间，雪便融化了（这是后话）。

天地间这迅疾的过渡，像一场惊心动魄的战争。这北方的初雪，与南方的完全不同，像怀着什么使命，不是风带着它们，而是它们用力裹挟着风，漫卷，狂舞，发出炉火般越烧越旺的呼啸声。仿佛冬的千军万马，在进发，在驰骋；仿佛齐鲁大地上历史时空里曾经的千军万马，在进发，在驰骋。最后，像《三体》里的歌者用二向箔将三维世界降维成一片白茫茫大地真干净。

我第一次如此长久地注视一场雪，努力回想着一年前的雪，十年前的雪，三十年前和五十年前的雪，谁能预料，自己的余生还能遇见多少场雪？

雪中出现了两个人，是一对年轻的新人。女孩短发，戴眼镜，微胖，头戴粉色花冠，穿着白色婚纱，露着肩背，右手捧着一束鲜花；男孩高她很多，黑瘦，穿着黑色的并不像礼服的单薄套装，他们在漫天大雪里拉着手，此外还有一个女孩在给他们拍照，雪花停在三个人的头发上，停在新人滚烫的年轻的肌肤上。男孩说了一句什么，女孩大笑着扑向他，他一把将她搂进怀里。他们不知道，两个人灿烂的笑容也定格在了几个局外人的镜头里——女孩的唇比她手里的玫瑰更红。能想象得出，身体有多冷，心就有多热。

来自云南的女孩晋思说，这是他们两个人的婚礼，他们在青未了住一晚，就算结婚了。除了我们，他们是唯一的客人，昨晚应该是他们的大婚之夜，我们曾隔着桌子在餐厅用餐，他们吃的食物和我们的一模一样，藕片、炸子鸡、米饭、南瓜粥，如此简单。

他们的婚礼，也如此简单。唯有漫天飞雪在祝福他们携手开启新的人生旅程，也以刺骨的寒冷提点他们，关于未来。

我想出去走走，遭到了所有人的反对，但我真的很想去雪地里走走，于是我走到了屋外，走到了大雪中，把自己扔到了一尺厚的雪地上，摊开四肢，仰面朝天，任雪花落满了脸，停满了眉睫，几乎睁不开眼睛，耳边传来积雪摩擦耳廓的声音，是我从未听过也无法用象声词比拟的一个声音。我歪过头，看见雪地里落了狗或者什么动物的脚印，一个个小窝向着深山里延伸。

假如一个人知道余生还会遇见多少场雪，便不会为一场雪如此激动和执拗了吧？那么，有谁能保证自己的生命里还能遇见一场大雪呢？

二

引墨，大雪过后的第二天，居然是个大晴天，雪洗净了一切，连同天上的云。农家院子积雪中的串串玉米，在阳光下呈现珠宝的质地。每个院子前的小路都已经被早起的村民扫过雪。一只几个月大的橘猫在一堆堆积雪间钻来钻去，被拴着的狗们一听到路人的脚步声便狂吠，两头灰咖色肥猪躺在猪圈里晒太阳。白雪，黑树，红柿，蓝天，灰色炊烟，被悬在屋檐下的一柱柱冰棱收入了"镜头"。我和他沿着惊蛰时分常走的一条小道上坡，看到几棵巨大的老柿子树上，有一群我曾经见过后来再也没找到的灰喜鹊正在啄食柿子。黑亮的头顶和眼珠，灰白色的背，淡蓝色的羽翅和长尾巴，当地人叫它们"长尾巴狼"。他走了很长的山路回到客栈拿了长焦镜头，又赶回那里，说拍下来发给朋友们，寓意"喜事（柿）连连"。

我脱了鞋，坐在石头屋门口的地板上晒太阳，吃冬枣橘子，嗑瓜子。阳光透过天窗落在我正读着的一本书上，阳光也落在玻璃跳窗上，每一个窗棱格子上都停了一弯积雪，流畅的弧线是风的杰作。石头窗台上，有一个秋天的橘子，三片来自东山的秋天的黄栌红叶，静静停在冬日的第一个暖阳下。这无比静谧的时刻，突然给了我一个提醒：此次土峪村之行，是他结束十余年的漂泊回归家庭后我们的第一次远行，那么，是否也意味着从此时起，我们要进入一种新的相处模式和生活状态了？那么，从此时起，这天地间有多少人多少生灵，因为一场大雪而进入一段新的生命旅程呢？更好或更坏，谁知道呢？有多少骤变是允许我们提前做好准备的呢？如同东山会一夜白头。

引墨，我坐在石头屋的阳光里听融雪的声音时，听到了很像我平时给花木浇水时干燥的泥土吸吮水发出的嘶嘶声。日本的清少纳言在《枕草子》里写过"不相配的东西"，比如很拙的字写在红纸上面，比如穷老百姓家里下了雪，又有月光照进那里，都是不相配的、很惋惜的。而我在立冬的土峪村，眼前全是"相配的"——红柿子和灰喜鹊。积雪堆和小橘猫。玉米堆和羊的咩咩声。炊烟和挂满红辣椒的屋檐。饺子和凉拌红心萝卜。屋檐下的冰柱和窝在被窝里邀我们进去喝杯水的老婆婆。漫天飞雪、新娘的笑脸和裸露在大雪里的肩膀。客栈门口的南瓜堆和特意去换了衣裳涂了口红画了眼线到雪中拍照的晋思她们。

与飞舞着的雪花"相配的"，是忽然浮现在我眼前的、这一两年忽然遇到的你们——将近不惑之年的资深媒体人、行者、作家黄菊，她曾带着无数人开启"地理杂志"般的旅行，在行走中探寻生命的意义。而立之年的来自四川大凉山的Vimi，她每天用镜头走遍千山万水，捕捉和传播光和美。还有不惑之年的引墨你，每天徜徉在文字世界里，用眼睛走遍千山万水并引着读者走遍千山万水……像最北方最肆意的雪花那样漫舞，用自己最喜欢的方式追着光，发着光。

已过知天命之年的我，和融雪是相配的。我不管不顾躺在雪地上摊开四肢的姿态，和年龄是不相配的。我坐在石头屋前，嗑着瓜子，晒着太阳，翻翻书，和年龄是相配的。假如给自己设置一个心境，我想它应该像眼前无比安详的融雪，渐渐凹陷，渐渐衰微，化成雪水，却也相信雪水也是有用的，也是有好的去处的。

三

一弯眉月和一颗极亮的星，相伴着在东山升起时，积雪已渐渐化尽，土峪村古老的石头们在月光下露出了湿漉漉的脸。晋思端上铜火锅，几个小伙伴费了好大劲终于把火拨旺了，锅里滋滋冒着热气时，俊瑞他们已经从山下赶到山上，踏着积雪，穿过门厅，围在炉火旁，等着我和他们一起围炉夜话。傍晚七点，山谷里响起我们的朗读声，炉火正旺，红酒的温度正好，豆蔻的香味浓淡也正好。

晋思向我提了一个问题，关于行走的形式。她从云南来到山东土峪村工作，就是为了看看北方的雪，看看外面的世界。我说，除了真正的出门远行，其实读一本书，一个善念，一个善行，和陌生人聊天，此刻的围炉分享，都是行走。

"惊蛰时，作家苏沧桑作为今年文化&艺术驻村项目的第一位创作者抵达村子，那时，春的气息还潜藏在地下，除了一树杏花。"因疫情无法前来和我们一起看雪的黄菊发来了一段话。从2021年惊蛰至2022年雨水，每个节气，她和朋友会邀请一两位创作者来土峪村小住，她自己也会赶来陪伴。她写道："那是村子所在的整个山谷最早开的一树花，她每日午后散步经过树下，站在一块呈三十度起伏的坡上，仰着脖子凝视头顶那株枝干遒劲、树冠优雅的杏树，直到亲见第一个花骨朵儿开出花来，第一批花骨朵儿开出花来。立冬时，她带着自称'摄影发烧友'的家人一起回来。前一日还是秋的盛宴，明艳艳的太阳下，满目皆是黄的柿子蓝的绣球红的锦带彩色的东山西山。立冬当日，雪子一早便来敲窗，至傍晚，大雪已没过脚踝。苏沧桑来自杭州，面对这场虽如约而至却远超期待的大雪，除了不顾形象去雪地里打个滚儿，再回来围着火炉吃一碗热乎乎的饺子，就只剩下驻足任何角落凝视啦，就像惊蛰时凝视杏花一样……"我喜欢她用的那个词——"回来"。

回屋时，接到母亲来电，立冬时节的东海玉环岛，还只有一点点凉意。母亲说，我今天到三楼搞卫生看到你放在浴室门口的脚踏巾上有好多头发，上次你来都没有掉这么多头发呢……每次回老家陪父母小住，离开前我都会打扫一遍卫生免得劳烦母亲，却忘了脚踏巾上的头发，下次得记着。母亲定是一夜之间蓦然惊觉，她眼里永远是"囡儿头"的二女儿，白天奔走在田间地头夜里爬着格子的二女儿，也会老，也老了。

四

引墨，这几天我看纪录片《绿色星球》，发现在延时摄影镜头里，花朵们开放时的形态是我之前从未注意过的：不是盛开了就不动了，而是会稍微闭合一下，又盛开，像人的呼吸一样一起一伏，循环往复直至枯萎。一粒芽从森林的腐叶间冒出来，也是这样，呼吸般的一起一伏间，能看到它们用力的轨迹，像将拳头缩回来再打出去一般。引墨，这真像天地间每一季都认认真真活着的生命啊，即使被不期而遇的"暴风雪"暴打，被大雪封山般的时空禁锢，每一秒都在心跳般用力，哪怕最后，在宇宙中，像一场初雪一样，消融得那么快，那么彻底。

（原载《大众日报》2022年1月23日）

一座城的沧海桑田（节选）

吴光辉

一

一座古城坐拥三百年烽烟，守望如水年华，细数沧海桑田。

灰的城，清的水，蓝的天。从现实穿行到古城，一杯清茶如烟，一段往事翩跹，一座古城流年。

当一曲老淮调悲悲戚戚、缠缠绵绵悱悱恻恻地唱响时，江苏阜宁庙湾古城的身上便披上了一层悲壮的光华。

古城最南端的迎熏门是这座古城堡的南城门，高大的城墙，巍峨的门楼，半圆的城门，看上去似乎和扬州、淮安、宿迁的古城门并无多少区别，只是伴随这曲袅袅婷婷传来的老淮调再去细细品味，就会发现它和其他城门楼有着明显不同的气质了。扬州东关古城门多了一些富可敌国的盐商巨贾的珠光宝气；淮安的魁星门多了一道水城门罳门，是专为漕运设置的船只进城的通道，因此多了几分运河之都的气势；位于宿迁项王故里的那座古城门，多了此许霸王别姬留下的悲情气氛，而阜宁这座迎薰门正面对着宽阔的射阳河，再沐浴着这曲老淮调，则又明显地多了几分苏北水乡民众的悲壮特质。

这时，夏季的热风吹过岁月的枝头，将满城的历史尘灰吹落。古城摇曳，水袖轻甩，繁华尽落，再将淮调丝弦重弹。

那支曲调淳朴高亢、极具水乡气息的老淮调，沾着水，带着泪，伴随着锣鼓经弦的演奏，凄凄惨惨的悲歌便在这座城头上唱响了。这个时候，垒成那古朴恢弘的迎薰门的，似乎并非眼前厚重的城砖，而是古代盐民厚实的肩膀了。这些古城门楼上的所有厚重古朴的造型，肯定就是老淮调伴奏时使用的锣鼓经弦，铿锵而有力，厚重而悲壮。

那淮剧《却金亭记》中第一场《路遇》，便在二胡丝竹演奏的过门之后，悲悲戚戚地开唱了："未曾开言先哽喉，盐民悲泪腹中流……"

城门楼的四周也就笼罩起一片缠绵凄恻的淮剧音符，更像是为这座迎薰门下了一场阴郁惆怅的雨。

迎薰门的身上似乎真的披了一层潮润的雨水，整个迎薰门也就被勾勒出一道闪着亮光的轮廓，也就更能彰显出古代盐民的生命悲壮了。

这时，我便觉得，这座庙湾古城就是盐场时代的一个场景再现，也是盐运历史的一个文化符号。

这座古城也就幻化成一首平仄押韵的古体诗。

二

先吟时光缱绻，再唱似水流年。

古城静卧，河水苍茫。推开看似陈旧的城门，历史的音信便会奔涌出城墙。那楼角的铃声像是一次次历史的回音，更像是回放了三百年的悲苦时光，历史的光阴便会从古城这张斑驳的面孔上一跃而出。

这时，烈日普照，天气炎热，居然听到一曲早已入我骨髓的老淮调隐隐飘来。踏着这曲带有悲怆之情的旋律，来到射阳河畔，看到石板地上刻着一幅硕大的庙湾古城图。仔细查看脚下的地图，这才第一次知道，庙湾古城在古代是一座海边盐场，这就难怪古城要依海傍水而建，原来是为了盐运的需要。

在庙湾古城地图上的地名中，涉及到盐的就有盐仓、盐场、盐课司、盐港河、盐市口等等，庙湾盐场的位置居然就在我们的脚下。

真的没有想到，几百年前，我的脚下会是一个煮海晒盐的海滩盐场。

明代大学士高穀有一首诗《观海》，就是描写庙湾古城的："城头东望水漫漫，暇日登临眼觉宽。涛声欢雨沧溟泾，雾气横空白昼寒。"这首诗真实地表现了当时庙湾古城处于"负海依湖"的黄海岸边，我们现在所处的位置当时还是海岸线。

临海的地理位置为庙湾发展盐业提供了必要的条件。早在宋嘉定年间，这里就有了"庙湾场"之名。据《明史·食货志》记载，洪武初年，两淮盐场有三十多个，庙湾即为其中之一。洪武元年（1368年）便在此设置盐课司，有大使、副使各一员。明洪武八年，在庙湾又设立盐场，称之为庙湾盐场。

当时，这里制盐有两种方式，一是晒盐，在海边滩涂上截断海水，在滩池中蒸发水分，得到海盐；二是煮盐，即"煮海为盐"，将海水用盐灶来熬制得盐。

这时，一阵悲苦的淮调从不远处的古亭里飘了过来："每日凌晨只晒灰，赤脚蓬头翻弄土……"这凄凄惨惨的音调显得无比的悲苦。

我知道淮剧在演奏前有起板锣鼓，句间有接板锣鼓，转入正式唱腔时则用三番锣鼓。这样锣鼓的起、垫、接、转和唱腔的节拍紧密相扣，也就将当年盐民的凄楚、感叹的情感推向了高潮："盐民苦，盐民苦，日夜不休火煎卤……"

残阳如血，淮调如泣。

三

我少年时几乎每天都要从三官殿桥上通过，对这座石头拱桥印象十分深刻。

桥下的小河十多米宽，河的两岸全都用条石垒成的垂直护岸，河边没有护栏。我那时去城东的小学读书，家也住在城东，照理说根本走不到三官殿桥，可我有个同学家就住在东巷口，这座石桥就位于东巷口的东首。因此，每天下午放学早，也就和同学结伴一起去三官殿桥玩耍。

我那时并不知晓这座石桥的历史，甚至不知桥下这条小河的名字，只知道在石桥上好玩。爬到桥上能远远地望见学校的旗杆，能看到桥下的石码头上人来人往，挑水洗衣，淘米洗菜。在石桥上最好玩的事情，就是看河里的老鸭船逮鱼了。一条小划子的两侧站着十多只训练有素的黑老鸭，一旦发现水中有鱼，它们便会一头钻进水里，不一会便能用它们长长的嘴，咬着挣扎的鱼露出水面。

其实，这座石桥原不叫三官殿桥，它的正式名称叫通济桥，只是因为桥东有座三官殿庙，人们便喊习惯了三官殿桥的俗称。时间一长，也就没人留意石桥南侧的石栏杆上刻着"通济桥"三个大字，更没人留意右上方还刻着"道光某年"的模糊字迹，和桥北侧石栏杆正中刻着"供奉桥神之位"六个字了。后来，我查阅有关资料，这才得知这座石桥是明代所建，清代、民国又重修过几次。

再后来，我还得知这条小河名叫盐港河，古时用来运输海边所产淮盐，向南直通射阳河，向北通向头灶、三灶等各大淮盐产地。这里的海盐经这条盐港河，运到庙湾盐场汇集，后经射阳河向东南至串场河，再至通扬运河转运到扬州。扬州是京杭大运河和长江的交汇之处，可南下北上。另一条运盐路线，是从庙湾出发，经射阳河，转道向西进入淮安。淮安是京杭大运河和淮河的交汇之处，可运往全国各地。由此可见，眼前这条小小的盐港河，其实就是运河的一条支流。

也正因为此，庙湾古城当时因盐运而成为繁华之地。

古时，运盐船在进入串场河之前，都会停泊在庙湾汇集、点验、休憩。明朝陈一舜所编《庙湾镇志》记载："人烟四集，强半皆酒家，而青楼间之。贾客至此，停桡入市，选妓征歌。酒旗飘扬，随风若飞。"这段文字真实地记录了当时庙湾古城的东南，在盐港河和射阳河的交汇处，有一段十分繁华的沿河古街的景象。

今天，站在庙湾古城三官殿桥边的古亭里，环视着周围的明清古建筑，似乎是想作一次深情的历史回望，甚至是想用思绪捎回三百年前的明清风情。

一只白色的蝴蝶，居然在淮调悲怆的旋律中翩跹起舞。

四

青砖石径，木门窗棂，粉墙黛瓦，无不流露着明清时代的遗韵。

我觉得眼前这座庙湾古城的所有古建筑就像淮调的唱腔，韵味十足。那座迎熏城门楼就是淮剧的头板，北面的拱辰门就是淮剧的二板，那座夫子殿就是淮剧的三板，那条盐港河就是淮剧的流水，这片明清古建筑群也就组成了淮剧戏曲的各种亢调悲曲，而那座最高的三层建筑海市迎熏楼的城门上，高悬着"庙湾古城"的石刻匾额，肯定就是淮剧的曲牌了，也是这片古屋的建筑主题所在。

其实，和淮剧一样，庙湾古城的诞生本身就充满了悲壮。

庙湾之地名是因为这里地处射阳河湾，又有一座古庙。庙湾古城的诞生是因为这里盐运的繁华，也就被倭寇列为掠夺之目标，为了防倭保盐这才建造这座古城。据顾炎武的《天下郡国利病书》所言："倭奴入寇……入盐城，可犯淮安，入庙湾，可犯扬州。"《明史纪事本末》卷之五十五也记载言："江北兵攻倭于庙湾，冲其巢，斩首四千。"两文虽廖廖数语，却不难读出其中的刀光剑影。

经过两次抗倭战役，于万历二十年（1592年），驻淮安的漕运总督（同时主管地方政务又称漕抚）李戴决定，在庙湾开始设置庙湾兵营，专门对付倭寇。三年后（1595年），又决定在庙湾跨盐港河新建一座城池，庙湾古城由此诞生。

从此，庙湾古城见证了盐运的繁华，多少富商巨贾、达官贵人从射阳河的码头上岸，灯红酒绿，车轿穿梭，酒肆旗飘，名噪一时。

到了晚清，盛极一时的两淮盐业终于衰败，庙湾古城也变得一片萧条。这时的古城仿佛就是一位红颜已老的贵妇，不得不在岁月的面前低下高贵的头颅。

大海东移了,历史却来了,把古城淹没了。

五

夏风。疏雨。青灯。古卷。

我伫立在历史和现实的边缘,听着塔铃摇曳出一帘轻叹,亦如于梦中看古城的今天,于水中看古城的人生。

一壶清茶,一座古城,一段旧事,欲说还休。

这时,我说老淮调就是这座庙湾古城的生命旋律,我还说年少时经常随父母去城中心的人民剧场看淮剧,其中记忆最深的算是《急拿王兆》,至今几十年过去了,周巧云的那段唱词唱腔仍然记得清楚。

当时,我去看淮剧《急拿王兆》时只有十岁,可里面的故事深刻地烙在了我的记忆里,整个小城到处都能听到周巧云的这段大悲调。久而久之,我也能哼上几句,这淮剧的旋律也就烙进了我的心底。

友人听我说到淮调,则兴奋地介绍起近几年在小城流传的《却金亭记》。

他说却金亭当年建在盐课司街南的盐市口,以后的各种版本的《阜宁县志》及有关史书均有翔实的记载,又说明朝嘉靖年间两淮盐运使范總为官清廉,惠及百姓,调任四川时连路费都没有。根据这段史实,当地淮剧团改编了淮剧《却金亭记》。

友人指着却金亭下的广场,正有几个淮剧老票友在演唱,听上去他们的唱腔虽不如专业演员那般圆润,却也声情并茂。

那老票友演唱的正是淮剧《却金亭记》的第六场《惊变》,范老夫人被贪官所逼悬梁自尽后,范總大人万分悲痛地哭灵。

"悲怆怆,心寒寒,仰天长叹。呼天地,哭娘亲,魂断庙湾。情凄凄,追往事,苦梦如幻。一点点,一滴滴,汇聚心间……"

这位老票友唱的显然又是大悲调。这种大悲调长于叙述,唱起来情绪悲愤,悲剧色彩鲜明,大段唱词常常扣人心弦,催人泪下。

我听着大悲调，抬头仔细打量起这座却金亭来，只见它高大挺拔，是一座两层六角木柱青瓦凉亭。上下两层各有六个飞檐翘角，二层正中高悬着"却金亭"匾额，最上面为六脊亭顶。亭边的石头上刻有简介："明朝嘉靖年间，两淮盐运使范總驻节庙湾。多惠政，常巡视各盐场，询民疾苦。盐民歌之曰：范来早，我人饱；范来迟，我人饥。迁四川参政，以其宦囊萧然，携金送出数百里，呈献總，坚却之，因即以金建亭，名曰却金，以彰清节。"

此时，在却金亭边演唱的老票友，用他沙哑的嗓门悲愤地唱道：

"皇封两淮盐运使，体察民情到庙湾，明察暗访查盐案。官商勾结成了患，凶恶如虎视眈眈，盐民哭死泪不干……"

看着却金亭下范總的塑像，听着这凄惨悲愤的唱腔，感到这每一个悲怆的音符，全都飘落在了却金亭的木椽青瓦之间，全都飞洒在塑像的青白玉石之上了。

一曲老淮调飘过岁月的枝头，便把古今的血脉相连。

六

大概自小经常随父母去听淮剧，久而久之便使我养成了对淮剧的兴趣，平日里总是在不经意间哼上几句。

记得初中毕业那年，上海淮剧团来招生，学校选了十几个学生去面试，我也是其中之一。结果双胞胎同学被选上了，我唱了没几句嗓门就哑了，也就名落孙山之外。几十年后，双胞胎同学早已成了淮剧界的名角，而我则成了一名淮剧老粉。在淮剧传统剧目"九莲十三英七十二记"里，我最喜欢的是《珍珠塔》里的《恨只恨姑母娘》、《杨家将》里的《河堂搬兵》和《赵五娘》里的《苦命人》了。

可能是淮剧的悲情风格对我性格的影响，使我后来的散文创作始终摆脱不了悲剧的影子。也正因为此，我看到眼前的这座庙湾古城，就判定它的品格是奋争与悲壮了。

我觉得眼前这座庙湾古城，就是盐场历史的一个符号，也是盐运文化的一个象征。

在这里，盐场和运河的叠加成就了庙湾古城的盐运文化特征。煮盐是为了养家糊口而奋争，抗倭是为了民族生存而奋争，拒腐是为了民众公道而奋争，盐运则是为了国家命脉而奋争，而所有这些奋争里全都饱含着悲壮。因此，盐运文化的核心就是奋争与悲壮，庙湾古城的品格也是奋争与悲壮，这就难怪在这片土地上流行的淮剧的主旋律是那么的悲壮了。

今天，站在迎熏门的楼台上，俯视着眼前这片恢弘的古城，觉得所有的古建筑的身上全都落满了淮剧的音符。在迎熏门楼上飘飞的彩旗便是奋争的语言，在县衙大堂的青瓦飞檐上迎风摇曳的枯草便是悲壮的节奏，却金亭的六角飞檐犹如展翅的雄鹰便是悲壮的展示，三观殿桥的每块石头垒成了当年盐民悲奋的长叹，那条古街石板路上的青光便是当年盐运繁华时留下的汗水……所有这些组合在一起，便构成了庙湾古城的淮剧乐谱，一起演奏出一幕悲壮与奋争交融的历史大戏。

奋争与悲壮就是这座古城原来的轮廓，一砖一瓦都是它的生命注解。

那段沧海桑田的历史在清砖灰瓦之间穿行，透过一缕袅袅升腾的青烟，捎来古盐场当年的咸涩之气，在我眼前的空气里飘拂不散。一时间，这座庙湾古城便连接起古今沧桑的往事，弹奏起我今生熟悉的淮调。

此城，清风如许，醉我今生。

（原载《百花洲》2022 年第 1 期）

风在水上是有路的

学群

我住的地方,抬起头窗户外面就是湖。每天太阳从屋顶划过,最后都到了湖那里。雁去燕来,大雁在天上排着一字或排着人字,燕子在空中斜斜剪着风。住在这样一个地方,人的精神气象里边好像也有了水,有了季节与风。

丰水季节,湖水像是有了身孕,湖中间圆鼓鼓的,看着比边上的岸还要高。湖面开阔,即便疾行的船只也带着一份从容。船从窗子外面过,船身好像被风砍歪了,斜斜的就在树梢上,风吹树动,船也跟着往前移。到了枯水季节,湖水退到远处,成了一条白晃晃的线。过往船只像是压扁的动画片,一下一下往前挪。突然就觉得,这湖上的季节就是这样被风翻动的。

风很少平铺直叙。风在水上是有路的。跟地面不一样,平的白的地方不是路。风成片成片吹过,在水面上拧出一道道皱痕,密匝匝的像在纺织着什么。一些地方拧得紧,棱起来像青鱼的背,风撒开蹄子在跑。

湖汊那儿会有一些芦苇,会有一两只船。风拂过水面,几缕乐谱似的波痕绕着船在游,船上衣袂在飘,一股韵律一直爬到苇尖上。那被修长的杆子举起的荻花就像一声悠扬的圆号,几只斜飞的燕子像是来自天空的回音。琴声摇曳，芦荻弯下去，画一个圆圈又弹了回来。波纹弯弯扭扭信笔游来，琴声沿着水面铺开了。偶尔几声鼓点，在船首船尾，在船底下。船一沉一浮动起来，钟鼓号角齐鸣，琴声大作。所有的音乐声一齐来到船上，跟着船一起上下一起摇荡，摇得满湖都是。远远的，浪一路连过去，那儿有一块圆丘露出了水面。波浪被它牵过去，绕一圈又荡了回来。船身在摇。突然就发现，船上的物具都圆曲起来，眼看就要流出框住它们的边线。缸里的水一圈一圈在游。两只摆在一起的盘子你流向我我流向你，流成了一个8字。一根懒懒地卷曲在船头上的绳子，不知怎么一下流泻到水中。蓦然回首，旁边那根柳树，每一枝柳条都披挂着风。

那边一片平缓的滩地，波浪尽情地舒展，直到那些隆起来的涌动归于它的平静里。那长长牵起的波浪线是那么壮阔，那些慢镜头似的涌动是多么美丽动人。

风就像穿在湖身上的一层衣。刮南风的时候，从南边几条大河里汇集来的水披着风一起往北游，那情形就像我中学时的同学陶沙岸说的：水和风好像都知道星辰和大海的方向。可是到了刮北风的时候，满湖波浪往南翻滚，水依旧在底下往北流，向南涌过去的只是风。难以想象，这往南边去的浪跟往北的长流水怎么缝合到一起。风水相激，水明明在往南涌，怎么又往北流入了长江呢？神的灵运于水上。创世之初，先有水再有生命，再有人。人大概永远也无法参透水。水的事情风或许知道，可是风不会在人这里停留。

鹤从云中来到地上，收起翼展的那一刻两只脚一踮，地好像在它的脚底下聚拢了，拔高了。它两只修长的脚把自己举起来，有时甚至单脚立于地上，鹤好像天生就高出具象超然于器物之上。拿鸡跟它比，鸡脚短鸡身又过于肥满，脖子本来就不长，就算挺起胸来走路，摆在前面的也是一只食袋。等到它往下啄食时，朝上竖起的就只是排泄的尾部。是的，鹤也会在地上取食。它翔于云端，并不是不食人间烟火。它的长颈弯起一条曲线是如此美丽动人，每一次啄食都像是朝向大地的一次俯吻。拿鸭子跟它比，鸭子好像知道它当不了鹤，依了身形，它想学帝企鹅的样子在地上踱步。可人家在水里就像在空气中飞一样。上得岸来，摄氏零下几十度的极地，除了冰雪就是风，那么空旷的地方足够它们不紧不慢移动步子。一只鸭子夹在人群的缝隙里也想来这套，不要说有人，即便一只狗窜过来，两只鸭掌一溜一滑拼命摇摆笨拙的尾巴——踱步的鸭子一下现了原形。不说那些当了家禽的鸭类，那些飞起来的野鸭也总是急切地扇着粗短的翅膀，仿佛只要稍慢一点，那只吃鱼而吃胖的身子就会往下掉。鹤在天上舒开翼展，天地好像一下变大变宽了。它只要闪动一下翅膀，再闪动一下，气流转换，风吹落在湖上，天空好像也跟着斜起了一角。

这些飞越喜马拉雅，飞越珠峰的生灵。

风从遥远的大洋吹过来，一群鹤聚集到了泥滩上。风先是来到一只鹤的尾巴上，在那里翻动她的翎毛。接着在另一只鹤的尾部拧出一道旋涡。鹤扬起头叫了一声，一道曲线沿长长的曲颈传到背上，鹤扇了一下翅膀。顷刻之间，湖水亮了，泥滩上闪出丝绸一般柔滑的光。一只又一只鹤抬起头引颈长鸣，扇动翅膀载歌载舞。春天的滩地在它们的长脚下是这么富于弹力，跺一下就把歌声弹出去老远。

一只半大的鸟又是唱又是跳闹腾半天，大概是发现了接下来的事情还轮不到它，在做这些之前它还需要吃下一把粮草。一只大鸟旁边的泥水里似乎藏着什么。它收了翅膀尽量把自己缩小压低，伸直颈项探向大鸟的阴影里。它的头顶突然响起一阵高鸣，两扇硕大的翅膀猛地扇起一股气流，它赶紧把脖子收了回来。可是，上面那个大家伙并不是为了这个。它再次把自己压低伸过去，试了一下，又试了一下。它啄到一条泥鳅。我在芦苇丛里看着它，它跺了一下脚，甚至快乐地鼓了一下翅膀。我笑起来，鸭仔和鸡仔好像也是这么干的。

从芦苇丛里出来时，远远看见几只小野鸭，毛绒绒的身子圆鼓鼓的，还带着蛋壳的印记。它们一摇一晃正往水边去。世界一下变得柔和起来。它们一摇，草地沙滩水洼和天空也跟着一齐摇晃起来。这时候，世界好像不在那些庞大之物那里。

我从湖中走过。菱角佬，黑鱼包，迷太湾，那些老名字一听就能掂出时间的分量。一个新名字念起来总觉得不顺畅，有时候甚至还不好意思把它念出来。湖滩、湖洲、湖汊，好像没有收到那些新名词。湖水每年都会淹上来，湖水淹过，只有那些老故事留了下来。

我从湖中走过。来自不同方向的风掀起尘沙，搁浅的船像是被沙抬了起来。落下来的雨水，一汪一汪扔在滩地上。脚伸进水里，每一步都走过整个水面。一只青蛙把要说的事情说了一半。过了一阵，它呱了一声，接着一口气说了好些。它说过之后，又有好几只青蛙出来应答。这一年的好多事，就这样在湖滩上说开了。一只鸟站在一竿芦苇上叫了一声，一只鸟飞过来立在另一竿芦苇上，正好跟那一只相对。它们你一句我一句，就这样说开了。芦苇在它们脚下摇摇晃晃，它的声音有些像水面上游过的波痕。它们好像在说那些晚上偷捕的人。它们不知道，人怎么能富得过一片湖滩，一盏灯又怎么能亮过一颗星。手电筒一亮，世界就只剩巴掌大一块。黑夜里星群闪耀成河流的摸样，于是大地之上众水奔流，河流之上有了节气之分。化肥和塑料好像改写了太阳在地上的行期。可是在这里，鸟在天上扇动翅膀，鱼群在水里聚而骤散。没有一架时钟会跑到这里来唠叨时间，季候自己在地上在空中说话。

不管是草地还是芦苇丛中，总会有一些空地。没有人知道空地从哪里来。空地就像孩子们的假日，没有段落大意，没有中心思想，没有课间操也没有作业，放假就是允许你回到你自己。

草在一个劲地往上长。一只瓢虫背上一点夜色、几粒星光从草叶上爬过。躺在草丛中的路，仿佛陷入了散漫的沉思中。风吹在草地上的痕迹，鳝鱼和刺猬爬过的路，草原鼠的通衢大道，蛇一路追寻而来，人的脚步常常迷失其中。每一条路都通往不同的可能性，走上一条路也就否定了其他的可能。有时候真想把每一条路都走上一遍……你走向湖中的时候，湖只是把它的很小一部分伸给你。

走过老鼠的家门，鼠门洞开，里面好像住着战战兢兢的寂静。走过蛇的家门，幽暗中像有火信子在闪动，脚隔着鞋子就知道。兔子出门在外，草丛后面一处半是遮掩的门。一段枯木，那是虫子们的村庄。一些蜣螂住在牛粪堆里。牛身上有一种阅尽世事的从容，一条牛反刍过的东西，草当然知道，一只蜣螂也会懂得一些。鸟没有开在地上的家门，它宁肯相信天，它把家朝向天空。

每一个洞开的家好像都支着一只耳朵在听，每一个门洞都像一张惊讶的嘴。我只想跟它们说一声，我只是从门前走过。

也许该说说湖岸边那棵老树。

湖水由南往北流，湖草用了一个冬天向南奔，来来去去的季节，好像把那棵蹲在岸上的老树给忘了。

它就像一个蹲在一边抽烟的老头。没有人知道它是一棵什么树，它好像也不再在意它曾经是一棵什么树。没有人知道它的年纪，它的年岁都藏在它的身体里。就像那些老成一副好脾性的人，它已经忘了什么是生气。一生的时间长到一定时候，那么多事想想也就过去啦。那些高大结实的水牛打这里经过，喜欢在树的虬扎粗糙的枝干上蹭擦，好像那是一只从过去的年岁里伸过来的手。树蹲在那里，看着一条条水牛从它身边走过去，像是排了队一样走过去。一些水牛走过来弄歪了它的身子，它把歪过去的身子长回来，接着往上长。一些牛擦伤了它的身体，受伤的地方又结出了瘤，结出来的树瘤又被后来的牛身子磨得光溜溜的。一只虫子钻进去，在它身上安了家。一只野蜂又让后代在虫子身上安了家。不知道有多少虫子在它身上住过。有一天，一只鸟啄开它的身体，吃掉了里面的虫子。后来那个洞又变大变深了，直到住下翠鸟一家子。有一年湖水涨上来，一只虾子爬上树来，在里面住过。虾子弯起身子弹走了，两只小螺蛳留在里面，直到变成壳。蚂蚁来过，老鼠来过，蛇往里头探过头。风从这里过，也喜欢到里面打一个转身，弄得呜呜响。从湖里来的风会很大。风一来就牵着树叶树枝往前跑，有时候树干也会跟着跑，到了树根那儿，风突然一撒手，树猛地刹住脚，树身子一下弹到了另一边，上面的枝叶一下丢了方向。后来树越来越大，直到有一天，风再也带不动它粗重的身子。后来那些风到了一棵老树那儿就像一群孩子，在树身上蹿上滑下，把枝叶筛得吱吱响。

岸边那个村子里的孩子喜欢跑到这里来，踩着牛和风弄歪的树身往上爬，坐到树杈上悬空两只脚。前面那一批孩子从树上下来不再去爬树的时候，又会有另一批孩子踩着前人爬过坐过的地方接着往上爬。一代一代人把童年留在树上，在下面的村子里慢慢老去。树分出一个个枝杈把人类的童年越举越高。鸟总是站得比人要高。人们抬起头把脸仰向天空的时候，可以看到鸟安在上面的巢。

（原载《散文》第9期）

世相

羊角灯胡同

刘心武

　　北京恭王府现在是一个热门旅游打卡地。恭王府所在的那条东西向的小街现在叫做前海西街，海指的是什刹海，这条街南边，有条胡同，叫做羊角灯胡同，羊角灯胡同与前海西街并不完全平行，它呈西南往东北延伸的态势。也许是被恭王府旅游热的带动，近来羊角灯也成了一个旅游打卡地。其实这条胡同，长度不足二百米，宽度大体在两米，胡同两边的院落，也至多不过是些寻常的小四合院，影壁后也就一进，没什么两进或更宽阔的院落，其中有的早成了混居的杂院，实在是无足观。那为什么有越来越多的人对其感兴趣？我想，首先是胡同的名字吸引人眼球吧。

　　既叫这名字，那是否与一种特殊的灯具——羊角灯——有关呢？答案是肯定的。北京胡同的名字，千万不要一律望文生义，比如也在什刹海附近的两条胡同：大翔凤胡同、小翔凤胡同。我初到那里时，就以为一定有过彩凤飞翔的美丽传说，或至少是以前生产凤凰头饰的作坊集中地，后来知道，其实是大墙缝、小墙缝的谐音转化，因为那两条小胡同，是依附在大王府高墙之间的隙地形成的，谐音将俗义转为雅称，是北京许许多多胡同命名的不二法门，比如大格巷原来是打狗巷，奋章胡同原来是粪场胡同，高义伯胡同原来是狗尾巴胡同（北京话尾巴发音为"以巴"）……但难能可贵的是，羊角灯胡同并非俚语俗音雅化而来，它确确实实是跟羊角灯这种独特的古灯具相关。

熟悉《红楼梦》的人士，肯定能想起，书中出现过羊角灯。第十三回写王熙凤从荣国府出发，出至厅前，上了车，前面打了一对明角灯，大书"荣国府"三个大字，款款来至宁国府。明角灯就是羊角灯，灯上可以写上大字，等于是荣国府的告示牌，可见灯体很大，透明度很强，体面而威严。第五十三回，写祭完宗祠，荣国府那晚各处佛堂灶王前焚香上供，王夫人正房院内设着天地纸马香供，大观园正门上也挑着大明角灯，两溜高照，各处皆有路灯。大观园的园门，据第十七回交代，是正门五间，虽比不上荣国府府门宏伟，也应该相当阔朗，门上所挑的大明角灯，也就是大个儿的羊角灯，想象中或许比十三回为凤姐开路的角灯体积还大。第五十四回写荣国府元宵开夜宴，廊檐内外及两边游廊罩棚，将各色羊角灯、玻璃、戳纱、料丝，或绣或画，或堆或抠，或绢或纸，诸灯挂满。在各色灯具中，羊角灯居首位，可见羊角灯已成为贵族府第奢侈级别的一种标识。

现在网上可以查阅关于羊角灯胡同的资料，其中一条是这样写的："位于什刹海历史文化保护区，在三座桥胡同与龙头井街之间……羊角灯胡同这个名字从乾隆时期开始叫到现在，据说当初这里有许多制作羊角灯的作坊。也有民间传说这里是负责和珅府安全的警卫人员驻扎地。夜间士兵提着羊角灯巡逻，故名羊角灯胡同。21号院曾是刘心武先生住过的地方。23号院内北屋姓张，其主人的先辈是著名的大鼓表演艺术家张宝和，俗称'大鼓张'，相声大师侯宝林曾向他学艺。侯宝林先生小时候也曾在此住过。"还有一些别的条文，大同小异。

羊角灯胡同北边的恭王府，其称呼是因为1850年道光皇帝驾崩，咸丰皇帝继位，将原庆王府赐给其六弟恭亲王奕訢，咸丰二年四月二十二日，恭亲王奕訢迁居此府，始称恭王府。现在不少人士参观了恭王府以后，都有一种感觉，就是《红楼梦》中所描写的荣国府——几进院落呀，垂花门呀，抄手游廊呀，东西夹道呀，穿堂门呀，后楼呀，都能在小说中找到影子，而叫做萃锦园的恭王府花园，里面更有诸多景观，令人联想到书中的大观园。但是《红楼梦》成书于乾隆朝中期，作者不可能超前到晚清去从恭王府及其花园撷取素材，因此，有一种说法，就是恭王府的前身，一度是乾隆宠臣和珅的宅邸，和珅当时有可能看到过《红楼梦》抄本，他是参考书中的大观园，来营造他的花园的，晚清恭亲王对其照单全收，才形成这么个格局。此说可供参考。

周汝昌先生曾出版一书，考据《红楼梦》大观园的园林原型，首印时，出版社可能是考虑到书名最好能简捷明快，就叫做《恭王府考》，有的人不仔细去看书里内容，只凭这个书名，就严重质疑：恭王府是《红楼梦》成书很久以后才有的，就算从和珅府说起，其造成也在《红楼梦》手抄本流布于世之后，你这考据意义何在？其实，周先生此书自定的书名，本是《芳园筑向帝城西》，再出此书时坚持以此为书名，盖是取《红楼梦》中元妃省亲，薛宝钗奉命题诗的第一句。

这一句大有考据的必要，意思是大观园的位置，在京城的西部，再参考书中其他的描写，更可知具体位置是在西北。虽然书中的大观园是作者把关于中国古典园林的识见加以融会贯通后形成的浪漫想象，但追踪蹑迹，探讨作者这想象的最主要的原型依据，还是很有意义的。周先生书中考据了和珅府建造前，那处空间的沿革，可知最早可追溯到明朝，那处地方，原有明代成化、弘治年间，擅权的大太监李广私建的园林，我1961年到那处空间工作、居住时，地名还叫做李广桥斜街，听老居民说，直到1950年，那里的水道以及以李广命名的拱桥还在，大约1952年，河道才被改造成暗河，桥才拆毁，李广桥斜街的地名一直保留到1965年，才改名为柳荫街。那一地域，不仅有什刹海前海、后海的大片湖泊，还有许多的网状水系，李广当年在那里建造别墅，就是利用了那里的水资源，形成一处美丽的园林。

清朝取代明朝，明朝的紫禁城成了清宫，明朝遗留下的一些豪宅园林，也多被清朝统治者接收，逐步分配给清朝的贵族达官建府建园享受，李广遗留下的那处园林，后来归了谁呢？应该是被清朝内务府收管，在康熙帝分封他的众多阿哥时，修葺为某阿哥的府邸，但因康熙晚期，有九子夺嫡的闹剧，最后四阿哥胤禛即雍正胜出,而两立两废的二阿哥太子胤礽,以及大阿哥胤禔、三阿哥胤祉、八阿哥胤禩、九阿哥胤禟、十阿哥胤䄉、十四阿哥胤禵(后来雍正把这些兄弟名字中的胤字全改成了允字,而且八阿哥、九阿哥还被革出宗室,取了侮辱性的称谓"阿其那""塞思黑"),都被不同程度打击,他们当中是否有的倒台前的府邸,就在李广桥那边?和珅后来所获得的地盘,应该就是那地方的一处废府,而这样的废府,照例应该由内务府处置。在成为废府的时期,官绘京城全图,当然只能画成一片卑陋之地,而将废府改建成新权贵的宅邸,应该由相应的工部官员负责,其下面应该有具体实施工程的营缮郎。

曹雪芹的父辈曹𫖯在雍正朝的江宁织造任上遭到查抄,但未被斩尽杀绝,逮京问罪后,还给他家在北京蒜市口一个十七间半的院落居住。雍正驾崩乾隆登基初期,乾隆实施缓解前朝紧张形势的怀柔政策,起用了雍正朝被治罪的内务府官员,其中就有曹𫖯,曹𫖯很可能就参与了废府改造为新府的过程,那过程绝非短时可竣,负责施工时可能就会常到现场,而他的儿子曹雪芹(若非儿子应是堂兄曹颙的遗腹子),那时虽然只有十几岁,也可能就会趁机跟过去打打下手,当然也就对那园林有了细致的观察深刻的感受。乾隆四年发生了"弘皙逆案",曹𫖯被牵连,才终于"忽喇喇如大厦倾,昏惨惨似灯将尽",以至于"落了片白茫茫大地真干净",曹𫖯不知所踪,曹雪芹潦倒沦落,贫居西山,举家食粥。但这倒成了曹雪芹后来撰写《红楼梦》大悲剧的动力,他真事隐,假语存,一个有原型的大观园,在其丰富的想象力和高超笔力下,也就呈现出来了。1962年,周恩来总理在当时北京市副市长、著名红学家王昆仑等人陪同下到恭王府视察,关于恭王府花园前身是《红楼梦》大观园原型的说法,他指示说:"不要轻率地肯定它是,但也不要轻率地否定它不是。要将恭王府保护好,将来有条件时向社会开放。"

至于位于恭王府南边的羊角灯胡同——羊角灯是一种奢侈品,而且应该首先是供应宫廷,由皇帝来享用的。恭王府居然连其巡府的兵丁也大摇大摆各执一盏,可见府里摆设悬挂提用的更不计其数,这是很惊人的。明朝的李广在此建造别墅园林,后来李广倒台,大臣们弹劾李广八大罪状,其中的第四条就是"盗引玉泉，经绕私第"，玉泉山的水本来只能皇帝引用，李广却通过月牙儿河把那泉水引到了自家的花园里，这就是僭越。和珅被嘉庆治罪，开列罪状多达二十条，其中第十三条："所盖楠木房屋，僭侈逾制，其多宝阁，及隔段式样，皆仿照宁寿宫制度，其园寓点缀，与圆明园蓬岛瑶台无异，不知是何肺肠。"僭侈逾制，其实是各朝各代贪官的通病，《红楼梦》里写到的荣宁二府，地位其实在王爷之下，其吃穿使用，如玉田胭脂米、凫靥裘、大玻璃穿衣镜、大明角灯等等，不仅直追王府，甚至简直就是皇宫水平。羊角灯胡同满布的羊角灯作坊，其生产的羊角灯，主要应该是供应宫廷，其次才是其他贵族府第，但和珅府却独占鳌头，几乎垄断了羊角灯产量的大半，这当然是严重的僭侈逾制。

那么，羊角灯究竟是怎么生产的呢？有三种说法。

一种是说，将山羊角煮烂成糊状，然后置于浅碟中冷却，最后形成类似玻璃的薄片，然后把这些薄片镶嵌在事先制作好的灯框上。但这样形成的灯具，不能呈浑然一体的圆筒形或枣核形，与留存至今的实物不符。

另一种说法，则是有一种模具，类似两个大小不一却也相差不多的圆形，把煮烂的山羊角形成的糊状物灌进两个圆形的缝隙中，待冷却干燥后，拆去模具，就形成了长圆或浑圆的灯体，上下再附加铁丝等制成的烛台提手，就形成了羊角灯。邓云乡先生持此说法，可供参考。

但我相信第三种说法，这是我在李广桥斜街工作居住期间，在羊角灯胡同里，听一位老爷爷告诉我的。我结识他的时候，不到三十岁，他却已经八十开外，左近的人们都称呼他冰爷，我也跟着那么叫。

刚开始的时候，我以为写出来是"兵爷"，想必他当过兵丁，后来才知道，所谓"冰爷"，就是在冬季什刹海的冰冻期，参与采冰的爷们，直到上世纪七十年代，每到冬季，什刹海还都有采集天然冰，运往冰窖保存，在夏季加以使用的做法，但我结识冰爷时，他早干不动采冰，听左近有的知根底的人说，其实也可以叫他杠爷，就是在解放前，他一度当过给人抬棺材的杠伕，这个称呼比冰爷难听，有人那么叫唤他，他不应声。

但他跟我熟了以后，我问起羊角灯的事情，他就说自己在光绪三十年，十二岁的时候，到这羊角灯胡同的作坊里，当学徒制作过羊角灯，他说那时候这胡同里原来的羊角灯作坊已经倒闭过半，但也还有继续坚持那营生的，来订货的主顾，达官贵人多过了皇家贵族。他跟我细说羊角灯的制作过程：

把大山羊角截去尖端，放在大锅里，放满水，用大量的白萝卜丝一起焖煮，掌握住火候，一定要在山羊角没有煮烂却又软化的情况下停火，然后把煮得膨胀的羊角捞出来晾起，也要掌握住火候，在捞出的山羊角仍温热的时候，用一组木头制成的楦子，塞进羊角里面，将其撑大，开头使用的楦子类似纺锤形，然后逐步换成中部鼓起更多的楦子，这期间，有的羊角就会破裂，那就只能放弃；没破的，再小心翼翼地换更鼓的楦子撑开，最后，才形成或圆筒状或大体浑圆的灯膜。灯膜形成后还要再细心打磨，使其各方位厚薄大体一致，最后再附加上下的提框烛座，成为一盏可供使用的羊角明灯。

听他这么说，羊角灯制作过程中的损耗率是相当高的，他说煮一大锅羊角，最后成型的，也就三两个，大型的成品，往往一季也就几盏，而且羊角灯使用期也短，冬寒夏暑，容易开裂，不经磕碰，即使外壳完整，也往往会变得失去透明度，不再美观。我很感谢他给我提供的这些宝贵信息，就跟他说，我管您叫灯爷吧，他摆手，说还是叫冰爷好，原来他是从国营采冰队退休的，他以那个正经职业为荣。冰爷已经谢世四十余年，羊角灯胡同作坊的制灯工艺，随他那代工匠湮灭无传了。

如今存世的羊角灯，非常罕见。整个故宫博物院，也仅存1889年光绪大婚时坤宁宫洞房使用过的两盏硕大的喜字羊角灯。从网上得知，浙江在诸暨大唐箭路村，至今还有一位羊角灯制作传人——张方权。他家祖上四代做灯。他的制作方法，与我从冰爷那里听来的类似，不同处是他将两瓣熬煮过的羊角撑大后，再合拢加以焊接，焊接后使用工具仔细打磨，使人看不出接缝。如果北京羊角灯胡同要进一步开拓旅游事业，或许可以请张方权先生到胡同中开一爿羊角灯店，展示其特殊工艺，并将制成的灯具作为旅游纪念品发售。若再将大鼓书艺人张宝和以及侯宝林故居布置成曲艺博物馆，再将胡同里现有的小餐馆改造为可听大鼓书与相声的茶寮酒肆，或许人气可更旺。

至于网上说羊角灯胡同"21号院曾是刘心武先生住过的地方"，不知何所据。我自己从未说过、写过曾在羊角灯胡同居住。网上有的相关信息还配发羊角灯胡同21号的华丽门面，看了吓我一跳。现在郑重声明：我不曾在羊角灯胡同居住，不要再以讹传讹。我现在是一个退休金领取者，在哪里居住过也实在不值一提。

但我与羊角灯胡同确实有不浅的缘分。我在青春期，追求过居住在那胡同里的一位女郎。那期间我傍晚常从龙头井那边往胡同西口里去，但往往就有一位大体同龄的小伙子，偏在那时候在胡同口舞剑，他身手矫健，剑法专业，似乎也并不是故意要阻拦、威胁我，但我望见那阵势，总觉得还是退避三舍的好，于是转身从前海西街，绕到羊角灯胡同的那一头，叫做三座桥的地方，试图从东口进入，但也就有好多次，我到了东口，他却又出现在东口那里，依然默默舞剑，令我大囧。我们从未过话，但都心照不宣：互为情敌。我知道他那时所属的单位远比我任教的学校高级，而且他的母亲也通过强有力的中介人士，向那女郎的父母表达了迎娶其女的愿望。后来他不再出现在胡同口舞剑，因为那女郎最后选择了我这舞笔的，成为我的妻子，我们生下了儿子，儿子幼时就放在妻子父母、也就是我岳父岳母那里抚养，我虽然常常会去岳父岳母居住的院里，却从未在那里过夜，我和妻子另住在柳荫街，因此那个院落不可说成我一度的居所，更何况那时候那是个居住了五六家的小杂院，即使从我岳父岳母的角度来说，也不能算成是一家的宅院。

不行了，流年碎影荡漾心头，都是生命中不能承受之忆，不能再往下写了。爱妻去世马上就满十三年了。羊角灯胡同虽非我曾居之地，却是我生命中难以忘怀之空间。

（原载《文汇报》2022年3月15日）

冬缸凝兮夜何长（节选）
——记忆中的腊月夜

卓然

腊月天，昼短夜长。尽管数九之后会白昼一天长一线，但毕竟还是一个长长的腊月夜。

腊月天，人们自然是要忙年节的事，但毕竟只是白天忙，还必须打发那一个个长长的腊月夜。

当然，长长冬夜可以睡觉，拱到暖暖的被窝里，做一个长长的梦。

然而，你可别小看了乡村，别把乡村人想象得冬眠动物似的。乡村人自有乡村人的肺腑，也自有乡村人情调。

毕竟是年末的腊月夜，面对殷殷的一豆灯火，他们总想把那长长的冬夜打发得有滋有味，让那雪花纷飞的冬夜意味重重。

君非乡村人，焉解乡村事。乡村人看乡村，"横看成岭侧成峰"。乡村的故事，带着金菽银黍的芬芳，带着五谷丰登的心满意足，带着丝丝缕缕撩拨人的情好，化成风俗，穿行在村中的大街小巷，跨过半塌的颓墙，钻进半闭的柴扉，不经意扑进院子里，或者抿开窗户纸，钻到屋子里，钻到炕头上，以春风风人。

新年本就是一场浩大的文化活动,每一个腊月夜都是新年的一道序幕。

在落雪的腊月夜,点起一盏小油灯,让年节的文化意味更浓,让渐衰渐朽的生命别许一种风光。

在我的记忆中,腊月夜最有意思的是,爷爷的三国,奶奶的谜儿,父亲的龙头案,母亲的状元哭塔。

爷爷的三国

屋外雪花飘飘,鸦儿宿在枯树上。每天这个时候,就该是爷爷们讲三国的时候了。

我们住的是平房,是一个砖瓦整齐的小四合院。堂屋自然是爷爷奶奶住,儿孙们各屋别居。每入夜,所有的窗户都有灯光,虽然是灯下昏黄,却总是雪后的希望。

每当这个时候,奶奶就会把炉火烧得旺旺的,奶奶会对我说,你爷爷要"云古"了。

"云古",应该是一句古话,是文言文。我不知道奶奶为什么会这样说,后来我发现我的邻居奶奶也会说。比如南院武奶奶,就曾经对奶奶说,她心里"不悦",想跟奶奶"云云古"。我听了非常吃惊,难道村子里的奶奶都念过古书?

旺旺的火炉里,奶奶烧的不是柴禾,是晋城的香煤净炭,俗称"白煤",我则称其为"兰花香煤"。就是那种对着星星会闪光,拿在手里不染黑,一触一碰如铃铎交响,红红的火焰裹夹着蓝蓝的火苗如兰的蓓蕾初放,无黑烟无磺味,似乎还有兰的清芬。我也曾把兰花香煤赋成文章,以助其盛名播扬。当我知道英国女王一定要用晋城的兰花香炭烧壁炉用的时候,我非常钦佩我的奶奶,我也为我们晋城有兰花香煤而骄傲。

奶奶把兰花香炭填到火炉里,红火焰,蓝火焰,把一个寒冷的冬夜燎得恍然春日,好让爷爷在温暖如春的炕头上"云三国"。

爷爷不怎么喜欢"云"的说法,是不是有一点"云天磨地"不着边际的意思呢？显得爷爷们的"三国"不是历史上的三国，不是人间的三国，不是书本上的三国，都是他们自己胡编乱造、胡扯八道的"三国"。

爷爷只喜欢"说"三国，"说"显得实在，"说"才有趣味，有滋味。

爷爷说，一个人无论如何也无法说三国，一个人说三国少滋无味没意思，只有与邻居那些"老家伙们"一起说三国，才是真正的三国，才是热热闹闹的三国。

所以，与爷爷一起说三国的还有堆爷、土爷、润爷、三爷、五爷、八爷……

奶奶笑说他们是"一赶老三国！"爷爷说只有"一赶老三国"，才能把三国说个翻江倒海。

每逢奶奶把炉火烧旺的时候，"一赶老三国"就陆陆续续来了，或长须飘雪的，或短髭染霜的，或毛发褪尽的，或跛一足的，有眇一目的，有半身不遂，或扶着孙儿的，或拉根拐杖的。当然，也还有喜欢听三国的年轻人，都来到爷爷的堂屋，扎堆听三国。

村上人说："少不看水浒，老不读三国。"但是，在村子的腊月夜，就偏偏有年轻人在一起说水浒，而"一赶老三国"就偏偏喜欢三国。喜欢三国的智慧，喜欢三国的英雄气。

"老三国"们围着火炉，不停地抽旱烟，不停地咳嗽，不停地开怀大笑，不停地抹着口水说三国。"老三国"们斗大的字不识一箩筐，或者根本就没有一个人读过三国。他们的三国都是从岁月中捡来的，说书，戏剧，都是他们说三国的蓝本。

"老三国"们讲的并不是章回三国，不是一开头就是"话说""且说"的那种三国，是想到哪说到哪，喜欢哪说到哪，喜欢哪个人物就说哪个人物。昨天说过的，今天还说，尽管反反复复，兴致却还是那么大。

很多时候，并不是一个人说一段，然后换一个人说一段，而是你一句他一句抢着说。不知道谁正在说"三顾草庐"的时候，就会有一个人叉开，说"诸葛亮祭东风"。这一个正说"草船借箭"，就会有人来一段"关云长义释曹操"。

润爷特别喜欢曹操"横槊赋诗"的豪气，他虽然也不识字，却能够默念《三国演义》那一段文字：

操又大笑。曹操已经大醉，手握大刀立在船上，把酒往江水里一泼，又满满地喝了三杯，把刀一横，对诸将说，我握着这把刀，破黄巾、擒吕布、灭袁术、收袁绍，深入塞北，直抵辽东，纵横天下，有不负大丈夫之志也。今对此景，甚有慷慨。吾当作歌，汝等和之……

虽然并不全是原来的文字，但已经很了不起了。

润爷一口气念完，大概豪气没有散尽，就把爷爷的墙柜打开，拿出爷爷的酒瓶，仰起脖子"咕咚咕咚"就是两大口。

三爷不喜欢曹操，说曹操是"奸雄"。润爷说曹操不奸，曹操的战马踏坏了一片麦地，他就要杀了自己。搁你，你能够吗？

三爷说，他只是做了做样子，他没有杀了自己，他要真杀了自己，我才服他。

润爷说，他能"割发代首"，就凭这一点，我就喜欢他。

三爷说，还是刘备好，带领百姓哭着走着，扶老携幼渡河。

堆爷说，他不喜欢孔明，孔明能掐会算，但他失算太多。他明知道关公要放走曹操，他还派关公去守华容道，这是他的错。

甲爷说，换个人去，杀了曹操，三国不成两国了吗？

堆爷说，两国就两国！少一国，少麻烦。

三爷说，曹操奸诈，指着梅林欺骗将士。

润爷说，那是曹操没有办法了呀。

三爷说，再没办法也不能欺骗将士。还有那个小仓官王垕被他杀得太冤枉了。

润爷说，你当曹操是个教书先生？……

争着，论着，都快要面红耳赤了。不知道怎么，话就转到大汉朝，说到汉高祖刘邦，说到斩蛇起义，说到刘秀，说到王莽。然后就骂献帝，骂灵帝，骂宦官，骂董卓，骂奸臣不该乱了朝纲。

蹲在地上的德哥笑着说，爷儿们这哪里是在说三国？这分明是在"论三国"。

爷爷说，论三国就论三国吧，三国还不敢论一论吗？于是，就拉了我，把我当童子，走着场儿唱起来：

我本是卧龙岗散淡的人，凭阴阳如反掌博古通今。先帝爷下南阳御驾三请，料定了汉家业鼎足三分……

爷爷唱的不是京剧，那时候京剧还传不到乡下。爷爷唱的是二黄，跟京剧的西皮流水差不多。唱完了，看看三星在户，捋捋胡须，呵呵笑，说："散了吧。"

"散了吧……"于是，"一赶老三国"就散了，明天晚上再来，再说三国。

那时候，我只有五岁，但我对爷爷的三国印象太深了。长大之后，我不知道读过多少遍《三国演义》，却总读不出爷爷的"三国"那种味道。

奶奶的谜儿

爷爷不在家的时候，没有人说三国，长长的冬夜该怎么熬呢？

好在有奶奶，奶奶就和我们一起"破谜儿"。

爷爷是木匠，是做桌椅箱柜之类的"细木匠"。爷爷手艺好，做出来的家具细腻，精致，结实，所以爷爷的活多。尤其到腊月，娶媳妇，嫁闺女，都要做嫁妆，又都喜欢让爷爷做，似乎只有爷爷做的嫁妆才高贵，才吉祥。

年轻的时候，不管在哪做活，爷爷晚上都要回家。爷爷不怕走夜路，因为爷爷手里有"五尺"。五尺，也叫"丈杆"。两根二指宽的长木条，合住五尺，展开一丈，因此得名。手提五尺，如张飞手搭的"丈八蛇矛"，如林冲夜奔手里拈的朴刀，传说是鲁班发明的工具，因此鬼神不沾，虎狼惧怕。

爷爷年纪渐长，腿脚不便，不再走夜路了。爷爷没回来，堂屋里就只有奶奶。奶奶一个人舍不得烧兰花香炭，就坐在炉台上，一边剥棉花，一边把花壳扔到火炉里，火焰扑扑，屋子里时明时暗，好像藏了许多谜一样。

邻家的几位奶奶也都来了，都来和奶奶说话。她们知道奶奶喜欢破谜儿，都想来和奶奶一起猜谜。

邻家奶奶来了好几个，最数老井院的文奶奶身体好。文奶奶年轻时候，是一个很壮实的女人，如今虽然年纪大了，半大的脚走起路来依然如捣鼓一样"咚咚"响。文奶奶按说也是几十岁的人了，怎么还会如此壮实如此精神呢？女儿女婿因饥荒死了，留下一男一女，一个四岁，一个五岁，文奶奶必须拉扯大，她不得不精神，她不得不壮实。

作为农人，最苦的活是锄小苗儿，需要把身子"一叠三折"，爬到谷垄里，把一地茸茸的谷苗间开。上头是日头吐火，下边是湿气蒸腾，汗水如雨，腰酸腿疼，但文奶奶却从不惧怕，她不光给自家锄小苗，因为爷爷做木匠误了地里的活，文奶奶就会提上她的小锄儿，把两卷补衬绑到膝盖上，爬着跪着，硬是要把爷爷那几亩快要荒芜了的小苗撕开，一苗一苗扶正，一苗一苗拥到土里，一苗一苗一般粗壮，一苗一苗一般高低。苗与苗之间的距离，都是按照古训间开的：一步三垵，一垵四苗，垵前垵后留小豆，两边留高粱。文奶奶简直像绣花儿一样，把几亩小苗整得一匹绿绸似的均匀、齐楚。一场小雨后，微风轻轻吹过，恰如一池春水荡着清波。村子的农人也是好审美的，全村人都会去地头去观赏文奶奶锄的小苗，无不夸文奶奶是庄稼地里的好把式。

文奶奶是很厉害的一个老婆婆，她保护着小外孙和小外孙女，谁敢欺负，管你是马王爷还是天王爷，文奶奶会不顾命地扑上去，护她的犊，与你吵，和你打，那个时候，文奶奶便不再是一位女人，简直是一匹老母狼，所以人们都说："文奶奶是个狼婆。"是的，文奶奶的确像个狼婆，但文奶奶也有羊的温和。她来奶奶家里破谜儿，总是引着小外孙文路和小外孙女文静，都紧紧靠在文奶奶身上，她是奶奶，也是姥姥，也是娘。

奶奶总是费尽心机破一个新谜儿，想让人在那个长长冬夜猜不着。"黑云上来白云遮，十个小将来推车。黑云白云不下雨，小将推车红火火——有一样灶具。"

果然是一个难破的谜儿。我正攒着眉头想，不意文路就说出来了："是烙馍鏊。"

奶奶就夸文路真聪明，把个文奶奶高兴得仰起脸来大笑。其实我已经听见了，是文奶奶悄悄告诉文路的。我想把这个秘密说出来，但奶奶给我使眼色不让我说。奶奶看我一直想说出来，就一把将我搂进了怀里。

因为文路"猜"着谜了，奶奶就要奖励文路，给文路炒瓜子吃。奶奶去找瓜子，找了半天没有找到一颗。奶奶说，收藏了那么多的瓜子，经不住一赶"老三国们"炒吃。奶奶就把炒瓜子改成了炒玉茭。烧热的铁锅里，玉茭颗儿砰叭响，有好多都崩开了白生生的玉茭花。奶奶把玉茭花给文路、文静和我，把不开花的玉茭颗儿这个一把，那个一把，分派给大伙吃。有牙的"嘎嘣嘎嘣"吃，没牙的往嘴里塞一颗儿，在嘴里噙着噙动着。

奶奶接着再破谜儿，一连又破了好几个：

"远看是个庙，近看没神道，脚踩两只船，手拿一张票。——打一个地方。"

"弟兄七八个，围着柱子坐，大家分手时，衣服全扯破。——打一种调和。"

"什么方方四个角，什么圆圆三条腿，什么光光两个头，什么大肚小嘴唇。——打四样东西。"

"咕噜咕噜，拴住跑了，解开立住。——打一样农具。"

"一颗谷，充满屋。——打一用具。"

大家你也猜，他也猜，七嘴八舌，谁都猜不着。我看出来了，大伙不是真猜不着，是假装猜不着。有两个谜我能猜着，"咕噜咕噜，拴住跑了，解开立住"，应该是碌碡；"一颗谷，充满屋"，应该是油灯。但奶奶阻止了我，不让我说出来。我悄悄问奶奶，为什么不让我猜？奶奶悄声对我说，她过后会告诉我。过后，奶奶也没有告诉我，我追问了奶奶很多次，奶奶说，等我上了学再告诉我。上学后，我已经把这些事情都忘记了，奶奶却还记着。

那是几年后的一个春天，大概是清明节，学校放假了。奶奶拄着棍子，要我和她去看文奶奶。我说我不去，我怕文奶奶狼婆。奶奶说，文奶奶不狼婆，文奶奶是个好奶奶。于是，奶奶就拉着我，一直把我拉到文奶奶的大门口站着，指着文奶奶那个歪歪斜斜的大门，指着那个快要坍塌的大门头上，让我看那门头上的四个字。奶奶不识字，为什么要让我看那四个字呢？那四个字有什么好看啊？我小时候常常来找文路玩，那四个字是我早已熟悉的，不就是"耕读传家"吗？刻着"耕"和"家"的两块方砖都快掉下来了，文奶奶硬是用石灰沾牢，才没坍塌。文奶奶大概还时常拿抹布抹去上边的灰尘，因为那四块方砖比周围的砖块都明洁。可是，就那么普普通通四块方砖四个字，有什么好看呢？

看我兴味阑珊，奶奶就要我扶她回家。我说，你不是去看文奶奶吗？奶奶说，文奶奶不在家，她带着文路文静，给他们的父母烧纸去了。

我心里悚然一震，但也有些生奶奶的气，就问奶奶："我们就是来看这四个字吗？"

奶奶很严肃地说："是呀！是呀！……"

我问奶奶什么意思？奶奶站住了，风吹着奶奶的一头白发飘飘。

奶奶站在文奶奶的大门口，抬起头，又看了看那四个字。低下头，又看了看我。

奶奶根本就不认识那四个字，也许不知道那四个字是什么意思，但奶奶却知道那四个在大门头上存在的意义。

有什么意义呢？奶奶依然没说话，奶奶只是给我破个谜儿。

奶奶这个谜儿，让我猜了整整一辈子。

（原载《光明日报》2022年1月21日）

从肖切出发（节选）

杨永康

在独龙江我去得最多的是孔当。

孔当有两个村民小组。二组在乡政府靠南。一组在山顶上。在山顶可看到独龙江乡政府所在地的全貌。除了一栋房子是橘红色的而外，其他房子都是青黛色的瓦屋。中间是白色的江水。

对岸的村子叫孔美，屋瓦也是青黛色的，远远看去像童话中的房子。

孔美对岸就是孔当。

一路都可看到满坡满坡的树。树的叶子很小，叫铁目。树干像北方的白桦树，树叶像银杏的叶子。枝条很细，叶片稠而密。也有大片大片的地膜玉米，一小块一小块的白色点缀在黑色的泥土里非常好看，有长方形的，有三角形的，完全顺着地势而走，越往上走，这种地膜玉米越多。

玉米中间是一道水渠。透过水渠可以看到更多的房子，有蓝色的轻型建材做的屋顶，也有黑色屋瓦做的屋顶。大都是两层干栏式房子。也有用褐色圆木与厚木板做的木楞房。

一个小伙子穿黑色T恤、浅灰色运动裤，大红拖鞋，站在一栋木楞房的门口微笑着。黑色T恤前面是金色的建筑图案，看起来像狮子图案。上端是一行大写的白色字母。第一个字母是G。图案下端是几行很小的白色字母。应该是独龙族拼音。

独龙族的栏杆房、木楞房顶子不高。小伙子的头基本上靠近木楞房的顶子了。一只手直接攀在靠近屋顶的一根圆形的金属管子上。

旁边是一个灰色的木柱子，上端有一个钉子，钉子上倒挂着一个银色的勺子。还有一个红色开口的方形塑料盒子。

小伙子的脚旁是一个灰色的小木凳，木凳旁蹲着一只灰色的小狗。小狗的样子极像一只小熊。

小狗与木凳的一旁就是晾晒在屋外的五颜六色的衣服了。

小伙子的家就在水渠旁边。

沿水渠再往上走，是另一户人家的竹篱院子与木楞房子。远远看过去色彩很是斑斓。

围墙是青灰色的竹篱。间距、高低、粗细很是整齐。在独龙族村落很难看到如此整齐的竹篱。

竹篱中间有一个小小的浅绿色的木门，木门里面有一个黑灰色圆木做成的木梯。过了木梯就是这户人家的木楞房。

房子靠近水渠的一侧可以看到屋顶丁字形的木架子。

圆木下面是三道绳子，挂满了红红绿绿的衣服。不是展开的而是拥挤在一起。大半是孩子的衣服。

衣服下面横着的是三根竹竿，也挤满了衣服。

竹竿后站着两个不高的孩子。一个瘦瘦的，穿浅蓝色条状纹长袖T恤。下面是灰色裤子。脚上是深蓝色的高腰雨鞋。

蓝T恤旁站着一个只有头露在外面的男孩。男孩旁是一台白色的洗衣机，机身很宽。

仔细看洗衣机后还站着一个穿纯灰色宽松圆领的女子。女子长圆脸盘，一只手扶在洗衣机上，一只手扶在一根晾衣服的绳子上。绳子上斜挂着一个蓝色的洗衣粉空袋子，用铁夹夹在绳子上。

绕过这一面可以看到一扇打开的门。一个穿浅黄色上衣的小男孩听见响声站在灰黑色的木门里。小男孩的裤子是猩红色的，雨鞋是蓝色的，怀抱一个光头灰衣塑料娃娃，面无表情。

经过女子的允许，我来到了木楞房的门口。

两个小男孩随着我说话的声音，已经完全转过身来。都怔怔地望着我。蓝衣男孩怀中也抱着一个塑料娃娃。应该是个红色超人。

我想向这女子打听一下去一位独龙族独居老人家的路。

女子听明白了我的来意，就带我去这位独居老人的家了。

小路上全是灰色的沙泥，两侧是低矮的植物。

独居老人的家在村子的最高处。老人已经90多岁了。

我尽量与这女子保持距离。出于对她尊重。但能看清她长可齐腰的宽松灰T恤。T恤的长度超过了她的膝盖。裤子的颜色较深，醒目的是其脚上浅蓝色的高筒雨鞋。是很亮的那种蓝。很亮的那种蓝带我穿过一片杂乱的林子，还有一段高坡。高坡的顶端就是老人的家了。

村子越往山顶房子的独龙族味道越浓。

老人的房子是一座典型的独龙族木楞房。墙体全由褐色灰色的圆木做成。墙角是圆木套起来的。有不大的门和门框。

门框一侧挂着一个长带黑色坤包。坤包上面有一节伸出来的木板，上面搁一个银色的圆形盒子。

另一侧木头墙体较宽。一个钉子上挂了一个很大的椭圆形竹篓，是南方打鱼用的那种竹篓。还有一件灰色的包，一件绿色包，一件白色的包，已经没法判断其式样了。

不远处的一个钉子上还倒悬着一个黑色簸箕，形状与内地的簸箕差不多，就是颜色是黝黑黝黑的烟火色。

簸箕下面是一台很旧的缝纫机。上面摞了一大摞很薄的木板。木板上是一个黄色的蛇皮带子，里面并没有多少东西，看起来是干瘪的。那干瘪一直延伸到缝纫机的下面。

黄色袋子与门框间有一个小钉子，上面系着一根很长的铁绳子，一头在钉子上缠绕几圈后下垂到地上，一头拴在一只灰黄色小狗的脖颈上。

门是两扇。左侧的一扇开着。

给我带路的女子与她脚上的浅蓝色高筒雨鞋跨进门槛的一瞬，那小狗直起了自己很矮的身子。女子只好躲开小狗斜着的身子迈腿跨进门槛。我随女子走进了独居老人的木楞房。

里面的光线很暗。我缓了一下神才看清楚屋子中间的火塘。火塘的三脚铁架很大。上面是一个被烟熏火燎成黑色的铁壶。架子下是三根很粗的木头，火焰成暗红色。不时有蓝色烟雾升腾起来。

缓缓神，发现蓝色的烟雾后面，有一个老人在寂静里坐着。

老人衣服全是灰黑色的。帽子是紫红色的。老人的左侧是一扇窗户，有白色的光从窗户从圆木的缝隙间照射进来。因为光太白的原因，屋子里的一切看起来都是暗的。好在不影响带路女子与老人说话。

外面的白光逐渐暗下去的时候，我与带路女子走出了老人的木屋。

在屋外碰见了一个独龙族中年男人与一个独龙族中年女子。男人穿蓝色运动背心，女的穿葡萄色短袖背心。身体都很壮实。女人身后是一只黑白相间的狗。应该不是一家人。我寒暄了几句就按原来的路下山了。山间的白雾已经散去，大地完全裸露了出来。我突然想起我在村里看见的一只白色铁桶来。

那铁桶看起来是悬空的。在一根铁丝上。上面是暗红色的锈斑。

我此后还去过几次孔当村的，有一次去老人不在屋里，门虚掩着。

下山的时候碰到了给我带过路的女子。

我站在高处，女子站在低处。

女子这天特别妩媚。穿一身粉色斜领T恤，刚洗过头发，裤子是黑色运动裤，鞋子是浅粉色的塑料凉鞋。

另一次还路遇了这女子的丈夫。

下山的时候，远远看到一个男子扛一大捆青竹，裸着手臂在水渠边走着。后面是两位扛着锄头的女人。一个扛着两把锄头。一个扛着一把锄头，背篓里装满了树枝，都弓着腰。

女人后面是一个站在水渠边哭鼻子的男孩。男孩穿灰白色长袖T恤，一只手与袖子塞在嘴巴里。裤子是褐色的。赤脚站在草丛里。

男孩后面是两个穿黄色雨披的女子，应该是游客。手中有竹杖与相机。在田埂边做着各种照相的姿势。一个正立，一个斜着身子。

黄雨披女人后面是几个正弓着腰栽种玉米的男人。我正要跨过水渠去玉米地里看看，看到一个熟悉的身影。

走在前面的是一个小伙子，小伙子年纪不大。上衣是一件很小的陆军野战夹克，敞开着。里面是粉白色T恤，红色条纹。裤子是一件很皱的迷彩服。脚上是一双崭新的黑色高腰雨鞋。右肩斜跨着一个已经破损的空竹篓。左手里拎着一个皱在一起的黄色蛇皮袋子。

小伙子身后是一个女子，腰间有一个红色布兜，布兜里是一个很小的孩子。

女子就是给我带过路的独龙族女子。小伙子是她的丈夫。

女子的老公用指头告诉我，他生了三个儿子。襁褓中的这个孩子是他的第三个儿子。小家伙戴浅黄色手工编织的小帽，浅黄色上衣，脚上是红色的卡通图案长筒袜。

我祝福了这一对夫妇，也感谢他们对我的帮助。

还有一次重要的路遇，要提及一下。

有一天我下山的时候，一个穿灰色衣服的老人弓着背与我擦肩而过。

因为老人的背弯曲得特别厉害，差不多九十度了，我特意多看了几眼。

老人戴褐色高顶帽子。上有浅白色人体图案及OK图案，字母是红色的。浅褐色驼绒长袖毛衫。蓝色牛仔裤，上有动物卡通图案。浅灰色牛仔平底鞋。右手拄一根褐色棍子。神情很是和善。正下着细雨，雨水打湿了老人的脸。

后面跟着一个小小的女子。

让我惊奇的是，这女子正是阿普的妹妹。

老人是女子的外婆。已经108岁了。

好幸运啊，在独龙江碰到了阿普的家人与亲戚。

我一直记挂着摔伤的阿普呢。

阿普的妹妹是一位年龄不大的姑娘。

肖光明是你亲属吗？

是这样，我在小茶腊碰到一户人家，男主人叫肖光耀。他有个兄弟叫肖光明。我解释了一下。

肖光耀是我叔叔。

那就找对了。

你找肖光明有事吗？

我打听一下他在独龙江的亲属。

哦，是的。

肖光明是我爸。

多少岁了？是肖光耀的哥哥还是弟弟？

65岁。

那就是你叔叔的弟弟。

嗯嗯。

你爸还年轻。

不年轻了。

你们村在孔当北面吗？

在。

是不是绣切？

阿普的姐姐说的是肖全、肖切。

我判断应该是绣切。

绣切就是肖且。

也一度叫过学且。

我哥哥阿普本来叫肖文高，现在户口本上叫学文高了。

村里有文面女吗？

我们小组里面没有文面的人。

我发了她几张照片让她辨认一下。

有你们村的吗？

好像是迪政当。

你叔叔回过独龙江回过迪政当吗？大体回过几次？回来时带阿普了吗？

叔叔他们来过好几次了！

阿普哥哥也来独龙江打过工。

你爸去过小茶腊吗？

去过几次？

你爸兄弟几个？有姐妹吗？

爸没有亲生兄弟，只有两个妹妹。

你父亲与你小茶腊叔叔是堂兄弟？

是的。

阿普在独龙江打工挣到钱了吗？主要干啥活？

哥来独龙江打工的时候我才读书，我不知道他挣到钱了没有。

你叔叔的父亲母亲一直生活在独龙江吗？

我叔叔肖光耀的父亲母亲很久以前就不在了。

你爸几个孩子？

本来有五个人，现在有四个人，弟弟去世了。

你的独龙族名字怎么称呼？

阿江。

阿江好像在代理一种活磁动态负离子卫生巾。农忙的时候也帮爸爸干一些农活。

我看到过她与爸爸在山坡台地上种植土豆的照片。

老人家弓着腰，穿灰蓝马夹，戴黄色帽子，在弯腰下种。一旁是一只白色的小狗。小狗的个子很矮。扭头看着老人的背影。

狗的身后是一个倒放在地上的竹篓。在正午的阳光下，泛着灰黄色的光。

阿江家的地全是台地。并不很宽，随地势而走。

顺着光看老人的影是模糊的。

逆着光看老人的影子是暗灰色的。只有黄色的帽子顶端亮亮的。

阿江的母亲已经去世。爸爸的生活平时由阿江打理。

家里平时就你与你爸两个人吗？

你家的老房子好像还有人住，你爸住老房子吗？

家里五个人，我们家两家户口，爸跟弟弟一户，我跟孩子一户，我没有新农村房子，住在他们的新农村的房子里，所以我爸住在老房子里。

哦。

新农村距离你家的老房子有几里路？

不怎么远，100米左右。

村里的山有名字吗？

有是有，只是我不知道，这些年龄大的人才知道。

孔当是不是也叫三乡？

也叫三乡。就是乡政府所在地。

阿江说的是。孔当就是现在的乡政府所在地。

（原载《四川文学》2022年第7期）

长安所思

朱鸿

女士的侠气

诡诈的事,难免会遇上。

20岁前后,我就头现花发。陕西师范大学距小寨颇近,小寨商场尽为土木建筑,虽然都是瓦房,树拂廊沿,院子阴荫而潮湿,不过这里什么都不缺。每隔一个月,我便到这里的理发店来染发一次。接待我的理发师,每次都是一位姑娘。她穿着白袍,圆脸红润,剪发齐耳,眼睛细长近眯。其叮咛和提醒我的声音总是清朗的,明快的。

理发师也就20岁左右,似乎很普通,我对她也并无特别的感觉。

有一天,我遵照系里的安排,在医学院作抽血化验。空腹,又要赶时间返校上课,为方便,遂骑了一辆自行车。检查结束,就匆匆忙忙跑到化验室门前,开锁推我的自行车。刚蹬直撑子,便发现挨着我自行车的另一辆自行车的反射镜开裂而掉了。

"我的反射镜，你赔！"冲过来一个男子说。

"我根本没有动它呀！"我说。

我的自行车是先放的，他的自行车是后放的。我取自行车，也并未发生撞他自行车的问题。他自行车的反射器显然不是因为我碰而掉了的，但他却抓住我的自行车，不让我离开。

这完全是诡诈！

一瞬之间，有十余位男女围上来，准备以幸灾乐祸的心理，享受一场彼此争吵的热闹。

我理直气壮，也怒火中烧。俄顷转念，与其跟他高音辩解，不如改变角度，通过异途反击，使其来日产生羞愧，并导致他的一种隐痛。

我平静地问他："赔你多少钱？"

男子30岁上下，瘦颊巨目，略有心虚地说："五块钱能修好吧？"

我不发一言，只在我的四个口袋里一一搜寻，掏净了，总计十七元三角五分，有整有零，连壹分钱、贰分钱和伍分钱的硬币，也一个子儿不剩地全给了他。他接住了，我就迅踩脚踏，右腿一飞，越过了后轮。当我要落到鞍座的时候，忽闻一个女士大声训斥："你凭什么拿他这么多钱？凭什么？"我回头一看，居然是小寨商场理发店那位姑娘，圆脸，短发，只是换白袍为红衫了。我惊诧她竟凑巧出现于此，而且为我伸张正义。我不禁立即减速，右腿在后轮上倒旋，想停下来。不过须臾之间，我右腿再起，坚定地落到鞍座上。我向理发师招了招手，驰骋而去。

我不知道诡诈我的男子有何感受？多年以后是否羞愧，是否隐痛，是否悔改？也许我并未成功地使他悔改，反之，我助长了他的诡诈。也许他的胆子越来越大，终于以一次超级诡诈致罪，判刑15年。谁知道呢？不知道，我并不知道。

面对诡诈，实际上还有一种方法：强烈驳斥，坚决拒绝，半分钱也不给他。此乃一种本能反应，合情合理的做法，不过当年我没有这样行动。

我再也没有往小寨商场的理发店去染发，以后也没有凑巧在什么地方碰到那个姑娘。不过30余年，我始终也没有忘记她。我总是伴随着一种敬意想起她。我还会由她想起别的一些女士，想起她们平常蕴藏着的或大或小而在关键之际便要爆发的一种侠气。

撕奖状

荣誉意味着尊严和价值，人没有不追求荣誉的，然而虚名无用。

我15岁就看透了虚名，这当然不是吹的，它需要证明。

自小学以来，我便一直按校方的要求行动，遂常常受到表扬，获得了多种奖状。什么五好战士呀，什么三好学生呀，什么积极分子呀，什么助人为乐或拾金不昧呀，什么夏收劳动或秋收劳动的成绩突出呀，什么运动冠军呀，什么纪律模范呀！总之，到我初中毕业，高中才上，已经积攒了二十余份奖状。

奖状虽然只是一张纸，不过我也高兴，父母也高兴，且让同学羡慕，遂能从此屋转贴到彼屋，始终保存着。

1974年，家里新盖了两间厦房，由我独住。我把过去钉在厢房墙上的奖状一一揭下，整齐地转贴至厦房的墙上，进了门，迎面便看见，十分光彩。那时候的奖状，颜色总是红加黄，于是厦房就因为连片的奖状高悬于墙上，显得我的居所明亮、灿烂，充满朝气。

有一天，秋雨绵绵，我躺在床上休息，斜望着我的奖状。尽管刚升高中，然而我也经历了一些善恶和贵贱，并启用冷静的目光观察人情世故。我忽然觉得如此奖状没有什么意义。不仅发我一张纸的校方空空荡荡，我也是空空荡荡的，这种表扬能干什么！人重要的是应该有真才能，真本领。是的，要有真才能，真本领。

我猛地起身，跑过去站在板柜上，伸手撕下了所有的奖状，碎片飞得满地都是。母亲吓坏了，进门诧异地看着我，不知道何故要撕自己的奖状。我也不会论理，也没有解释什么，只对母亲说："无用，无用！"

可靠的只有真才能，真本领。这是我15岁撕碎奖状之后，始终不变的认识。生存和发展，都需要真才能，真本领。立身安命，光宗耀祖，也需要真才能，真本领。也许社会并不会顺利地给真才能和真本领以施展的平台，也许社会就闭着眼睛，不承认真才能和真本领。即使如此，也不必奇怪，而且又有何妨！尽管如此，它也胜过虚名。

中国人习惯呼其谋食之处为单位。单位就单位吧！我已经在单位30余年矣，应该反省并准备乞吾骸骨归去了！我从来没有钻研在单位得到什么表扬，当然也没有得到过任何一份奖状。彼此相安，岂不妙哉！自己以为得意的是，不采一云、不纳一风，遂也不觉得受其羁縻。

声望我所欲也，甚至会不惜生命维护自己的节操。我也会为任何一点荣誉，其或来自故乡，或来自陌生之口，感到喜悦和骄傲。然而虚名使我发慌，我拒绝虚名。

文学界和学术界显然盛产虚名，好在我15岁就敢撕自己的奖状。少年此举，壮了我的胆，遂能反复警告自己：努力志业，其他不必在意，不必在意！

删朋友

不知不觉，熙熙攘攘，人生就堆砌了成群成群的朋友。此乃重要的收获，不过也是一半喜，一半忧。

物以类聚，朋友当然自有其来。凡同乡、同学、同行、同事、同路、同羁、同病、同难、同仇、同逆、同罪，皆会促成朋友，但朋友最坚实和最久远的基础却是同好或同道。交游的根本在精神的滋养，可惜这一点总是遭到忽略。

路遥病殁，三秦遍哀，朋友多向其告别。刚刚结束殡葬活动，摘下胸花，转身回家，便有朋友摇舌指责他、贬低他。以此知之，朋友分真朋友与假朋友，好朋友与坏朋友。我还想，我死了，要坚拒假朋友与坏朋友送我，然而朋友难辨，如玉之难识，天之难测。

为路遥挨骂惊诧之际，我30岁出头，至今二十余年过去了，我仍存朋友之惑。当然，我也并非没有进步。实际上我对朋友的理解，一直在提高。

我曾经慨叹，朋友是天下的空气。不过现在我要指出，真朋友与好朋友才是清洁的空气，呼吸起来益于健康。有的朋友貌似朋友，究其竟，会发现原是假朋友和坏朋友。他们大约属于裹挟到或夹带到人生中的朋友，仿佛一个阴影，走来走去，往返而至。这种朋友如扑面的粉尘或鸡毛，需要规避；如蹦进鞋里的瓦渣、石子或草茎，需要腾出；尤其如写作过程中或刻版过程中出现的衍文，需要划削。尽管神允许撒旦走来走去，然而它毕竟是一种消极的力量。

孔子对朋友早就有所观察，他总结糟糕的朋友难免三种表现：一是便辟，指其既恭维、巴结和谄媚，又玩伎俩，耍手腕；二是善柔，指其阿谀逢迎；三是便佞，指其花言巧语，甜言蜜语。虽然孔子有时候落魄若丧家之犬，不过到底是夫子荣显，假朋友和坏朋友也就要向他靠拢，遂会产生这样的感受和判断。

当世的假朋友和坏朋友，除了孔子所论的恶劣表现以外，还有一个特点是利用朋友。其人以朋友的姿态拥上去，逢场作戏，嬉笑着，言以夸，语以赞，多行请客送礼之事，目的是为自己补阙、积财、升位和增名。如意了，扬长而去，继续寻觅和追逐新的可以利用的朋友；不如意了，就冷却，疏远，或遽然消失。这种人在政界、商界、学界、艺术界和娱乐界比比皆是，已经是社会伦理的溃疡。

假朋友和坏朋友往往也存嫉妒之心，利用上也罢，没有利用上也罢，都或明或暗地做了隐私和惨状的传播者，甚至是挑拨离间者，幸灾乐祸者，又未必不是媒孽者，毁谤者，陷害者。

假朋友和坏朋友，不够朋友。他们的交流缺乏诚意和真情，所以不会成为人生的怜悯者，帮助者，支持者。既然是这样，应该如何对待他们呢？

假朋友或坏朋友黏附人生，伴随人生，仿佛头屑、牙垢、指甲、耳屎和赘肉，发于身体，是身体的组成，不过它们终是丑陋的部分，甚至蕴蓄有腐蚀和摧残骨肉的毒素。以健康和审美的要求，当然应该净化或翦除。

知己鲜矣！然而不能由于知己之罕便滥处朋友。我以为对假朋友或坏朋友当删就删，以使人生变得明朗和清爽。楚之春申君何等聪明，可惜不听门客朱英的规劝，卒受李园的谋杀。当断不断，反受其乱，这不是智贤的训诚吗？

我爱朋友，不过我希望朋友之间尽量以诚意和真情相待，否则各走各的。人生短促，但大地却是辽阔的，彼此不必为难。你欲快乐，我亦欲快乐，然而你的快乐若有失朋友之道，妨碍我的快乐，那么你就丢了朋友。你如果总是消费朋友，那么你不仅不够朋友，而且不配得到朋友。

送礼

礼的学问颇大。

孔子说："不学礼，无以立。"过去对孔子的教导理解不够，不在乎礼。一旦齿长，经历多了一点，遂觉得礼的深奥。

礼是涉及祭祀的，礼不周全，敬神敬鬼就少了庄重。如此，不敬还好。敬得虔诚，神鬼才会保佑。

有一个经学家服虔说："礼，所以经国家，利社稷也。"法弱，社会秩序便要靠礼维持；礼强，法也会有情理渗透进来。

礼的故事极为有趣，它也能见证中国的精神内核。

舜巡狩天下，诸侯朝见，所执之礼有五瑞和三帛。

齐桓公为诸侯，谙熟其礼，并能用深用透。他得到管仲，任其为大夫，托他理政。这也是礼，此礼足重了。山戎侵犯燕国，受燕庄公之邀，齐桓公助其讨伐，山戎败。燕庄公表示感谢，送齐桓公返齐国，竟不知不觉越燕国之界，踏上了齐国的土地。至此，燕庄公揖别，还燕国，他感到十分完满。不过齐桓公说："非天子，诸侯相送不出境，吾不可无礼于燕。"遂以燕庄公立足之处画线，割其土地给燕国。

孔子懂礼，从而钻礼的空子，展现了可爱的性格。季氏知道孔子有才干，希望孔子出仕辅佐他，可惜孔子对他不满意，便规避季氏。阳货是季氏的家臣，欲见孔子，以进行沟通。阳货了解孔子，清楚他懂礼，就赠孔子豚。一旦孔子接受豚，他将要回礼，亲临阳货家。礼当如此，阳货也真是钻研透了。可是孔子坚持要规避季氏，就观察阳货的动向。他看到阳货出来了，趁这个机会至阳货家，既不会面，也不失礼。孔子很可爱的吧！

乡村的礼，一向都很认真。过年走亲戚，礼就很严谨。女到娘家，礼也重，不仅要提一篮包子，还要加一盒糕点。父母看其女，礼也轻，无非是挑几个灯笼，并带上粽子、柿饼和胡桃之属。邻居盖房，墙是伙墙，遂要彼此沟通，以求屋脊之平等，以防东家压了西家，西家压了东家。兄弟之间，兄让弟，弟敬兄。弟可以嬉其嫂，兄不能逗弟媳。礼失求诸野，因为野存礼矣！

遗憾野也在变迁，尤在萎缩和稀疏。民散而野衰，礼何附焉！

陈忠实难免会得到一些食物，米呀，面呀，木耳呀，茶叶呀，中秋节的月饼呀。他用不了，总是送乡村的故人，并明告，不要弹嫌！妇孺皆笑，无不喜纳。

有一年，李敬泽到西安曲江书城来签售新作，红柯赠其一袋岐山馍，一种由面粉制作的干硬生香的饼。李坚辞，而红柯则坚送。推让反复，不能平息。红柯有难得之诚，终于托了一个朋友带到机场交李。

陈忠实2017年走了，红柯2018年走了。他们的逝世，都令人震惊！

礼是玄妙的，送礼也非易事。送礼之难大约在是否把握了合适的时间、地点和氛围，尤在礼之贵贱及接受之人对它喜欢的程度！

（原载《红豆》2022年第2期）

纸的世界

王兆胜

我们常说"人间世",其实,"纸"也是一个世界。只是对于"纸的世界",有的为人所知,有的则不一定能被人理解。

一

纸的世界最直接藏在书里,也藏在报纸杂志中。

古人云:"读万卷书,行万里路。"可见,书之于人的重要性。

我们通过读书、订阅报纸杂志,快速获得知识与智慧,但少有人能体会"纸的世界",那个被人创造却为人付出很多的所在。

一尘不染的白纸,被印上墨的文字、符号、图画,还有各种色彩与设计。在许多人看来,这无疑是一种智慧和美;但他们似乎忽略了纸承受的压力,被污染和规约的不甘。对于新的印刷品,人们总以"墨香"赞美;其实,在纸的世界里,那未必是喜欢的味道,只是它乐于付出奉献而已。有哪张纸不愿保留自己的洁白与初衷?

变成文字的纸也有愉快，那是受到尊重、爱护、保护之时。在优雅的文人手上，纸一页页被轻轻翻动，那就像是漫步，也是一种飞翔之姿，还有梦的陶醉，特别是在暖阳照耀的时刻。清晨，旭日东升，孩子的晨读与笑靥就会将书页唤醒，进入一种神圣境界。

有些人喜用各种颜色在书报刊上随意涂抹，名之曰做笔记和画重点，也有人随意折叠书页，还有人总是夹上书签。殊不知，受损的书页也会痛的，平板书签会挡住书页交流。每张餐巾纸可揭开三张，读书时我总爱取其一作书签，因为它超薄的轻柔不影响书页坦诚交流。

图书馆的书长期蒙尘，最难过的是有的书多年没人动过，或不断被淘汰，变成弃物摆上小摊。实在没人要了，它们就扔进纸浆池，等待新的轮回。

我能读懂书的寂寞心语，所以对书倍加爱惜。

多少年过去了，我搬过无数次家，但一本没放弃过，还常常擦拭和翻阅，包括那些置于角落的薄薄小册子。

二

宣纸可能是世上最有故事也最难解的谜语。

在纸的世界，宣纸比别的纸尊贵，但它们之间也有贵贱，其差距还相当大。

与那些由垃圾般的废纸制作的纸相比，好宣纸由竹子等材料经过十分复杂的工序制成。其中，有工匠精神，再加上高超技术，宣纸要经过竹木的断、劈、分、割等，还要有纸浆的发酵、过滤、晾晒、切割，最后才有美妙的成品。

宣纸以柔韧著称，它有大地草木的芬芳，由炼狱般提纯而成，那种轻柔绵软经由生命浸透，也是一种柔性哲学。当艺术家用柔软的毛笔蘸上墨汁和色彩在宣纸上运行点染，这是生命的再生——水、墨、色连带艺术家的希望与梦想一同融入，春花秀盛开。有的书画作品可保存千年，这与宣纸长久的生命是分不开的。

有时我想，坚硬的石头雕刻经过千百年风化，文字会荡然无存；柔软的宣纸字画却能长久保存，这不能不说是个奇迹。

站在经过历史时空的书画作品面前，我仿佛能听到宣纸的心跳与呼吸。透过那些线条、色块、形象与气息，特别是在戴着白手套的双手之下，书画作品被徐徐展开，确有一种梦回千年、古今对语的知音感。

三

纸的用处广泛，几乎被人无所不用其极。换言之，纸浑身是宝。

通过印刷，纸摇身一变可成纸币，当然也能变成冥币。

信纸原来最常见也最贵重，"洛阳纸贵"和"家书值万金"是最好的注释。但少有人会想，那些"纸贵"和"家书"经历了怎样的命运，忍受了多少长途跋涉？曾经的信纸带着亲情、友情、爱情走过多少里程，周转了无数驿站，经过了多少双手？当文盲父母让人代书，将思念写进书信，传给在外的游子；当相恋的爱人手捧书信，行行泪水打湿信纸；当驼铃声、自行车铃声和敲门声阵阵响起，书信就仍带有温度与气息。当手捧多年甚至千年的书信细读，痛苦、欢乐、悲伤、幸福恐怕都会油然而生，特别是一个人栖息于孤独寂寞的秋夜。因此，信纸是长着腿的，它能穿越悠久的历史时空。

包装纸、餐巾纸甚至手纸更实用，它们看似并不重要，实则人们须臾不能离开。用完那些充满油渍或色彩斑斓的包装纸，人们就会随手扔掉；用餐巾纸时，人们少有珍惜，一人一餐用一堆餐巾纸是常事；如厕用手纸，有没有人被一种牺牲精神感动过？看不起手纸的人随意浪费，用多了竟会堵塞厕所管道。古人"惜字如金"，其实也是"惜纸若金"，更是对天地万物充满敬畏。

春节到来，人们就会写对联、做灯笼、剪窗花，让全家焕然一新。对联和灯笼喜庆，将新气象渲染得无以复加；剪纸窗花不顾被剪之痛，为的是贴上窗户后的一室春晖，特别是旧纸窗映着月光和伴着摇曳的竹影，生活就会亮起来。如将红纸剪成喜鹊、凤凰、仙女，它们就会乐滋滋地飞上窗户。

四

　　纸做的鞭炮爆竹充满喜庆，这是纸的最热烈的形式。当它们被点燃，激动之情难以言表，腾空而起的炸裂更是心花怒放。当粉身碎骨的纸屑从高空撒落，一地的色彩与浓郁的火药味儿充当了见证。

　　纸还被做成风筝，昂首的孩子牵引着它，在开阔地带放飞。于是，纸张有了精神与灵魂，也有了借世俗人烟飞升的可能。

　　此时，我总觉得自己也变成了那张纸，成为在天上飞的风筝。

　　此时，我既愿意有风，又希望没有风，哪怕是阳光普照，被迷了的双眼看不到天上的风筝。

　　在醉眼蒙眬中，我总是重回少年——将书本折成纸飞机，身心随之一起飞到大山之外的世界。

　　纸的世界仍是个谜，当一不小心被打印纸划破手指。

　　此时，柔弱的纸怎么一下子又变成一把锋利的刀。

（原载《中国社会报》2022 年 3 月 6 日）

春菜小记

乔叶

春天一来就特别想吃野菜。这天就去逛家附近的菜市场。蔬菜区在二楼。我的眼光在寻常蔬菜里跳跃，想找到一些不寻常的面貌。

在一个摊上看见了香椿。主色调是嫩嫩的暗红，怎么看怎么舒服。有没有一种颜色叫香椿色？

老板是个壮小伙儿，穿着件花溜溜的夹克。

多少钱一斤？

三十五。

嚯，可是够贵的。

头茬的呢。

头茬的香椿是好。我附议。暗自寻思，要是搞搞价的话，能搞到三十不？

吃鲜物不能心疼钱。小老板又稍稍拖长了音儿：头茬香椿头刀韭，顶花黄瓜落花藕——

这河南话说得，真叫一个大珠小珠落玉盘。作为一位资深吃货，"头茬香椿头刀韭，顶花黄瓜落花藕"这"四大嫩"我自然也是知道的。前三样都明白,唯有落花藕有些懵,查了资料方才懂:荷花落时气温渐低,莲藕的糖分淀粉也开始沉集,待花落尽,此时新采的莲藕丰盈爽脆,充分地代言了深秋食材的鲜美。

有野菜没?

啥?

嗯这么问是我的错。野菜这个词太统称了。应该问得具体点儿。

有面条棵没?

没有。

有白蒿没?

没有。他顿了顿,教育道:现在不叫白蒿,叫茵陈。

对对对,是叫茵陈。我回敬:正月茵陈二月蒿,三月四月当柴烧。

他笑了,说:你想想,这还没出正月呢。

哦,就是,还没出正月。我还以为到二月了呢。

没出正月。

他看我的眼神,简直就像看个大傻子。

有荠菜没?

你点菜呢?他说,这两天都没有。

听口气前几天有?

前几天是有。这不是刚下过雨了么。

是了,前些天连下了几场雨。昨天雨才停住。

下雨了不是长得更快?那啥时候能有啊?

再过两天呗。反正现在地里是下不去脚,掏不出来。

——掏不出来。真是喜欢这样的句子啊,闪闪发光。好像是淘什么宝贝似的,不过,也是,野菜就是春天的宝贝。

现在的野菜都是大棚里的吧?

大棚如今也敞着呢,地泥得不行。

野长的得到啥时候?

也还得过几天。又强调:姐姐,这还没出正月呢。

要是有了，会卖多少钱一斤啊？

老板又笑。被我的蠢逗笑的吧。

随行就市呗。他说。

末了还是买了半斤香椿，十五块。有点儿小贵，不过跟小老板斗了这会儿嘴，很愉快。总体衡量一下，觉得还蛮值。

继续逛，在另一个摊位上，一眼就看见了红菜薹。问多少钱一斤，答曰四块五。

这个菜薹的样子和颜色有些面熟，只是和我吃过的不太一样，比我吃过的要娇小一些，气势上要弱一些。最主要的是，感情上也没有那么亲切。

怎么可能一样呢？

回家查日记，是前年春节临近时第一次收到了武汉朋友寄来的洪山菜薹，因为之前从不知晓这种菜，便欣欣然在今日头条发了个帖子，全文如下："收到了武汉朋友馈赠的别致年礼：洪山菜薹。因祖国地大物博，更因我孤陋寡闻，以前居然从不曾见识过此等佳物。洪山菜薹，武汉市洪山区特产，中国国家地理标志保护产品，在唐朝就已经是著名的蔬菜。其茎肥叶嫩，甜脆清鲜，因颜色属紫，也有紫气东来的好意头。看它开的黄花多像油菜！因它本来就是油菜啊。随手把它立到了书桌上，发现也是极好的一景呢。"

阅读量到了五十万，引起了五百多条的网友讨论。

"落单的蜜蜂"说，我们武汉在外的游子过年大都会收到"洪山菜薹"。各大菜市场都有。都叫洪山菜薹。不过正宗的产量很低，都被关系户买去送礼啦。

"君子兰"说，千万别浪费了。好贵的，几十块钱一斤。

"湘南人家"说，绝佳好蔬菜，头拔的又肥又嫩，4块钱一斤。

"别样烟火"说，这个应该是298。

价格大讨论越来越烈，有人说，2008年吃过的洪山菜薹就150一斤了。有人说，宝通寺下，一百块一把。还有人说，现在500一斤的都有，而且就两根。更有人说，塔影田产的2000了。"南无我"说：塔影里的可不是有钱就能吃到的。"手机浩子"说：有次在地铁上碰见一个送货的师傅说，开了光的就是2000一盒……"雪天"说，嗯还有个名字叫做智商菜薹。

我这外地人看得眼花缭乱，不明所以。好奇心涌起，简直想打电话问问送我菜的朋友，到底是多少钱。到底忍住了。最基本的社交修养还是应该有的，是不是？

明白了：世界上有两种菜薹，一种只是菜薹，另一种就是洪山菜薹。

洪山菜薹呢也分两种：一种只是洪山菜薹，另一种就是洪山的宝通寺菜薹。

宝通寺的菜薹是不是也分两种，一种是塔影里的，一种是塔影外的呢？

不知不觉地，讨论的方向又转向了菜薹的做法。

有人说，一定要掺五花肉生炒了吃。有人说，一定要用猪油或者腊肉去炒才好吃。不管那么多，菜薹到了我手里，就是我最惯用的清炒。

这捆菜薹被我吃掉的过程也有趣：起初吃得很土豪。一炒两整根，装一大盘子。不用配肉，清炒就很美味。真是名不虚传。原以为紫色的茎口感粗粝，其实炒出来很是细腻清香。眼看着它在炒锅中的变化，也很神奇。紫色马上变成悦目的翠绿。渐渐地，菜薹越来越少，就吃得越来越吝啬，用各种菜来配着吃。一直吃到最后，它都有些蔫了，可是炒出来依然是那么好吃。

和朋友拜年时，我反复赞美她送的菜薹，引得她边听边笑道，听出来你的意思了，放心吧，明年还有，只要你喜欢，长期给你上贡。我说好啊好啊，那我可记挂着啦。果然，自此以后，年年都有。

对我来说，武汉的菜薹也只有两种：自己买的菜薹，和朋友送的菜薹。

（原载《长江日报》2022年2月17日）

南北冰雪书

刘元举

十多年的岭南生活，让我从头至脚适应了那种四季模糊的气候。尤其到了数九隆冬，我那东北的故乡早已是劈头盖脸的冰雪，而我每天经由的南国街巷，依旧花姿妖娆，遍地绚烂。某个瞬间，我会有些恍惚。

对从未领略过冰雪的南方人，我会细致地给他们描述冻耳朵和冻脚的感受：冻耳朵的感觉像针扎，既有一根针也有一束针，直到扎得麻木；冻脚的时候最难熬，头一天脚汗湿了鞋垫，没有烤干，次日一早走出家门，就从脚尖开始像是遭到猫咬狗啃，先是小口地啃啮，忽然之间就变成了群撕。

然而，我依然喜欢下雪的天气。那时候，天地静若处子。雪下得越大，飘得越柔，就越有暖意——因为没有一丝风，那些雪片舒展地飘落，像棉絮铺了一层又一层。大雪过后的太阳，是最仁慈宽厚的。那种播撒天地的大爱，感天动地。我们小区后边有条大河，是横贯城市南北的母亲河——浑河。夏天时我倒没有感觉到这条大河的美，到了下雪的冬天，雪花好像对冰河情有独钟，把河床覆盖得一片圣洁。那白绒绒的雪毯，绵软温厚地从冰面逶迤而去，铺向茫茫远方。

15年前，我选择去南方生活。临行前的那几天，我每天都会在大冰河畔徜徉，多有不舍。走着走着，突然被河面上的一群滑冰者所吸引。这是大自然馈赠的冰场，无须人工浇冰，只须在冰面上打扫积雪，清理出一个带大圆弧的冰道，在每个弯道处插上小彩旗，便宣示一座天然冰场的诞生。沿着这条宽阔敞亮的大冰河望去，多个相邻的弧形冰场，引来了众多的滑冰爱好者。

迄今还清晰地记得头一次穿上正规的冰鞋上冰场时的画面——阳光娇媚，冰面澄澈。踩在冰面上的冷，是一种清澈的冷，仿佛心肺被清洗，爽透背脊。冰场上有多位老人在自如滑翔，头上的白发与足蹬的冰刀，一同闪着炫目的银光。那次我虽然也摔了几个跟头，但很快就能沿着跑道一圈圈地滑了，这得益于我的童子功。小时的我，曾自制滑雪工具（将一根八号铁线在炉火里烧软，嵌入一块窄木板中间），单脚在冰上滑行。

我刚学会滑冰时的兴奋感染了一位部队朋友，他带我去了八一体工大队的室内冰场，后来我曾在这里采访速滑名将叶乔波。站在她无数次训练、流汗的这块冰场，我很亢奋。那天，冰场大门朝我洞开，一股清新的冰味儿迎面而来。站到如镜般的冰面上，我竟然没有马上去滑。待我心情平复，才开始悠然滑动。这是一种真正的享受，可以跟驾驭滑翔伞伴着白云掠过山谷相比。在这样的冰面上似乎不舍得快滑，不舍得使力气蹬冰，只是轻轻荡开步幅，脚下仿佛是被微风吹拂的涟漪。那是一种难忘的幻境。

直到十多年后，我在盘锦的创作基地创作《大建筑师》一书时，在酒店附近的一块天然冰场上，又过了一把滑冰瘾，还留下了照片。

照片中的我已至花甲之年，但谁都说我像个年轻人。某天，当我在深圳向一位朋友得意地展示这张照片时，对方说，如果你喜欢滑冰，我带你去深圳的一个正规冰场，还是国家女子冰球队的训练基地。

朋友在深圳交响乐团的基金会工作，她说基金会正在跟相关慈善机构合作，为"并不孤独的冰球队"（由自闭症孩子组成）举办一个结业的音乐晚会。她说的全是新名词，什么"错袜""并不孤独的冰球队"之类，都是闻所未闻。令我更感兴趣的是，有位旅居英伦的年轻钢琴家归来，专为这个球队创作了一首钢琴曲《冰雪星空》，要在当晚献给登上冰场的自闭症孩子。

南方的所谓冰场，原以为是大型商场里的那种轮滑空间，然而，当我走进这家俱乐部的室内冰场，巨大的穹顶与沁人心脾的冰味儿瞬间让我想起八一体工大队的冰场。墙上有国家女子冰球队队员训练、比赛时的照片，还写下了这家俱乐部为完成国家"北冰南展""三亿人上冰雪"的战略计划而打造冰雪世界的勃勃雄心。

离晚会尚早，走进赛场时，一支专业少年队正在训练。冰球杆在少年健儿的手中灵巧翻飞，为抢断一块饼状的黑色冰球，肢体多次撞击，接着是多次射门，激情进射满场！这群孩子正在迅速成为新一代的冰球健儿。这样的冰场，这样的小豹子一样的南方少年，哪里像是在温暖的深圳！由此看来，冰雪并非只属于大自然的布施，也无论南北东西，只要热爱，便会有奇迹发生。

冰上晚会准时开始了。彩灯照亮了冰场正中的三角钢琴，钢琴被一圈色彩鲜艳的画作包围着。这些画都是自闭症患者的作品。年轻的钢琴家刘骥端坐琴前，安静地弹奏他创作的《冰雪星空》。

头一次听他弹琴，优雅安静。纤指舒缓抚键，带出冰刀闪烁的亮光，诗意地轻抚冰场。随着节奏变换，一群自闭症的孩子们手执冰球杆出场了。尽管他们的滑冰技艺尚不够娴熟，甚至有的还是踉跄状，也没有进入比赛状态，但他们浑身散发出的快乐极富感染力。

据我所知，目前还没有其他任何国家把冰场训练纳入自闭症孩子的治疗方案。对深圳而言，设立专属于自闭症孩子的冰球队，也只是处在试验阶段，但这是具有开创性的试验，经过一年的培训，今晚他们要拿到结业证书了。

音乐在冰上流转，孩子们在开心地滑行。年轻的作曲家从小在东北生活，他在这首曲目的开头部分，把自己小时候在冰雪天气中的感受，质感地代入音乐之中。我听出了他引用《一闪一闪小星星》这首家喻户晓的儿歌。这个旋律来自18世纪的法国童谣《Ah! vous dirai-je, maman》。他为了精准描绘出冬日冰雪之下的暖阳与孩童的天真与闲适，将"小星星"旋律中第三小节的大二度音程倒置了过来，变成了下行的小七度。搭配左手类似于古典吉他的伴奏，作为成年人的他，深情回眸孩童时代。在这样的调性之中，在这样自由哼唱与呢喃的旋律之中，我的思绪不觉间飘回到了童年的冰雪世界。

（原载《光明日报》2022年2月8日）

甜甜糖纸

梦野

怀乡是我人生的一门必修课,打开珍藏的书本,我总会翻出糖纸,一张一张,列队似的摆在桌上。那淡朴的甜味,伴着我童年的鼻吸,在夜色中温热地赶来。

那时的黄风,像怒吼的狮子,掠过处都是清贫,但乡亲的脸孔总有种向上的劲头。逢年时,孩子们根本没有压岁钱,能捧到一些味道有别的糖果,就算不错了。

童年仿佛是个糖的世界,天空中弥漫着甜甜的分子,孩儿嬉笑着走不出。花花绿绿的糖纸,像上帝之手,抚摸着稚嫩的脸庞,有种奋飞而美好的情缘。自制的玩具,有老掉牙的感觉。攒糖纸,却成了全村小娃们的时尚,快意中谁也不甘人后,有皴裂的小手捏着的,有打着补丁的衣兜装着的,有磨破的袖口塞着的……春节里,他们只要糖纸在身,不拘样态,一沓一沓的,就有种仪式感和满足之情。

我是全村的"糖纸大户",谁也没有我藏得多、藏得全、藏得新。我先按厂家分类,当时名牌商标,有上海奶糖、冠生园、伟多利、老光明、三喜、义利、老虎、西区老大房……不论公私合营,还是地方国营,都露出工商业蓬勃的脸孔。我再按质地分类,将抢眼的玻璃纸火速拣出,少量的塑料纸放一边儿,剩下最多的就是普绵纸,我会按动植物的一些特点再分类,哺乳、爬行、鸟类、昆虫、花草、树木……一类一类地摞在一起,齐齐整整地用橡皮筋套住。

村里人都惊羡我珍藏的糖纸,裹着那么多的学问和妙趣,可他们不知道我在"糖路"上的艰辛。糖纸最不费力来的就是家人和亲戚给的,但要跃居"全村大户",非得主动"出手"不可,而且还要坚持,心里头老觉得没有糖纸就会毛酥酥的。

我先聚焦的是全村的孩子,好话都跳出嘴巴,要回他们藏着的我心喜的糖纸。如果不给,我会耐着性子,用我多余的糖纸换取;再不行,就用我攒着的有点发硬的芝麻饼去哄;实在不行,我就亮出闪着光泽的壹分、贰分,甚至伍分的硬币去打动他们。"奢侈"常令人心虚,更多的时候,我会游逛全村,在土路、土院、土地、土灶上去捡糖纸,每次都不是空手。我还把腰弯到最低,在倒垃圾的土坡上搜捡,将似皱眉头的糖纸挑出,用清水"沐浴",然后贴在玻璃上晾干、抚平、入库。

村里的孩子,对我很有情分。正月里,他们和我一样,跟着家人看望亲戚。回到村上时,有的主动给我糖纸,有时很大方,还给我稀奇的吃的,合起来没有几大口,但在那个年代挺诱人哇。我常到庙梁,那是大舅居住的村子。在粗笨的表哥的带领下,我跑遍全村捡糖纸,脸蛋、手背、脚跟都皲裂了。我甚至怀疑,我曾经的关节痛也与那时的"疯跑"有关。难忘的是,因为一张"庆丰收"糖纸,我差点儿被人打了。我看得入迷,一股小风偷袭,捏在我手中的糖纸,旋即飞走了。那个小伙伴一下就急了,猛然抓住我的衣领:"你赔!赔赔赔……"幸好表哥跑得快,逮回了。表哥顺手掏出一本《喜盈门》小人书,急着说:"没有吧!你拿着……"小伙伴童真的眼睛,瞬间涨大了许多:"这个糖纸给你吧!"他转身风也似的跑了。

我还和小伙伴跑至邻村捡拾,刘南洼、马家畔、卢家畔……我心上挂牵的就是糖纸,仿佛眼前飞舞的也是精美的糖纸,感觉粗糙的手上捏得也是甜甜的糖纸。在最近的王家梁，有我捡到的糖纸，有小伙伴给的，也有熟识的乡亲给的，一张一张的，一叠一叠的，我都爱不释手。现在想起来，藏在贴心的衣兜里的糖纸，依然的小惊悸还在身上。因为夜遮眼般的，我捡拾糖纸时，不辨小路，差点被大狗咬住，差点滑倒撞在树上。

赶集对我还是挺有诱惑的，供销社是人头攒动的地方，百货展示着春节的身姿，乡亲们买锅、扯布、打醋……这里的糖果时光，也是盛大的，我紧贴在闪着红漆的玻璃柜台，心爱的滋味至今仍在，像怕烫着，咂咂嘴，伸伸舌，探探头。那种美味，能穿透冬夜，在甜腻中释放幸福。我还偶尔缠着哥哥进城，日走和月游都在我的步履间。小城是个糖的天地，门市挨着门市，糖来糖去的，连地摊上都一堆大过一堆，我的大花眼紧紧被粘去，身体突然有了悬空感，神秘的感觉一直弥漫在心头。挂着喷有毛体"红军不怕远征难"的绿色小包，装着买来的丰美的糖果，和耐着性子捡来的形色各异的自己还未收集的一张张糖纸，心里有着说不出的慰安。

像粒种子，我被沾雨的风吹出村庄，一直在向阳生长。我有幸结识一些糖友，在赠送中相互丰富，从交流中回味童趣。我已攒下两千多张糖纸，而今的糖果变得更加妙美，棉花糖、泡泡糖、棒棒糖……不论我身在哪里，不论怎么忙碌，我总不会忘记那段糖纸铭刻的岁月。一湾清水中的鸳鸯、花瓣中昂奋的工农兵、红旗下的为人民服务、机器隆隆声中的工业学大庆、鸽群里的四个现代化、鼓声中的改革开放、春雨里的包产到户、高粱地上的人民公社好……方寸糖纸间，历史以鲜活的面容，在这里伫足、对视和翻涌，滚烫的气浪拥着大地，人人都是奋进的模样。

烟火袅袅，剥开生活的糖纸，我知道，如今的祖国，都充满甜味。

（原载《人民日报·海外版》2022年1月29日）

胸臆

我的文化之旅

阎纲

一

人生易老，转眼九十岁。九十年的文化之旅，像一条吸纳溪水的小河，穿过积淀沉厚的家，流向坎坷人生的终点。

人不能选择自己的家，家生存于自己的国。家保存在我记忆中的是一大堆芜杂的史料，真正有生命力的，只剩下刻骨铭心的血肉亲情，再就是潜化于灵府的民间文化。

只要降临一方水土，扑面而来的，就是别无选择的民间乡土文化即民间文化的"小传统"。"小传统"将"大传统""雅文化"的经史子集等思想规范融化在民众中，沟通古今，形成民众喜闻乐见的"俗文化"，它维系天然尊长，它教你圣君贤相，教你忠恕和孝道，教你修身齐家、"以孝治天下"。

从小听大人说："关中水质硬。"所以，民风彪悍，百姓性格生硬，缺乏变通。

元好问在《送秦中诸人引》里赞我的家乡："关中风土完厚，人质直而尚义；风声习气，歌谣慷慨，且有秦汉之旧；于山川之胜，游观之富，天下莫与为比：故有四方之志者，多乐居焉。"

陕人归属关中地区的人文特征，其性格的典型呈现，我以为是鲁迅称作"古调独弹"的桄桄乱弹、陕西梆子，即秦腔。秦腔，慷慨悲歌，繁音激越，热耳酸心，"秦之声"也。听一听王宝钏，柔肠百转而性情刚烈，"三击掌别了父女情"，爱就爱它个虽九死犹未悔，苦守寒窑，咋说也不进你相府门，十八年，不简单，成就为陕西女人的形象使者，陕西人骄傲的偶像。秦腔的哭音惊天动地，不信你试试，在寥天地里运足气、大吼一段任哲中的《周仁回府》吧，几声凄厉几声抽泣，对"卖主求荣"的仇恨与控诉，视死如归的决绝与缱绻，不绝如缕，石破天惊，能不教人想起硬骨头的"关中冷娃"？

陕人生性耿直，说话硬气，唱秦腔发音更重，咬字更狠，情绪更激烈，撕心裂肺。陕人的锣鼓家伙，例如"连三锤"和"一窝风"，敲将起来鼓锤似有千钧重，乱锤锤得震天响，简直没命了！特别是敲到激烈兴奋处，精神抖擞，元气淋漓，光着膀子让两扇筛子一般大的镲钹在空中飞舞起来，一撞一开花，咄咄逼人："你们谁敢来呀！"

陕人的这种性格特点，在著名戏翁、诗人、书画家范紫东的作品里表现得淋漓尽致，在本县政治家、诗人符浩的笔下和作家邹志安、郑彦英以及同样地属乾县却近在咫尺的程海、杨争光的作品里都有突出的呈现。

陕人的弱点也很明显，安居乐业的守成意识，长时期的封闭状态，眼界和思维受限，知识结构欠缺，既无殖民文化的污染，亦乏现代文明的融入。地土不肥不瘠，气候不热不冷，人口不多不少。只要肚子不饿着，就不爱动弹，安于现状懒洋洋，连茅盾先生也不客气地说"西北人懒惰"。看人家河南人，一副扁担挑着全家满地跑，冒险、开垦、创业，多大的胸襟和韧劲啊！土地崇拜使陕西的中小城市甚至大城市像个大农村。生殖崇拜把女人看作像出产口粮一样的生产熟饭和生育男娃的土地。男人是"外头"，女人是"屋里"。女人即使有性的觉醒，生命还得依附"外头"。"三十亩地一头牛，老婆娃娃热炕头"成为陕人普遍向往的田园诗、理想国。故而，满足现状惧怕挪盆动罐儿，闯荡江湖舍不得热炕头，安土重迁，"不喊不闹，不叫不到，不给不要"，不惹事，不怕事，万不得已不发作，发作起来天不怕、地不怕。义气与老气、豪气与蛮气、侠气与匪气、节俭与小气、急公好义与拼命硬干相依相伴；传统的美德与家教的守旧、吃苦耐劳与保命哲学、性解放与性麻木难舍难分；对土地的崇拜与对惰性的宽容，对命运的抗争与对神鬼的依附，对小日子的眷恋与走四方闯天下的冷漠，正直与保守、厚诚与落后相辅相成。

深入开掘陕人的性情资源，有可能梳理出一条从封建专制文化到高士名士文化，从雅文化到俗文化，从精英文化到大众文化，从乡土文化到城镇文化，从封闭到开放，从地域文化到现代文明的生命长链。

二

我的兴趣在大众文艺一边，痴心于大众文学和民间文化，也就是"地域文化"，它规范一方水土，铸造人的灵魂。

少年时期、青年时期，爷爷灌输给我的，戏曲演绎给我的，野语村言浸渍我的，大体不过就是文化甜食兼文化苦果，它多情如恋人，纠缠如怨鬼，对我的影响几乎是终生的。

我在豆腐爷的"豆腐坊子"泡过几个冬夏。豆腐坊子成了街巷万花筒、阎家族人的夜总会，东家长李家短，神神鬼鬼，男男女女，人情冷暖，世态炎凉，口头语言的艺术表现力令人神往。

及长，读《笠翁曲话》，说好的戏本，既是案头作品又是口头作品，既是视觉艺术又是听觉艺术，语言运用关乎成败，必须"手则握笔，口却登场"以致"观听咸宜"。我庆幸自己所努力的正是这个方向。但李渔更强调作为"戏胆"的"机趣"，说："机趣二字，填词家必不可少。机者，传奇之精神；趣者，传奇之风致。少此二物，则为泥人土马，有生形而无生气。"有无"戏胆"的"机趣"，才是区别戏和非戏的审美标准。

小时看戏，稍长参加"自乐班"活动，再长参加解放军宣传队演出，一直到创建县文联、县文化馆，戏曲成了我毕生在读的艺术学校。戏曲的唱词就是我心目中最早的诗；戏剧冲突成为我理解艺术的重要特征；戏曲的对白使我十分看重叙事文学的对话描写；戏曲的脸谱反使我对艺术人物的性格刻画产生浓厚的兴趣；戏曲语言的大众化使我至今培养不起对洋腔洋调过分欧化语言的喜好；戏曲的深受群众欢迎使我不论做何种文艺宣传都十分注重群众是否喜闻乐见。

我渐渐长大，戏曲的审美特征日渐突出。《平贵别窑》里一步三回头的种种动作表情和声声凄厉的叫唱撕心裂肺。《十五贯》里娄阿鼠同算命先生言语周旋，顺着锣鼓点在条凳上跳来跳去，将猜疑和恐惧推向极致。《蝴蝶杯·藏舟》和《秋江》不论是说、是唱都在当夜的水中央。《打渔杀家》里桂英女前台焦急地等待老爹，后台同步传出"一五！一十！十五……"的杖击声声声入耳。《四进士》里宋士杰撬门、偷书、拆书、抄书的动作细微而惊恐惟妙惟肖。特别是秦腔，"八百里秦川黄土飞扬，几千万人民吼唱秦腔"，不是"唱"而是"吼"！不论大净如包公还是小生如周仁，一概发自肺腑地吼，借用全身力气吼，慷慨激越，热耳酸心。正是这样唱着、吼着，凉州词、塞上曲，黄沙百战穿金甲，万里黄河绕黑山，更催飞将追骄虏，相看白刃血纷纷——呼啸厮杀，何等悲壮啊！

民间文化、地域文化，盖源于以儒家思想为核心的中华传统文化。儒家思想的精髓是"仁"，关怀民瘼，"爱人"！"己立立人，己达达人"，"己所不欲，勿施于人"，"天地之大德曰生"，"生生之谓易"，一切围绕"人"和"人生"，实乃中华民魂的"不灭之火"！

绘画与音乐、造型美与语言美，在抽象或半抽象的写意空间巧妙融合，在象征性的一席之地演绎出一出出人生大戏，那样夸张真切，那样谐和优美，那样淋漓尽致，那样入耳入脑、沁人心脾——啊，神妙的精神艺术！

戏曲的艺术浸润，民间文学和群众艺术善恶忠奸的诱惑和教化，像乳汁一样滋养着一根小草，造就了我全方位的艺术情趣和审美能力。

然而，民间文化既给予我民族文化的人学传统，也带来传统艺术上审美的偏颇，例如灭人欲的忠孝节义、脸谱化的艺术造型，极端化的"事则取其直说明言"，以及"大团圆"虚幻的理想国，都成为我日后写作的沉重包袱，既扁且平，笔无藏锋。

另一种文化潮向我袭来。曹禺的《雷雨》刚刚发表，父亲的剧团即刻排练，母亲带我和大哥观看演出。再长，大哥把"新文化"带回家，鲁迅、郭沫若、田汉、巴金的作品新奇炫目。苏联斯坦尼思拉夫斯基的导演体系及其现实主义形象性体验的表演理论，于我心有戚戚焉。

40年代末期在西安，正赶上美国好莱坞的名片《魂断蓝桥》《卡萨布兰卡》《出水芙蓉》《翠堤春晓》《大独裁者》《乱世佳人》和英国的《雾都孤儿》以及明星卓别林、亨弗莱·鲍嘉、葛丽泰·嘉宝、费雯丽、英格丽·褒曼，还有中国的白杨、周旋和赵丹，风靡一时的电影女侠李丽华我也爱看。《一江春水向东流》《马路天使》《八千里路云和月》《十字街头》唤醒我革故鼎新的强烈欲望。特别是抗日救亡歌曲，使我深受爱国的教育与救亡的鼓动，《松花江上》《大刀进行曲》《义勇军进行曲》《毕业歌》《救亡进行曲》《四季歌》《天涯歌女》唱得滚瓜烂熟，一概注入我的血液。

我在"正俗社"和"易俗社"喝着茶、嗑着瓜子听戏，也在乡下挤死人的草台班子下看戏；在旧戏园子看戏，也舒服地坐在电影院消消停停看电影、看话剧；我热爱"现代汤显祖"范紫东、"秦腔正宗"李正敏，也喜爱电影明星周璇和卓别林；我入迷似的读王金龙和卖油郎，也如饥似渴地读觉慧和鸣凤、四凤和繁漪以及《玩偶之家》的娜拉；我喜欢同亲友们没大没小地讲"古经"（故事）、说闲话、拉家常，也忧国忧民，时时关心国难家愁和世界大战。年轻时候的我，被斑驳的多元文化所包围，封建的，殖民的，西方的，"五四"的，民间的，甚至迷信的，只要喜闻乐见，都被我贪婪地吸吮着，囫囵下肚。

正由于从幼年到少年、到青年新旧文化的相互撞击、感染和浸润，所以，礼泉县城一解放，我再也不听家人"当戏子没出息"的劝告，毅然决然投笔从戎，加入"为工农兵服务"的解放军宣传队，知遇革命文艺，独尊毛泽东文艺思想到了迷信的程度。

三

中、西方文化坚挺至今，自有它各自的优势；中、西方文化"优劣"论一直是文化学者不尽的议题。

西方文化尚"信"，崇尚天赋人权，尊重人的个性和信仰，守护人的信用，激发人的创造精神，敢于怀疑，敢于冒险，促使科学技术飞速发展，引领世界潮流；却也容易走向极端个人主义，老子天下第一，亲情关系较之淡漠。

我国传统文化尚"仁"，"仁者爱人"，重仁义、重亲情、重然诺，"杀身成仁，舍生取义"。重实证，非常善于总结历史经验用以校正实践活动。外族入侵，看样子要倒了，一番以夷治夷，又活了。"天人合一"，"天行健，君子以自强不息"，"天下为公"，"先天下之忧而忧，后天下之乐而乐"，"己所不欲，勿施于人"，"三军可以夺帅，匹夫不可夺志"，"威武不能屈，贫贱不能移，富贵不能淫"，先群体而后个人，等等，统统是强大的道德精神。然而，其核心价值是"天地君亲师"，"君权神授"，以国为家，以家为国，"国家兴亡，匹夫有责"，教人忠君爱国、精忠保国，故儒教历来为皇室之所独尊。

五四文化的自觉是请来"德先生"和"赛先生"，民主兴邦，科学救国，精髓是倡导"自由的精神，独立的思想"，对抗不人道的王道、愚忠、孝道和妇道。然而，五四新文化也非一切皆好，"打倒孔家店"矫枉过正，把孩子当作污水泼掉了。传统家庭中父慈子孝、双向调节的人伦关系遭到破坏。旧家庭固然压抑个性，但也有和睦进取、尊老爱幼的美德。娜拉和觉慧"走出家庭"，未必就是真正的反叛，"娜拉出走以后怎样？"有的不是又跑回来了吗？

天降大祸于斯人焉，文化大革命来了！所谓文化大革命，就是犁庭扫闾，革一切文化的命，拼命抵御西风东渐，全面消解传统美德，价值失衡，人格沦丧，重演文字狱的超大闹剧。

现当代，特别是一边高唱"解放区的天是明朗的天"，一边高唱"中华民族到了最危险的时候"，如何看待中西文化，争论非常激烈。或曰传统的"儒学有毒"，或曰西方文化"亡我之心不死"；或曰"中国没有哲学"，或曰"西方哲学死了"；或曰"只靠自己救自己，救世主是耶稣基督"；或曰"普世价值是世界进步的潮流"，或曰"三权独立是资本主义，于我水土不服"；或曰"半部论语治天下，新儒教能够救中国"，或曰"打倒孔有店""儒教杀人"！

学界大体上认同费孝通的"文化自觉论"，即"各美其美，美人之美，美美与共，天下大同"。但是，怎么细化、具体如何操作，是否行得通，还有不短的路要走。

我的一生跌跌撞撞，一时明白，一时糊涂。

"娜拉走后怎样？"一直是百年来困惑民族复兴的大难题！

（原载《我还活着》太白出版社 2022 年版）

秋山图

肖复兴

年轻时候,特别是没有书架更没有书房的时候,特别渴望坐拥书城的感觉。其实,很大程度上,是虚荣的心理作祟。后来,看到青艺演出田汉的话剧《丽人行》,其中那位丽人和富商刚开始同居时,书架上摆满的都是书;后来,书架上的书,都换上了各色高跟鞋,不觉哑然失笑。也笑自己,对于书的态度,和那女人的心思,难道没有那么一点点相似吗?

台湾作家林文月写过一本书《三月曝书》。风和日丽的三月曝书,以防虫蠹,是旧时文人的传统,对于台湾,当然更和那里潮湿有关。三月对于我,却是扔书时节。老来之后,几乎每年到春暖这时候,都要把书房里越堆越多的书,毫不客气地清理出一部分,将那些从来没看过的,或看过之后没有必要再看的书,全部请出,送给需要的朋友,朋友不要的,都卖了废品。我不藏书,只读书,我一直觉得书应该是越读越少才是,最后留在你身边的书,就像最后的朋友一样少,而不是越读越多,成为臃肿的附庸。

去年年末开始,全楼整修,更换全部上下管道和玻璃窗,工程不小,一下子,屋里弄得十分凌乱,那些塞满书架、堆满角落的书,更显得拥挤不堪。

索性来个大清扫，居然整理出一堆小山似的书，突兀地堆在客厅中央。才发现，这样多的书，并不是你的六宫粉黛，是你不需要的。准备全部清理出屋的时候，书堆得不牢，忽然哗啦啦坍塌下来一角，一本薄薄的小书，滚落在我的脚下。

是《芥川龙之介小说十一篇》。

弯腰拾起来，不禁责怪自己，忙乱之中，怎么把这本书也丢弃了呢？

这是一本1980年湖南人民出版社出版的书。书很薄，只有171页；封面很素净，浅灰底色，只有一方"二三书屋之印"的小篆红印。如今，很少见到这样薄这样素面朝天的书了。书越来越厚，精装越来越多，封面越来越花哨，还要佩戴腰封，一列名人拦腰吆喝示众。世风变异之中，书和人一样。

这样薄的小书，很适合携带，放在衣袋里，就到天坛去了，准备到那里找个清静的地方重读。

想起1980年买到这本定价5角1分钱小书的时候，我正在中央戏剧学院读书。那时候，书的定价以分计算，要让今天的人觉得实在是太便宜了。要知道那时候人们的工资是多少，我是带薪入学，每月工资只有42元半。记得很清楚，学院食堂里中午卖肘棒，每根5角钱，不是什么时候都敢买一回肘棒吃的。买一本《芥川龙之介小说十一篇》，少吃了一回肘棒。

学院后面地安门大街路东，有一家新华书店，书是在那里买到的。书店窄小，书却很齐全，这本书当时印了2.8万册，幸运的是，其中一本留在我的手里42年，差点儿和它失之交臂。

记得当时在戏剧学院的宿舍里，晚上熄灯之后，黑暗中，和同学争论日本作家芥川龙之介和川端康成，有人喜欢川端康成，我更喜欢芥川，以当时浅薄的阅读经验，觉得川端康成的小说写得有些磨磨叽叽，不如芥川写得干净紧凑，那样大开大合，内容含量大，留白甚多，要不，那么短短的《竹林中》和《罗生门》，也不能改编成一部电影。幽幽夜色中的争论，意气风发，煞有介事，也自以为是，谁也不服谁，谁也说服不了谁。年轻时买书，读书，其意思和感觉，和现在真是不一样。

书的译者是楼适夷先生，看书的后记，知道是他1976年4月到6月所译。

他说:"1976年是怎样的年头,四月又是什么日子,这是大家都知道的。天快要亮的时候,夜照例是特别黑暗而寒冷的。"1976年,是"四人帮"被粉碎的前夜。四月,爆发了悼念周恩来总理的"四五"运动。那一年,楼适夷先生71岁,从五七干校回家快三年了,头上还戴着"帽子",身上还背着"包袱"。而在当时,芥川的小说尚在毒草之列,楼适夷虽认定是鲜花,却也悲观地认为"并不准备将来会有发表出版的日子"。这是这本书翻译的时代背景和私人语境,这本书由此而增加了厚度,超出了芥川小说本身。

楼适夷先生是翻译家,之所以当时选择翻译芥川,是别有心意的。在后记中,他说芥川的小说,鲁迅先生是最早翻译到我国的,1923年就翻译了《罗生门》,后来还想翻译芥川的作品,可惜天不假年,未能如愿。楼适夷先生翻译芥川,出于对鲁迅先生的敬重和承继。

在后记中,楼适夷先生又说,译稿"是用两张复写纸,复写出三张稿纸,装订成册,变成一本书的样子,请二三家人,和二三个不与我划清界限还有来往的友人,充当我的读者。"——这种深蓝色的复写纸,对于我们这一代的写作者,是很熟悉的,在没有复印机、电脑和微信的时代,我和不少写作者,害怕稿子寄失,都用过这样的复写纸复写稿件——于是,他特意请人刻了一个图章,便是"二三书屋之印",我们便也明白了,封面所印这方印章的含义了。

芥川的小说,如今译本很多,这个译本,有如此多的元素在内,便不止属于芥川,也属于楼适夷先生和他所属的那个特殊的时代,便有了另一番价值和意味深长所在。

我是坐在天坛的藤萝架下看这本小书的。初春中午的阳光,温煦暖人。这一天,我主要看其中的《秋山图》一篇。40多年前读过,竟然一点儿印象都没有了,当时只顾看《竹林中》和《罗生门》,还有《地狱变》了,也可以看出当时读书不认真,没有能够领悟其中奥妙的缘故吧。这是一篇写清初大画家王时敏两次寻找元代画家黄公望的名作《秋山图》的故事。同样一幅《秋山图》,50年之后,时代与人心的跌宕变化中,有着完全不同的样貌和感觉,其亦真亦假,亦梦亦幻,扑朔迷离,以致让王时敏心中竟掠过"狐仙"

的缥缈之感。

芥川的小说中，重写并改写历史故事，占有相当部分。这是他那一代日本小说家的创作传统。我们这样的传统似乎少了些，自鲁迅先生的《故事新编》后，曾有冯至、陈翔鹤等老作家写过一些这样的历史小说，之后似乎愈发少见。那些热衷于宫斗或王朝更迭或让古人和历史改头换面以迎合今日的小说，似乎不在此列。《秋山图》重写的是我国古代故事，但不是梦回前朝的旧小说。这篇小说写得干净利索，如同冰冷而嶙峋的骨架凛然；又情节步步紧逼，如同层层剥笋而百味次第逸出。

不知怎么搞的，放下书，忽然觉得这一篇《秋山图》的写作风格，和汪曾祺先生有点儿相似。汪先生也喜欢改写古代故事，比如《聊斋》，就曾乐此不疲地改写过多篇。改写古代画家的故事，汪先生也有过写扬州八怪之一金农的《金冬心》。而且，汪先生和芥川都是取材于我国明清笔记，并非天马行空随心所欲另起炉灶的编造。芥川的《秋山图》取材于清初恽寿平的《瓯香馆记》；汪先生的《金冬心》取材于清晚期朱克敬的《雨窗消意录》。他们都有这样的兴趣和积累，这样的学养和笔力。

这么一想，如果汪先生重写画家王时敏寻访画家黄公望的《秋山图》，这同样一段故事，不知会写成什么样。芥川写《秋山图》时29岁，正值青春，让汪先生晚年披挂上阵，老眼厌看往来路，流年暗换往来人之中，肯定，会和芥川不一样，会很有意思。

真的很想让汪先生和芥川PK一下，让我大开眼界一番。不过，也只能是想想而已。汪先生已经故去25年。

一本薄薄的小书，一篇短短的小说，竟然拔出萝卜带出泥，连带起三位作家，心头一时涌出莫名的感觉。想想，三位作家都已经仙逝。楼适夷先生活到96岁，最为高寿；汪曾祺先生活到77岁；而芥川活得年头最短，只有35岁。命运跌宕，人生如梦，如那幅《秋山图》一般，如影如幻而幽深莫测。

合上这本《芥川龙之介小说十一篇》，日头已经偏移，阳光透过枝条清癯的藤萝架，在书上洒下斑斑点点的光斑，跳动不已。

回到家，再翻书时，发现书中还夹有一小窄条薄薄的纸片，上面抄录一段话，字迹潦草，是我写的。照抄如下，也许，别一番意思：

> 番茄初生长秘鲁和墨西哥森林中，被当成有毒的果子，叫"狼桃"，没人敢吃。十六世纪中叶，英国一公爵到南美游历，见后把它带回英国，作为稀有的礼品，献给情人伊丽莎白女王。从此，欧洲称之为"爱情的苹果"。十八世纪末，法国一位画家，冒中毒致死危险，亲口尝了两三个，觉得酸甜可口，经他宣传而流传。明入我国，最早见于《群芳谱》一书，名"蕃柿"，供观赏。吃才有六十年左右的历史。

这一段是从哪里抄来的，又怎么夹进芥川这本小说中，我已经一点儿印象都没有了。关于番茄这样一段历史，还是挺有趣的。算一算，上个世纪八十年代抄录这一段，到今天，我们吃番茄已经有一百年的历史了。想当年最早翻译芥川小说的鲁迅先生，到现在也有一百年的历史了。再一算，芥川写《秋山图》是1921年12月，到今年也一百年。真是巧合。

怎么那么巧合呢？不知别人会怎么样，如果让我来重新改写《秋山图》，在结尾处，我要加上这样一段。芥川写《秋山图》；鲁迅翻译芥川；番茄由毒变酸甜可口的历史；一百年之后，这样巧合，在这本书中相遇了。尽管有点儿混搭，也许，有点儿意思呢，多有潜台词和象外之意。

（原载《文汇报》2022年7月1日）

师父

江子

那一年暑假，我中考放假在家无聊，且对考上高中毫无把握，就开始寻思着读书之外的路。

作为一名赣中地区的乡村少年，所谓读书之外的路，不外乎是学一门手艺，做一名手艺人。

赣中地区的手艺不少，比较普遍的是泥瓦匠、木匠、篾匠、剃头匠、杀猪匠。

泥瓦匠要忍受风吹日晒，木匠要使大力，剃头老要站着，杀猪更是力气活。做篾匠不太费力，风吹不着雨淋不着，而且吃喝不愁，伙食是差不了的，村里的篾匠每出门一段时间，回来必皮毛光彩。而且，我有一个堂叔，因为做篾竟然带回来一个漂亮的、满口异乡方言的女人，整个村子都轰动了。

正碰上有个篾匠师父正愁着找不到徒弟，我就向他毛遂自荐。他迟疑了一会儿，最终带上了我。

师父之所以迟疑，那是因为他与我关系不一般。直说了吧，他是我父亲。

父亲的篾匠活做得好。他做的篾席子，七年八年不会坏；他做的竹床，别的篾匠师傅可能早散架了,他的呢,依然铁箍一样结实。他打的簸箕、箩筐、晒垫,都经久耐用,而且美观。凭着这手艺,父亲成了远近闻名的篾匠大师傅,手下有不少徒弟。许多徒弟出师之后还跟着他,靠着他的事主(就是客户)资源生活。

那是在一个有月光的夜晚,我们一行五人——我和父亲,父亲的两个当上了师父的大徒弟孔狗子和刘猪仔,还有一个是猪仔的徒弟——从家乡出发,在三里路远的西沙埠码头过赣江的趸船上拦到了一辆拖拉机。听着哐当哐当的车响,看着月光下丘陵阴影重重如野兽奔腾,我们向着我们此行的目的地、田地资源丰富的赣江以东奔去。

从赣江以西的我们村到目的地赣江以东的双村也就三十多里地,我们在一个镇上下了车,然后徒步半个小时左右就到了。我们的到来,引起了村民们的一阵骚动,看得出父亲他们在这里的人缘不错。父亲与人们谈天说地,说农药化肥,说庄稼耕作,间或说几句当地方言,完全是一副精明能干、热情活泛的样子,与在故乡的笨嘴笨舌完全不可同日而语,让我十分吃惊。

有人看到陌生的我,问父亲是否新带的小徒弟。父亲点了点头,算是默认。我们中其他人都心照不宣,没有将我和父亲的真正关系说破。

第二天一早我们就开始上工。我开始了真正的篾徒的生活。

我们的活计都由父亲上门与人沟通,然后根据活的多少难易安排时间与人员。

我们有时分成两组,比如我跟着孔狗子和父亲在一家,猪仔带着他的徒弟到另一家。有时呢,我们五个人一起在一家上工。

父亲跟他的两个大徒弟根据手艺特长互有分工。比如孔狗子织晒垫或凉席技术要好,他就经常被安排织晒垫、凉席。刘猪仔做箩筐簸箕水平要高一些,他就主要负责箩筐簸箕团箕的活计。父亲把总,或者是挑最难的活儿,比如做竹床、竹椅。

竹器的原材料是竹子,竹子剖开后形成竹片,竹片分青黄两层,师父们要根据需要将青黄两层分解成织造竹器的篾片。十米长的竹子,就要分解成若干根十米长的篾片。要让这些篾片变得光滑,除了师父手中的篾刀和夹着篾片的篾条（相当于木匠手里让木头变得光滑的刨子），还要徒弟们往返拉篾。篾匠这一行最常见的场景，就是师父坐着刮篾，后面一个小徒儿拉着十几米的篾片来回跑。

我每天到一个新的主人家，先等着师父把竹子破开，然后来回跑着拉篾，一两个小时下来，常常累得全身是汗。

拉完篾，师父们忙着干织造的大活儿，我就或蹲或坐，对着破了的晒垫、席子、箩筐，用新的篾片，修补着上面的破绽。

老实说开始的几天，我的感觉是新奇的，想想自己很可能一辈子就干这个，我不免对手中的工作有了仪式感。我每天极其认真地拉篾、修补，缠着师父们教我篾匠行当的江湖行话。那是一些在别人的屋檐下不想让在现场的主人听明白的话，既神秘又有趣。

为了让自己很快地像一个篾徒，我煞有介事地学着师父们的口吻粗野地说话，还学着喝上了酒。我大大咧咧痞里痞气的样子，让师父们直摇头。中餐与晚餐，我都与师父们一起喝一点主人准备的米酒。喝酒开始我会有一点晕，但过了几天就习惯了。

可这样的日子并没有过多久，我开始有了深深的厌倦。原因是由于久坐，我的屁股经常痒得厉害——旧晒垫其实布满疥菌，长期做篾，生疥疮是篾匠这行必需的代价。做篾是在别人的屋檐下讨饭吃，有的主人爽快，会在太阳下山时做好饭，也就意味着结束了一天的工作，可有的人家即使点灯了饭还没熟，当然是希望我们干些活儿。可那时候我的工作已经完工，我手里的新篾片只剩下一片没用完，我悄悄问师父们怎办。师父们悄悄告诉我，你背着主人，偷偷把这片篾片从这里插进去，从另一个地方抽出来，装着在做事的样子。我拿着这片篾片背着主人从这头走到那头，直到天完全黑透点上了煤油灯，直到那一片篾片充满了委屈和怨恨，主人家招呼上桌吃饭。

让我厌倦的事情还有：规矩太多，总是要看师父的脸色。徒弟必须给师父盛饭，喝酒时徒弟要给师父筛酒，必须先于师父吃完饭，吃饭时必须跟着师父的筷子下筷子——赣江以东的人也不算富裕，餐桌上最体现事主脸面的荤菜碗肉菜下面其实是腌制的萝卜干。肉食并不是敞开供应，师父必须控制全团对肉食的食用。我们一群人吃完一顿饭，桌上的荤菜碗中肉还要能盖住下面的腌萝卜，事主的体面才能得以保全。

天越来越热了。有时候早上起来，身上就汗湿了。为了让自己凉快一些，我们会在上工之前，躺在穿村而过的105国道边上，等在一辆辆车驶过带来的一阵阵凉风。现在想来，那其实是形同蝼蚁的时刻。

——我是父亲的儿子的消息不知怎么被当地人知道了。我想那或许是父亲的徒弟们中有人告了密，或许是我的长相让人看出了端倪。父亲因此受到当地人的揶揄。是呀，在人们的观念里，父亲做篾，儿子也做篾，这个家庭，还有多少奔头呢。

我想父亲一定十分恼怒。因为我看着他手艺间隙抽口烟时，眉头比以前皱得更厉害了，对我更是一副爱理不理的样子。

而我依然吊儿郎当。我何必去看他的脸色呢。

可父亲终于忍不住了。那次我们五人全在一家人上工。我拉完篾后去修补一个破了角的箩筐。那其实是有难度的活计，用于修补的篾片从箩筐角的这个面出来，必须在另一个面找到对应的路径。我手中的篾片一再踌躇，然后自以为是地插入了一个错误的轨道之中。一片篾片错了就满盘错，最终这个箩筐的角被我补得漏洞百出。

父亲远远地发现了我的错误（我怀疑他一直在偷偷看着我），开始骂骂咧咧，最后火气越来越大，大声历数我的种种不是，说我箩筐都不会补，又不会读书，骂我跟他来做篾让他丢尽了脸面，说等他做完了手中的活计——这是很快的事情，就要给我颜色，"不把你打爆我就不姓这个曾"。他要继续姓曾就必须把我打爆，这是我长到14岁以来听到的这个老实人说的最狠的一句话。

我的倔劲儿上来了。我也忍了好久呢。我把箩筐掷于一旁，说我不干了。当着他的几个徒弟以及在现场的主人的面，我一点面子都不给他。我说我要回家。我回去读书。做篾这种事儿一点儿也不体面，谁爱干谁干去，有啥了不起的。

父亲更气了。他手上的动作幅度越来越大，口里骂着："你现在就滚！"

我毫不分说起身丢下工具就往外走。我的泪水流了下来。为了不让别人看见我的泪水我开始奔跑。我跑到一条大路上了。我不知道这条路通向哪里,是不是我们来时的可以到我的村庄的路。我是一个才从学校里出来的毫无社会阅历的少年。但我已经无路可走。我不顾一切地奔跑起来。管它通向哪里呢,先离开这个鬼地方。我这么想着,嘴里发出了无比激烈的哭声。

然后我听到了后面的喊声。我侧过脸,看到远远的一个人跌跌撞撞地跑着,用的是一种十分不平衡的姿势。他边跑边叫着:你回来。不要跑!我们过两天再回!

那是我的师父,也是我的父亲。他的声音已经远不是刚才的暴跳如雷,而是虚弱得像是在求饶。他知道如果不阻止我任由我这么跑下去,赣江以东岔道众多,我又出门少,把人跑丢一点也不奇怪。

我继续疯狂地向前跑。我不知道我该怎么办。我不知道如果我主动停下来,是否意味着向父亲示弱。我当然不愿意是这样的结果。我不知道最好的结果是什么。我只有拼命向前奔跑,以示自己的不屈。

一辆自行车追上了我,拦在了我面前。那是父亲的大徒弟孔狗子。他会骑车。车是今天上工的事主的。他迅速支起了车,一把抱住了我。他的力气真大,我挣脱不了。

……我终于又回到了课堂,做了一名初三的复读生。有了这段篾徒的生活做底,我不顾一切地读书。我知道我只有一条路可走:通过读书考出去。我才十五岁,可经过了那一段生活,我一改过去的顽劣,变得老成持重,不苟言笑。一年后我的努力有了回报。我考上了师范,成了一名端上了国家饭碗、让父亲在他的赣江以东的事主们面前倍有脸面的人。

那段日子早已成为了往事。如今我已经是一个知天命之年的人了。我的父亲也早已是古稀之年的老者。可那段经历,依然嵌在我们的生命里。这么多年来,每到除夕团圆饭,我家餐桌上有个仪式必不可少:我倒上满满一杯酒,向着父亲喊着"师父",然后一饮而尽。而父亲总是满脸凛然地端起杯子,抿上两口,仿佛当年做篾时,他端坐首席表情平静,而所有人,都自觉向他俯首称臣。

(原载《新民晚报》2022 年 5 月 7 日)

黄金时代的青春阅读

李美皆

八十年代是一个黄金时代,也是我的青春阅读时代。在阅读越来越丰盛的今天,我却更怀念那时候的阅读,那些把书视为金子般的日子。那时候的精神世界几乎是一张白纸,所以,在上面画什么都异常醒目。

有些小说是我最要好的女同学向她舅舅借的。他是一名乡村语文老师,也是一个文学爱好者,正在练习写作——那时候农村有点文化的人似乎都曾练习过写作,毕竟这是成本最低的,又能给予幻想最大空间。我曾经怀着朝圣的心情,跟同学去另一个村拜访她的舅舅。在基本没有精神生活的乡村,单只"文学"这两个字,就足以使我们产生彼此认出的同志之感,尽管我们是两代人。我还记得与同学骑自行车去她舅舅家时的心情,明快的热望充溢心间,热烈的向往驱使我们向前。奔驰在乡间土路上的狂热的青春期的心是那么跳荡,尽管渺茫与困厄,仍然顽强地相信未来可期,这就是八十年代的文学效应。

"舅舅家借来的"刊物上有一篇张廷竹的小说让我推崇备至,却连小说名字都记不得了,只记住一个张廷竹的名字。二十多年后的一个五月,我在杭州与一位作家朋友谈起来，他说张廷竹就在杭州，可以约见。我犹豫了一下，还是说，算了，近乡情怯。之后，我收到了张廷竹寄来的一本书，那种少年与沧桑失去距离之后的感觉，真的只能用百感交集来形容。

曾经整整一个下午，我都在同学家黑暗的屋子里埋头读王蒙的《蝴蝶》，那种带点悲情的深沉令我向往沉迷不知所之，读完我甚至能感觉到自己内心的成长。那是我最早深沉于阅读之中的体验，整个世界寂静无声，变成默片，只有纸上的文字和自己的心跳是活的。有时从纸页上抬起头来，不知身在何处，整个人都被一种巨大的精神体吸进去了，弹压住了。

对我青春期精神成长最重要的是刘亚洲的《海水下面是泥土》和张承志的《北方的河》，它们与罗曼·罗兰的《约翰·克利斯朵夫》一起，唤起我少女时期的英雄崇拜，内心的激荡是此生难再的。这种阅读使小时候崇拜过的英雄瓦解了，简直变成了纸片儿，既不深刻深沉，又不特立独行。只有那种桀骜不驯独向苍茫的悲情英雄式的男主人公，才能令少女的我深深折服。

《海水下面是泥土》我几乎是全文抄录下来，用作文格纸张，厚厚的一摞。我一直保留着，为的是还能触摸那时的心跳。男主人公少校和他的精神偶像少帅、项羽，共同构成了我的精神谱系。我庆幸自己在人格发育的关键时期得遇他们，这奠定了我的人格基石，对我的人格塑型起到了不可替代的作用。终生的精神同路人，往往就是年轻时找到的。年轻时激动过你的，才能永远激动到你。

《约翰·克利斯朵夫》是在高中时读的，那种冲击简直难以承受，如同巨浪向着弄潮儿劈面而来，有巨大的狂喜，又急于闪避，让自己平定一下，喘息一下，以免被淹没和窒息。为了此书，我保持了与那个为我供书的高年级男生的交往，在那个男女生壁垒分明的环境下，这被认为是谈恋爱。他的舅舅是图书管理员，而图书室是不供学生使用的，书是他偷偷拿出来的，一次只能一本。他长得酷似当时的一个电影明星许亚军，我不能说对他毫无心动，但最主要的还是因为《约翰·克利斯朵夫》。这是书的狂热与疑似恋爱、禁忌与诱惑相混杂的一种阅读活动——或者说事件。事实上我都没有读完《约翰·克利斯朵夫》，大概是第三部他没能拿出来，但我觉得已经完全读懂了它，我的灵魂为它所浇铸，一种英雄人格的狂想曲在我的大脑中激荡。他说，每个民族都有自己的假面具，并且把它叫作理想。他说，平民并不代表平庸，正如上流人内心也有下流。这些几乎要把年轻的心爆破的句子，比比皆是。因为此书，我当时觉得自己真的不一样了，有了独立的思考与人格，与周围的芸芸众生拉开了距离，我开始了一种与崇高死磕的精神历程。这就是青春期的典型症候。

三十多年后的2018年，我在微信读书APP上听了《约翰·克利斯朵夫》。随着年纪的增长，我已经很怕那种冲击感太强的文字了，但这次，还是想比较一下与年轻时的感受有什么不同。我当年读的版本是傅雷翻译的，现在听的版本是许渊冲翻译的，其中傅雷译为萨皮纳夫人的，许渊冲译为沙冰夫人，我真的难以接受，在我心中，她就是萨皮纳夫人，永远是。少女时代的我极度关切谁将成为克里斯朵夫的第一个女人，为此快翻跳着读，直到找到萨皮纳夫人，所以，那个慵懒淡然不向庸庸碌碌的生活献媚的萨皮纳夫人，在我的心里是已然定格的，关于她的一切都不可更改。

当听到奥里维的姐姐安多纳德献祭于某种崇高时，我在心里呼喊了无数遍：安多纳德死了！安多纳德死了！朗读者的声音读到此处都有点磕绊了，可见，人同此心。真的心痛到无法呼吸，我大口喘着气，流泪许久。我是吃着饭听的，所以，边吃边流泪，最终难受得吃不下去了。唉，约翰克里斯朵夫，你和她，这么心痛的错过！谁能砸得开地狱之门呢？我发了一个朋友圈，一位朋友留言说：年轻时读，也是这样。前几年读，已感觉麻木。这证明，你还年轻。我自问，是吗？证明我还年轻吗？年轻与否无从判断，但我知道，精神的基因尚在，这部巨作在三十多年后还是能够激动和震动到我。整部书听完时，我感到生活一下子空了。如同它里面的一句话：连死亡都已经死亡了。

（原载《北京文学》2021年第10期）

劳动，机器，工具集（节选）

马叙

一

进厂之后，我领到了一把巨大的扳钳，手柄长六十厘米、开口八厘米。这把特大号扳钳不是用在扳动磨床上的螺帽，而是用于扳动活塞环夹筒的固定轴上端的大螺帽用。往夹筒里压进活塞环五十个，然后用大铁轴两端的两个铁板夹紧，这个紧不是一般的紧，得夹得非常紧，这得用特大号扳钳把顶端的大螺帽深度拧紧，推动两端的铁板上下压紧已叠成筒状的活塞环毛坯。这个夹筒下端的铁轴固定在台虎钳上，首先是用台虎钳的手柄旋进旋紧让台虎钳钳口紧紧咬住夹筒下端，然后用全身的力气扳动特大号扳钳，固定上端的大螺帽，把五十个汽车活塞环紧紧地压在一起，在内环面再刷上一层丙酮保护层，防止铬酸电镀液的腐蚀。

这是我在工厂四年半时间中体力与能量支出最大、持续时间最长的劳动，每当拿起特大号扳钳时，我都要使出全身的力气，同时得掌握好扳动的力矩、速度，才能扳紧扳实。每回的第一次扳紧压实的是毛坯，把拆掉外夹筒的这五十个已压成筒状的活塞环毛坯在外圆磨床上磨去毛刺，磨出光洁度，再送到电镀车间镀铬。电镀之后，再一次磨削，完成最后一道精磨工序。这把特大号扳钳几乎消解掉了我之前建立起来的对成套工具的那种视觉及使用的秩序感。虽然使用过程中小型螺丝刀与小型扳钳也是较费力量的一种行为。但是自从领到特大号扳钳后，渐渐地在使用中，体验到了它与其他工具的差别太大了，包括与同是小型号扳钳的区别。这款特大号扳钳集简单、粗俗、暴发力于一体，加之极快速的扳动速度与无限重复的行为，有时在暴雨天或台风天的夜班，全车间巨大的空间中只有一个人。特大号扳钳成了此时一个粗暴的中心意象，它在使用中是坚硬的，无理的，磨损青春，压榨体力与时间，消解着整个车间的气氛，这种无限重复的过程，使人变得更加孤独与绝望。有时拼全身力量扳实铁轴两端时，会为自己的力量而惊讶，但这仅仅只是为一具身体的力量而惊讶，而人在此时是对抗身体的，身体又在对抗扳钳，而扳钳又在对抗螺帽与铁轴。总之是一种连锁的对抗传递，一环对抗一环。一环一环地对抗下去，同时又一环环地紧密相扣，仿佛既深度纠缠，又互相切齿对抗，一直到终端产品为止。同时，也因为抽掉了感情（对抗过程就是抽离感情的过程），使过程始终保持着机械、冷漠，因此而更加准确与精确，产品的制作也因此保持了高质量，与超低的次品率。

活塞环毛坯每次都要装四筒，每筒加压一次，因此每次除了费劲地把散着的活塞环压进夹筒内，还要反复在台虎钳上扳动四次特大号扳钳。完成后即刻搬到磨床前磨削加工。电镀好完成精磨之后再放到台虎钳上用特大号扳钳拆卸掉铁轴上的大螺帽。这种连续一刻不停歇的劳动，不断地加深着我的与金属机械的冷漠距离。特大号扳钳，是我整个青春历程中的重要部分，它一边消耗着我有限的身体能量与有限的精力，一边塑造了我的身体力量与意志。

二

其他工具可以乱扔乱放，而游标卡尺要轻拿轻放，使用时小心动作，叶明亮说。从他那里，我学到了度量工件时游标卡尺刻度的读法。对于卡尺而言，游标是它的关键部件同时也是最诡异的部件，游标的总刻度比对应段的卡尺尺身的标准刻度短一个毫米。那些天我头脑中总是出现这一个毫米，越想越不明白游标卡尺的度量原理，越不明白就越发去想它。交接班时，我问叶明亮，这游标卡尺的刻度读法数学原理是什么？叶明亮吃惊我会提这个问题，你不要故意考我，我只读度量长度，这个你要问去问技术员，不要问我，他有点生气地说。过后，我很懊悔问这个问题。我为什么要探究，这种探究毫无用处，于我，于同台磨床的叶明亮，都毫无用处。

这之后，我也不再探究游标卡尺读法的数学原理，尽管后来看到了一个关于游标卡尺数学原理的简单方程式，我也不去记忆它，弄懂它。这样游标卡尺在我心里一直是一把诡异的度量器具，它的精确使我在度量工件时心情放松，这是我对它的信任，也是对一种器具与自己身体保持距离的一种方法，只有保持距离才能冷漠，才能忍受做那些无限重复的动作、行为。

这段时间里，高考青年中正流行一本《英语九百句》，车间里一个青年车工会常在裤兜里插一本《英语九百句》，一连车削着工件一边口里温习刚学的英语单词。他进厂时间比我早两年，看我俯身用游标卡尺度量着刚磨削完成的工件，说，你想一直用游标卡尺在这座工厂里量下去吗？又从裤兜里抽出绿封面的《英语九百句》，拍了拍它，说，与我一起学英语考大学吧。这是工厂里第一个把游标卡尺当作工厂象征又想很快跳出工厂的青工。我后来真的去书店买了一本《英语九百句》，但是我只学了一个月，就放弃了。我的英语基础太差，它对我来说还是太难了。那本《英语九百句》被我因此而弃置在角落。仍然是每天心情放松地俯身用游标卡尺度量刚完成的工件。

六月份，游标卡尺传递到了另一个女工手中，她是厂里请来的磨床师傅，带我们攻克质量关。她只是看了看游标卡尺就把它放到一旁。接着使用的是千分卡尺。游标卡尺最高精度只有0.02，而千分卡尺最高精度是0.01，比游标卡尺提高一倍。女性与度量工具，心细如发与高精度，是生产质量的保证。从此以后的两年时间里，能用千分卡尺的时候必用千分卡尺。游标卡尺也就此弃置一旁，用到极少，当然，度量工件内径时千分卡尺是无法度量的，这时必须用到游标卡尺。在这些日子，我的原本被特大号扳钳与磨床磨削的无限重复动作反复促成的冷漠状态，突然有所改变，近距离女性气息带来了内心波澜。一个月后，教技术的女工被召回了原厂，此后再未见过她。

三

台虎钳是车间里最直接也是咬合固定最有力量的工具。它被固定在一张很长也很宽同时又沉重无比的钳工桌上。台虎钳与板牙、钣金锤、锉刀、錾子、工具钳、钢锯等系列工具的组合使用是钳工的看家本领，因此台虎钳是钳工的灵魂基座，他们有许多做工都在台虎钳上完成。

与我同年进厂的新杰先是被分配到铸钢车间当炉工，上班时间经过铸钢车间时，我常常看到他穿着白色石棉服，戴着防护面罩与大手套，手持长探杆，时不时地捅着炽热的炼钢炉口，剔除炉渣，让沸腾炽热的钢水顺畅地流出。但他极其厌倦炉工的工作，做梦都想当一个钳工。

在进厂后的第二年夏天，他真的调岗到了钳工车间，如愿以偿地当了一个钳工。那天他分配到了一台台虎钳，这台台虎钳就是我一直在用的这一台。这样一来，我俩的关系更加密切了。我常看他在台虎钳上进行各种制作，他的师傅是七级钳工，已是厂里级别最高的钳工了。他对制作及钳工工具的各种使用过程非常着迷，他仿佛因这段时间里的工作是被唤醒了一直沉睡于身体深处的灵魂。他会为一个小东西的制作，反复倾注全部热情与精力，反复打磨修正，直至自己最满意为止。每当完成一个稍复杂的任务，就要到厂门口小卖部打回散装的劣质白酒，再买些兰花豆、饼干，回到宿舍叫了我一起喝酒。在喝酒过程中，他不断地向我描摹对该件器物钳工制作过程中的各种体会，描述器件的质材、结构、各种增减、契合的快感，用最极端的词汇赞美自己的工作。

因为共用一台台虎钳，又能做一个倾听他对钳工工作夸大叙述的忠实听众，因此两人成了无话不谈的工友。

有一次，他说，你为什么不努力换一个更好一点的工种或换一个岗位呢？我说，我少年时代一直想当一个机械结构工程师，研究机械复杂的构造与传动，但我现在什么都不想了。他说，太不思进取了。我知道我与他是有大反差的，他也知道他与我的大反差。虽然反差很大，但我俩仍然常常在一起喝着劣质酒，彻底放开地谈论着厂里的各种事与人。与他喝酒是一件轻松愉快的事，大口喝酒，互相作为自己的青春情绪出口，互相倾诉自己的烦恼与快乐。幼稚中学时代的机械结构工程师的理想，早被我抛到了九霄云外。

四

并排两台铣床所在的位置与我的磨床相邻，但是铣床属于钳工车间，除铣床外，其余的车床磨床都属于金工车间。我对铣床及铣刀都很陌生，但是近在咫尺的铣床影响着我。铣床是很有结构感的一种机床，它的形态比车床与磨床都更具结构美感，竖结构与横结构交叠，它的工作台面也比磨床的工作台面高出许多。铣床的外形对我有一种特别的机械氛围，这种特别的氛围影响着我。

开立式铣床的是两位女青工。她俩独往独来，一到车间即开始工作，工作完毕即骑车回家，基本不与本车间男青工说话交谈。

我常注意到她们手持铣刀装在铣刀轴上的动作过程。

女性手指、铣刀、铣刀轴、扭力扳手，构成一组短暂互动关系的铣刀安装图景。呈螺旋形的铣刀刀片、女性纤细舒展的手指、装铣刀用的扭力扳手，当它们居于铣床工作台上方，成为一组极短暂的女性与机械组合，这种图景感动了四米开外旁观者的我。她们对我始终冷漠，她们的许多行为都表达出了一种中性立场，工作的，劳动的，切削中的。

每当我在磨床上装上工件调整好自动磨削进度开始工作时，我会有一二分钟的空余时间，在这难得的一二分钟里，如果相邻的铣床在加工工件，我就会仔细观察她们的工作状态。通过细油管的冷却液直接持续不断地注在铣刀与工件的切削工作面上，不停旋转的铣刀切削出闪亮的薄铁花不断地撒落在工作台上，而此时在旁边站着的她们是悠闲的、轻松的。悠闲与轻松赋予了她们以迷人的气质，一反平时中性的性别状态。她们蓝工装的胸部位置上印有红色的"安全产生"四个字,这四个字在此刻照亮着整个车间。台灯、飞转着的铣刀、冷却液的迷雾、被切削的工件,不断飞出的薄铁花、青年女性,共同构成了一个特别工作状态的结构体。同时,工作台的灯光映照着的她们的脸,她们的脸不仅是安静的,也是冷漠的,越是冷漠,光照下的其眉骨、鼻线、唇线、耳廓,越是显得明朗、安宁,与所面对的金属构件既是一种背离与对比,同时又是一体的。

在坚硬、凌乱、肮脏、嘈杂、机器轰鸣的车间,面目同样肮脏模糊的男性是车间里的幽灵部分,焦虑、坏脾气,压抑的青春,疲惫而游离。每当我当班期间,一直处于这样的状态之中。无限重复的动作,包括磨床工作部的往返运动,精确进度,始终如一的磨削声,都使我几乎被完全机械化。而我观察到了铣床女工性别光芒的一面,越是冷漠,这光芒越是明亮。好的女工不管她们自己是怎样的一种状态,从来都是车间里的性别精灵,总是会照亮幽暗嘈杂的金工车间。

那些日子,厂里好些男女青工都谈起了恋爱。而她俩始终平平静静地上班下班。上班时一丝不苟地工作,下班时骑着自行车径直离厂回家。过了不久,我也搬出了集体宿舍,搬到了一间破旧的房间里单独住宿,单身宿舍正对着河流,无尽流淌的河水让我安静了下来,同时又有着青春的孤独与沉闷。在工厂劳动之余,我用废材料做了一盏台灯,开始了阅读与写作。厂里的业务正越来越好,其他车间都基本两班次就能完成生产任务,而电镀车间则开始三班倒,电镀车间又与我的磨床紧密相关,我也就跟着开始了三班倒。而铣床一直只开白班,到了夜班与下半夜班时间段,已经被两位女工擦拭干净的铣床,包括整个钳工车间都安静而空荡。这是一座工厂真正冷漠的时间段,它虽有炽热沸腾的铸钢车间,同样地,铸钢车间在这时间段里炉膛早已冷却。

这一年是1982年,离进厂已经两年,离《中国青年》潘晓的人生意义大讨论已过去了近一年。这两年,大部分在无限重复的沉闷劳动中过来。而接着的日子仍然是这种重复。好在精力的恢复不成问题,疲惫的身体,一觉之后总能恢复如常,又再次投入新的一天,直至疲惫重新来袭。

(原载《野草》杂志 2022 年第 4 期)

海，以及星光（节选）

陈蔚文

一

那年七月来临前，对我升学不抱乐观指望的父母决定让我读艺术专业——通常，这是灰心的父母一种无奈的权宜之计。他们理解的艺术是偏门，是捷径。我妈说，你唱首歌我听听。我唱了首《少年壮志不言酬》，当时正热播《便衣警察》，满世界闪烁金色盾牌的光辉。这首明显和自个声线过不去的歌，没让我妈从中听出丁点壮志。于是，我去读了美术专业。

毕业那年秋天，我到一家艺术单位的"美术部"上班了。这家艺术单位，位于城市中心广场一侧的院子深处，砖墙老楼，陈旧的木楼梯适合拍《一双绣花鞋》。

办公室在朝北二楼，从窗口望去，一片灰色屋顶，树枝在风里飘拂，这景象让人觉得前途茫茫——我的一生难道就要在眺望这片灰屋顶中度过？这真令人懈气。

那时，家里为我找了位颇有造诣和名气的国画家为师，他每周末抽出宝贵的几个钟头指导我画速写，有时甚至亲自上我家去，我家住五楼，国画家的体形也绝不轻盈，这使事情更为沉重。

比起绘画，我对文字更为钟情，我喜欢在阅读中体味那由文字生发出的美与感动。我悄悄地开始了"创作"，是的，那些稚嫩的文字是属于我宿命的显影。

国画家要求我每天早上六点到菜场画几组人物速写，这对内向的我简直是个噩梦。站在熙攘的菜场，面对好奇的眼光，我坚定了要放弃绘画专业的选择。我只愿我的前途与文字产生关联，虽然这条路毫不乐观，甚至比从事美术更不乐观，一切从零开始，没人允诺我说，你的写作将通往一条有光的道。可这一切又有什么关系呢？因为足够喜欢，因为写下成为"必须"，那么就如同冰心先生说的，"踏着荆棘，不觉得痛苦，有泪可落，也不是悲凉"。

不问前路——我理解的前路不止是饭碗，它更是一份志趣所托。

二

由一根细细的蛛丝结成一张通向未来的网，这是多么浩繁而冒险的工程？写作同此，由一个个汉字垒成一座通天的巴别塔，这其中要遭遇无数困阻，而且，它不能保证你一定会抵达那座塔，你可能会因为才能、毅力不够而搁置半途。这些问题，我统统没有细想。不去考虑写作与今后安身立命的关系，不去考虑能写成什么样，只是因为喜欢。

我喜欢在这个过程中，感受到自己的心智在一点点成长，像一株从土壤里汲取了水分的幼苗。

在驳杂阅读里，我渐渐看到一个在肉眼可见的物象世界以外的世界——它湿润留白，富于景深，散放着莫名张力。

我不顾家里反对，办了停薪留职，准备去广西北海，一个有着沙滩大海、闪着银光的遥远城市，它想象中的光芒镀亮了我那时的诗与远方。

在一家朋友介绍的公司过渡后，我应聘到了一家大型娱乐机构的公关部，这家公司由港商投资，当时的北海到处可见这家公司的广告条幅，而公关部并不像外人想的那样有其他色彩，很正规，主要负责外宣事宜，包括画海报之类。同事中有个四川美院毕业的男孩，后面还来了个广西百色文工团的女孩，高挑、爱笑、漆黑的眼瞳。她姓农，叫农眉——我头次知道有"农"这个姓，我们三人颇要好，平时一起完成些宣传文案之类工作。

近半年待下来，我逐渐对这座城市也感到幻灭。它和文学以及诗情毫无关联，在整个城市中，弥漫着海浪与海鲜的腥气，还有充满暧昧、热烈而夹杂泡沫的气息。总之，它就像一座标准的新兴开发区那样，闪烁着霓虹、流言、膨胀的淘金梦与粉色泡沫。

这半年里，我几乎没看什么书，虽然我的行李中带了几本书，但它们几乎没有什么掏出来的机会。即使掏出，浮躁燠热的空气也会使文字褪色。

公司浓烈的娱乐味让我和农眉决定辞职。辞职当晚，那个四川美院毕业的男孩请我们吃饭唱歌。唱歌时，来了个漂亮的四川女人，她是美院男孩的同乡，也是这家娱乐公司夜总会的负责人。男孩叫她杨姐，她指间夹着一支细长的烟，漂亮而风尘的脸在烟雾后隐现。快席散时，她说，你们留下吧，我会介绍最好的客人给你们。你们可以拿到比现在高十倍的钱。

我和农眉惊讶地望向她，杨姐面色平静，仿佛只是让我们完成一次普通转岗。我和农眉找借口走了。

多年后回想，除了父母长年的教育，还有那些看过的书——就是在那间简陋临窗的艺术单位办公室，看过的那些书让我毫不犹豫地拒绝了杨姐。它们筑起了一块"禁止通行"的牌子，让我知道，那条看上去的捷径显然是条不可返的歧途。

三

我回家了，进入一家报社做新闻。新闻不是文学，不过它和文学算得上表亲戚。文学史上有不少伟大作家都曾做过新闻记者，比如乔治·奥威尔、辛格、加缪、斯坦贝克，还有海明威。

一年后，我从报社调到了同家单位的杂志社，之后我又换了几家杂志，不变的是，我的职业一直是编辑。写作在继续，阅读也在继续，它们像光，照亮了日常——

在某年深秋向北的列车上，我读到了纳博科夫的《玛丽》，书中主人公加宁身下的隆隆震颤仿佛穿过书页直透到我身下，此时的震颤与1926年柏林的震颤重叠在一起：膳宿公寓，六间房的各色房客走动，包括忧郁的青年加宁。

加宁从邻居的一张照片中发现邻居正等待的妻子原来就是他中学时代的初恋情人，这个发现让他心潮澎湃，他不断地追忆与玛丽的往昔。他做了个决定，他把邻居的闹钟拨慢，想代替他去接玛丽，并期望与她重叙旧情后私奔，重演他们白桦林般金黄的爱情。

但最后，加宁顿悟到，无论过去多么让人怀恋，毕竟一去不返……

在一个寒冷的冬天，我读到了《局外人》，作家加缪为读者贡献了一个"儿子"的特殊形象。它打破了传统文学中的亲伦关系，那包含着强烈责任心、自我牺牲精神、软弱与控制、温情与压抑同在的亲伦关系。

儿子莫尔索的形象是那么"浑不吝"，对一切毫不在乎，连对自己也毫不在乎，看上去缺乏支撑其意义感和存在感地活着。我从他的没心没肺中看到的不是哲学意义上的幻灭，而是情感缺失造成的。

一个与父母关系疏离的男人，成为了一个空心而冷漠的人，但他诚实，不信上帝，他没有那么丰富的同理心或共情力，他的诚实正是建立在冷漠底色上——彻底地对人，对世界物化态度，包括对死亡，他并不惧怕死亡，死亡也是物化的对象。那是一种通透或说幻灭吗？不，幻灭是建立好的东西破碎，而"我"的世界中，也许根本还没来得及建立起什么坚实点的东西。一切都是摇晃着的，像水下晃动的镜头。唯一不晃的也许是他不想撒谎的原则，没什么值得他撒谎，这也并非出于"是他抗击这个荒谬世界的武器"，而是死和生，对他没有那么大的差异。本质上，一切都差不多。

"我"的形象极端吗？意味深长的是，在许多"极端"的文学形象中都包含着人的某种普遍性——我的生活中就有类似莫尔索的人，只是他们的境况比莫尔索更为稳定，这使得他们对杀人这事还保有足够的理智。

又有多少人不是"局外人"呢？

在一个将雪的阴沉傍晚，我读到了《黛莱丝·克德罗》。

"我们种种行为的源头又在哪儿呢？当我们想把自己的命运离析出来时，它多像那些草木，怎能把草木的根全拔出来呢？……童年本身就是一个止境，一个终点啊。"

我把书中若干段摘抄了下来。莫里亚克是我最喜欢的作家之一，虽然这位1952年获得诺奖的作家似已被遗忘。女作家大概都不能比他更好地塑造女性，如此深入、细致——也许那不能称为塑造，而是重现，重现一个女人的内心——她们不想扮演角色，装腔作势，说些俗套话，她们"只依凭自己的心来挑选家庭，不是按照血缘，而是按照精神，也按照肉体去发现真正的亲属，不管他们多么稀少，多么分散。"

在结束第一份编辑工作后，我去到上海开始五年的媒体生涯。在一次地铁上，我在《三联周刊》读到青春时期对我影响颇大的台港文学，读到骆以军写《西夏旅馆》写了三年，得了两次忧郁症，还有袁哲生（他的第一篇短篇小说《送行》获第17届时报文学奖首奖，惊艳台湾文坛），原先供职的杂志社希望他除了担任《FHM》副总编之外，可以让他加薪兼任《PLAYBOY》杂志的总编。

哲生说：我编杂志是为了养家糊口，至多只能编到《FHM》，真去编了《PLAYBOY》，我还算个作家吗？大家笑他迂腐的同时，更敬佩他的"洁身自爱"。哲生最后自缢而死。38岁。

"孤独"成为骆以军和董启章共同的感受。1967年生于香港的作家董启章写道："我们就是在这形同太空漫游的状况下写作——看不见目标，看不见来处，看不见同伴，也看不见敌人。而又因看不见空间和时间的坐标，而不知道自己究竟是在前进、后退，还是原地踏步。在辽阔无边的黯黑太空里，仿佛只有自己一人。"

因为看这份报道，我坐过了站。哲生的那一问，"我还算个作家吗"，引出了一个问题：什么是写作者的精神与形象？

在那条毫不热闹，甚而荒凉的途中，文学是灯火，是秉持，是艰难寻找的启示……每个爱文学的人亲近文学的理由各异，感受却肖似：在一生中，我们要飞到那遥远地方，去看一看这世界的景况。我们要积蓄度过长冬的力量，无论是过往的长冬，还是今后未知的长冬。

对了，在那一年的夏天，我和父母姐姐从上海去雁荡山，车厢里，父母睡了，我在看王小波的《绿毛水怪》，行前匆忙下载打印出来的，看完一页递给姐姐一页，她是城规专业的博士，同时是个爱读书的女文青。

午夜的火车奔驰在黑暗里，一个不真实的、近似幻渺的爱情故事会让人如此忧伤，这本身令人感动。只有车轮辗过铁轨的轰隆声，空气里荡漾着细小的、耐人寻味的东西……

四

回想那个遥远的离开北海的上午，机翼震颤，我对前路一无所知。但我知道，文学这件事将会成为我骨血中的一种相随。之后成家生子，生活的主场在办公室与厨房间切换，养育一个孩子占据了大量时间，在时间的隙空中，文学之光仍时常照拂。

这个夏秋之交，因为三年前术后的旧疾复发，我住进了医院。外部的时光停止，我进入了医院时间——它是以吃药、打针、抽血、插管等治疗为计数方式的。每天昏沉躺着，唯一的运动方式是围着这一层的走廊一圈圈走动，这是我完全不陌生的动作，这些年的住院经历使我太熟悉这种白色的圆周运动。

一位女亲戚来医院看我，不知怎么聊到我年轻时的不可理喻，那股子没头没脑的冲劲儿。

她走后，我在想，那个女孩，那个亲戚口中确凿存在过的我，去哪了？我不记得何时何地与"她"分的手，但我看到了"她"不可理喻背后藏伏的昔日的痛苦和委屈。

晚上，我迷糊地做了个梦，梦见傍晚，在一个公交起始站等车，忽然觉得周围一切似一个做过的梦：服务窗口里的男人和女人，我凑近窗口询问他们下班车到达的时间，他们漠然，有点不耐烦的口气，包括那间屋子，全是我曾经历过的。但我无论如何想不起，何年何月，有过这样一次全然相同的乘车经历。

在梦里，我努力回忆着一个梦。梦的开平方，结果是什么？是你成为了自己的"局外人"？不，结果是一位胖护工进来，给邻床病人翻身，我的梦醒了。

写作有时就像这梦的开平方，或是摆了三面镜子以上的房间，事物相互被重新映射一次，使原本平面的生活有了廓影、深度，当然它也部分地抽离了真实，这和镜子反射过程中产生的"光损失"同理：镜子的组成材料不可避免会对光有吸收，同时镜面不可能绝对光滑平整，会产生四面八方的漫反射，导致光能量的损失。

文学也是一样，在折射与反射中，定格、拾起些东西，又变形、遗失些东西。给人补充些什么，又消耗掉一些什么。有好些时候，我好像不在具体生活，整天思虑的都是那些其实对生活没有任何实质影响的事物，如同云的倒影，井的回声。

出院在家休养，无意中看到豆瓣一个小组里讨论《绿毛水怪》，一个女孩分享了一段伤心往事，那个对她说过"你就是上辈子的我"的年轻男人患胃癌走了，"而我失去他，就像小说中陈辉失去了他的杨素瑶，我要如何温柔地吐露'我们好像在池塘的水底，从一个月亮走向另一个月亮'，我要如何送他两千五百里的路途，数遍街头的千百盏水银灯？"

在小说中，陈辉和杨素瑶重逢了。在茫茫的，夕阳笼罩的海面。她变了模样，但还是那么熟悉，那么美好。她告诉他遥远的海域里有无数的秘密，璀璨的水下文明，她生活在那里是多么的快乐，只可惜没有他一起。她感伤又气愤地责怪他，为何弃她而走，他急忙说："你怎么知道我不愿意和你一起当水怪呢？"

我忆起那年仲夏，夜晚的火车厢内，我为这个小说流下泪，也突然明白文学或说文字这件事的好——它让你看到混杂在世间乌泱泱中的那些如此动人的东西，让你还有流泪的能力。我们是为这个活着的不是吗？它让你像莫里亚克笔下的黛莱丝一样，去按照精神去发现真正的亲属与同类，不管他们多么稀少，多么分散。

我写下过的东西，又触动过多少心呢？大概这也不是一个什么重要问题，至少它们陪伴过我，用文学的孤独化解了另一种生活的孤独，使我看到过海和天空。如同纳博科夫在《玛丽》中说的，"我想起的不是孤独和路长，而是波澜壮阔的海和天空中闪耀的星光"。

(原载《中国作家》2022年第5期)

再见，老屋

李育善

老屋"走了"。"走了"，是老家的方言，意思就是死了、没了。老屋五十多岁，在这个春天走完了它一生的路。

老屋是二十世纪七十年代初，父亲三十多岁上盖成的。到 2006 年春上，父亲又叫村上人帮忙修缮过。那时的老屋不算老，却像个老人般病病恹恹。这也正应了农村那句老话：屋子是用来住人的，房能护人，人能养房；要不住人，房子就烂得快。修旧房的事儿，父亲看得比啥都重要，不让我们兄弟插手，也不用我们的钱。一说到钱，他就有点变脸失色地说："我有退休工资，抹掺房也花不了啥。谁说钱，跟谁急。"

过了六年，到 2016 年，弟弟又提出拾掇老屋。父母已去世五年了。我知道他的用意，就是把屋内收拾一下，墙刷一下，地面扎平。我答应了，让他去张罗，只给他撂下一句话："屋子老样子不能动，像腰窝子（即在小房墙上开一个方口，晚上放上煤油灯两面都能照亮）啥的要在。"

两次修缮老屋，我曾写过文章《春天，在老屋的那些日子》和《老家》，收在散文集《惊蛰之后》。权当给老屋这位老人做了两次手术，留下的"病历"。

三四年前，堂兄在村里搞民俗开发。找到我说，他出钱把老屋拆了，盖成民宿，给我留出卧室、书房，剩下的用来接待游客。老家山清水秀，白天听鸟叫，晚上看满天繁星，是城里人向往的神仙日子。我没加思索，一口回绝，还有点生气地说："老人不在了，老屋是个念想，谁都不许动。"话说得重，让老兄很没面子，随后，再没提这档子事儿。

从弟弟拾掇老屋到现在，不过六年，我突然又同意拆老屋了，我这人咋是个出尔反尔的家伙，咋成了出卖老屋的"叛徒"？

去年回老家，弟弟告诉我，老屋顶中间陷下去了，从外面看成一个"凹"形，担子离后墙抬起了十几厘米。他说，过去"工"字形担子，吃力都在担子上，时间一长，担子一坏，弄不好房就塌了。他又去请了专家鉴定，结论也是老屋不安全了。要么换担子，要么给担子下顶个柱子，最好是拆。弟弟的主意就是拆了，重盖。我沉默无语。

亲朋好友劝我还是听弟弟的话。一位好友，他退休后也正在拆了老屋，重盖。他也劝我："老弟呀，我知道你是个重情义的人，要说对得起老人，就把房盖好，老人在那边也安心。我以前跟你一样，一说拆老屋就急。现在想通了。老人劳累一辈子留下的老屋，在咱手里也要成新屋，给儿女也留个结实的老屋。"

反复思量，我跟弟弟说："咋弄我不管，你看着弄去。"

定好是趁着五一假期搬老屋的东西。弟弟一早就开车来接我。在车上，我们话很少，我心里依然是沉沉的。到棣花街，弟弟说买点蒸馍，我去买了。车进陈家沟口，过了爷庙，就是苗沟的山水了。路两边的槐树上，满是白色的槐花，像堆满积雪。山涧有淙淙的流水声和鸟的叫声。坡上嫩绿，在阳光下，泛着油光。平时看到这些我会激动，今天却是心静如水。

到家门口，本家的兄弟们正在房山豁搬一堆旧椽。他们干活，我也插不上手，一个人跑到房后面，到父母坟上坐了好一会儿，心里是说不出的滋味。又从深过腰的草里，走到南边的寺凹沟。过去上山割草走的小毛路已没有了，全被树挤满。几处条田里的松树，都已老碗口粗。那棵半搂粗的，是爷爷带我去一同栽的。爷爷已离开四十多年了。那两棵长得直直的、有三四丈高的，是我跟母亲一块栽的。坡上的干树叶，脚一踏，都没过脚脖子，挨地面处都成腐殖质了。忽而，咋是奶奶在那儿，她老人家背着背篓，拿着竹耙子，迈着小脚碎步，从沟里搂着干树叶，背回去当柴烧。记得有一次，天黑了还不见奶奶回来，我上山去找，见到她摔倒在石头堆里，额头上擦烂处黏着干树叶。我心疼地上前扶她，她却一甩手，又挣着背起背篓，一摇一晃下山。

山上横七竖八竟是胳膊粗的树枝，稍不注意就会被绊倒。我随手捡了一根当拐棍，刚一拄，就断成两截，已经腐朽得没用了。要是放在过去，砍这么粗的柴火，要跑到十几里，还常常是偷砍人家的。

上到山顶，四周山势起伏，像绿色的海面。原想给老屋子来个"航拍"，树把村子遮得啥也看不着，只拍下一片翠绿，一缕炊烟。山顶那棵松树下，有一堆干草，边上有个小洞，我刚想踏过去，"扑棱棱"一声，一只野鸡"咯咯"飞走了。我坐在树下歇息，一阵凉风吹来，像奶奶用手背抚摸我的脸。沿山脊朝北没走十几步，一片树木稀少的空地上，长满了拳芽。拳芽学名叫商芝，也叫紫芝。刚长出来时，像小娃半握的拳头，因此叫拳芽。当年四皓避秦之乱，隐居商洛山中，用拳芽充饥，"莫莫商山，深谷逶迤，烨烨紫芝，可以疗饥"，就是他们吟唱的《采芝歌》。现在商芝肉是商洛一道有药用价值的名菜。我小心地采着，猛一回头，咋看见母亲在我身后边采边冲我微笑？定睛一看，是一片长开了叶子的拳芽。我又静心去采。拳芽很嫩，手指一掐，"嘣"一声，嫩秆上流出晶莹的汁液。拳芽最好在太阳出来前采，不然阳光一照，它很快就张开小手，"老"了，吃不成了。我采了一小堆，捆成一小捆，端在左手上。

下山时，右手还得拽住树枝，不然会滑倒。走到房后面台上，当年这里是耕地，种麦子，种包谷。后来，分田到户了，栽核桃树、山茱萸树。现在，这些树都被野草簇拥着。山茱萸没人摘，地上落了一层暗红。

回到院子，老屋搬出的东西摆满了一院。乡亲们见到我采了拳芽，纷纷夸我，说村上谁谁，光拳芽就卖了几千块哩。他们告诉我，要用开水焯熟，晒干。这些，我都知道的。我也跟他们一块把东西搬到邻居家。看到织布机、纺线车，仿佛又看到奶奶、母亲忙碌的身影。那个手工编织的草垫子，是母亲编的。坐上去，还能感觉到母亲的温度。

拆老屋定在两天后，我本不想回去，但村里人说，长子要溜第一页瓦。这天我赶到老家时，老屋顶上的瓦，已经开始拆了不少。十几个人分成两组。一组在上房，一组在灶房上，房上揭好瓦，递给另一个人，三五页瓦顺两个钢管子，"哧"一声，就溜到地上一堆湿土里。这样，瓦下得快，还不容易碎。地上人随手装到手推车上。装满一车，推到邻居一个侄子的空场上，那里有几个人再把瓦甃成一层一层的圆柱形，下大上小。

我不忍心看拆老屋的过程，更无心去帮忙。在我心里，拆老屋，就像给失去的亲人做解剖一样残忍。

下午两点，瓦溜完了，准备拆椽檩、担子。我返回城里，坐进办公室，像丢了魂儿似的。球友叫去打羽毛球，狠狠打了一场。

晚上，弟弟发来拆过椽的老屋照片，已是残垣断壁。我不忍心看，心里暗暗流泪……

（原载《光明日报》2022 年 5 月 20 日）

我那渐渐老去的亲人们

任慧文

一

父亲蜷缩在床上，干瘪，吓人，像一截枯木，随时可能折断。除了眼睛灵活转动外，其余的都似张薄而脆的纸，飘在风中。

叫了一声"爸"，让我泪雨纷飞。曾经的父亲，像茁壮的庄禾，饱满挺拔，经常骑着辆哗啦啦作响的自行车满城飞奔，如今，只能无奈地躺在那张病床之上，他说话已相当吃力，只能用简单的眼神、手势来表达，他眼眶里蓄满泪水，时不时用袖子揩一下。那套穿了多年的衣服罩着他干瘪的身体，显得过于宽大，但他思维却异常清晰，依旧聪明。对于他的身后事，他只字不提。或许，他比任何人都明白我的心思，他对我充满了信心。我不知道即将离开人世的他，心里有什么想法。他不说，我也不问，就像当初查出重病，我们父子之间相互谁也不愿捅破那层窗户纸一样。

这是我不停地会回想到的那个情境。如今，父亲已经离开我快五年了。五年里，母亲也离开了，之后，不断会有亲人离去。他们逐渐带走我对故乡的记忆，让我感觉与故乡越来越远。

二

故乡的夜晚是寂静的，一轮明月挂在蓝色的天幕，像画上去一样。白茫茫的夜色如水银铺下，凉爽惬意的空气充盈着四周。我在医院陪侍，父亲好不容易睡着了，我望着窗外街道上那萤火虫般闪烁的路灯，彻夜难眠。医生说，父亲的病灶已经转移，再无回天之术，只能维持，看着日渐消瘦的父亲，确实是风里的蜡烛，吹不得。那一夜我有点走火入魔，感觉有无数的灯笼在眼前飘动，我不知道它们会飘向哪里。

当一轮红日斜睨天边时，一切都醒了。我回到了老家，我得提早为父亲准备后事。薄雾笼罩的田野散发着草木叶浆特有的清新，早起的空气如井水般清透甘洌。

这里是我出生的地方，二十世纪七八十年代我们全家住在这里，当年我们这个家族日子过得非常红火。即使我离开二十多年，远在外地，那个老院子里曾经的热闹还会不时在我耳边回响。然而，现在这里早已经大门紧锁，院子里的蒿草长了一人多高，坍塌的墙体摇摇欲坠，满目苍凉。然而，这块土地，对父母来说却是魂牵梦绕的，即使生命中遇到的岔路再多，他们最急切的脚步，却总是会响在这里。

家乡的小村子离县城很近，但我很少回来，尤其是到外地上学工作后，故乡对我更是遥不可及的梦，曾经一度认为自己是没有故乡的人。很多年里，我忙着自己的日子，头上的阳光无法分叉，蓦然回首，父母已然衰老，疾病缠身。

父亲姊妹五个。爷爷去世得早，姊妹几个从小便只能凭自己独自闯荡。其实，对于农家子弟，即使有父母，不也得自己扑腾?! 大伯招工到了长治惠丰厂，二伯则到了榆次毛纺厂。姑姑和四叔也同样走了招工的路子，他们姊妹几个的智商和能力绝非常人可比，但偏偏遇到了那个特殊年代。一个弱小的个体，总是会被时代所裹挟，命运完全不由你自己掌握。他们一个个早早离开故乡，就是为了减少家里的负担。

奶奶是个刚强的女人，在那个年代的一个小山村里，能坚持节衣缩食供父亲上学，绝非普通乡人可比。父亲也属天资聪颖，最终考取了大学，成为了公家人。但他却最终选择了留在故乡。开始我有点不理解，后来我慢慢懂了，他希望维系这个家族的根。

而我呢？曾有十年时光，在那片土地上度过，幼时的我，并不留恋出生的那片土地。在我的意念里，那里枯索而又毫无意趣；夏天，苦重的农活压弯了农人的腰脊；冬天，冬雪和寒冷包围的小村庄，形容消瘦而猥琐，远没有城里丰富多彩。

我从小拘谨，不喜欢过度的热情和亲密，况且那个年代闭塞，感情不知如何表达。但父母和这个院子里的人们给了我很多的爱，那是我对这个小山村全部的记忆。

三

记忆中，我的姑妈在老家的时间并不长。我第一次真正见到她就是那年奶奶在太原住院去看望时。那次，她对我的关心更多地表现在不停地让我吃好吃的。真正与姑姑感情交流应该是在我上班之后。

说老实话，我的木讷导致我对这个世界是充满恐惧的。当我第一次远离家乡来到一个陌生的城市，我就如同圈养了多年的一只小动物突然被放归到了大自然一样，手足无措，一片茫然。我真的不知道去如何应对。姑姑专程从太原跑来看我，她和我聊天，言语中，她告诉了我许多。或许当时自己还懵懵懂懂，之后，我才感觉从姑姑那里学到的那些让我受益终生。

没过几年，姑姑生病住院，此时，我已完全掌握了自己生活的主动权。当我陪着父亲去上海看望她时，从她的目光里，我看到了她对我的信任和支持。

如今，她已然离世。世界很大，没给我回头看一眼的机会，人就蒸发了。但她曾经的呼吸，而变得格外亲切珍贵。很多年，我一直缝补着记忆里的这些碎片，那是另外的一个精神国度。那种亲切是与生俱来的，遥远神秘，又近在咫尺。

大伯和四叔是父辈人中仍然健在的。他们分别在不同的城市。每次见到他们，他们总会不断回忆家里的事，村子里的事情。说到村子里的事，有时就像一个孩童，那些我早已忘记的名字在他们脑海里依旧那么清晰。如今，有些曾经的事，我只有向他们证实，他们是我的童年仅剩的两个证人。

每年当我回到老家烧纸时，匍匐在先辈们的碑前，我很失声，也很失态，那些遥远的爱，飘在风中，连报答的机会都不曾有。

四

在村里那个院子里住着时，我的姨姨和舅舅也没少来看我，每逢周末，不是这个，就是那个。我们一直困于那个村庄，过着现在都市人所向往的田园生活，这样的日子竟有十几年。很多年后，我知道所谓的田园，只是有钱人的后花园，一旦有艰辛的劳作和无奈的心酸掺杂里面，便有无数的苦楚滋生。

外婆家在城里，清一色柏油路，因交通的便利，外公又在一个厂子里担任了职务，日子还算能过得去。但姨姨舅舅实在太多，日子也就显出了紧张来。外婆是一个大善人，她慈眉善目，为人厚道，即使在日子最紧张的时候，只要外人求上门来，她总会给予最大的帮助。外婆做的一手好饭菜，其实，所谓的好饭菜，也就是普通得不能再普通的家常菜，她会变着花样做给我们吃。那些极普通的菜蔬经她手，都会滋养出诱人的香味，让我的童年充满了美好的回忆。

其实，外公家即使在城里，也和我们家没有多少区别。那个年代，日子好的有几家呢？我的舅舅姨姨们也需要自食其力，各自努力去寻找自己的出路。我的三舅一直和外公外婆生活在一起，其他几个舅舅早早儿便各自寻找自己的出路，自立门户。我的大舅在长治省运上班，一直在外。二舅则小小儿便招工到了长治，后来到了石油公司上班。四舅因篮球打得好，被招到了潞安集团的煤矿上班。所以简称舅舅，是我对所有舅舅爱的总和，也是我对舅舅这个词汇深情的定义。

　　我要特别提到我的二姨。在我们整个大家庭中，两个女性都是令我难忘的，除了姑姑，二姨就是另一个。她无疑是我童年生活里鲜亮的一笔。二姨对我好，是真的好，她把我视为己出，某种程度上讲，她对我的照顾甚至超过了母亲。即使到我后来参加工作有了孩子，因母亲身体有病，二姨抛下了自家一大摊子，专程来到晋城帮我照看孩子，让我度过了那段艰难的时光。直到现在，每次打电话，仍能感觉出她对我的牵挂。

　　每忆及此，我总会充满感激。感谢上帝让我来到这个充满爱的大家庭，感谢我的亲人们带给我的一切。

五

　　日子在平静中慢慢过去，日子热了，又凉了，凉了，又很快会热起来。

　　每每一个人时，我常常会望着窗外，看着满大街人流，自己却感到越来越孤独。天气很好，有阳光落了进来，空气里却满是惆怅。时间和时间背后的光就停在那，我侧身里面，迷恋着它背后，那些土质的生命。

　　上次从老家回来时，我带来了父亲的笔墨，除了老家那套房子，这是他最后留给我最后的财产，也是留给我的念想。

　　人是活不过自然的，惟愿我逝去的亲人们在另外一个世界快乐，也希望仍健在的亲人们快乐长寿。

（原载《太行文学》2022 年第 5 期）

知在

与他者共在（节选）
——仁道主义的推恩过程

孔见

人文主义的起点，是对人生命的珍惜、同情、爱护与尊重，它的终点则是人性的充分开展与圆满实现。未能事人，焉能事鬼。正如《论语》所述，孔子坚定立足于人道，敬鬼神而远之。他将珍惜、同情、尊重与成就生命的态度概括进一个概念里："仁"。孟子对其作出这样的解释："仁者，人也。"仁的学说即是人道的思想，即以人的方式对待人，而不以非人的方式对待人。但人道中的"人"包含有单数，也包含有复数。《说文解字》解释如此："仁，亲也，从人、二"。单数意义上的人，表示个体对自身生命的关怀、珍惜、善待来自天地父母赐予的身体发肤，尊重自己的身家性命，不能因为生命已经归属于己就妄加伤害，或随意辱没埋汰，意思相当于颜渊说出的"仁者自爱"；复数意义上的人，则表示人与他者的共在，人溢出个体边界的情感给予，人与人之间的相互珍惜、敬重、照护与成全；也可以理解为不同个体之间，突破人我隔阂而融为一体，浑然不分，对待他人如同对待自己一般。这就引出了"夫仁者，己欲立而立人，己欲达而达人"；和"己所不欲，勿施于人"的恕道。从正向的角度相互成全，与人共同分享美好的事物；从反向的角度避免相互冲害，不将各自不愿意接受的待遇强加于对方。如此正反两面对他者生命加以照料，爱之以仁，敬之以礼，给人身世的关怀实可谓周全备至了。

孔子倡导的仁道，从"仁者自爱"开始，却不止于自爱，而是推己及人，推人及物，"老吾老以及人之老，幼吾幼以及人幼"。以往，人们总是强调儒家对于他者的爱，毫不利己专门利人，却忽略了"仁者自爱"的一端。给人的感觉是，仁者爱的情愫只能给予天下苍生，一点一滴也不能留给自身受用。其实，儒家主张从君王到百姓皆以修身为本，而修身的意义在于"穷理尽性以至于命"，在更充分的意义上完成人性，成就自己的生命，使之趋于神圣化。因此，"自爱"才是儒者情感布施的起点，也是"他爱"的前提，"他爱"不过是将"自爱"由近而远、由家而国地推广出去，惠泽众多的他我。关于自爱，孔子的态度在《孔子家语·三恕》和《荀子·子道》里都有集中的表述：能使别人了解自己、爱护自己的，可以称其为士人；能了解别人，同时也能爱护别人的，可以称其为士君子；有自知之明，同时又能够自尊自爱的，才可以称其为贤明君子。贤君子是一个懂得珍惜自己生命的人。爱的情怀首先氤氲于内心，然后才可以给予出去，一个连自己生命都不珍惜的人，是真正冷酷的人，很难想象他会设身处地地去关爱与温暖一个别人。这就像一个没有光热的物体，无法照亮这个世界一样。直至个人主义盛行、几乎成为一种普世信仰的今日，都不见得有多少人真正懂得如何去珍惜自己，尊重与照料归属于自己的这条鲜活生命，而不弃明投暗，将其置于被辱没、埋汰、玷污、伤害和抛弃的境地。

人生在世，有一尊生命归属于你，托付于你，它是天地灵气的汇合，万物精华的集萃。珍惜、敬重、爱护并且照料好它，是你义不容辞的天职。这种爱护，不仅仅是满足它的某种需要，将其破缺的欲望喂饱，直至厌腻为止，还应该自珍自重，使之活得尊严而高贵的品质，活出开阔的气象与深邃的意涵，使之免于陷于自伤自残自贱的境地。这其中最基本的一条底线，就是不可将人的位格纡降于物质之下，并为之所奴役与桎梏，使人性被物性所同化与吞噬。其次，则避免自我的辱没与玷污，将玉石当成砖瓦来对待，使生命蒙尘，失去人性的光辉与色泽。这就意味着要修身以道，将这块璞玉如琢如磨，使之变得纯粹通透与温润，成为君子乃至于圣人，企及止于至善的人伦极致。至于对他者的爱，无非是将自爱的态度回向于人，乃至各类生命，以共同成就而已。

仁道精神源自于一种由来已久的传统。某种程度上可以说，它是农业文明成熟的产物。在游牧、游猎文明时代，对动物的杀害，是人们生活的主要来源，尤其是对凶猛动物的杀害，更是一种英雄的行为，能在族群中给人带来莫大的宠荣。在人间的篝火与饮食背后，是无休止的血腥杀戮。秋冬季节，草木枯萎之际，动物的捕捉与圈养都不太容易，凭借武力抢掠异族财产，杀害和奴役其人口，在丛林法则中也被视为是正当的行举，自身能力的体现。成吉思汗可以说是游猎文明最具权威的代表，他的一番话语，某种意义上道出了这种文明的高度："人生最大之乐，即在胜敌、逐敌、夺其所有，见其最亲之人以泪洗面，乘其马，纳其妻女也。"只有到了农业社会，人类择水泽之地定居下来，种植稻菽瓜菜，圈养猪狗牛羊，才有了与异类生命相伴成长、休戚与共的情感培养。将植物的种子埋入地里，给它们浇水施肥，在风雨寒暑中呵护它们成长，最后再来收获它们留作种子之外的果实，以为自己生存的资粮；喂养动物的族群，与它们朝夕相伴，监护幼崽直至成年，最后才将其变为自身的食物。这种生产与生活方式，让人有了与天地同在，与万物命运与共的体验，对自身生存的时空流转也有了深远的感悟与思索。"仁者先难而后获"，当栽培与哺育取代杀戮与掠夺，成为基本的生活方式时，人类的道德情感获得了一次大跨度的跃迁。

"仁"和基于"仁"而编制的"礼"，是孔子人道精神的主体内容，前者是对人的同情与关爱，后者则体现对人的恭敬与尊重。孔子将"仁"的精神源头追溯到西周开国时期，那是一个人文郁郁的时代。从下面二三件小事，或许可以看出那个时代精神风貌的端倪——

还是被称为西伯的时候，文王姬昌征发劳工挖掘池塘。施工中，挖出一具无名尸骸，姬昌得知便作出指示：按照例行的礼仪予以安葬！管事的小吏却有些为难：都搞不清是哪家的人，怎么个安葬法？姬昌称：掌管天下的人，就是天下所有人的家长；掌管一个国家的人，就是这个国家百姓的家长。我是一国之主，这个人就算是我的家人。于是，便给尸体穿上寿衣，装入棺材，举行了正式的葬礼。人们听说此事，都说：西伯连一具腐烂的尸骸都如此关切，更何况是活着的人呢？

第二件事是，灭殷之后，周朝开通了通往周边夷狄诸国的道路，西边的旅国给武王送来了一只威猛无比的獒。太保召公奭得知此事，便前去进言，言辞中有这样的语句："人不易物，惟德其物！德盛不狎侮。狎侮君子，罔以尽人心；狎侮小人，罔以尽其力。不役耳目，百度惟贞。玩人丧德，玩物丧志。志以道宁，言以道接。不作无益害有益，功乃成；不贵异物贱用物，民乃足。"人的心性不能被外在的事物所支配，而应当以德性去运化外在的事物。德盛之人不会轻慢与侮辱别人，你轻慢和侮辱了君子，就不会有人为你尽心；你轻慢和侮辱了百姓，就不会有人为你尽力。不被声色犬马所左右，各种事情应对起来才能从容得当。将别人的人格拿来玩耍戏弄，就丧失了自己的德性，将外在的事物拿来玩耍戏弄，就会耗散掉自己的志气。自己的心志，要依靠道的修为来安顿；别人的言论意见，也要依据道的法则来接受。召公奭的劝谏，蕴含着这样的信念与理则：人的尊严高于物的价值，高于人之外的一切，这种尊严不能被任何事物所改变与交换。人的德性首先体现在对人的尊重之上，任何时候都不能将人的位格置于物质之下，即便这种物质是极其贵重的稀世珍宝；任何时候都不能将人尊严置于被玩弄和侮辱的境地，即便你是一个掌握最高权力的帝王；任何时候都不能将人的身世置于被埋汰与玷污的境地，即便你是作为人的自己。

第三件事情是，在带领部队前往牧野誓师的途中，一手举着令旗，一手挥舞大斧的周武王，发现自己袜子的系带松开了。他身边簇拥着五个威武的卫士，武王想让他们帮忙将带子重新系好，但卫士当中没有一个人愿意弯下腰来为他服务，理由是：我们侍卫在您身边，是为了保护您性命的安全，而不是为您系袜子！武王只好放下令旗和战斧，屈身将袜带勒紧。三军可夺帅，匹夫不可夺志。即便是身边的侍从，君王也不能冒犯他们身上的人格，随意强奸他们的意志。可见这个时候，个体的尊严，并没有被掌握国家重器的人肆意践踏。

孔子是西周人文精神的传人，信奉"物各得其所生之宜"的理念，在他眼中，人立身于世，在恰当的环境中生存，吮吸生命滋养的液汁，开尽心中的繁华，品赏世间氤氲的况味，实现人性潜在的可能，完成生命婉转起伏的过程，使之免于陷入穷困、屈辱、卑污、夭折，不让自己和他人感到遗憾与伤痛，是最为重要的。其余一切事业，都是这件事情的延伸，或是为此事的完成创造条件，做出必要的铺垫。《孔子家语》里记载的对话，披露了这位仁者的心迹。在一个叫做农山的地方，孔子让三位弟子谈各自的志向，由他来抉择。子路自然是第一个发言，他说：我渴望在响彻云霄钟鼓声中，带领一队人马，攻陷敌阵，割下敌人一串串耳朵。子贡说：我愿出使到两国交战的原野，戴着白色衣帽，在两军之间来回劝说，化干戈为玉帛。轮到颜回，却退到后边不作声，在老师的劝说下，腼腆的颜回才做出了表白："回愿明王圣主辅相之，敷其五教，导之以礼乐，使民城郭不修，沟池不越，铸剑戟以为农器，放牛马于原薮，室家无离旷之思，千岁无战斗之患。则由无所施其勇，而赐无所用其辩矣。"

孔子最终选择了颜回，他向往没有战争和离乱的社会，人们铸剑为犁，拆毁相互防备与对垒的城墙，在蓝天白云下面过着田园牧歌式的生活，舒情适性，他们的勇武韬略与辩才都无处可用，这才是真正的人的社会。人间最野蛮的事情莫过于伤害生命，严厉的刑罚虽说是为了阻止罪恶，但也使人身伤害成为一种正义；战争更是使大规模的伤害与杀戮合法化，成为一种英雄壮举。连厨房里发生宰杀都不忍面对的儒家，自然希望能够远离伤害同类的血腥现场。

孔子是地面上最早把"爱人"作为最高原则的仁者之一，而所谓"仁者"，就是珍惜与尊重生命的人。如果强言老子与庄子是天道主义者，那么，孔子就是一个人道主义者。但"人道主义"这个词相对狭隘，不足以概括"仁"的意涵。孔子倡导的精神应当叫做"仁道主义"，它始于人道，却不止于人道。孔子曾声称"天生德于予"，这种来自上天恩赐的德性就是仁，一腔发自内心深微之处而又弥漫于天地间的恻隐同情与恭敬郑重之情，是人的本善之性，属于前文所讲的天命之性范畴。恻隐同情即为仁之端，恭敬郑重即为礼之始，二者皆是对漠视、轻慢、侮辱与践踏生命的否决与抵抗。在等级森严的政治生活中，孔子申明匹夫不可夺志，臣子"以道事君，不可则止"，不受君主之乱命。在维护家国社会秩序的同时，他也捍卫个人自由意志的不可剥夺性。

仁慈虽然发乎人的心性，却因施与的对象不同而有所区别，有亲爱与敬爱之分，前者体现对生命的珍惜，后者表达对生命的尊重。对弱者的爱往往带着同情与怜悯，如同面对流水；对强者的爱往往附带着敬重与景仰，如同面对高山。在理论上，爱可以一视同仁地"泛爱众"，像爱自己一样爱所有的人，包括与你意见不同、性格不合甚至有深仇大恨的人，但在实际生活中，一个人爱的布施，总是从身边与自己最近、缘分最深的人开始。即所谓"爱无差等，施由亲始"，有一个推己及人渐次"推恩"的过程。于是，就有了礼的设置，将无差等的爱以有差等的方式加以渐进传递。孔子带有时代色彩和务实精神的爱的布施方式，受到了后进墨家的诟病。相比之下，墨子的"兼相爱"更接近宗教的博爱精神，但博爱与泛爱只是一种抽象的原则，一种无对象性的情怀，进入世间的实践当中，爱的实现与落实需要有一个由近至远的过程，接受起来也是如此。不然，就可能出现类似这样的乖谬情形：卢梭在宣扬人类博爱的同时，将亲生的五个孩子送进孤儿院；一个悲悯天下苍生的人，却不善待自己的母亲，甚至也不善待自己。如同阳光在云层之上普照万物的爱，并非一般人所能落实。

孔子"思天而敬之"，所倡导的仁道主义，与西方近代以来流行的人道主义者差异甚大。首先，后者是以个体为单位的、单数的人道主义，将人视为一个个不能分割、也难于溶解和兼容的单子，追求个体自由度的最大化，具有鲜明的排他性，缺失仁道主义中"恕"的内涵，实施起来，势必导致人与人之间自由的相互对撞与抵消；其次，单数的人道主义悯人而不悲天，只是一味抬升人在世界中的地位，所要高树的是人类中心主义的旗帜。其博爱的情怀局限于人类，甚至只是被视为人类的人类，对这一范畴之外的生灵和生物，天然地抱有漠视、鄙视乃至蔑视的态度，因此隐含着人道与天道的对立，和人与万物之间的紧张关系，没有民胞物与的襟怀气象。以这种主义为原则建立起来的秩序，很难实现温馨的和谐。

与单数的人道主义不同，仁道主义是复数的人道主义，它始于"仁者自爱"，但不止步于此。它将个体生命视为天地山川灵气和父母精血的结晶，将其置于辽阔的背景之中，而不是全然不能溶解的单子。个体生命的内涵，在深邃之处贯通天道；而其外延则向家、国、天下次第开展。个体是一个起点，却不是一个终点。他向世界敞开，而非画地为牢，自我幽禁。家、国、天下范畴下的众多他者，与自己同时成立，命运与共："己欲立而立人，己欲达而达人"；"己所不欲，勿施于人"。这就突破了个人主义的边界设防，减弱了排他性与对抗性。因此，人是个个体，又不仅仅是个个体，他是可以溶解于水的水。他生命的开展，在独善其身与兼治天下的开阔地带纵横驰骋，收放自由，穷则独善，达则兼治。

其次，仁道主义不泛言博爱，但在人类优先的前提下，兼顾其他生命形态，对之持有慈悲的态度，其热爱与尊重生命的情怀如次第花开，遍及有情众生乃至无情草木，突破了人类中心主义的边界，其既悲天而又悯人，同情之心弥漫于天地于万物之间。仁道的立场从人道出发，最终与天道通而为一；仿佛超出了人道，背离了人道，其实是升华了人道，拓展了人道，是超越个人中心主义和人类中心主义的人道主义。正是因此，它看起来不像与天道对立的人道主义那么色彩鲜明，具有叛逆与抗争的属性。人道主义在人类优先的前提下，对异类生命可能采取蔑视乃至敌视的姿态，甚至为了提升人道的地位不惜践踏其他生命形式，其所谓博爱的范围其实相当狭隘；仁道主义则在人类优先的前提下兼顾其他生命形态，其热爱与尊重生命的情怀，遍及整个生命世界，是真正意义上足够辽阔的博爱。

孔子殁后，道术为之散裂，思想学说分为多家，曾子以下的思孟学派，到了孟子便已难以为继；倒是有子以下的子夏一门香火颇旺。颜回于仁学卓有造诣，深得孔子的喜爱与赞叹，却早早就夭折了；子夏厚礼而薄仁，曾为孔子所训斥，但享寿极永，活到一百零六岁，这不知是不是儒门的不幸。

（原载《天涯》2022 年第 1 期）

骤雨打新荷

汗漫

一

元好问登上南阳城楼，设宴置酒，接待来访的好友完颜斜烈、完颜彝、王渥。

秋风劲吹，菊花满城飘香。宾与主，西望卧龙岗蜿蜒苍茫，南看白河上帆樯林立，北顾独山淡远如一缕墨痕。大醉。自然而然，想起此地闪现过的一代代枭雄俊杰，从刘秀、张衡，到刘备、曹操、诸葛亮，再到范晔、庾信、岑参、韩愈、范仲淹……

夕阳西下，山河依旧人事非。

"遗山兄，此情此景，应有佳句。"完颜斜烈请元好问作词抒情。暮色与酒色，使元好问或者说元遗山面庞褐红。凝思片刻，展纸泼墨：

上高城置酒，遥望春陵。兴与废，两虚名。江山埋玉气，草木动威灵。中原鹿，千年后，尽人争。风云寤寐，鞍马生平。钟鼎上，几书生。军门高密策，田亩卧龙耕。南阳道，西山色，古今情。

完颜斜烈大赞："'江山埋玉气，草木动威灵'，完全不输'问世间情为何物，直教生死相许'这一名句啊！好词！好词！"元好问合掌相谢："惭愧！惭愧！暮年悲心多病身，如何能有作为？惟愿不负苍生与知己，做一点小事罢了。"

完颜彝斟酒以敬："兄错矣。暮年与多病，恰恰是华章妙语生发之沃土。但小弟还是祝兄不老、康健，没有好诗文也罢！"众人大笑，杯盏叮当声不绝。

王渥起身："元兄自镇平、内乡到南阳，六年治三县，美名佳话不绝。摆酒智判土地纠纷案，诵诗对句识破杀人真凶，如此等等，颇有传奇色彩！足显元兄慧心与仁心。且新作迭出，我都能背诵下来。最喜爱的句子是'年年春事，小雨一犁新绿'和'老眼不随花柳转，一犁春事最关情'。元兄常写春犁农事，足见悯农之情，弟感佩之至。"元好问沉默良久，突然哽咽："天下定，百姓安，是我辈书生心愿。然蒙人屡屡来犯，金国外患日甚一日，中原兴废古今同啊……"

众人默然。月上城楼雁鸣天。

二

元好问设宴南阳城，这一日，属金国正大八年，即公元一二三二年。

此前，一二二六年，元好问初次自北方来到盆地，三十六岁，成为镇平设县后的首任县令，后改任内乡县令，再改任南阳县令。一路陪伴元好问履职奔竞的妻子，即病逝于南阳城。

此后，元好问赴金国陪都南京即汴梁任职，陷落于蒙军之手，囚禁复流亡。

黄河边的汴梁城，洪水与战火两相蹂躏，屡废屡建。六个朝代相互叠加压迫：魏国的大梁城（位于地面下十五米处），唐代的汴梁（位于地面下十二米处），北宋的东京（位于地面下八米处），金国的汴梁（位于地面下六米处），明代的开封（位于地面下五米处），清代的开封（位于地面下三米处）……

一个当代游客走在开封城，像云朵，飘在地下那六个朝代的上空？

生于金国末年的元好问，在汴梁考取功名，入仕途，有一首《梁园春》赞美这座城市："卖花声动天街远，几处春风揭绣帘。"

旋即，马蹄声动天街乱，寒风冷雨扑绣帘。蒙军围城数月间，疫病流行，死亡者数十万人，粮食断绝人相食。草原骑兵最终破城而入，烧杀抢掠。此情景，仿佛重演百年前悲剧：一一二六年，金军破城而入，烧杀抢掠，北宋数千贵族、宫女、工匠、民间少女，以及宫廷中的字画、金银珠宝，被金军分数批劫往北方。宋钦宗投降，南渡者在西湖边沉醉，"直把杭州作汴州"，假装从来没有岳飞那一座墓、《满江红》那一阕词。

中国诗歌史有"丧乱诗"写作一脉，以杜甫为始，元好问继之而成为"丧乱诗"写作大家。"围城十月鬼为邻，异县相逢白发新。""百二关河草不横，十年戎马暗秦京。岐阳西望无来信，陇水东流闻哭声。""只知河朔生灵尽，破屋疏烟却数家。""野蔓有情萦战骨，残阳何意照空城。""深宫桃李无人问，旧爱玉颜今自恨。"……身处丧乱之境地，元好问再一次言及南阳："南州剩有还乡伴，戎马何时道路清。"愿人间道路清平，乃历代知识者心志，然戎马不断飞鸣镝，如何还乡？

新朝立足未稳，元好问反复渡河，乘船复骑马，携带从战火中救出的宋金两朝典籍，避乱避难。拒绝元廷召唤，隐居不仕。写诗作文，编金人诗选《中州集》，修野史《壬辰杂编》。在笔墨间，体会家国离乱之痛，以汉语自治自安。

如果没有元好问，靖康之变后，北方在言志、抒情上的能力，完全无法与拥有陆游、辛弃疾、范成大等等诗人的南方，相互比肩。元好问的意义，酷似南北朝时代的南阳人庾信羁留长安。每个时代，每个地域，都需要代表自己的言说者，要么在丧乱中抢来一个，要么用丧乱造就一个。

法国诗人勒内·夏尔有一观点，像描述元好问："诗人不能在语言的平流层中长久逗留。他必须在新泪水中盘绕,并在自身的律令中继续前行。"

黄河,如同新泪水,盘绕着"在自身的律令中继续前行"的元好问。

三

元好问带着旧友白华遗弃的两个孩子白朴及其姐姐,反复渡河。太阳与月亮,在浊黄水面发不出反光。

当草原骑兵围困汴梁城,元好问敞开衣襟,像老鸟张翅守护小鸟,紧抱疫病中的白朴,试图让他出一身大汗。这个四岁孩子,母亲被蒙军掳走、凌辱、失踪,父亲追随金哀宗仓皇出逃。在元好问的怀抱里昏迷数日数夜,捂出一身汗,退烧,白朴眼睛亮起来。元好问松一口气。从此,父亲般抚养这一对姐弟,长达七年。言传与身教,又像私塾先生。

当白华在元廷谋得新职、站稳脚跟,元好问迢迢而去,把这一对姐弟归还给他。白华满脸愧红,拿出重金酬谢,元好问摇手拒绝。此时,少年白朴已能与元好问作词对诗,二人用押韵的长短句道别,在城门外泪眼相望。

长大成人,白朴拒绝父亲让他入仕事元之命,在远离元大都的南方,隐身、抒情、逍遥游:"行遍江南,算只有,青山留客。亲友间,中年哀乐,几回离别。"只有青山才是永恒不二的主人,足以藏志存心。在精神上,白朴把元好问视作父亲和路标,选择笔墨纸砚间孤愤一途,对苍茫乱世侧目旁观。终成为元杂剧大家,有代表作《梧桐雨》《墙头马上》等等。尤其沉浸于对爱的表达。《梧桐雨》,源自白居易《长恨歌》:"春风桃李花开日,秋雨梧桐叶落时。"《墙头马上》,同样源于白居易《井底引银瓶》:"妾弄青梅凭短墙,君骑白马傍垂杨。墙头马上遥相顾,一见知君即断肠。"白朴把白居易视为先祖,就没有理由不走向深广民间。

我进入上海大剧院看过沪剧《墙头马上》,咿咿呀呀间,水袖飞飚,柔肠寸断。京剧、豫剧、黄梅戏、昆曲等等曲种,也有《墙头马上》不同改编本,因中国各地的墙头与马上,都有断肠人在眺望。爱情的动人与烦难,长盛不衰。正因这"动人与烦难"不绝不衰,人世尚值得我辈一哀、一欢、一闪即逝。

酷似《墙头马上》剧中人，白朴也爱上一个不被父亲认可、善待的女子，执意成婚，拒绝瓶沉簪折之悲剧在自身重演。携妻出走，用自主的写作和爱情，回应精神父亲元好问《雁丘词》中那一著名问句："问世间情为何物，直教生死相许？"

曾在太原郊区汾河岸边游荡半日，见两块巨石相叠加，刻有"雁丘"二字。此地正围绕元好问《雁丘词》，建设风景区。一二〇五年，元好问十五岁，去并州亦即太原赶考，途中见人张网捕获一雁，另一逃脱的大雁在上空久久盘旋，最后竟俯冲、触地而死。元好问为之震撼，掏钱向捕雁人买了这一雌一雄两只大雁，葬于汾河边，名之曰"雁丘"，并作《雁丘词》。

眼前，这两块巨石下有没有大雁？我把"雁丘"，视为向前贤表达敬意的形式。类似于工匠凿出石质、木质的佛龛，是尘世男女需要一种角度和途径，去与佛光和慈悲相遇，而佛，无边无际。

四

鲜卑族后裔元好问，常在作品中自称"河南元某""洛州元氏"，把唐代洛阳籍诗人元结，视为先祖。不知依据何在。或许，就在于他对汉唐文章的认同？

元结，字次山。安史之乱中，率军讨伐叛军，"六旬而收复八州"。后任职湖南祁阳，作文章《大唐中兴颂》，邀颜真卿挥毫书写，使其成为与《多宝塔帖》《祭侄稿》《李玄靖碑》《争座位帖》相媲美的名帖，镌刻在浯溪悬崖绝壁，擘窠大字，动魄惊心。

元好问，字遗山——自唐朝遗传下来的一脉山川？出生于山西忻州城南韩岩村，一二五七年十月去世后，长眠于此，终年六十七岁。我访问过那一墓园，献一束菊花，念诵他在中原所写诗句："柴桑人去已千年，细菊斑斑也自圆。"墓碑巨大，类似其作品中经常出现的窗口："西窗一夕无人语，挑尽寒灯坐不明。"这是他《镇平县斋感怀》的句子。如今，元好问坐在墓碑边，夕夕无语待何人?

当下中原,万象康定。南阳城,有"南阳府衙"作为景点,招揽天下游客。不知元好问在这里办公否。去镇平县,也寻觅不到元好问遗迹,玉雕业名闻海内外。"江山埋玉气",似乎是元好问为这一方治理之地,提前留下广告语。在内乡县,有"内乡县衙"作为全国唯一保存完整的县衙:县令太师椅后面屏风上的海水汹涌托起红日,原告被告留存在青石上的跪痕深深,鼓皮斑驳,木轮轿车平静,一丛与县衙气氛不太和谐的桂花树芳香四溢……遥想元好问端坐大堂,也按照词牌的平平仄仄敲响惊堂木,以节奏的轻、重、缓、急,应和民间的喜、怒、哀、乐、悲、恐、惊?破奸发隐,明察秋毫。

目前,内乡县衙成为廉政教育基地,元好问被树立为勤政善治的典型,其语录,铭刻于县衙展厅:"廉耻之节废,苟且之心生,顽钝之习成,实坐于此。呜呼,道丧久矣!召、杜之政,岂人人能之?唯稍自振厉,不入于堕窳,斯可矣。"召、杜,即召信臣与杜诗,前者为西汉时代南阳太守,后者为东汉时期南阳太守。"父母官"一词,即来自百姓对这两位地方官员的赞誉。

古中国,狼烟四起——用狼粪作为燃料点燃于边疆,那蒸腾而起的一缕烟,比牛粪、羊粪作为燃料形成的烟,浓重而峻急。宫廷里的萎靡王臣,对此视而不见,兀自沉沦于酒肉美色。"道丧久矣",振拔凌厉之风不再。而仕风,即世风。

汴梁一次次被围城、屠城,从宋到金,再到元、明、清,总在上演同样的剧情。

所谓三朝、六朝、七朝的古都,无非是三次、六次、七次的屠戮与凌辱,如何能够在新闻、广告片、旅游推介会上,以光荣且愉快的口吻大说特说?

五

诗风与文风,也是世风,"唯稍自振厉,不入于堕窳,斯可矣"。

从诗经、汉赋、唐诗,到宋词、元散曲、杂剧,到明清小说与民歌、现代自由诗,汉语不断从格律中突围、解放,获得现代性——呼应于斯时斯地之世道人心，让剧变中的新名词，获得新动能、新动词。一个二十一世纪的写作者，如果重复从前的言说与情致，充满名士气、乡绅气，丝毫没有人间的新痛楚、新欢悦，则有何存在意义？

元好问有《论诗》三十首，为建安时代至北宋的一系列杰出诗人造像，并借此传达其诗学观："一语天然万古新，豪华落尽见真淳。""中州万古英雄气，也到阴山敕勒川。""纵横正有凌云笔，俯仰随人亦可怜。"……以陶渊明、庾信、杜甫等等前贤为尺度，元好问力倡一种清新、刚健的诗风，向所处时代流行的萎靡言辞表达不满。

在南阳城楼置酒设宴那一天，四人感时伤逝，谈诗论文。完颜斜烈、完颜彝、王渥，笑对元好问："宋词要数苏东坡第一，此后是辛弃疾追步开新。与秦观、晁补之、晏殊、贺铸这些前贤相比，遗山兄，位置如何？"元好问呵呵，拍拍友人肩膀："哪里知道这些事呢，端酒，且啖蛤蜊！"避而不答，显出其对于中国诗学地位的信心。

古人有"自度曲"一说，意即，自创新词牌、新格律、新音韵，来度己、度人、度万象四季。真正的写作都应是自度曲，言他人所未能言、未敢言、未曾言。词，这一萌发于唐、壮大于宋的文体，向元散曲转化，元好问是重要过渡者，就像他怀抱白朴姐弟从黄河此岸渡向彼岸，为汉语开辟生路——船舷像一支笔，破开流水这一部古老经卷。

研究者认为，元散曲开山之作，就是元好问的自度曲《骤雨打新荷》：

绿叶阴浓，遍池亭水阁，偏趁凉多。海榴初绽，朵朵簇红罗。老燕携雏弄语，有高柳鸣蝉相和。骤雨过，珍珠乱撒，打遍新荷。

人生百年有几，念良辰美景，休放虚过。穷通前定，何用苦张罗。命友邀宾玩赏，对芳樽浅酌低歌。且酩酊，任他两轮日月，来往如梭。

骤雨如珍珠，在新荷叶上迎风滚动。时代剧变，尚有这美景持之以恒，从而使古人与后生，借此心连神通。

白朴有一首《夏》，似乎在回应、致敬精神父亲元好问的骤雨新荷：

酷暑天，葵榴发，喷鼻香十里荷花。

兰舟斜缆垂杨下，

只宜铺枕簟向凉亭披襟散发。

  至白朴，元曲进一步披襟散发，与随后出现的元杂剧中的吟诵和唱词，毫无区别。白朴、关汉卿、郑光祖、马致远、王实甫、纪君祥们，次第而来，促使生、旦、净、末、丑们次第而来，唱、念、做、打，表现一个悲喜交加的中国。汉语不断披襟散发，直到在一九一九年五四运动前后，以白话诗文新面目，确证中国人的现代觉醒。

  新荷花年年绽放，如花旦，以莲藕为脚，亭亭玉立，诵唱夏季和夏季般热烈的俊彦前贤。

（原载《文学报》2022 年 3 月 10 日）

况钟的笔

陆春祥

一

明洪武十六年（1383）八月初六，南昌府靖安县龙冈崖口村的大户黄仲谦家，传出了男婴响亮的哭声，仲秋佳节即将来临，儿子降生，中年黄仲谦脸上充满了喜悦，或许是受孩子哭声的启发，黄父将儿子取名为钟，钟鼎之家，富贵宦达，钟鸣鼎列，官高位重，黄钟，庄严、高妙，喻意更吉祥。不过，黄父此刻想着的是自己的原姓况，他原名况仲谦，时机成熟，一定要恢复况姓，振兴祖业。

眼前的喜悦，串起了长长的伤痛。仲谦六岁时，因况家帮助过红巾军，遭到赶来镇压的元军屠杀，全家除他躲过外，均被害。小仲谦被同是富户且与况家关系较好的黄胜祖收养，黄家视他如己出，因黄无儿，况仲谦被改姓为黄。黄仲谦长大娶妻，继承黄家家业，在崖口生活得一帆风顺。

江南一带都流行孩子"抓周"，孩子周岁时，在他眼前放一堆东西，那些东西基本象征着职业，主要有笔、墨、纸、砚、算盘、钱币、书籍、印章、吃食等，黄仲谦的大儿子黄钟前面，也放着这么一堆东西，一群人都在旁边紧张地等待着，小黄钟玩够了，牢牢地抓住一支笔，朝他娘爬去，黄母眼里笑出了花：这孩子，日后靠笔吃饭，读书写字，考功名当官，一定有出息！

小黄钟果然有出息，通读经史子籍，为文作诗均佳，尤其写得一手好字，楷隶行都见功力，四里八乡皆称其为"龙冈神童"。传来传去，名声传到新任县令俞益的耳朵中，二十四岁的黄钟，被选为县衙礼曹，他的书吏生涯开始了。长长的九年历练，京城吏部考核优等，再加上礼部尚书吕震的推荐，朱棣亲自面试，授予黄钟礼部仪制司主事，正六品，一个没有品级的小书吏，一下子被皇帝任命为这么高品级的官员，朝野轰动。仪制司负责朝廷日常事务，制定和布置一切重大典礼的仪式，工作烦琐、复杂，但是，黄钟在任主事期间，先后得朱棣嘉奖三十一次，可以想见，他出众的办事能力。主事任满，考绩又是特别优秀，新皇帝朱高炽越级提拔，升黄钟为仪制司郎中，正四品。有一件小事可见黄钟之笔精练：午门大鼓敲破，需要有关部门制作，一些人怎么也拟不好公文，太监向黄钟求救，黄钟只写了八个字："紧绷密钉，晴雨同声"。鼓皮要绷得紧，钉子要钉得密，不管天晴下雨，声音都要响亮。方法，步骤，质量，清清楚楚，要言不烦，众人佩服得五体投地。

黄仲谦有两个儿子，黄钟，黄镛，临去世前，他将两个儿子叫到跟前，详细讲述了那段血泪史，并吩咐道：大儿黄钟日后有机会改回况姓，小儿黄镛继续姓黄，以报黄家恩情。宣德四年（1429）五月，礼部郎中黄钟想起了二十九岁以前的范仲淹原名叫朱说，觉得自己恢复况姓的时机已经成熟，就给皇帝写了一份请复姓奏，说明其中原委，这自然是高尚的敬祖行为，皇帝立即准许，黄钟于是成了况钟，这一年，况钟已经四十七岁，不仅如此，皇帝还一并批准将况钟父亲恢复况姓，况钟父母均追赠封号。

做诗做文，礼制规章，就业务能力来说，况钟的笔已经如火纯青，接下来，他要奔赴更重要的岗位，任苏州知府去了。

二

苏州知府并不好做，赋役繁重，豪强猾吏互相勾结，问题成堆，"中使、织造、采办及购花木禽鸟者踵至，郡佐以下，动遭笞缚"（《明史·况钟传》），这些来苏州的宦官，一不满意，还要打苏州府及所属各县的官员，嚣张得很。皇帝大费周章选况钟，还特别给了敕令，允他随时紧急处置问题。

我细读《况太守集》，薄薄的两百页不到，兴革利弊奏疏，举劾官员奏疏，陈情奏疏，还有诸多规则或提醒式条谕，足见他的呕心沥血。自明朝开国，七十余年，苏州知府没有一个人能满任，而况钟却三离三留，他丰满而立体的青天形象也跃然纸上。

况钟甫一到任，就做下数十件惊天动地的大事：诛猾吏，劾贪官，请减浮粮，抛荒粮，积欠粮，运远粮，革抽船米，清军，招回逃民，定济农仓，立义役仓，均徭役，正婚葬，水灾奏免粮，旱灾备谷赈济，等等，一时间，苏州吏治与百姓的生存环境均发生了重大变化。

况钟要离任，苏州街头，年老的百姓都在唱："公政惠我，公恩息我。父亲畜我，长我育我。我饥谷我，我困苏我。公去惄我，谁与活我"？百姓依依不舍他的恤民情怀。况钟又一次要离任，街头的男女儿童都在唱："况青天，朝命宣；愿早归，在新年"！百姓再次盼望他回来。而此时的况钟，也百感交集，正统四年冬考满赴京，面对送他到数百里外的百姓口占四首诗，其中之二为："清风两袖去朝天，不带江南一寸绵。惭愧士民相钱送，马前酾酒密如泉。"况太守，请喝我们一杯送行酒吧！人挨人的送别场景让况钟特别感动，真的是热闹，其实，他真不用惭愧，不带一寸绵，还有什么难为情的呢！

一切为了百姓，从生活、生产到秩序稳定，况钟皆身体力行。我们这样设想场景：况钟常常拖着疲惫的身体在工作，但只要听到堂上的鼓声响起，他就会精神十足，全力投入到各个事件的处理上。况钟在书房退思斋中坐定，想起一些事情，有时还真难处理，知恩图报的人不少，唉，他只是依法办事呀，为什么要感谢他？也有些无缝不钻的刁奸之徒，会通过各种办法送钱送物,每逢此时,他常常抬头看着墙上的那副对联:收一文不值一文,行一善民受一善。看完对联,他释然一笑。

同时,他对家人也管教得极严,除随侍的儿子外,儿女们都生活在靖安老家,况钟心中,当官,只是为国家为百姓做好事而已。他还不放心,于是写下了长长的《示诸子诗》,谦虚地说自己"虽无经济才,尚守清白节",苦口婆心地要求子女:"非财不可取,勤俭用无竭。非言不可道,处默无祸孽","惟能思古道,方与兽禽别"。勤俭,本分,慎言,清白,都是为人的基本道德。

况钟那支笔,为公为民,清正公正。他的内署,不请幕客,一切奏疏、榜谕、谳案,都亲自撰写,言辞质直简劲严切,从不作软媚语。这实在是了不起,名府长官,诸事繁多,还如此亲力亲为。清白牢守心间,即便是身处佳丽地的苏州,况钟也是素敦俭朴,内署萧然,无铺设华靡物,每食一肉一蔬,家人及亲旧相对,尊酒数行,青灯夜话而已。

况钟的身体一日不如一日,几次请求退休,朱瞻基都不准,我甚至这样认为,况钟是累死的。吏治、税粮,水利,军籍,救灾,哪一样都不省心,还要完成皇帝派下来的另外任务,宣德九年七月初六,那喜欢蟋蟀的皇帝,居然给况钟发来这样一道命令:前次我派内官安儿、吉祥采办蟋蟀,数量少个头小,我很不满意,这一次命令你,要用心协同他们去采办,一千只,一只也不能少!皇帝的命令,谁也不敢不办,包括况钟。十天后,况钟这样简单回奏:除钦遵协同采办完备进贡外,原奉敕书专差县丞樊敏亲赍进缴,谨具奏闻。任务完成了,圣旨也一并呈上还给您。只两句话,毫无色彩,要是某些官员,一定会大大表功,而在况钟眼里,这样爱玩的皇帝,他内心或许是有抵触抗拒情绪的。

十三年的苏州知府,况钟因丁忧、考满,三次离任,苏州府先后有十三万五千余名百姓联名上书,请求夺情起复与留任。明正统七年(1442)十二月,六十岁的况钟,积劳成疾,卒于任上,苏州百姓罢市,如哭私亲,下属七县老少,都来哭祭,松江、常州、嘉兴、湖州等邻郡百姓,也纷纷赶往苏州吊唁。

况钟卒而归葬，舟中惟书籍及衣用器物，别无所有，苏人咸叹息。我也感慨万分，那支笔，随便画一下，几辈子都用不完，不过，倘如此，就没有况青天了。

三

然而，况钟最传奇的还是断案，或许，这更加符合青天的形象，包青天，海青天，断案均如神明。

况钟这回担任的是监斩。

串通奸夫杀父，十恶不赦。看着眼前这一对男女，况钟自然没有什么好感，不过，程序还是要过一遍，照例问话，问完话，再看看无锡县、常州府及巡抚府批下来的公文，已过三审，应该没什么问题，况钟手中的朱笔就要点下。

要杀头了。在熊友兰和苏成娟眼里，这位青天大老爷是他（她）们的最后救命稻草。十五贯钱是老板交给他做生意的本钱，他和老板临分别前还在某旅社住过一夜；他和这女子并不认识，只是偶尔路过碰见，一个家住无锡地，一个家住淮安城，怎么发生奸情？熊友兰的两个问题，其实并不难解释，只要稍微调查一下，就可以得出结论。不要说况钟，一般的主审官听到如此矛盾的口供，一定也会生疑，况钟闻此，他手中的笔，于是放下。苏姑娘见事有转机，也立即大声哭诉：如果熊友兰是冤枉的，那她杀继父的理由也不能成立，酒醉继父要卖她，她去姨妈家躲躲，碰到熊友兰只是巧合，再说，那砍肉重刀，她也拎不动啊。

况钟细听申诉，心有些动了，可转念一想，他只是监斩，案子的发生地也不在他管辖的范围，况且，三审手续齐全，死囚利用最后的机会抵抗命运也属常理，罢罢罢，只怪这对男女犯下了事，他第二次拿起手中的朱笔。熊友兰和苏成娟见此，再次大声哭诉，不过，他们用的是激将法：都说你况大人是青天大老爷，如今看来也只是徒有虚名而已，眼见得我们都要被冤枉死，你却见死不救。况钟闻此，手中的笔又放下了，他们说得对，自己不就是忌讳官场的一些规矩吗？见死不救，明哲保身，这和他为官为人原则不合。立即派人调查，他自己也快马赶去见巡抚周忱。七磨八磨，好不容易说动周大人，赢下了半个月的审案时间。

偏偏无锡县知府过于执不这样认为：继父被杀死，养女半夜出逃，还有偷情的男子，丢失的钱也正好对得上，天下哪有这么巧的事？偏偏常州府也这么认为，这样的事常见，只不过是又多了一桩而已。偏偏巡抚府主事官员粗心，一看县府两级审得这么确凿，也就盖章批准。这可是两条活生生的人命呀！可天下就有这么巧的事。况钟在现场发现尤葫芦床下散落的铜钱，被玩得光滑的骰子，心里就有了底，吃了上顿不接下顿的尤葫芦，断不会有乱丢的钱，熊友兰身上的钱可是整整十五贯；这光溜溜的骰子，一定是久赌之徒落下的，于是，好吃懒做且又反常的娄阿鼠就进了况钟的视野。

我用两个小时看完浙江昆苏剧团1958年拍摄的电影《十五贯》，不得不说，依然还有很强的可看性，不愧是经典。况钟手中的笔，每到关键处，总有些抖抖索索点不下去，我以为，那是心灵的召唤引发的。在况钟眼中，人命与乌纱帽相比，乌纱帽不算什么，它是可以丢到他家乡靖安崖口的大山中去的。

尽管《十五贯》是清初戏曲家朱素臣根据冯梦龙《醒世恒言》中的《十五贯戏言成巧祸》改编的，尽管在况钟审过的案子中并没有发现这个《十五贯》，但它却是况钟审过上千案子中的典型综合，真实得很。在《十五贯》中，在所有人命关天的案子中，况钟手中那支小小的朱笔，始终千斤重。

四

夜幕中，我们去况钟纪念馆，它就坐落在我住的宾馆隔壁。况钟铜像在夜空中高高伫立，我用手机照了照况青天，他眼神安详，左手轻据胸前，眼望远方，那个远方，我觉得应该是苏州，他在那倾注了为官的全部热情，真的做到了鞠躬尽瘁死而后已。

纪念馆刘新宇馆长为我们介绍况钟，声音洪亮而自豪，他显然对这位乡亲的各种事迹熟得很。一块八角形的镂空立体大青石，中间刻着大大的"正"字，边上刻着"公、清、气、直"四个小字，它们与"正"字组成公正、清正、正气、正直四个清廉词语，刘馆长解构了这块石头的立意后，又加强了语气：这应该是况钟整个人品人格的精髓。

玻璃框中，有一组小雕塑，那是况钟三离三留的场景。况钟的面前，是无数的苏州百姓，他们都在挽留这位太守，他们觉得，况太守是自己的亲人，无论是他母亲去世，还是任满调官，苏州百姓都希望况钟不要离开他们，明史上也说，这样的苏州知府，只况钟一人。

一组真人蜡像前，不少参观者在指指点点，这个审判场景极熟悉：况钟正冠站着，右手拿着笔，左手拿着判决书，背景是明镜高悬牌匾，况钟面前跪着一男一女，皂隶拿着棍棒在一旁呵呵助势，这是《十五贯》中的典型镜头。有人问，怎么没有尤葫芦和娄阿鼠呢？哈，只有一个场景，自然挤不下那么多人，尤葫芦戏分尽管不多，却憨厚可爱，娄阿鼠在舞台上更是活灵活现。

两日后的夜晚，我又单独拜访了刘馆长，再聊况钟。我问他："在你的眼中，况钟最优秀的品质是什么？"刘笑笑："那块'正'字石已经充分说明，如果再展开，我觉得，清廉，公正，能力，三方面相辅相成。"刘馆长说到了况钟的墓。况钟去世，葬在了他的家乡高湖镇的崖口村，"文革"时期，红卫兵不相信封建官吏会是清官，就将他的墓掘开，结果除了衣服，只发现了一支金属发钗，什么值钱的东西也没有。

1983年，况钟诞辰600周年，靖安县在县城东郊的森林公园中（后改况钟公园）为他建了一座衣冠冢。刘说，这个冢，就在纪念馆路边的山脚。他送我出馆的时候，夜已深，不过，我们还是去看了况钟冢。手机电筒清晰地照出了墓的形制，刘说，此墓与高湖崖口的况钟墓差不多，墓后还有一块精制的墓碑。况钟卒后，归葬家乡崖口的神州山，礼部侍郎王志写了墓碑。我知道，眼前的墓，只是一个象征，它是家乡人民的深情纪念，也是向著名清官的深深致敬。

几年前，靖安当地作家凌云女士，写过一本《大明清官况钟》，我和她也有过一次交流。她告诉我，她外婆就是高湖人，小时候去外婆家玩，知道了况青天这个大名。她是党校老师，平时基本写论文，促使她写况钟传记的最大动力，就是从小心中对况钟的敬重。她还去过苏州的况钟纪念馆，为的是实地寻找况钟在苏州任上的足迹与功绩，感受清官的人格魅力。

五

著名历史学家吴晗在《况钟和周忱》一文中这样称赞况钟：刚正廉洁，极重视细小事件，设想周密，不怕是小事，只要有利于百姓就做，对百姓有害的就加以改革。兴利除害，反对豪强，扶持良善，百姓敬他爱他，把他看作天神一样。

况钟手中那支笔，或举重若轻，或举轻若重，一切皆与国家、百姓紧相连。

我到高湖崖口的那个下午，一场雷阵暴雨突然袭来，雨倾盆，山如幕。暴雨过后，群山间飘荡着浓淡不一的云雾，它们继而又化成了多姿的花朵。山青如洗，晴空如碧，龙冈山上的文峰塔，大笔如椽，直插青天，我凝视着眼前的青色，觉得它们和况钟的青天名声是一样的，都让人有一种深深的向往。

（原载《新民晚报》2021年10月17日）

季节里的中国原理（节选）

穆涛

季节转换的典礼

一年之中四个季节的转换，是天地大序在调控制式。古代的中国，很重视这些转制的环节，在立春、立夏、立秋、立冬这四天，分别举行隆重的迎接典礼。《礼记·月令》对四次典礼的程序和规格，都有生动的描述和具体的记载。先立春三日，大史谒之天子曰：某日立春，盛德在木。天子乃齐（斋）。立春之日，天子亲帅三公、九卿、诸侯、大夫以迎春于东郊。还反，赏公卿、诸侯、大夫于朝。命相布德和令，行庆施惠，下及兆民。

立春前三天，掌天象的官员上奏天子："某日立春，盛德在木。"天子开始斋戒三日。荤事、热闹事、老天爷不待见的事，都暂停三天。"盛德在木"有两层含义：春天，万物萌发生长的季节，"天之大德曰生"，因而称盛德；依五行序次，木主春。

迎春典礼在东郊举行，天子亲自主持，国家的重要官员全部出席。大礼结束后回朝，天子封赏有功德的官员，并且责成宰相颁布惠及百姓苍生的行令和禁令，"布德和令"中的"和"指当行之事，"令"指当禁之事。相当于颁布一年中的"一号文件"，主题内容是"行庆施惠，下及兆民"。用今天的话说，就是让老百姓获得实惠。

　　立春所在的这个月，还有两个"规定动作"。一是责成天象官准确计算出一年之中日月星辰运行的轨迹，并予以颁布，相当于颁布一年的"日历"。"乃命大史守典奉法，司天日月星辰之行，宿离不贷，毋失经纪，以初为常"。"宿离不贷，毋失经纪"，是中国古代天文学用语。"宿"是太阳运行的位置；"离"是月亮运行的位置；"贷"通"忒"，差错的意思；"经纪"，指日月星辰运行轨迹的具体度数。这句话的意思是，太阳运行的位置、月亮运行的位置，都不能有差错。准确计算出星辰运行轨道路线的度数，以契合天地经纬。

　　立春之月，天子还要举行"祭天礼"和"耕地礼"。"是月也，天子乃以元日祈谷于上帝"，祭天的时间定在"元日"，"元日"也称"上辛日"，一个月内有上、中、下三个"辛"日，第一个辛日即"元日"。"乃择元辰，天子亲载耒耜，措之于参保介之御间，帅三公、九卿、诸侯、大夫，躬耕帝藉（皇田）。天子三推，三公五推，卿诸侯九推。""耕地礼"的时间定在"元辰"，"元辰"是第一个"亥日"，在中国古代，以天干地支记时间，甲、乙、丙、丁等十天干称"日"，子、丑、寅、卯等十二个地支称"辰"。天子手持耕地工具（耒耜），在卫士和御车者保护之下耕地。天子以耒耜耕地推土三次，三公五次，卿诸侯九次。行礼如仪，以这种形式主义的方式，强化"农本"的重要。先立夏三日，大史谒之天子曰：某日立夏，盛德在火。天子乃齐（斋），立夏之日，天子亲帅三公、九卿、大夫以迎夏于南郊。还反，行赏，封诸侯。庆赐遂行，无不欣说。乃命乐师，习合礼乐。命太尉，赞桀俊，遂贤良，举长大，行爵出禄，必当其位。迎夏典礼在南郊举行。立夏之前三天，天象官上奏天子："某日立夏，盛德在火。"天子自此斋戒三日。立夏这一天，天子帅三公、九卿、大夫在南郊举行迎夏大礼。返朝后，册封诸侯。命太尉选拔并奖掖国家的杰出人才。中国古代奖掖人才，不放在年终，而是放在立夏。夏天是生长的季节，而人才是助国家生长的动力资源。"赞桀俊，遂贤良，举长大，行爵出禄，必当其位"，讲的就是这一层意思。先立秋三日，大史谒之天子曰：某日立秋，盛德在金。天子乃齐（斋），立秋之日，天子亲帅三公、九卿、诸侯、大夫，以迎秋于西郊。还反，赏军帅武人于朝。天子乃命将帅，选士厉兵，简练桀俊，专任有功，以征不义。诘诛暴慢，以明好恶，顺彼远方。

迎秋典礼在西郊举行。立秋之前三天，天象官上奏天子："某日立秋，盛德在金。"天子自此斋戒三日。立秋这一天，天子亲帅三公、九卿、大夫在西郊举行迎秋大礼。返朝后，奖掖军界功勋人物，并责成将帅强兵利器，以军事训练发现并选拔军事人才，为战争做充分准备。"选士厉兵，简练桀俊"，"选士"指强兵，"厉兵"指磨砺兵器。

立秋之月，在中国古代是"司法普及月"，"是月也，命有司修法制，缮囹圄，具桎梏，禁止奸，慎罪邪，务搏执。命理瞻伤，察创，视折，审断。决狱讼，必端平。戮有罪，严断刑。天地始肃，不可以赢"。

立秋之月，"天地始肃，不可以赢"，赢是松懈的意思，天地开始进入肃然季候，政令法度不可以松懈。"修法制，缮囹圄，具桎梏，禁止奸，慎罪邪，务搏执"，整饬法规制度，修缮监狱，完备脚镣手铐，止奸佞，防罪恶，严厉打击违法之人。"命理瞻伤，察创，视折，审断。决狱讼，必端平。戮有罪，严断刑。"古代审理案件，"刑讯逼供"不违法，给案犯"大刑伺候"是常态。古代监狱中，把在押犯人的伤分为四种，"皮曰伤，肉曰创，骨曰折，骨肉皆绝曰断"，立秋之月，治狱官员（理）到狱中，实际斟验在押犯人的伤情，公正审核案件，处决死刑罪犯，即人们常说的"秋后处斩"。先立冬三日，太史谒之天子曰：某日立冬，盛德在水。天子乃齐（斋）。立冬之日，天子亲帅三公、九卿、大夫以迎冬于北郊，还反，赏死事，恤孤寡。

迎冬典礼在北郊举行。立冬之前三天，天象官上奏天子："某日立冬，盛德在水。"天子自此斋戒三日。立冬这一天，天子亲帅三公、九卿、大夫在北郊举行迎冬大礼。返朝后，奖赐为国捐躯的烈士，抚恤烈士的家属子女。

立冬之月，责成官员妥善做好物资储备，巩固城郭，加强边防，充实边塞等工作。"天气上腾，地气下降，天地不通，闭塞而成冬。命百官谨盖藏。命司徒循行积聚，无有不敛。坏（坯）城郭，戒门闾（内外城门），修键闭（门闩），慎管龠（城门钥匙），固封疆，备边竟（境），完要塞，谨关梁，塞徯径。"

冬，即是终……中国古人结绳记事，在绳子两端都系个疙瘩，即表示终结。冬天的别称是"安宁"，"天气上腾，地气下降，天地不通，闭塞而成冬"，天地之气因背向而行失联，万物收藏皆入安宁。

春夏秋冬是天之四时，对应着地之四方东南西北，换季典礼分别在国都的东郊、南郊、西郊、北郊举行，基于中国早期天文学的"四象"说，左（东）青龙，右（西）白虎，南朱雀，北玄武。青龙寓春，白虎寓秋，朱雀寓夏，玄武寓冬。中国哲学的五行原理，也融会入一年四季的流转之间。春主木，夏主火，秋主金，冬主水，土居四季中央。五行之中蕴藏着五色，春为青、夏为赤、秋为白、冬为玄黑。黄土居中做五色的基础。

《礼记·月令》具体规范古代政府一年之中当行和当为，"名曰月令者，以其纪十二月政之所行也"。礼的基本涵义是规矩，《礼记》（与《周礼》《仪礼》合称三礼），是中国人的规矩大全。中国古人自称"礼仪之邦"，就是以这一系列规矩为底气的。

二十四节气是有警惕心的

二十四节气是中国人的天地观。

中国人对天地的认知是循序而进的，夏商周三代以前，只有春和秋的概念，"以春秋知四时"。到西周时期，多个诸侯国的国史以"春秋"为书名，"吾见百国《春秋》"（墨子），再后来孔子以鲁国史书为基本线索，又兼容一百二十个诸侯国的史料，写出了那部大历史著作，仍以"春秋"为名称。因而这一历史段落，后人就以"春秋"来命名。从战国开始，陆续有了节气时令的记载。二十四节气首次清晰阐述是在汉景帝时的《淮南子》一书中，汉武帝时，作为国家历法写入《太初历》。中国古人有两个了不起的科学贡献：一是发现并细化了一年之中这个井然有序的生态变化规律；再是以春秋命名国家史书，把天文、地理、人间沧桑事态相互参照起来看待世界。

《淮南子·天文训》中，古人精确地把一年做了二十四等份，并加以命名，形成了我们今天所熟知的二十四节气，这是二十四节气第一次被完整叙述。

二十四节气是以天文学做基础，并经由数学科学计算得出的缜密结果。每个节气十五天，二十四个十五天是三百六十天。但每个节气到来的那一天，不是整时整点，而是精确到具体时辰的。事实上，每个节气都是十五天再多出一点点，二十四个一点点共累积出五天多。现代高科技手段测定一回归年的确切时间是三百六十五天五小时四十八分四十六秒。中国古人用中国方法，在两千多年前就做到了如此精细的科学认定。

《淮南子·天文训》是中国古代天文学的集大成作品，以中国哲学原理为基础，以北斗斗柄旋转确定一年四时，阐述天地运行规律，以及气象、物候、农事、军事、政府施政管理，且涵及干支和十二音律。

两维之间，九十一度十六分度之五而升，日行一度，十五日为一节，以生二十四时之变。斗指子则冬至，音比黄钟。加十五日指癸则小寒，音比应钟。加十五日指丑是大寒，音比无射。加十五日指报德之维，则越阴在地，故曰距日冬至四十六日而立春，阳气冻解，音比南吕。加十五日指寅则雨水，音比夷则。加十五日指甲则雷惊蛰，音比林钟。加十五日指卯中绳，故曰春分则雷行，音比蕤宾。

加十五日指乙则清明风至，音比仲吕。加十五日指辰则谷雨，音比姑洗。加十五日指常羊之维则春分尽，故曰有四十六日而立夏，大风济，音比夹钟。加十五日指巳则小满，音比太蔟。加十五日指丙则芒种，音比大吕。加十五日指午则阳气极，故曰有四十六日而夏至，音比黄钟。

加十五日指丁则小暑，音比大吕。加十五日指未则大暑，音比太蔟。加十五日指背阳之维则夏分尽，故曰有四十六日而立秋，凉风至，音比夹钟。加十五日指申则处暑，音比姑洗。加十五日指庚则白露降，音比仲吕。加十五日指酉中绳，故曰秋分雷臧，蛰虫北乡，音比蕤宾。

加十五日指辛则寒露，音比林钟。加十五日指戌则霜降，音比夷则。加十五日指蹄通之维则秋分尽，故曰有四十六日而立冬，草木毕死，音比南吕。加十五日指亥则小雪，音比无射。加十五日指壬则大雪，音比应钟。加十五日指子，故曰阳生于子，阴生于午。阳生于子，故十一月日冬至，鹊始加巢，人气钟首。阴生于午，故五月为小刑，荠麦亭历枯，冬生草木必死。《淮南子·天文训》以敬畏心知天地，察四时，辨二十四节气。天、地、人共通互融，深度感应。尽管一些认识存在着科学局限，但仍给人丰富的启迪和联想。

天地以设，分而为阴阳。阳生于阴，阴生于阳，阴阳相错，四维乃通，或生或死，万物乃成。支行喙息，莫贵于人，孔窍肢体，皆通于天。天有九重，人亦有九窍；天有四时以制十二月，人亦有四肢以使十二节；天有十二月以制三百六十日，人亦有十二肢以使三百六十节。故举事而不顺天者，逆其生者也。

天地之袭精为阴阳，阴阳之专精为四时，四时之散精为万物。积阳之热气生火，火气之精者为日；积阴之寒气为水，水气之精者为月。日月之淫为精者为星辰。天受日月星辰，地受水潦尘埃。昔者共工与颛顼争为帝，怒而触不周之山，天柱折，地维绝。天倾西北，故日月星辰移焉；地不满东南，故水潦尘埃归焉。

天之偏气，怒者为风；地之含气，和者为雨。阴阳相薄，感而为雷，激而为霆，乱而为雾。阳气胜则散而为雨露，阴气胜则凝而为霜雪。

二十四节气是讲变和不变的。一年之中二十四个节点的运行原则是不变的，但每个节点里都饱含着变化。气候这个词的意思，是节气变化的外在体征。医生治病看症候，厨师炒菜看火候，老百姓过日子，要看天地的气候。古人的观察是很具体的，五天为一候，每个节气里有三候。如"立春"三候：初候，"东风解冻"；二候，"蛰虫始振"；三候，"鱼陟负冰"（鱼自河底上游，抵近冰层）。"雨水"三候：初候，"鱼上冰，獭祭鱼"（鱼肥而出冰面，獭捉到鱼一条条排起来，如祭祀一样）；二候，"鸿雁来"；三候，"天气下降，地气上腾，天地和同，草木萌动"。"春分"三候：初候，"玄鸟（燕子）至"；二候，"雷乃发声"；三候，"始电（闪电）"。"立秋"三候：初候，"凉风至"；二候，"白露降"；三候，"寒蝉鸣"。"秋分"三候：初候，"雷始收声"；二候，"蛰虫坏户"（冬眠之虫开始在洞口培土）；三候，"水始涸"（雨水减少）。天和地就是这么丰富变化着的，人活着，就要适应这种不变和万变。

二十四节气里，不仅有敬畏心，还有警惕心。在每个节气里，古人都规定了具体的禁忌条款，如"立春"和"雨水"：祭品不得用母畜，禁止伐木，不得毁鸟巢，不得捕杀幼小的、怀胎的、刚出生的动物，不得捕杀学习飞翔的鸟及小兽，不得掏鸟蛋，不得聚众起事，不得大兴土木，不可以起兵征伐，军事冲突不得由我方挑起。"牺牲毋用牝。禁止伐木，毋覆巢，毋杀孩虫，胎，夭，飞鸟。毋麑，毋卵。毋聚大众，毋置城郭，不可以称兵，称兵必天殃。兵戎不起，不可从我始。"这些规定，都是以"顺天时，应人心"为基础的。

二十四节气的路线图，由立春到大寒，不是一条线，而是一个圆，是轮回。设定这个顺序的基础不仅是天文，还有地势和农时。在汉代之前，中国有六种历法，其中黄帝历、周历和鲁历，以冬至所在月份（即今天农历十一月）为正月，这是以天文为基础的。如果按阳历计算，每年的冬至是在十二月二十二日前后，阳历是西方的历法，也是以天文做基础的。从中国的冬至到阳历的元月一日，这中间有八九天差距。中国古人是站在黄河流域，再具体说是渭河流域观测天象的。西方的阳历，是站在他们那里观测的，这之间有地理站位的差距。二十四节气，是以渭河流域为落脚点和出发点，比较着说，长江流域再往南的区域，或中国的东北区域，时令的变化与这个路线图出入也是很显著的。

二十四节气里的警惕心，是对人妄为妄行的警惕，戒欺天，戒逆天。谢天谢地这句话，是有初心的。

（原载《人民文学》2022 年第 3 期）

汉字二题

张金凤

十面埋伏： 半包围

琵琶弦断，马蹄声疾。十面埋伏的大军压境下，只有这一个缺口了，像一个口袋，那口越收越小，就要被扎上。突围，从这唯一的通道逃脱。你伫立在半包围中，不知道前途如何，这条路，是不是敌军故意留下一个洞让你钻？

每当看到那些半包围的字，各种各样的阴谋和战争场面就会在我的脑海中不断地跳跃而来。有时候觉得自己就像一个小兽，在围猎的圈子内奔跑，寻找这一个尚未封上的口，那是一条通往自由的路。

半包围结构的字很多，就像世间事物，要达到完全封闭难度太大，可总有各种各样的事物在你周遭慢慢合围，直到有一天你感觉到压迫。时间的压力，体力的压力，年龄的压力，功未成、名未就，已是身心濒秋，这不是十面埋伏又是什么。所有不喜欢的事物在慢慢合围，成为你的压力。可是终究还有出口，铜铸铁造的千年古鼎，也有锈迹能穿透它的软肋；千里之堤的宏伟工程，也怕蚂蚁造洞其中。你以为固若金汤的那些事物，却抵不上一滴水长年累月不懈地穿凿。水滴石穿啊，半包围中那些事物，曾经被你以为永不消逝的事物，正在慢慢模糊。你忽视，以为不可能的尴尬，却逼近了，威胁着你曾经的拥有。

风吹着，又暖又烂漫，可是水皱了，脸皱了，心慢慢地也皱了。原来风是一把大梳子，梳理了岁月种种，也把你的发越梳越稀。风吹开了花，也吹落了花，并耐心地把花掩埋，然后掩埋了花树下曾经的看花人。

半包围就是这样一种哲学，万事不求完美，只求尽力而为。即便有天罗地网，也不可能一网打尽。留下一线叫别人看，留下一毫让岁月品，留下一条路让人走，留下一丝阴影让鬼存身。

垓下之战是一个半包围，四面楚歌声里，毕竟有一条乌江可渡。只是项羽自绝了舟楫之路，不愿以败将之身回归故里。赤壁之战是一个半包围，宏大周密的战争，最后留了华容道一个口子，极小的口子，却足以放过枭雄。三足鼎立之势是天下必然，赤壁火起时，备与权的手都没有能力安抚中原。若操阵亡，北方势必又入群雄逐鹿、哄起抢夺的纷乱场面。站在民生的角度，曹操应该回到北方，继续在广袤大地上平息民众的骚乱。且他与众秋毫无犯的做派，也足安抚人民。这一个半包围，诸葛亮设得好，用关羽与曹操的恩与义，定下了汉朝末年的鼎力之态。

居家之屋坚固，也要开一扇窗对接外界。爱情爱得死去活来，也不能箍得太紧。

半包围是一场围猎，方正圆润的包围之式，留一个小小的口子让那些身强力壮的可以突围，为自然界留下最精干的种子，让优胜劣汰持续下去。

喜欢这种半包围的态度：万事不求完美，有一点残缺，反而有更多的希冀和追求。一步走到红极，还有什么盼头呢？也焦虑于这种半包围：为什么不能圆满呢？一颗执着而贪求的心，总想给那个缺口上一道锁。

喜欢"勺"这个半包围的字，空空旷旷的一个亮堂所在，有一个"点"稳住身，那一点是什么呢？是一切的可能。"勺"的含义是舀东西的器皿，那一点就是勺中之物。童年的夏夜，院中乘凉，母亲便要讲述星空故事，最亮的便是北斗星。在母亲的语境里，它是"勺子星"，四颗星是勺子口，另外三颗是勺子把儿。母亲说，勺子星仰勺口朝上就是丰收年景，如果勺口朝下，就啥也舀不到，必是荒年。母亲对勺子星有图腾般的敬畏和尊崇。

"勺"的美还在于"芍药"那妖娆的无以复加的丽人之态。"芍"，草木的本色下，是一个半包围的"勺"，它的名字中带着"药"，竟然让人对"药"的避讳遗忘得干干净净。"念桥边红药，年年知为谁生？"怎样的美，怎样的动情啊！

喜欢半包围的"匹"字，单枪匹马出入敌阵，那是怎样威武的一员大将。"国家兴亡，匹夫有责"是多么慷慨、热血的青春。"匹"与"四"很接近，就差一笔，它就不是自己了，少了这一笔，它没有四平八稳，而是注定了动荡和劳苦。怕什么啊！劳碌的是形骸，尊贵的是灵魂，只要心里有花开，走到哪里都是春天。

我最早看见"匹"字时很不舒服，为什么不堵上那堵墙，让家更像个家？岂不知，生于忧患，死于安乐，我们曾经以为天下之大莫过于王土，闭关锁国地把那个敞开一扇门的"口"自己堵上了，结果自吞苦果。只有"匹"字这不稳定的感觉，如警钟一般不断警醒着世人，我们才会不断除旧纳新，完成自我更新。

"勾"这个半包围的字太特殊了，它好像是两个大小不一的半包围字套在一起。此"勾"如同井绳的那个万能保险钩，从外环进入内环里去，双保险永远不怕脱钩。

外钩里面有内钩，真是个万事周全的"勾"。

被"钩"一下，未知是祸是福。犯人处决，要勾掉名字，这个人从此在世间消失。一本烂账也可以"一笔勾销"。真的就干干净净一笔勾销吗？背后有多少委屈、眼泪，甚至尊严的出卖啊！每当看见"勾"，我总想躲一下。我本布衣荆钗人，不值得谁来钩一下，钩一下总会刮皮带肉，疼啊。也不想钩取些什么，朴朴素素，清清白白最好。

"葡萄"是味蕾的最爱，绿的酸，紫的甜，它们也是半包围结构，只是这半包围藏着掖着，就像"葡萄"的晶莹颗粒藏在藤蔓间，它上面有葳蕤的叶子遮挡。"葡萄"如果摘掉草字头，就与"匍匐"字形相似，但是含义却大相径庭。真的大相径庭吗？葡萄原本是匍匐之物，有了架条，它沿势攀援，努力往上，才终于有了甜美的果实。半包围的"匍匐"和"葡萄"，似乎在教我们些朴素的道理：不必安于命运的安排，不要任自身的缺陷成为短板，匍匐在地的你，只要沿着梦想努力爬，总会在藤上开花，结出甜美的果实。

天有缝、地有隙，太阳也有黑子，万事不必求全，这就是半包围。

走之

单看"走之"二字，内心就有一股飒飒的潇洒之气。"走之"是颇有境界的文字空间，常常让我想到这样的台词："洒家走了，不跟你们玩了。"中国古代最著名兵法策略《三十六计》，把头脑智慧分了等级，这一个"走"字的计，就是上等的计策。

"走"就是对当前局势有准确判断，不适合继续留下来时，嘎嘣脆地起身走人。当别人还没有反应过来的时候，你已经自由自在地飞翔在别处了。何其智慧和潇洒啊！

"走"是不纠结、不恋战，"走"就是"放下"。

在时局不利于自己的时候，"走"是一种识时务；在大红大紫的时候，"走"就是大智慧。

正当胶着着难解难分的时候，谁都想进一步取得最后的胜利。但是，甘蔗没有两头甜，较量的双方，总会有一方败北，与其拼得鱼死网破，不如全身而退，保存实力，以求和平和后续发展。

人正当红火的时候，宣布退出他独霸的舞台，比前者"见势不妙，溜之大吉"的"走"更难。谁丢得下眼前的繁华盛景呢？这一走，令人瞠目结舌。"走之"的人，换了方向，换了活法。他已经尝尽了成功的各种好，他不贪食；他也知道在高处的寒，他不恋旧。他不被别人的意识绑架，不为"人设"撑面子，他想过别样的生活，他为自己内心寻找去处。于是，他"走之"，在众人的掌声和喧哗里退出，如俗世所说的，来一个华丽转身。

不转身又如何，长江后浪推前浪，总有一天会被后来者赶上和超越，他那时候要厚着一张老脸继续装专家吗？靠业界给的面子，失却尊严地努力撑着假大空的架子吗？是的，他风光过，领先过。但是，此一时彼一时，他的领先已经不再新鲜，甚至有些陈腐，他不能死死抓住那些过往的荣誉，做一个不让位、不让道的人吧。

当"走"做逃跑讲时，"走之"便是成功地脱险。谁没有过十面埋伏的时候？当你能够四方拼杀，八方应对，虽没有胜出也毕竟全身而退，赢得一个无限的后续期待，也是了不起的。人生不怕有敌军压境的时候，怕的是输不起。那些功名利禄谁想丢？尤其是已身在繁华地、富贵乡的。那些唾手可得的果谁愿意放弃？但是，放手是失却果实，不放手就可能失去尊严。

该退的时候退，该让的时候让。适时"走之"，是人生境界里的"上上策"。

当"走之"演化成一个造字的部首"辶"，就有了活泼的味道。看"走之旁"的相貌，多像一架轻便的马车，这架马车不是豪华的贵族马车，它无棚、无厢，随意而灵动，甚至驾车的马也可能是松挽着缰绳。

"走之旁"像个"走"，又像个"之"。"之"字结构如盘山路一般，由此及彼，迂回到达。而"走之旁"（辶）音【chuò】同"辵（chuò）"，"辵"字意为乍行乍止，忽走忽停。这样说来，倒是很像"之"字的盘山路。

我初学汉字的时候，乡村老师管它叫做"走之儿"。那时，脑海中突然出现繁花盛开的春天，我看见了杨柳枝儿，折一段可以做柳哨儿的那种。就那样，我把杨柳枝儿与"走之儿"放在一起看待，"走之儿"就绵软而可爱，而且许多年都认为那个逍遥的部首"辶"叫"走枝儿"。

"走之旁"构成的字也多变，抵达人生和社会的方方面面。

"迷"如一架轻便马车载着的"米"，应该是富足的含义。既然如此就不该"迷"啊？何以迷？是喝了酒而"沉醉不知归路"吗？是太幸福了吧，满满一马车的米，驾车的人是满载而归的农夫，如果腰间有酒，自然会抿两口。即便无酒，他看着沿途旖旎的乡村风光，于是乎，醉于花香与果香，醉于岁月的馈赠和富态的心境。今夕何夕，人生如此，夫复何求？于是乎，他醉意朦胧，"迷"得一塌糊涂，醉得信马由缰"迷"了路途。

"走之旁"的字里，我很喜欢"逸"，从构字上我认为这是只最潇洒的兔子。"兔"本来就活泼动感，"动若脱兔"，一只田野深处的兔子，与绳索圈套较量之后，逍遥逃脱，多么敏锐的速度和机敏的头脑啊。一只野兔在丛林、园圃、乡野奔跑，那是生命的张力，给了平淡的世间无限活力。每每看见"逸"就羡慕得五体投地，自己也想做天地间一只潇洒的野兔。"潇洒俊逸"这样的词是怎样的超凡脱俗，需要怎样高洁的人品去匹配啊！隐逸的人也洒脱，洞见了人世种种，没有俗世的藩篱可以约束住他，他不需要隐于山林和市井，只要心是自由的，就是俊逸的。

我曾经盯着"辽"字，羡慕它的遥远。那是很年轻的岁月，一颗不甘于眼前苟且的心，总想去远方，去更辽阔的地方施展并不健硕的拳脚。直到我遇见"迁"，才懂得了远方的艰辛。尺素无寄的岁月，那些跟着季风追着花香行走的养蜂人，那些追着牧草赶着牛羊的放牧者，都拥有着辽阔，也拥有了迁徙。但是，他们也许像我羡慕他们一样，想过安定的生活。教书的先生说，我这叫"见异思迁"。因为我有"走之旁"，我有能走的双脚和走出去的雄心。终究，不仅仅是我走了，众多的伙伴都以各种各样的方式离开了乡村，学会像候鸟一样生活，哪里有矿就去哪里淘金。我们的生活，是被"走之"助长得变了样子。我们的"走之"是火车、是轮船、是飞机，是更多便捷的交通工具和通信工具。

学"走之旁"的时候，我看见"巡逻"就心生敬意，"巡逻"的是解放军，他们是保卫和平和安宁的人，是最可爱的人。至今我看见"巡逻"一词，脑海中还是边防哨所的雪地上巡逻兵的身影，我从内心生出一个敬礼的动作，谢谢你们，无巡逻，不安宁。

"过"这个字我当时只记住了"寸"，只记得"寸土之地，长满树木是村。"老先生告诉我们的是，"村"要有树，树上要有鸟，人与这一切和谐共生。那时候我年岁尚小，不知道"过"载着一寸寸的光阴飞一般地"过去"了。后来我慢慢爱上"过"，让时光一寸一寸过去，让伤心和负累一点点减缓，其实根本不是悲伤在减缓，而是心底的承重量在增高，麻木在增长。这便是"过日子"。

　　喜欢"道"的时候,与"道阻且长"有关,那浪漫旖旎的爱情以及对美好生活的人生期盼,就只有把现实的粗粝开出花朵才能抵达。我一直在一个"道阻且长"的状态中跋涉。"道"是带着最重要的"首"行走。头脑是首,带着智慧行走江湖就是"道"吧。"道可道,非常道。"道又是那样玄之又玄,谁说得明白。说得明白就不是"道",且行且悟好了。

　　曾经评价一位涉猎较多也较有成就的人士,说他"通达"。后来越琢磨越觉得"通达"二字太妙。"通"本身就很畅快淋漓了,"畅通"是多么好,"通话""通行""路路通""万事通","通"字的身后再加一个"达"字,就把原本的美好按在宝座上,成了王。

　　"运"也是"走之旁"的字,让人想到了"迷",那个赶着马车、满载着谷物从田野回家的人。都是搬运货物,"运"移动的物品似乎更虚。"命运"的"运"是一片"云"乘着马车（辶）在游走。"云"是无根的、缥缈的,它所驾的马车也必然是一阵风吧。那缥缈的云与看不见的风一起构成了"命运"。民间说:"人的命,天注定,跑东跑西没有用。"既然命是既定的,那么它大致就包括出身、门第、地域等等,这是一个人出生前就已经板上钉钉的事。"运"就不同了,"运"就是你遇见了什么,你遇见了祥和的风就是"增风",你遇见恶劣的风就是"掠风"。云飘忽不定不可捉摸,你知道哪块云彩有雨？所谓"运"是不确定的变数。

　　"我是一片云,天空是我家。"当你自己是一片云的时候,你还在乎"命运"吗？走之带给你的,就是一片云的潇洒。

（原载《当代人》2021 年第 10 期）

多少楼台烟雨中
——走读『陕西古塔』

阿莹

似乎沧桑的遗迹大都藏匿着悲悯。

我在鲁迅图书馆不经意间看到一本砖头厚的《陕西古塔》，略略翻开，竟是三秦大地的古塔摄影集。而且，让我惊奇的是那些形态各异的古塔争奇斗艳，有的像竖垒的苹果，有的像草丛里的石屋，有的像崖上的望楼，有的像直立的子弹头，有的藏之于闹市，有的弃之于荒野。这些饱经风霜的古塔显然历经磨难，却依然雍容不减，即使藏身于郊野，颓废中依然昂首傲慢。是啊，每尊古塔的背后也都藏着一位设计师，翻阅这部影集就是与古人进行对话，而能汇集如此多的古塔也是一项功德呢。

我似乎没费什么周折就找到了作者，此人姓马，竟然是1970年生的人，一脸憨憨的腼腆，一口地道的关中口音。我说书中收集的三百多个古塔，我大约只见过十几个。不过，我印象深刻的除了西安的大雁塔、小雁塔，延安的宝塔，富平的崇文塔，再就是彬县那尊古塔了，听说那座塔刹还是唐玄宗亲赐的名号。

那年我们去大佛寺春游，一眼就看到有尊古塔处于闹市之中，居高临下，玉树临风，状呈八角，逐高七层，飞檐斗拱，吊铃悬荡。我印象深刻的是，那层层密檐下一圈突出的砖饰像一串花瓣，似人为套上去的叶蕊，真可谓仪态万方了。当地民谣称之：七层层，八棱棱，二十四个窟窿窿，五十六个风铃铃。远望塔刹，确有如挺立于古道上的一尊大佛，不动声色地品味着夏暖冬凉，静静地把悲悯播撒进百姓心田；近看塔刹，又会被其雍容的气势所震撼，呼唤着南来北往的商客，抚慰着田畴间劳作的百姓。身后有一面远远的岚山，有如巨大的绿色屏风，衬映着一条清清的小河哗哗流淌。饶有趣味的是，当地人也将此塔称之为雷峰塔，与西子湖畔倒塌的塔刹有着同一称谓，似镇守着一对情侣的悲欢情缘，也给多少人带去了悲悯的幻想。

听到我的感慨，摄影家翻开古塔集，指着其中一页说，这个开元塔应该是皇家寺院的古刹，否则唐玄宗不会高看赐名的，可惜如今只剩古塔不见古寺了。我于是与他细细聊开，想不到他为这本摄影集耗时十年，几将三秦大地上的古塔尽搜其中。由此而知，三秦最高的塔是富平的崇文塔，有八十二米之高，最矮的是药王山的北魏造像塔，只有一米多高，也许那还是黄河以北最古老的塔刹。

年轻人的执着调动了我对古塔的热情，我后来翻阅资料细细考究，想不到那已在中国人心中扎下根的塔刹，竟然产生于古印度，称之为窣堵波。当然，那时的塔是半球形的覆钵状，内填泥土，外砌砖石，顶部有一平台，四面是石砌的围栏，正中立一伞柱，塔下则有一圈石质围栏和拱门，石面大都浮雕有精美的图案。这塔形与中国古代帝王的坟冢有些相似。我想古人对神圣的尊崇，也许都喜欢将其长眠之地垒以高丘以示怀念吧。

然而，随着那本古塔集一页页翻过，我才知晓随着佛教在中国的传入，塔也悄悄地在中原大地站住了脚。由于"塔"在中国的建筑语汇里，没有对应的形式，所以当塔传入中国以后，曾有过多重译法，不仅有窣堵波，还有浮屠、浮图、方坟、圆冢、灵庙等十多种。后来人们根据梵文"佛"字的音韵"布达"，造出了一个"荅"字，并加上一个"土"字旁，以表示埋藏舍利之意。看来，这个"塔"字竟然是一个年轻的词汇。

当然，塔的形式很快便吸收了中国传统的建筑风格，与汉地的楼台、殿阁、亭榭、门阙等高层建筑相结合起来，有的呈现为圆状，有的变为方形，有的堆成六角，有的砌为八棱。而且层层向上，每层都添加了一道密檐，犹如一座高耸的楼阁，傲立于山崖之巅，栖身于曲水之畔。塔顶一般都设有天宫，藏匿经卷佛像；塔下则藏有地宫，存放舍利和圣物。

当然，从汉唐以降，塔的建筑材料和外形也多有变化，先后有砖的木的沙的泥的粪的，还有金的银的铁的和琉璃的，最终是以木塔为主转向以砖石为主了。而且，塔的内容也以埋葬舍利，引申为引领风水了，其式样也统一到中国式的楼阁密檐式了。当然，古塔内多有阶梯可达塔顶，方便四周观望，从而便派生出了登高瞭望的功能，演变成当地的标志性建筑了，也成了文人骚客喜欢登临抒怀的风景名胜了。因此，古塔不仅仅局限于建筑学层面，还承载了东方的历史、宗教、艺术等诸多文化元素，是探索东西方文明的重要媒介，今天我们就可以从中抚摸到文化交流的深度。

我疑问仅凭个人的力量何以能穷尽三秦古塔？摄影家告诉我，他每次出门采风都要做些功课，将县志中记载的古塔罗列出来，然后再遍访当地名人，寻找方志遗漏的古塔遗迹，即使只剩下断壁残垣，也要想法留下踪影，以便为后来的研究留下依据。后来，摄影家振振有词地说，此集应是陕西省古塔的集大成，所以才吸引了顶级专家踊跃作序。我有些激将地问，三秦地面上的遗址多了去了，为何要专找古塔拍摄呢？他毫不迟疑地说，古塔是中国化的舶来品，每一尊都有一段动人的历史故事。

所以，古塔实乃丝绸之路文明交融的结晶啊！

听见我这样评价，摄影家不无忧郁地说，关中盆地本是汉传佛教的圣地，佛界人士时常将长安称之为佛都，就是因为汉传佛教八大祖庭中，有六大祖庭居于长安。所以，那唐代杜牧吟出的"南朝四百八十寺，多少楼台烟雨中"，其实也是对当时长安的描述。但是，留存在黄土高原上的古塔经受了千年的风雨剥蚀，如果不加维护必会逐渐散失在风霜里，即使已存留影集里的古塔也有些不见踪影了。何况，有些人为的破坏更会让人扼腕长叹！

怎么还有人为的破坏呢？我有些惊异地望着他的眼睛，只见他冷静地说，在二十世纪八十年代，彬州人在维修古塔时，就发现了塔刹的天宫秘藏，一个莲花石座，三十尊铜佛造像，且让彬州人好一阵激奋。不过，塔刹显然经受过昔日兵匪袭扰，走近塔身隐约可见累累弹痕，当然仍旧不失卓然的风华，似笑望大宋以降的风云变幻。可是岁月的年轮进入本世纪初叶，街人忽然发觉古塔旁边的街道，常常传出一阵阵挖掘声，若走近了声音又消弭了。警方当即进院盘查，发现小屋地面竟挖开了一个伸向古塔的地洞，尽管当场抓住了灰头土脸的租房人，可另一个黑影瞥见警徽便慌忙翻墙逃窜了。

古道热肠的彬州人未曾料到，十二年后的一个夜晚，开元寺塔的地宫宝物终于被野蛮地盗出了地宫，运到黄河岸边一家大院去了，那里看不到圣洁的莲花，也闻不到袅袅的佛香。后来人们才知道，上次侥幸逃跑的那个黑影尽管混过了一个生肖轮回，却依旧对彬州古塔念念不忘。

这次贼人为实施此番罪孽，竟然做了精心准备，先在远离古塔的街道上，租赁了一间简陋的门面房，挂上了"川湘食府"的牌匾。白天，炉火通红，热卖菜肴；晚上，门窗紧闭，偷掘盗洞。这些年来，人们耳闻目睹过形形色色的盗墓大案，可当警方后来发觉破绽钻进洞口，也禁不住惊讶不已。那黑影竟然准备了全套工具，掘进的工兵铲，维持的制氧机，支撑的护板，测量的激光仪，可谓挖掘设备一应俱全。而且，为防止洞穴塌方，每掘五六米就拐个弯，一条暗洞就像一条蛰伏地下的毒蛇，曲曲折折地向着古塔蠕动。当然，为了掩人耳目，他们夜间面袋盛土，白天堂皇运出，一个惊天的阴谋就这样顶着朗朗日月上演了。

这个阴谋进行了整整十个月，当他们掘进到二百四十七米的时候，摸到了地宫的石壁。黑影担心塔基深埋于地下容易积水，便翻到地宫顶部，从上面揭开了两块方形青砖，窥见了一个沉寂了千年的地宫。尽管这个黑影已光顾过几个地宫了，可眼前的景象依然令之亢奋。左边，是层层套装的鎏金棺椁，似乎包裹了万千秘密；右边，一尊高浮雕的小石棺，生动记述着释佛的生平事迹，而中间的棺椁里三只精巧的琉璃瓶，则供奉着佛门子弟顶礼膜拜之物。可怜地宫里十面镇妖铜镜，却未能让贼人有丝毫犹豫，几乎在一个晚上，就将地宫宝物搬空了。也就是说，为了盗掘开元塔地宫黑影做了整整三十年的准备！

我吃惊地问道：这个案子破了吗？

随后，我找到了侦办此案的刑警队队长。其实，当开元寺塔的地宫宝物被黑影辗转腾挪之际，警方便接到密报察觉了，很快便在大江南北，织起了天罗地网，只经历了一个寒暑，便将黑影牵起的地下人脉一网打尽了。

尽管我们的刑警队长见识过许多稀世珍宝，对地宫之物也有心理准备，可当那些宝物一一摆到面前，依然让他感到内心震撼，一件件宝物静静发散着悠远的光彩，一尊尊密函微微蕴藏着神秘的力量，一条条金丝维系着佛陀的悲悯……然而，这些风华凝重的古物究竟是何方圣物？这地宫里究竟有多少宝物被盗呢？

后来，他们在搜查开元寺地宫时，发现了一块落款为宋代庆历七年的物帐碑。万幸，后来从多地起获的宝物，最终与物帐碑对应无右，可笑那个黑影还没暖热怀中的千万巨款，就被戴上了锃亮的手铐脚镣。当那最后一个宝函，一层层徐徐开启，所有人都屏住呼吸蓦然震惊了，一颗用金丝缠绕的佛牙，一粒粒盛装在琉璃瓶里的舍利，闪耀着五彩夺目的光泽，发出了悲悯的疑问。不过，我盯着墨色的物帐碑心想，这开元寺塔应为唐代古塔，可这地宫何以供奉着宋代宝物？后来我找研究者求证：首先，寺庙是唐代所建，否则何来唐玄宗赐名之说，而塔刹应为宋代所造，那八角古塔就是典型的宋代风格；其次，这开元寺里以前可能有一木塔镇庙，宋人出于信仰和风俗，在伟岸的砖塔修成后，便将佛牙请出地宫瞻仰后，又重新送回地宫布置了供奉物品，比如法门寺地宫就记载了皇家多次供奉的经历。

不过，更让我震惊的是，刑警队长翻开古塔影集说，十多年前那次彬州古塔未遂案，就是这个黑影与其父所为，他当年侥幸逃脱后，依然惦记着彬州古塔，十多年后又纠集了"盗友"重操"旧业"，而且变得更为疯狂可恨，先后挖开了兴平的清梵寺塔和旬邑的泰塔，又对岐山的太平寺塔、渭南的慧彻寺塔、代县的阿育王塔和彬州开元寺塔实施了盗掘，其动作之迅速，行动之诡秘，让人感觉就像在阅读连环侦探小说，也让我们的刑警队长破案之后，瞅着地下一条条黑黝黝的洞穴，禁不住仰天长叹：置于闹市中的古塔都能惨遭毒手，那遗于荒野中的古塔又该如何保护呢？

当然，魔高一尺，道高一丈！可是刑警队长听到我之感叹，却拼命摇头说，你绝对想不到，那个盗挖古塔的黑影在床头也放着这本摄影集，可能他就是据此按图索骥寻找目标的，只短短几年工夫，就将专家在序言里提及的著名古塔大多盗掘了！天哪！我抚摸着那本厚重的书集，心里简直不是个滋味，拍摄古塔本是为了保护历史遗存的，这每尊古塔都是一部煌煌大书，都有一段唏嘘的经史故事，当是人类文明的宝贵结晶了，可那贪婪的黑影却恰恰利用了人们的善良……

（原载《生活周刊》2022 年 6 月 12 日）

在水绘园谈一场恋爱

朱蕊

那一个月色清明的夏夜，董小宛在水绘园的"碧落庐"外对月沉吟，反复念诵李贺的诗句"月漉漉，波烟玉"。是啊，她就是偏爱月色，你看，月光下的园子不是比白天更迷人么？花树在月下自是另一番摇曳景象，月移花影，月笼轻纱，迷离月色中现实远离而去，或者当现实被清冷月色笼罩时就有了一种斑驳陆离的想象，让人驰骋神思。月影西移，她亦搬过几榻随月移动，生怕遗漏一丝月光。

她知道此时夫君冒辟疆正凝视着自己，于是，她微一莞尔，对辟疆说："我书写谢庄的《月赋》，见古人厌晨欢，乐宵宴。这是因为夜之时逸，月之气静，碧海青天，霜缟冰静，比起赤日红尘，两者有仙凡之别。人生攘攘，至夜不休。有的人在月亮出来以前，已呼呼大睡，没有福气消受桂华露影。我和你一年四季当中，都爱领略这皎洁月色，仙路禅关也就在静中打通。"这一番雅致趣味的话语，颇合辟疆心意。辟疆执小宛纤纤素手，望向她月色下的盈盈眼波说，夜有些许凉意，也该回屋了。小宛起身，扶着辟疆的胳膊轻移莲步回到屋内。

屋内比外面暗了许多，绿烛小小的光焰若明若暗，小宛干脆吹熄了蜡烛，卷起帘栊，推开窗牖。此时明月直入，枕簟之间即刻月影徘徊，小宛似笑非笑，坐到窗前，继续沐浴在月色之下。

这安静美好的月夜让小宛不忍睡去。

小宛想起了16岁那年与辟疆的第一次见面。那天小宛薄醉未醒，但因辟疆多次到访半塘，小宛母亲让辟疆见了小宛。小宛被从花径扶至曲栏。辟疆看到的小宛面晕浅春，神韵天然，懒慢不交一语。小宛应该也知道辟疆应试之际，听说有秦淮佳丽"年甚绮，才色为一时之冠"后即寻访她了。此一面，小宛懒慢，而辟疆"惊爱之，惜其倦，遂别归"。

水绘园月色下的小宛想到了命运这个词。她想起了自己的身世。早年也是殷实之家，但父亲病死，母亲将家中生意交人打理，最后却发现被欺瞒，债台高筑。小小的小宛担起了家庭的重担，成为乐籍中人。那个时候，她可以对自己抱什么希望吗？她被命运抛了出来。其实，说到底辟疆的来访小宛，没有多少诗情画意值得称道，那时候他作为一个旧式文人，想的只是狎妓风流。可不，当他寻不到小宛时，他身边另有沙九畹和杨漪照两佳丽陪伴，辟疆自己说"予日游两生间"。

惊爱小宛的辟疆其实并没有将小宛真的放在心上，就在见过小宛以后不久，辟疆于舟中偶然邂逅陈圆圆（对了，就是吴三桂冲冠一怒为红颜的那个陈圆圆），三来两去，就与陈圆圆订了终身之约，一个要嫁，一个要娶，也是海誓山盟的。你看冒辟疆是如何形容陈圆圆的：初见如孤鸾之在烟雾，再见如芳兰之在幽谷。但后来乱世中陈圆圆被人劫去。辟疆也只好"怅惘无极"。

现在水绘园的小宛也有点怅惘，又有点庆幸——那天错失陈圆圆的冒襄百无聊赖，不意又经过吴门小宛的家，将小宛家的门敲得山响。小宛因母亲过世，沉浸在悲痛中，病了，因此闭门谢客。但冒公子坚决地敲，"余强之上，叩门再三，"小宛不得不让人开了门，见是辟疆，想起了母亲对辟疆的看重，"见君忆母，言犹在耳"，小宛起了精神，揭开床前帷帐，移灯打量多时不见的辟疆，并留下他饮酒。那天，小宛分明记得，自己一次又一次敬酒，已经醉意朦胧，辟疆几次想要告别，但自己几次将他留住不让他离去。在失母孤单的那一刻,小宛似乎抓到了一点什么,那个被母亲赞赏过的冒公子成为了她的稻草。

自己的命运是不是就在这一刻发生了改变?那是多么艰难的改变。

那晚之后,辟疆还是要离去了。小宛说道:"我装已成,随路相送。""越二十七日,凡二十七辞,姬惟坚以身从",冒襄无奈地记叙道。小宛的坚决可见。以后,不管冒襄以什么理由(比如要考试啦,父亲来啦等等)推脱,小宛还是自己租船一路紧紧跟随。哪怕路上有差点遭遇盗匪的惊魂,她躲在芦苇丛里不敢出来,三天不举炊,没有饭吃。而此时的冒襄父亲因公事要返回江苏——冒襄父亲的船在前面行,冒襄的船跟着父亲,而小宛租来的小船跟着冒襄的船,"姬从桃叶寓所仍发舟追余,燕子矶阻风,几复罹不测,重盘桓銮江舟中"。

小宛想到此处,不免悲从中来。虽然现在成了辟疆的如夫人,也琴瑟和谐,算是在水绘园谈了一场令后人唏嘘的恋爱。

水绘园位于如皋古城(现属江苏南通)东北隅,这里的亭台楼阁、花木池石无不空灵脱俗,确实是个一等一的好园子,不负"天下名园"的称号。

(原载《中国财经报》2021年10月18日)

水流土失的唐诗宋词

逄金一

今夜很好的月光,我横竖睡不着,翻开经典一看,字里行间居然都写着一个字:丢。唐诗宋词里,更是水土流失殆尽,丢三落四居多——

(一)

我们越来越以城市为自豪,比之唐诗宋词里的城市,我们豪华、气派、拥堵、方便,却也失了不少的味道。

范仲淹《渔家傲》中说:"长烟落日孤城闭。"这诗句极具美感。但现在,在城市里看落日,不是看它下山,而是看它下楼,北国城市,冬天下午三点多它就开始下楼了。但见那落日从20多层高的城市天际线上缓缓下楼,一骨碌就跌落到楼后去了,这就使现代人凭空缩短了欣赏落日之美的时间,自然也同时挤压了落日展示自己颜值的机会,怪不得现代人普遍缺少美的眼光,其实机缘也就是如此这样一点点被割让出去的,好像彼时那庄严美丽的国土,一点点被豺狼割让而去。

再者，现代的城市也大大地进化了，早已不是平原之上的孤城，而是联通联手，成为了一个个城市群落、都市圈。那种由"孤"而带来的特有的美感，也拱手让渡了出去。让给了谁？还会还给我们吗？再还时还会以别的何种形式呈现？

这些都是让我睡不着，整日紧锁眉头的课题。至今眉锁也没打开。

晏殊《破阵子》中说："池上碧苔三四点。"这哪行啊老晏，某些领导看了肯定不满意。这是垃圾啊、不卫生啊！抓紧打扫掉，一会上级还要来检查呢。类似的还有"苔痕上阶绿"（刘禹锡），这也忒懒了，负责这片区卫生的责任人是谁？这就把他给我叫来！让他今天下午、马上、赶快、抓紧、麻溜地，把它们清除，把杂草拔干净，苔痕粉刷干净，完事后再刷上几条应景标语……

柳永《望海潮》中说："参差十万人家。"繁华的杭州在大宋才十万人家，而现在的杭州，上千万人口，不可比拟，古人不可想象的。你要隔空说给柳永听，说给曾任职杭州的苏轼听，他们肯定不会相信。"市列珠玑，户盈罗绮"——这是当时的繁荣情况，无非是珠光宝气，居民手中有钱，身上光鲜。而现在则是更高规格的宝马、奔驰、LV包……千骑拥高牙——高官出行，现在也不允许任意戒严了，进步了不少。"吟赏烟霞"——那时的官员文化水准普遍还是很高的，别有生活情趣与诗人气质。

（二）

比之唐诗宋词的年代，我们在大自然的改变与利用方面，更是有了天翻地也翻的不同。

冯延巳《谒金门》中说："吹皱一池春水"。李子仪《卜算子》中说："共饮长江水"。近些年来，中国水污染得以持续有效的治理，但愿长江水以及更多的水源地能尽早地放心饮用，否则，这美丽的词句就白白地给废了。

晏殊《浣溪沙》中说："无可奈何花落去"。这一点当然是自然规律，万古不移的了。但是现在四季有花，花落红去的遗憾大为减轻了。李汝珍《镜花缘》中说，武则天在冬天命令百花齐放，不开放者给予行政与人身惩罚。这在当时是个现实难题，冬天的百花只能开放在小说中。而现在却就是现实。暖室里的花朵鲜艳，要什么花有什么花。但同时，这却也又一次悄悄地敲掉了一种古老的美的情绪。在古代，秋末开始就该写惜花的诗了，可是现在这情绪自然就轻少了。特别是我们又发明了一种年宵花，专门在寒冬腊月开放，陪着大家过年，近似于一种专职花卉、职业花朵。说实在，我对这种花怀着一种同情心的。过了年节，她们大半会被扔掉，因为继续养下去极为困难，而扔掉她们又是多么的让人不情愿、不舒服，仿佛一种罪过。

其实人类是需要"空"的。现在都市里要啥有啥，一切却都呈现"满"的状态。超市里是满的，马路上是满的，人们的话语也是满的，话语空间也都是满满的正能量。所谓的"年"，就是这种感觉。但是，全满足就是另一种形式的不满足。中国画美在何处？空灵！中国诗美在何处？空山不见人，千山鸟飞绝，结庐在人境，而无车马喧……中国画尤其讲究留白，那是艺术旨归，也是心灵需要。

苏轼《浣溪沙》中说："牛衣古柳卖黄瓜。"现在我们农村何止是卖黄瓜这么单纯！现在的乡村经济多发达，各种花样开发多了去了，核桃、苹果、橘子、山楂……还有有机黄瓜！蜂蜜黄瓜！牛奶黄瓜！估计还会有含硒黄瓜、含铁黄瓜、补钙黄瓜……我能想象到黄瓜忙得大哭，脸都绿了。苏老夫子若是知道了现在有这么多名堂，不知还能不能睡个清静的午觉，还是睡在宋代吧，醒转过来就会得选择困难症。

还有"敲门试问野人家"。苏轼渴了，敲门试着问有没有茶。在当时，茶还真不是下层人民普遍的饮品，而是上层用得比较多。但现在，谁家里没有几包好茶呢？且各地各山坡都在开发种茶，一乡恨不得有百千个种茶专业户。红茶、绿茶、白茶、黑茶……神州何处不飘茶香？！甚至开发出了好多新品种，像牡丹茶、玫瑰茶、银杏茶、地瓜茶、大麦茶……我估计过几年就会开发出西红柿茶、猕猴桃茶、枸杞茶、狗尾巴花茶……苏轼也就不用担心喝不到茶了——那就还是从宋代醒过来吧！

苏轼《浣溪沙》中说："萧萧暮雨子规啼。"子规，多么好听而文雅的名字！富有诗意与古韵。不知从何时起，这个词却悄然消失掉了！还有多少好听的鸟名消失掉了？我们又有多久没有注意听鸟儿的鸣叫了？

消失掉的何止是鸟名与鸟鸣，更还有如影随形的美感。现代人的审美力在钝化、沙化、减化，不信你细品："昨夜寒蛩不住鸣"（岳飞《小重山》），"啼莺言语，不肯放人归"（无名氏《九张机》），"山深闻鹧鸪"（辛弃疾《菩萨蛮》），"雁过也，正伤心，却是旧时相识"（李清照《声声慢》）……

我想起世界名著《寂静的春天》，想起我们曾大力扑杀麻雀的历史……

脑补一下：子规就是布谷鸟，也叫杜鹃鸟，英文 Cukoo。无论中英文，这些名字都很美，但私认为，还是子规、杜鹃最好听，最有文化底蕴、历史穿透力与情绪挠痒力。

还有"花自飘零水自流"（李清照），还有"无边落木萧萧下"（杜甫）……现在这些都不成规矩了，都得格式化。

古人特别讲究自然自生，自由自在，讲究与大自然和谐相处。对比之下，我们现在是不是少了很多讲究？或者我们的讲究过于单面化、形式化、反自然化？干干净净的确是一种美，一种所谓的标准城市美，但是美也在于野，在于天然，在于自由。

张昇《离亭燕》中说："掩映竹篱茅舍。"竹篱茅舍？这当然是指在农村的。在城市里话，估计早就棚户区改造了，要不就拆违拆临。它在城市里当然可能是异类，但在乡野农村，也许可考虑留下几粒？"茅檐低小，溪上青青草"（辛弃疾），多有画面感。农村若全是别墅，拉电线包围，大狼狗把门，大铁锁冰冻，也很煞风景的，简直把乡愁也逼到了绝路上。而竹篱茅舍是不设防的、开放的，带有农耕时代特有的温暖，似乎是能给人以心灵慰藉的。钢筋水泥看起来是疏离于大地的。

但这得有前提，比如安全感——我们回到了"路不拾遗、夜不闭户"的时代了吗？再比如舒适度——它没有暖气的，冬天会是冰冷的。再比如耐用性——茅屋会为秋风所破的。而大庇天下寒士的，最后还得是钢筋水泥。

我们再来听听苏轼《江城子》的话外音：

"老夫聊发少年狂"——小心高血压突发忙；

"酒酣胸胆"——还喝酒,且明显是喝了不少,涉嫌醉骑,这小老头够折腾的;

"左牵黄"——明明就是大型危险动物,挂牌了没有?打过防疫针了没有?

"右擎苍"——老苍是不是国家二类保护动物?若是的话,那就不能由私人豢养的,更不能任意驱使;

"千骑卷平冈"——这是大型户外聚会、大型文体活动,按说需要报备审批的,但看来是没有走程序,这很危险;

"倾城随太守"——这么多人,那得出动多少便衣!

"会挽雕弓如满月"——还携带武器且公开展示!这个现在估计也得受限很多了吧。

(三)

在这一切因素中,速度,以及速度背后的科技力,威风无比地浮出水面。

皇甫松《忆江南》中说:"人语驿边桥。"——现在是人语高铁站。

欧阳修《采桑子》中说:"轻舟短棹西湖好。"——总感觉这个"轻舟短棹"跟西湖蛮相配的。好比一个为俊爽的后生,一个是俏丽的美女。但现在这样就太跟不上形势了,经济的发展膨胀了人们的内心,科技的日新月异又增添了新的动能,像快艇、大船、冲锋舟,已不甘寂寞地亮相诸多小湖泊了。好比是生猛刺青的莽汉闯到了俏丽美女的面前。它们若配在洞庭湖、鄱阳湖、青海湖,还是不错的,但是在小湖泊就稍稍过分了。

有了速度就丢失了一部分的韵律、轻松、闲适的美。当然了,快也是一种美,一种都市的美、现代的美、力量的美。快与慢之间,快的本事自然是大的了,但是若论美,还是慢所带来的美感最丰富最有内涵。

柳永《雨霖铃》中说:"多情自古伤别离。"这是一则名句,很多人耳熟能详。但现在改了。离别是常事,极少会让人忧伤,人们也极少会多情了。

我们有高铁,有飞机,出行巨方便,想了就买个车票,几小时前隔在天南海北，几小时后就勾肩搭背了。更兼有网络，有手机、短信、微信、QQ，忧伤是需要时间长度与空间难度来支撑的，现在这样的旧世界已经彻底坍塌了。快节奏杀死了多情，高速度抛弃了伤别离，很多都市客于是心中只剩下了空洞、冷淡乃至冷漠。原本这是时代的进步，而不承想，这却成了心灵的无声杀手。

甚至，别离，现在很多时候是为了去远方寻找诗意，反而成了一件快活的事、喜庆的事！这就更与沉重与忧伤隔山隔海的了。

所以，试着拉开一定的空间，比如去国外居住，那种别离感就会比较明显。再拉开一定的时间长度，感情的发酵就会更成功一些。所谓的"距离产生美"，是有相当道理的。

（四）

速度之外，我还分外怀念人类已逝的新新文物：静。

张先《玉楼春》中说："已放笙歌池院静。"

当代人闹过于静，才导致好多优秀审美品质的丧失。不是吗？我们好多时候已忘掉了静，甚至害怕静、误解静，而一味地营造与追求热闹、喧哗、节日化、场面化。

庄子是极其讲究虚静的，静以养生，静以生文。整个来说，道家一路是极其重视静的功夫的，专家们把李白归于道家诗人，他就写过《静夜思》。静产生美，休养带来能量。都市太热闹，不利于养生。养生还是得靠静养。

当然，诚如柳宗元所说："以其境过清，不宜久留……"过于静、长时间非正常的静，也不利于养生，不利于美感的诞生，从而也是不可取的。

（五）

还有更多——

温庭筠《忆江南》中说："梳洗罢，独倚望江楼。"——现在却是这样的情景：梳洗罢，低头刷手机，阅尽千文不离席。渐入迷，魅力无物比。

刘禹锡《浪淘沙》中说："美人手饰侯王印，尽是沙中浪底来。"——现在这事哪能这么简单，估计很多是鬼吹灯之类盗墓而来的吧！

李煜《浪淘沙》中说："罗衾不耐五更寒。"——现在有暖气了，就一切OK了。

苏轼《念奴娇》中说："人道是三国周郎赤壁。"——据说赤壁这个地名，有三处地方在争抢。看来至少在宋代的时候，这个地名实际上就呈现出不很确定的状态，所以苏大词人在词中才会说"人道是"，即有人说是，既然有人说是，肯定也有一些人说不是了。

抢地名、抢名人的现象近年来屡有发生。黄帝、大舜、大禹、老子、庄子、李白……甚至孙悟空的"老家"也在被抢夺之中。还有像王母娘娘、唐僧、白骨精、猪八戒……就更多像笑话与娱乐新闻了。

这也是个国际现象，某邻国不也热衷于与我们抢历史名人、文化遗产吗？

苏轼《蝶恋花》中说："墙里秋千，墙外佳人笑。"过去年代，女孩儿们的游戏少，在女孩子为数不多的休闲娱乐中，打秋千是极易点燃诗人灵感火花的一种。"蹴罢秋千，起来慵整纤纤手。露浓花瘦，薄汗轻衣透。"（李清照《点绛唇》）说的就是如此这般的事儿。

而现在的游戏多了去了。网络上有没有？手机上有没有？太多了，都形成了完整庞大的产业链。现代社会男女平等，女孩子不必只待在墙里了，游戏也基本上分不出性别之差来了，这样一来，女孩子的神秘性减弱了，变得和所有人一样正常、明朗、坦然，这也带来了美感的微妙变化。美有时是伴随着一定神秘性的。一旦没有了神秘性，纤毫毕现，反而失去了一部分的美。

今夜很好的月光，我横竖睡不着……

（原载《北京文学》2022 年第 1 期）

缤纷

打碎的紫砂壶（节选）
——文学笔记七则

黑陶

"万二千余字呼醒有觉生灵"

"万二千余字呼醒有觉生灵"。云南省云龙县诺邓村玉皇阁，一根原木柱子上，贴着上述半句对联。昔日鲜艳的红纸，已经破损泛白，但墨汁书就的每一个汉字，质朴，又依然清晰。每一个墨字的内里，宛如都住有仓颉神灵。

我被猝然击中。这一列汉字，似乎专候我来。

偏僻的、崇山峻岭间的滇西小村。这是我遭逢的、震撼我心的一句声音。

坐"摩的"的张承志

关注了张承志先生的微信公众号"北方的河2021"。他的一篇新文章中，有一个细节、一张照片，又一次触动了我。他在北京市里谈事完毕，乘930路公交回他居住的燕郊。到站已夜，他随即招手坐了一辆站台附近东北男子的

"摩的"到家。照片是张承志请小区门口的保安拍的：尘夜之中，他戴着口罩，坐在已经停下的摩托车后座。

一位年逾七旬（很难想象、很难接受）的作家，仍能乘坐"摩的"。这让我觉得：张承志，仍然是心目中不会衰老的英雄。

32年前，大学的毕业论文，写的就是同时代的这个人，题目是：《生命与理想：最后的捍卫和执著》。

一块巨大、伤感的墨蓝宝石

大理仍然陌生，仍然，似乎没有到过。细雨的石头古城。暂宿的旅馆中，庭院内部，走廊边侧，似乎所有湿漉漉发亮的空地，都被雨夜和茂盛近乎疯狂的植物挤占。这是一个充满深刻告别气息的石头夜城。

就像到达时的深夜，飞机擦着如墨的苍山和浓云，缓缓滑降。舷窗外，近在咫尺的洱海，就像我如此熟悉的，一块巨大、伤感的墨蓝宝石。

黄酒的忧伤，水的忧伤

想到海飞，我总会想到海明威，想到《流动的圣宴》，想到巴黎时期，那个还未成名、疯狂写作的美国青年。

"杭州是别人的城市，就连杭州的秋天也是别人的。"未成名的中国县城青年海飞，来到天堂杭州城，在借居的简陋民居内，同样疯狂写作。这是他最初的杭州生活："水龙头没有关严，滴滴答答的声音让你想到，卫生间里放着的久未使用的吉列剃须刀。头顶上转着老牌子的乘风牌吊扇……胡子很久没有刮了，屋角有许多方便面的盒子，你的面容有些憔悴。点上一个句号，合上手提电脑的时候，突然觉得要去进行一场狂欢，因为刚刚完成了一个小长篇……去了卡那酒吧。卡那酒吧在南山路的南端，一幢二十世纪二三十年代建的老洋楼的底层……你喝这座城市里显得较为另类的棕啤，缓慢地喝，总是不能把自己灌醉……经过西湖天地的时候，你看到一对情侣从星巴克的玻璃房子里出来，一人握一个哈根达斯，杯子里顶着一黑一白两个球。有女孩子走过，线条逼人，无可挑剔。就想到，爱情和你已经很远，像陌生人……回到借居的老式民居，冲一个凉水澡，坐在有气无力的吊扇下，扳脚指头计算余下的日子和钱。在钢床上躺下来，想，明天清晨该把胡子拉碴的脸修整一下了。"

出生于浙江省诸暨县枫桥镇丹桂房村，海飞有着70后作家少有的复杂经历：当过兵，务过农，做过化肥厂经警，制药企业编过报纸，在学校做过文书，现在是，硕果累累的作家和编剧。

海飞的父母，也都属中国底层。当年，"我从部队回来的时候，提前给家里写了信。结果由于赶不上车，第二天才到小镇。那年的冬天特别冷，父亲连着两天去车站接我，见到我时塞给我两个包子，并且接过了我的包。"——想到我的父亲，每年骑着自行车，去老家的镇汽车站等接暑假回家的我。

"今年春天我回小村看望父母，在镇上的汽车站，我远远看到了我的母亲，她正在招揽顾客买她的甘蔗。汽车一辆辆地驶过，掀起的黄尘扬起又落下。母亲裹着头巾站在尘土飞扬的公路边，兜售着她的微笑和她的汗水。我走过去，叫了一声妈，她正低着头替一位客人刨甘蔗，许是没有听到，我又叫了一声妈，她抬起头，看到了她的儿子。飞扬的尘土里，母亲那张灰蒙蒙的脸上露出了笑容。"——尘土中刨甘蔗的母亲，是海飞的母亲，也是我们的母亲。

海飞充满忧伤。海飞式的忧伤，是江南雨季的忧伤，是黄酒的忧伤，是水的忧伤。

他记录他的县城恋爱。"我开始恋爱的时候，女朋友有一台黑白电视机。那时候我从部队回来没多久，我傻愣愣地坐在她家里……那时候我用28寸的自行车把她驮来驮去……我们开始看一部叫《过把瘾》的电视剧，每天都会在午夜播放。我喜欢上王志文的演技，但是我永远不会想到，有一天我会写一个叫《旗袍》的剧本，有一天王志文会来演这部电视剧，有一天会和王志文在横店影视城的一个饭店喝酒。"

人的一生，就是一位小学生趴在课桌上做的一个梦……在杭州城中某幢大楼的某间房子内,这位疯狂的写作者,如是对我说。

冰凉的杜柯河水激越喧腾

位于四川北部、青藏高原东缘,四川省阿坝州壤塘县,是"喜马拉雅神光照耀的地方"。那天,红色炉火和酥油茶滚烫的夜晚,听见一位藏族女子虔诚又幸福地说出这句话时,我有特殊的人生感觉。

在偏远的壤塘,有幸认识藏传佛教觉囊派第47代法主、1974年出生的嘉阳乐住仁波切。

觉囊派是藏传佛教的重要流派之一,拥有非常出色的唐卡艺术。

唐卡是藏族文化中独有的绘画形式,指用彩缎装裱后悬挂供奉的宗教卷轴画,被誉为中国民族绘画艺术的珍品。嘉阳乐住仁波切就是一位著名的唐卡画师。

有感于当地民众生活交通不便、生活贫困,青少年缺少发展机会以及传统文化传承后继无人的困境,壤塘于2010年创办了公益性的非遗传习机构——觉囊唐卡传习所,嘉阳乐住当仁不让,在传习所传授唐卡技艺。

四川作家熊莺和嘉阳乐住仁波切是多年的朋友。借此因缘,我和仁波切也有过交流。他是修为很高的年轻大德,他的许多话语,表面似乎全是在说他的学员和唐卡教学,但又处处超越,给我启发。他说——

从根本上来讲,唐卡不是在表达一个宗教的什么内容,其实它所表达的全部内容,都是我们自身生命本来具有的、一些善的本能或者本性,它是这种生命境界的一种呈现。

在传习所,绘画技艺的传授不是核心,对生命的启发、探索和求证才是最主要的功课。

给孩子们一门手艺,便于让他们凭借手艺跟外界交流。所有人都能学好,学不好,做不好,那是因为生命没有打通。跳个舞,唱个歌,画唐卡时你的线条也许就画好了。

作品完成不是最后目的,主要是培养孩子们的耐力、专注力,达到生命的完成。

把所有的技法学会，融会贯通后，自己的审美，自己的表达，就是艺术。

看唐卡，看一件艺术品，就是看它背后的心灵。

……

那晚告别时，身旁冰凉的杜柯河水激越喧腾。魁梧沉稳的嘉阳乐住仁波切，在黑暗里安静微笑，给我们一一摸顶。

无从驯服的斑马

对自己喜爱、并自认为理解的作家，总想更多地进行了解。读沈从文（1902—1988）纯粹文学作品之外的文字，感触很深。

沈从文的写作理想："认真尽力做我所能做到的，只希望通过长时期努力，写出些作品，对于新的中国短篇小说，在文字语言和内容两方面，或多或少有些新的表现成就，对后来接手人发生一点推动作用。能做到这样，我得到的报酬已够多了。做不到，我得不怕困难多努点力。"

他同样有竞争心："同时作家如鲁迅、冰心、茅盾、巴金、老舍、张天翼、丁玲等人的成就，也不断刺激我在工作上的一种竞争心。"

沈从文内在的自信："至于成就得失，不应当用吹嘘的方法争取，应当交给时间或历史，国内外千万读者，自有比较公平的判断。也因此我认为这工作并不是几个编辑以私见取舍，或商人给我几个钱的事情。"

自认弱于人事："我早就发现我自己，虽能用极力耐心和劳动克服工作上遭遇到的困难，但是毫无能力适应社会人事上的变故。""同时在一切场合中，我发现对于应付他人我毫无能力，与人合作同功感到十分困难，独自为战管理我自己，即再苛刻些也可以做到。"

他外在柔弱中藏着的生命倔强："有些作家的工作（如歌德、托尔斯泰），固然能活得极其光辉，也有些作家在生活上完全败北（如曹雪芹），我个人渺小得很，不能不更加认真努力下去，用工作来锻炼自己，在工作上付出全部劳动力，并学习接受一切失败的痛苦。也不企图用其他简捷方法取得成功。"

沈从文固执地认为，作家不是普通宣传员："以为作家和社会发生关系及影响社会，主要应当是靠个人生产劳动，既不能靠他人帮助，也不应受拘束。所以即到社会变动最剧烈时，我还固执地认为作家应当有他最大的用笔自由，才会产生好作品。他的工作不是普通宣传员，勉强他去做许多人都可完成的任务，极不经济。"

以上引文，均见《无从毕业的学校》（中华书局2017年6月第1版）中《沈从文自传》一文。

沈从文在1983年写有一篇未完稿《无从驯服的斑马》，82岁的他，在此文开头，有一个对自己的大致总结："我今年已活过了80岁，同时代的熟人，只剩下很少几位了……就我性格的必然，应付任何困难，一贯是沉默接受，既不灰心丧气，也不呻吟哀叹，只是因此，真像奇迹一般，还是依然活下来了。体质上虽然相当脆弱，性情上却随和中见板质，近于'顽固不化'的无从驯服的斑马。年龄老朽已到随时可以报废情形，心情上却还始终保留一种婴儿状态。对人从不设防，无机心……政治水平之低，更是人所共睹，毋容自讳。"

长江的生命和我的生命

"日暮长江空自流"。李白的句子。李白遭遇过这样的长江：日暮，寂寥，伟大却孤独的野性长江，在他的默视下，空空自流，永无停歇。

我也见过这样的长江，伟大却孤独的野性长江：在上海，在南通，在江阴，在镇江，在南京，在马鞍山，在芜湖，在池州，在安庆，在九江，在黄冈，在武汉，在宜昌，在重庆，在泸州。

在长久的注视中，长江恍惚经由我的血管，流过我的身躯。长江的生命和我的生命，总在无数个瞬间，连接融合。

（原载《广州文艺》2022年第7期）

一天中的四分之一时光

吴佳骏

虚日

人们将这一日称为"虚日"。虚日是与平常不同的，从早晨起，天空就变了颜色，像是谁用亚麻编织了一块巨大的粗布将天兜住了似的。微寒的冷风也停止了吹拂，季节出现从未有过的宁静和沉寂。几只鸟从房顶上低低地飞过，翅膀差一点就擦着了烟囱的边沿。爬上土墙的几朵南瓜花和丝瓜花全都低垂着头，光阴也跟着它们暗淡了下来。更为反常的是，墙根下那把用布条缠住四条腿的竹椅子空了，它的主人再没有像往日那样手拿酒壶摇头晃脑地坐在椅子上，享受独属于他的逍遥时光。凡是从土墙前路过去地里干早活的人，都在扭头朝那把空椅子看——他们思量着自己眼中那道熟悉的风景怎么突然就消隐了呢。没有了他，活着的每个人都是寂寞和无趣的。他丰富了许多人平淡无奇的生活，也丰富了一个枯燥乏味类似黑白日月里的乡村世界。

在他消隐之前，并未有人发现他举止的异常。他照旧是天刚亮，就提着一个酒壶坐在竹椅上喝酒了。那些从四面八方嗅着酒香飞来的鸟儿，有的站在墙垣上，有的站在竹枝上，有的站在瓦楞上，有的站在泥地上，围成圈在听他说酒话。他的酒话内容有涉及农事的，有涉及自然的，有涉及天道的，也有涉及命运和生死的。这些鸟雀全都是他的知音。在鸟儿们的眼里，他或许压根就不是一个人，而是一个掌握了宇宙秘密的神。说完酒话，他还会哼唱小曲。那小曲远古、朴实、清新，连墙头上的花朵都喜欢竖起耳朵来倾听。听着听着，那些花儿都笑了，笑声染绿了田野和溪流，也染蓝了炊烟和晨雾。

只有村里的农人，听不懂他到底哼唱的是什么曲子，他们缺少鸟儿和花朵那样的敏锐和智慧。但无疑他们又都爱听他唱曲，只要他哼唱的曲调响起，农人们就会停下脚步，或放下手里的柴刀和锄头，安静又出神地跟着他哼唱的旋律起飞。让自己变成一只翱翔的鸟，或变成一朵盛开的花。这让他们暂时脱离了劳动的艰辛和疲惫，获得片刻灵魂出窍的美妙瞬间。他被他的酒灌醉了，农人们又被他的小曲灌醉了。

可当大家都清醒过来时，农人们又都没有一个瞧得起这个酒鬼。因为他从来不出地干活，一年四季都坐在竹椅上醉生梦死。他的粮仓里没有一粒粮食，他的灶门口没有一根干柴，他的水缸里也没有一滴水，但他那个生满锈色的肮脏酒壶里却从来都不缺少酒。没有人知道他的酒是从哪里得来的，就像没有人知道他夜晚睡不睡觉，饿了吃不吃饭一样。他给人的印象，就是永远都抱着个酒壶。好似那个酒壶里装的并不是酒，而是装的春夏和秋冬，风霜和雨雪，太阳和流水，虫鱼和草木……

他从来都不需要太多。他没有父母，也没有妻子和儿女。酒就是他最好的安身立命的东西。曾有好心的农人劝他去把自己的几亩薄田耕一耕，把漏雨的房屋修补修补，可他对好心人的规劝一概不听。不但不听，还反而对前来好言相劝的人一通臭骂——骂他们看不透人生，不懂得如何过日子。而且，他还举例说，像村里的谁谁谁，跟土地打了一辈子交道，收获了大豆和高粱、稻谷和玉米，却最终把皮肉和白骨都还给了土地。倘若这样劳碌地折腾一生，到底有什么用。农人们见他如此不识抬举，也就再没人去管他的闲事了。但他们仍旧喜欢听他哼唱小曲——大人听，小孩也听。白天听，夜晚也听。睡着后，还要跑到他的睡梦里去听。

但是现在，这小曲终止了。他坐过的那把竹椅也空了。整个村子里的农人都开始紧张和失魂落魄起来。他们讨厌他，又热爱他。虽然大家心里都明白——若当真没了他，日子也便那么过。

从早晨起，一切都似乎跟往常不一样了。大家都在寻找他，鸟儿也在寻找他，花朵也在寻找他。直到黄昏时分，才终于传来了有关他的消息——他淹死在了村头的池塘里，死时手里还紧紧地拽着那个已被喝光了酒的酒壶。

他死后，农人们的日子名副其实地成为虚日了。

春事

天将明未明之际，布谷鸟就在薄雾里叫了。它的叫声里藏着一把剪子，不但可以剪去夜色里的杂质，还可以剪去农人的睡眠。她就是在床上翻身的时候，听到这勤劳地监督农事的鸟叫声的。她爬起身，再也无法入睡。她本想拉亮灯，又怕惊醒和刺激到身旁睡得正酣的两个孩子。于是她只能摸索着穿衣服，一缕隐隐的白光从窗子和墙缝里透进来，照在她那睡眼惺忪的脸上。

即使那只布谷鸟不叫，她每天也是在这个时候起床的。她的体内本来就住着一只布谷鸟，不分季节、不分晨昏地在催促她，这使得她总是比黎明醒得更早。她起床后做的第一件事，就是生火做饭，灶间暖红的火光跟她的年龄一样熠熠生辉。做好饭后，见孩子们还在梦中，她又将鸡鸭赶出栅栏，将两头黑山羊牵去野地里吃草，给笼子里的十只兔子喂水……忙完这一切，晨曦也就照临大地，她也度过了一天中四分之一的时光。

从前，她的丈夫在家的时候，他会跟她一同早起。他不忍心妻子被那只该死的布谷鸟催老了容颜，更不忍心她的苦难从黎明就开始。虽然他不是太爱他的妻子，但他到底是个有同情心和责任心的男人。他看到妻子起床后忙碌的身影，自己也不愿意闲着，跑去地里除草、翻土、播种、施肥……他想与妻子一道，迎接日出和惠风，梦想和光明。她目睹丈夫同甘共苦的表现，心里升腾起彻骨的甜蜜。

可是突然的一天,她的甜蜜瞬间就消失了,这让她的日子变得无比漫长和寂寞。那也是一个有布谷鸟叫唤的薄雾时分,她像往常一样被鸟声催醒。但说不清为什么,她总觉得那次布谷鸟叫唤的声音有几分凄凉和幽怨,跟平常叫声的清脆和响亮不同。而且,它还叫得特别急切、尖锐,暗含一种离别和垂泪的音调。她躺在床上,心异常地慌乱,这是她从未有过的情形。她想迅速爬起床,穿好衣裤去厨房做饭,但那床却像安装了磁铁似的,紧紧地将她吸附住。她数次从床上坐起来,又数次躺下去。她意识到这是一个不同寻常的黎明,也猜想到将有什么大事发生。布谷鸟仍在屋外催命似的叫,曙光已透过墙缝和窗子钻到屋内的地板、木床,以及她因忧思而略显苍白的脸上。她再也不能赖床了,她绝不允许清晨的第一缕阳光比她起得还要早。她挣扎着爬起床——这可能是她做母亲后起得最晚的一次了。她来不及梳理乱发就去开门干活,谁知,木门刚一打开,几个怒气冲冲的彪形大汉便闪电般闯进了屋。她大喊一声,靠在门框上,身子瑟瑟发抖。随即,她的丈夫就被那几个汉子押解着从屋内走了出来,连外衣外裤都没穿。她不知道这是怎么回事,两个熟睡中的孩子也被吓醒了,跑下床拉着她的衣襟哇哇大哭。看着丈夫被人用绳索捆走的狼狈模样,她知道自己永久的黑夜降临了。

她想去把丈夫给追回来,但她是脆弱和渺小的。她只是一个女人,只是两个幼童的母亲。她没有力量去反抗她所遭遇的一切,就像她无力抗争她那多舛的沉如磐石的命运。后来还是在她带领两个孩子去看守所探视丈夫的时候,才搞清楚丈夫被抓的原因——两个月前,她那忠厚、勤劳、善良的丈夫带领一帮人到处去寻衅滋事,说要替自己讨回公道和找回做人的尊严。他被人规劝回村后,还不服气,仍在暗中唆使人继续闹事。他表面上将自己伪装成一个勤快的庄稼汉,实际上却是个地道的阴谋家。他骗过了夜夜睡在枕边的妻子,也骗过了家门前那只日夜叫唤的布谷鸟。

丈夫被抓走后,她的睡梦多了起来,还经常被噩梦吓醒。她那原本就比其他人长的白昼,又增添了一个序曲和尾巴。那只布谷鸟的叫声越来越喑哑,她知道春天很快就要过去了。她想牵出圈里的耕牛,去把闲置的水田犁一犁。不然,她跟孩子们来年都得饿肚子。这些笨重的农活,以前都是她丈夫干的,现在只能落在她的肩上了。

她肩扛犁铧，左手牵着牛，右手牵着孩子，孩子又牵着孩子，一步一步地向春阳朗照下的水汪汪的农田走去。

（原载《山西文学》2022 年第 3 期）

词语万象（节选）

闫文盛

（一）

"生命如裂帛，在风沙中起伏。"

每个人都被埋没在他即将出发的地方，那些朔风吹北，总是发出呜哇呜哇的高声。他有时会用灰布蒙头，像个陈旧的人陷入了老去的村庄。天使经常会徘徊在他们看不见的上空，散播一种只有他们自身才能听到的议论：生活总是孤独妄为之事，如果活着总是孤独妄为之事……日轮旋转，他看不到天使的音容和脚，也无法拥有任何一寸山川和河流。但是，在他碰到树木枝杈的时候，他的将要裂开的思考神经会被轻轻地放一点血出来。他的岁月撒在林中空地上，白茫茫的……还好，是那夜色中白茫茫的月光。取经僧人们经过，他带着莫须有的敬畏之心看着他们。他们也被埋没在将要出发的地方，反复地离地而去，有时纵入云层，有时也只不过是旋转一个半圆。那些朔风吹北，总是发出呜咽呜咽的低声。有时他会误以为就这样住下去了，就在那些风吹裂谷的地方，就在那些老鹰盘桓和俯冲的地方。灰色的山脊带着天地寒凉矗立着，暗沉的时光之影笼罩大地。他看着取经僧坐在树下念诵经文，风波涌起正好……他看着高高的海浪如突兀的泉水出现在他们足下，往日趁此熠熠生辉……他看着那被悬挂起来的天河中布满了星辰和月光，磅礴的尿意一点一点地将他催醒……

"如果他们走过来打乱你的思维怎么办？如果他们抢你的行李怎么办？那个夜晚，你无比饥饿——幸好如此，否则你就再也见不到我了。"

"从始到终，我始终都在你梦境的外围体会失重。如果你问过我时间是否在你死亡时活着，我可能会回答说没有。蚊虫嗡嗡嗡地扑入你的面目，将你的心中恐惧和各种欲望叮咬得沸沸扬扬……真是羞煞先人了。"

（二）

你要知道，我迄今写下来的所有文字，都将是我最终完成的著作的一个小小局部。它们不会是独立存在的——独立性在这里毫无意义。只有将它们镶嵌于我的著作的每一个字里行间，它们的斩钉截铁才会越过这整个过程中的每一次疑虑，最终它们将变得坚实可信。这千万个日子，我所有的努力就是写下一个个标志性的符号并将它们放置人间，以便于它们在集体行军时更好地辨认自己。

（三）

"那丢掉的，那失去的，并不存在。"你斟词酌句地，看着我说。"也对，这样一来，你就不必有一身重负，甚至连记忆也可以消除掉了。"我相信你有珍奇的粒子，不过，莫怪我没有提醒过你。"因为只有你相信，日影下的欣慰才是百世唯一的。你可以做到……"但莫要去找他。现在为时尚早，让他多些时间觅食。莫要同他通电话，他无心聆听。"结果，就是我注意到这些句子。我休息的时候，如同迷幻一般一头扎进了这些句子。"歇脚的僧侣不见得会目不斜视，他们也有劳困和落寞时的低头。莫要管他，你可以做到的……"现在请你回答，你是否忘却了那不存在的？""不，没有忘却。我对我记忆的胃非常熟悉——但是抱歉，我不太舒服，需要一个人独处。"你走了过去，怎么办？"让那庞大的事物显影吧，这是人间的大概，诗歌和雨水都在借青春之声诵读出来——"你自在立交桥上俯瞰，"那些遥远的北山——你若看见，就是遥远的北山。"你不会知道别的，词语万象，都抵不过这一刻的力的山丘崛起，闪烁的群鸟逶迤！

（四）

她完全瞧不到这些。她被骗了。那些假装路过街头的人才是最重要的，他们带着她过马路，带着她进小区，带着她回到她唯一的住宅里去。她位于楼顶的住宅像个山寨，原以为形容茁壮，"那本就是她的"。如果你脑子再清爽一些，还可以向那几位送她回来的人问点事情，但是，突兀而来的变化令那个站在门口的客人尿了裤子。"砰"的一声，响动很大，来自他脑海里茫然的星星。他本来认识你们，但此刻一切都变得陌生起来。魔鬼和动人的魔鬼心声都在外面，"站在走廊的尽头描摹"。她完全瞧不到这些。她本来是要出门远征，但她被骗了。那个认识她的人带头，又把她送了回来。她本来想去往故乡的原野，那里风声轻柔，没有楼层顶部特有的窸窸窣窣的宁静。那些路过街头的人发现了她，捉住她，把她的心愿逼供出来，然后原路返回，把她呈现给四色魔王的心拽了回来。你瞧，那就是她的心。柔软的流逝，安息者的心，硬朗的棱角，冒烟突火的战争。有些时候，她会变得壮大起来，准备从楼顶往下跃，但是没有一次成功。窗外，总是守候着一些东沟来的客人。他们与街头逡巡者是一支队伍上的人，只是因为分布不同，而渐渐有了裂痕。但是，在坚持让她固守真理这一点上，他们没有分歧。她偶尔焚烧过时的书籍，有时会打开窗户的细缝呼喊。被声音烘烤的客人们眉头紧锁，无法区分一个庸人和另一个伟人的惆怅。"这就是普通人的一辈子，她被迫居住在那里。""幸好她没有流离失所。"她看起来还算年轻，每一个神态都不老，甚至你知道，她还算是被看重的人。因为，她没有被抛弃过，一直有人为她守卫。在鬼神为她铸造的领地，她的自我与一棵已经长到极高的树合为一体。因此，最后的那个夜晚，她不见了，化为一棵树的枝杈和书底的珍珠。"你瞧，她不见了；但她的消逝闪闪发亮，像楼顶的星群中一面高反光的镜子。"

（五）

他写下了许多河流。他力图使它们变得真实。尽管如此，还有许多未尽的河流划过大地：坦荡；肆虐。许多年来，他一直想象他可以像一些水分子一样融进这个人世，为此连幸福的银河也与他对歌。他写下了这些事物，为此连幸福的银河也随着他莅临（来到了这个世界，抵达他的真实）。他想象着，使写作之事与日常的根本结合起来。这就是他被嫌恶的原因，因为事与愿违，他总是被写作与生活区分开来。那被阻隔的河流也还不是真实的河流。他倾尽所愿，也没有完成对一条河流的真正塑造。河流仍然漂泊着（溯洄从之），而他仍然只是一个庸人，像古老的木头渐渐地走向了腐朽。

（六）

当年，我总是一个人住在那里。因此每逢暮色降临，总想着说点什么。整日整夜与我为邻的是一棵柏树，据说已经活了三千年。"正因为有三千年昼夜、季节的分割，春秋轮转，才凸显了生命的短促、时间的序次和限度。"因此，我总结过它头顶的叶子。也许只有这样，我才可以看清它的生长。就像时光随时会倒流一样，我还看到了它身体内部的河。当年，我还没有走过太多的远路，只是在一个很小的生活半径内，触及到了命运的旋律。因此，变成树畔的一片叶子，落入尘土消散——这样一来，我就可以对未来的一切有所依傍。事实当然也是如此。每逢夜色降临，就有些本来静止的事物包裹着虎皮前行。我鼓起勇气面对了那些叶子。"你瞧，就是这些灰色的、黄色的叶子，它们互为表里，就像伴侣一样，度过了三千年！它们当然是精神最为强大的叶子，从未因为风雨而感受到悲伤和阻碍——因此，它们是唯一深入到了风雨内部，迎时光而舞的叶子！"

（七）

正是这些不相联属的事物使我震惊。正是这些深自缠绕的名字使我震惊。正是这些泥泞和彩色的不相联属使我震惊。"霓为衣兮风为马，云之君兮纷纷而来下。"一如粟米与时间之涌迫。正是这些饥饿和死亡的交错罗列使我震惊。这些灰色的笔记本如何从虚空中抽出来？使我回顾和震惊。或许，在这两所院子之间，就住着那旧时岁月王谢堂前燕。正是甲乙丙之间的各自成形使我震惊。他们采用过不同的模型，"从自我的各个角度起步而已"，岂有沙滩黄昏可以顾全所有？正是这无尽的漫步和争食使我震惊。我想过分别书写他们的传记，平行罗列，并不因之会合，却不知"河中这只恶魔"今在否？正是我把他们同写在一部书中这个事实使我震惊。书中一无所有，却也无隐匿，无白色的蝴蝶，无所谓来与去。聚散无常，正是他们对视于走廊尽头的联想使我震惊。古今之间多少事？正是他们同归寂寥和荣华的过失使我震惊。你正不应知其存在过，"回眸一顾倾人城，再顾倾人国"？正是日月星华的起来使人震惊。那堆叠如山的花丛和古草，正是乡下长老，童颜旧貌，真使人震惊！

（原载《散文》2021年第12期）

我喜欢荒凉之美

素素

生态文学是当下盛行的一个热词。以繁荣生态文学的立场，书写人类对生态保护的自觉和自省，书写人类共同面对的生态危机，已经成为当代作家的一种责任。

我喜欢荒凉之美。这是我一直以来的审美取向。

荒凉，网上百科对它有个解释，一是形容旷野荒芜，山河枯寂；二是形容人烟寥落，凄凉凄清。如果打比方，或是一片荒凉的山野，或是一个荒凉的村庄。在我看来，前一种荒凉，具有自然属性；后一种荒凉，具有社会属性。就是说，在荒凉的定义里，既有自然天成，也有人力所为。我喜欢的荒凉，当然是前一种。

的确，有一种荒凉是大自然固有的荒凉，那是一种原始的带有洪荒感的荒凉；有一种荒凉是大自然被人类之手修改破坏的荒凉，那是一种后天的具有悲剧感的荒凉；还有一种荒凉是因为大自然的面目全非给人类心灵带来的荒凉，那是一种绝望的万劫不复的荒凉。当然，这一切的发生，有一个循序渐进的过程，只是人类现在正处在这个过程最灰暗最恐惧的时间节点。

正因为喜欢大自然的荒凉之美，我曾一个人在东北的白山黑水之上行走。去过大兴安岭，去过黑龙江源头，去过长白山，去过北大荒。在那里，我果真看到了荒凉本然的样子，但我也看到了它消失而模糊的背影，因而写了《绿色稀薄》，写了《追问大荒》，写了《最后的山》，以表达我的不安和慌恐。

我曾不止一次去过辽西。在辽西地表之下，隐藏着旷古未宣的荒凉，因为那里是世界上第一只鸟飞起的地方，也是世界上第一朵花盛开的地方。那朵花被命名为辽宁果，那只鸟被命名为中华龙鸟。而所有在辽西出土的花和鸟，皆以化石的形态示人，告诉我那里曾经有过的荒凉和繁荣。

荒凉是地球的原稿，也是生命的摇篮。

在这个地球上，生物是总概念，动物与植物是属概念。不论动物还是植物，有诞生，就有消亡。只不过，有的诞生和消亡来自于大自然本身的荣衰代谢，有的诞生和消亡是因为地壳运动造成的山倾地覆。地球史上，曾有四次大冰期，每次都造成物种大灭绝，顽强生存了两亿多年的恐龙，就消失于白垩纪的大灭绝。这样的荒凉，简直就是一种不以天的意志为转移的荒凉。

去年新冠肺炎疫情肆虐之际，出版社邀写一本关于荷花的书。查阅资料的时候，我发现荷花居然是侏罗纪之花。因为就植物而言，太古代与元古代，属于菌类和藻类时代，之后的古生代，属于蕨类和裸子植物的时代，再之后的中生代，则是被子植物的时代。裸子植物与被子植物最本质的区别，前者是不开花植物，后者是开花植物。被子植物的诞生，具有伟大的里程碑意义，在此之前，这个地球只有鸟语；从此以后，这个世界才有了花香。荷花是被子植物，曾有科学家断言，荷花是侏罗纪冰期以前的古老植物，它和水杉、银杏一样，都属于未被冰川噬吞而幸存的子遗植物代表。就是说，荷花成功地逃过了侏罗纪末日的那一场天劫，以被子植物活化石之姿抱香而来，一直鲜艳地摇曳到现在，让今天的人类依然能在池塘里看到花容楚楚。

总之说明了一个事实，地球的形成史是漫长的，地球的荒凉史也是漫长的。而且，那是一种混沌初开的荒凉，也是一种没有人类参与的荒凉。

荒凉是个哲学问题。因为人类是从荒凉那里来的。

对地球而言,人类的出现是一种偶然,也是一种必然。地球已经转动了46亿年,如果把46亿年换算成一天24小时,人类在最后3分钟才登场。然而,在第四纪末期才颤颤微微站立起来的人类,晚来迟到的人类,不只学会了猎杀和采集,学会了用火和烧制,还学会了种植和驯养,学会了用草药治病。太阳、月亮、雪山、鹰、狮、狼、树等等,曾经是人类童年时代的图腾崇拜,"天地与我并生,而万物与我为一",更是中国祖先贡献给人类的自然观。

在相当长的时间内,在荒凉而庄严的大自然面前,人类的脚步曾经是轻的,充满敬畏的,人类与大自然的关系也曾经是和谐的,美好的。因为人类清楚地知道,自己的肉体生存和精神给养,皆蒙大自然所赐,亦从大自然索取。不是大自然离不开人类,而是人类离不开大自然。

荒凉是一部教科书,让人类既学会了观察和思考,也学会了选择和逃避。

公元4世纪初,中国出现了世界上第一位植物学家,因为他喜欢观察自然,写出了一本《南方草木状》。他是东晋人,名叫嵇含,他的另一个身份,是"竹林七贤"嵇康的侄孙。

公元18世纪70年代,瑞典出现了世界上第一个植物分类学家,名叫林奈。他的贡献是给每种植物都起了两个名称,因而被称为"分类学之父","植物学之王"。与此同时,法国出现了一位博物学家,名叫拉马克,是他发明了"生物学"一词,也是他最先提出生物进化学说,在《物种起源》里,达尔文还曾多次引用拉马克的观点。

公元19世纪60年代,德国博物学家海克尔最早提出了"生态学"一词。而在他发明这个名词之前,英国作家玛丽·雪莱写出了一部生态小说《弗兰肯斯坦》,美国作家梭罗写出了一部生态散文《瓦尔登湖》。

我想,在座的各位或许不太熟悉《弗兰肯斯坦》,但大都读过《瓦尔登湖》吧?如果从1818年玛丽·雪莱的小说《弗兰肯斯坦》算起,生态文学已经整整盛行了两个世纪。

文学有启蒙之功。因为读过《瓦尔登湖》,所以在日常的视野里,当我们看到纷乱无序的车流，看到喷云吐雾的烟囱，尤其是春运和节日，看到人流拥挤不堪的车站或旅游景点，所有的人都会有一种急欲逃离的焦虑感，最好逃到旷野无人的地方。其实，每个人心中，都有一个独属于自己的瓦尔登湖。

有人说，人类的文明进步有两大推动力，一是惑然性，二是同情心。于是，因为惑然而怀疑，而有了发现和发明；因为同情而悲悯，而有了关切和关怀。然而，正是因所谓的惑然或怀疑，人类与大自然关系发生了逆转，由和谐到紧张，由紧张到恶化。

手工被机器取代，机器被电子取代，电子被智能取代。于是，工业化和后工业化叠代而至，人口数量在不断增长，土地在逐渐沙化，全球气候在变暖，海平面在上升，陆地和海洋被污染，河流减少，草原收缩，再加上地震、海啸、核泄漏、传染性病毒等等。灾难频发，猝不及防。

于是，人类的自戕，造成了人类的自失。因为过度地开采，过度地砍伐，过度地消费，大自然的面孔终于由生机勃勃的荒凉，变成死气沉沉的荒凉。

也正是这样的荒凉，给20世纪生态文学提供了话语空间和话语权力。

1949年，美国作家奥尔多·利奥波德写了一部自然随笔《沙乡年鉴》。在这本书中，利奥波德创建了一种新的伦理学——大地伦理学，第一次系统阐述了生态整体主义思想。这部大地伦理学和生态整体主义的开山之作，后来成为绿色思想的圣经。

1962年，美国作家、生物学家雷切尔·卡森写了《寂静的春天》，这是世界生态文学和生态运动里程碑式作品。卡森深刻地指出："我们总是狂妄地大谈特谈征服自然。我们还没有成熟到懂得我们只是巨大的宇宙中的一个小小的部分。""征服自然的最终代价就是埋葬自己。"

1968年，美国生态文学家爱德华·艾比写了一部散文作品《沙漠独居者》，用细腻的笔触描写了作者独居沙漠的见闻和感受，表达了他对现代化的弊病、唯发展主义、生态整体主义等问题的深刻思考。它再次引发了环境运动的浪潮，1970年，这部作品直接影响了第一个"地球日"的确立。

在全球性的生态文学热中，中国作家也没有缺席。我个人曾阅读过徐刚的《伐木者，醒来》，李存葆的《绿色天书》，张炜的《融入野地》，苇岸的《大地上的事情》，刘亮程的《一个人的村庄》等等。生态意识，就是生命意识。同样，生态危机，就是生命危机。为生态危机而写作，没有一个作家会拒绝。

卓别林说，倾听风声、树叶摇曳声的心，是一颗艺术家的心。

作家用文字和心灵的力量阻止沙化、驱散雾霾、消除污染，其终极目的，就是让遍体鳞伤的大自然得以治愈，还荒凉于原始，让做了杀手而不自知的人类得以救赎，还人性于本真。

人类与自然是真正的命运共同体。只有人类在自然面前退后一步，只有人类通过反哺换来大自然的复苏，这个地球才会重新变成成物的母体，人类的乐园。

（原载《海燕》2021年第10期）

走向童年，是比走向未来更远更难的路

周晓枫

有一种文学体裁，通常是童年接触最多、后来接触最少——那就是童话，这是一种最易被成人读者抛弃的文体。幼年的我，曾经幻想得到一张能变出珍馐美味的餐桌、一只陪我玩耍的宠物企鹅、一个能趴在耳畔告诉我考试答案的小精灵；后来，我对那个苹果树会说话、动物爱做游戏，天使或魔鬼随时出现的童话世界，丧失信任。

如果不是为了陪伴孩子，谁还会有兴趣再去认识那些简笔的字迹、幼稚的角色和失真的情节？那简直是对时间的浪费，对智商的损耗。我们不再相信那些天真的奇迹，童话因无用而遭到抛弃。就像长大以后，我们也同时抛弃一些书本里的真理与原则，因为它们与现实中的丛林法则存在冲突，甚至对我们的谋生形成干扰。

在大学毕业以后，我曾经做过八年儿童文学编辑，后来当成人文学编辑，算是职业上小小的跨界；我原来一直写散文，近年写童话，算是文体上小小的跨界。我曾非常不喜欢自己的儿童文学编辑身份，正如曾非常不喜欢儿童文学，更无法想象自己有一天开始儿童文学创作……因为我难以容忍自降智商却自认纯真的那种文字卖萌。

我们未必是自己未来的预言家,命运自有它的反讽与奇迹。我没想到,自己会五年间连续写了几本长篇童话:《小翅膀》《星鱼》《你的好心看起来像个坏主意》和《小门牙》。让我更为惊讶的是,竟然还写了几个绘本故事,适读于学龄前的小朋友。虽然幸运地得到一些奖项上的鼓励,但对我来说,每个童话都意味着挑战。它们与我习惯写作的散文不同,我必须学习一种重新感知世界和表达情感的方式。

几年的创作实践中,我对儿童文学的理解,发生了本质甚至颠覆性的变化。那种自以为是、自鸣得意、指点江山来让孩子仰头观望的儿童文学作家,我当然从来不抱好感。可我曾以为,作家不站着指指点点、蹲下身子为与孩子的高度齐平,这样就能体现对孩子的尊重……在电视节目里,在日常交流里,这是一种尊重;但在创作领域,也许,不。

因为成人对自己身体的这种折叠方式,是费劲的,是吃力的,是不自然的。俯身、放慢语速,甚至运用叠字来展示幼稚化的耐心——所谓的平等姿态里,暗含一种"我本来高于你、但我肯屈尊降低自己"的倨傲。当教导者的姿态本身就是不自然的,就是自我矮化的,他们如何能教育孩子追求自然和高尚?"言传身教",成语里的"言传"和"身教"并行;然而,只有"言传"而无"身教",甚至"身教"悖于"言传",那么"言传"就成为一种显而易见的欺哄手段,无法令人信赖。

我们的误区在于,以为成人就是生命的成品,我们享有天然的指教资格。可惜,我们在大千世界面前,何其渺小?与象龟和睡鲨这样的动物相比,与榕树和银杏这样的植物相比,人类中的老者可能都尚属年幼;再知识渊博,也只是某一领域的专家,而在更多事情上是茫然的,甚至婴儿般一无所知。唯有当儿童文学作家没有忘记自己过去作为孩子的记忆,并且面对未来始终保持孩子般的憧憬,情感才能与孩子达至平等与近似——因为,我们自己就是孩子。是的,不是模仿,而是成为孩子。真正的平等,不是蹲下身子的外在动作,而是内心情感;不是呈现出来的表演姿态,而是由衷地认知。

成人与儿童的阶段，本来就不是割裂状态的泾渭分明，而是充满衔接、渗透与融合。我不认为，随着成年，童年遇到的问题就迎刃而解，就像不认为童年的天真就戛然而止。我们与孩子，并非仅是教育者与被教育者的关系，并非只是成人价值上的单向输出、孩子审美上的被动接受。我当年以为儿童文学只是文学的初级形式，这种理解是傲慢的，也是肤浅、狭隘、僵化的。好童话有生动的趣味和饱满的想象，孩子能看，因为里面不是说教和指令；好童话有情感的浓度和思考的深度，大人也能看，因为里面不是幼稚的欺哄。好童话不是儿童早熟也不是成人装嫩；是无论孩子或成人，都始终怀有的好奇与热情、想象与祈盼。

　　我认为，童话不意味着坦然下降的难度，不意味着被稀释的语言和被简化的意义——这种文体至少对我来说，意味着更高的要求。我深感不是我在教育孩子，而是孩子在教育我……如何去维护最为宝贵的东西，而不是屈从于生理上的数字。无论儿童文学作家有多少天赋、努力和机遇，要想保持创造活力，难度在于保持内心的天真。这绝非易事，走回童年，是比走向未来更远更难的路。孩子走向未来，几乎是必然；而成人走向童年困难重重，每一步曾经的成长或许都会构成阻力。

　　童心，这对儿童文学作家来说至关重要。成人都是曾经信任童话的孩子，只是童年之后，多数纷纷失去童心和想象力，屈从现实，安于平庸。能否在成长甚至受挫中保留童心，是个真正的考验。如果能够始终保留童心，就像收藏一样……哪怕当初一个普通的小盘小碗，哪怕一枚不值钱的硬币，只要你把它保留得足够长久，时间所赋予它的附加价值就远远超过了其他，远非现在手中的大面额货币所能衡量。许多看似无用之物，存储起来反而是具有难度的，容易被磨损、消耗和放弃；所以能够保留且无损的，才弥足珍贵。优秀的儿童文学作家就是如此，终生不缴械投降，他们因为天真而终生拥有魔法。

　　童话是一种育花期特别长的植物。这颗想象的种子，发芽极为缓慢，常常不易看到生长迹象；如果园丁因无望而放弃，种子会默默枯死在黑暗的土里。

只有持续浇灌的人,才能目睹它冒出地表,看到奇迹之花璀璨绽放……从少年、青年、中年甚至老年,它可以拥有漫长到永不凋败的盛花期。

天真而不被摧毁……我想,这是人生最美的童话。

(原载《光明日报》2022年6月1日)

西部电影元素
——看《巴斯特·斯克鲁格斯的歌谣》

许言

在观看科恩兄弟的电影《巴斯特·斯克鲁格斯的歌谣》时,让我不仅想起了诸如在看黑泽明的《八个梦》、塞林格的《九故事》这样作品时所带来的快感。它像一串晶莹的宝石项链一样摆在你的面前,那些宝石被一颗一颗串联在一起,让你如此的爱不释手,却又难以厚此薄彼。

这让我想到了一个问题。电影,终究要以一个什么样的形态呈现给观众?或者说,观众究竟想要看到的是一部什么样子的电影?我认为电影的初衷与文学的初衷很相似,往往是基于一个细节,一个场面,一个段落的感动而拓展开来。可是,又由于电影的工业属性和实际操作的难度,使得很多绝妙的设想被搁浅了,有的甚至是半途而废。那么,我们如何能看到它们呢?今天的很多人都会时不时地找一些老片子来看,那些藏在电影史里的,有着如雷贯耳般名字的作品,甚至有的片子我们不止看过一遍。要让我们复述出他的故事脉络,仍比较困难。可是,提到某个著名的桥段,大家却眼前一亮如数家珍甚至是铭记一生。就像是《天堂电影院》中,将世界电影史中所有接吻的镜头组接在一起,我们和主人公共同坐在幕布前,同样被这股强大的电影力量震动着。其实，有许多大师量级的导演，在拍摄了多部长片电影之后，偶尔会回来拍摄一些短片。这一点恰如文学大师们的小品，和一些日常杂文。这种短片可长可短，举重若轻，欲说还休，看起来另有一种味道，甚至有时让人有一点神往。我看过的就有陈凯歌、阿尔莫多瓦、贾樟柯、罗伊·安德森等等，现在又等来了科恩兄弟。

关于西部片这一特殊的电影类型，它的鼎盛时期大概在美国二十世纪四五十年代，而后六十年代出现了一个意大利人，赛尔乔·莱昂内，他重新把西部片带上了一个高峰并创造了一个享誉世界的西部片大明星——克林·伊斯特伍德。之后随着美国对西部开发进程的结束而陷入低迷。非常值得一提的是，1972 年，派拉蒙公司找到赛尔乔·莱昂内，邀请他执导电影《教父》，但是这个意大利人却对与他共同来自意大利的黑手党历史不感任何兴趣。他认为不应该用电影去赞美这样一个黑帮，于是拒绝了邀请。《教父》这个电影最终遇到了另一个意大利后裔导演，他的名字叫科波拉。随着电影《教父》的成功（该片在大多数电影史理论的电影评价中都被誉为有史以来最伟大的电影作品，我曾经在一本德国的电影理论里看到，如果外星人来到地球，不知道什么是人类的电影，那就让他们看《教父》），赛尔乔·莱昂内对此事后悔不已，于是，于 1984 年拍摄了另一部关于黑手党的电影，片名叫作《美国往事》。1989 年，赛翁去世。

直到 1993 年，赛翁的衣钵继承者，伊斯特伍德（中国的网友戏称他为东木头）带着他拍摄的《不可饶恕》重新夺得了该年的奥斯卡最佳影片。可是，逝去的终将逝去。由于题材所限，西部片能讲好的故事越来越少，和人们生活的关联也变得越来越远，因此，作为类型电影的一大分支逐渐淡出人们的视野……2007 年，科恩兄弟拍摄的《老无所依》，虽然获奖，却被称为最后一部西部片。

近几年，出现了一个非常有趣的现象，"西部片"居然重新大面积地再次向我们袭来。首先是当今电影界中的翘楚，另一个意大利裔的美国人昆汀·塔伦蒂诺拍摄的《被解放的姜戈》，而后是 HBO 拍摄的美剧《西部世界》，该剧的制片人编剧乔纳森·诺兰，他的哥哥正是《星际穿越》的导演，大名鼎鼎的克里斯·诺兰。这么一细想，《星际穿越》中似乎也带有一种淡淡的西部片味道。2018 年，由美国 R 星公司出品的游戏《荒野大镖客 2》的问世。使得"西部"这个古老的元素开始在 95 后甚至是 00 后年龄段的群体里瞬间弥漫开来。而西部片这次的回归，我们却从它的脸上看到了不一样的表情。

西部片不再是过去展现西部的单一题材，在《西部世界》中，它巧妙地与科幻、游戏相结合。《被解放的姜戈》被浓浓地贴上了昆汀式的标签，以黑人为第一主人公的西部片赫然于我们眼前。《荒野大镖客 2》中更是创造出了一个虚幻的主人公亚瑟，而在数十小时的游玩过程中，我们既有跟随着亚瑟的脚步，驰骋于西部大陆的主线故事，更有那些一闪而过的，短则几分钟的支线故事。而这些长短不一的故事却为我们呈现出一片栩栩如生的蛮荒大陆。这不禁把我抓回了本文开始提出的问题，电影，终究要以一个什么样的形态呈现给观众？

互联网视频的发展，大大缩短了观众的关注力，在抖音等视频播放平台里播放最多次数的视频长度，往往低于二十分钟。在电影院里被提及最多的词语中"尿点"居然占到了一位，观众的忍耐力呈断崖式的下降。在这个时候，科恩兄弟带着他们的电影《巴斯特·斯克鲁格斯的歌谣》款款向我们走来。而投资该片的正是互联网流媒体播放平台网飞。

本片由六个发生在美国西部淘金时代的故事组成，它们更不相干，却又似乎存在着某种联系。

第一个故事 《巴斯特·斯克鲁格斯的歌谣》

唱着好听的歌谣的老巴是一个通缉犯，因此他为自己起了一个外号叫圣巴沙郡的鸣鸟，而且，是一只枪法极好的鸣鸟。我们并不知道老巴过往的历史，与谁为友，与谁结怨。唯一看到的是，短短的十七分钟的影片内，他要和别人决斗四次，似乎他的人生都是由决斗组成的，而最让人惊奇的是，每一次决斗的挑起者都并不是老巴。

就这样，科恩兄弟把"决斗"这一西部片惯有的高潮才会出现的元素放在了影片的开端，而且一下给了我们四次。第一次是在山间的小酒馆里，老巴以一敌多。告诉我们大家，这是一个高手。第二次在城镇上的酒馆，老巴甚至都没有出枪，就击败了对手。第三次来到了街面上，西部片决斗的最佳舞台，这一次老巴近乎戏谑地一枪一枪打掉了复仇者的所有手指。而第四次，当一个歌声比老巴还好的年轻人出现在他的面前时，他的运气似乎用光了，输掉了性命。老巴的魂魄从尘土中扬起，带着歌声，飞向了天堂。

这是科恩兄弟的一次炫耀，不论是故事的创造还是叙事节奏的把握，乃至镜头的设想都极具黑色反讽意味和创造性的想象力。透过影片你仿佛看到了科恩兄弟俩在镜头后面坏笑的脸。两年前的一个深夜，当我第一次看到这里的时候，差一点从床上跳了起来。而在那个时候，科恩这两个兄弟都已经超过了六十岁，很难想象，他们像三四十岁的导演一样，对电影镜头语言的把玩，还能到如此热衷的程度。而这个有歌有舞有决斗，有着在那里每天都会发生的故事，为我们拉开了这一段西部往事的画卷。

第二个故事 《阿尔戈多内斯附近》

荒芜的沙漠里只有一间房子，一口井水，房子上写着"银行"，牛仔站在房子前，这是他即将要打劫的地方。

牛仔用枪指着银行里仅有的一个职员，顺利地把钱带走。可是，当他来到水井旁边的时候，枪声响了。牛仔与职员激战，就在这时，职员却头顶着一口锅，身上背着各种锅碗瓢盆冲了出来，牛仔的子弹打中了那些器皿却并没有伤到那个职员分毫，被银行职员一锅盖击倒。科恩兄弟延续了第一个故事的疯狂，他们找到了另一个西部片中的重要元素得以调侃，法律与行刑。当然，同样是科恩式的。

牛仔醒来的时候骑在一匹马上，头上缠着的绞首绳被绑在树梢，警长和警员们正在和他讲他人生最后的话。这个时候一队印第安人杀出，干掉了除了牛仔以外的所有人，但是却并没有救牛仔，只是讥笑了他便扬长而去。

烈日当头，牛仔骑在马上，脖子上是绞首绳，马又要去吃草越走越远，牛仔脖子上的绳子也就越来越紧，牛仔危在旦夕。这么一段无奈的行刑恰恰是这个短片的点睛所在，刑具在，犯人在，法律也在，可执行法律的人都死了。而这种本存在于可能性里的故事，居然实实在在地出现在了西部。犯人的性命决定在一匹牲口的腿上，而这匹马呢，只想够到再远一点的草。让人忍俊不禁……

第三个故事 《饭票》

这个故事由奥斯卡影帝莱姆·尼森主演，这个重量级别的演员出演一个小品，本身已是让人雀跃。但是本片的基调却急转直下，整个故事走向阴郁，忧伤，画面的色调也开始变冷。

一辆大篷马车，既是交通的工具，也是一个舞台；既是一个舞台，也是一个家。两个西部的云游艺人，一个能背莎士比亚的台词，雪莱的诗歌，甚至是林肯在葛底斯堡的演说，是这个舞台的主宰者，只可惜没有手脚。另一个是马车的车夫，马车的主人，他驾驶着这个舞台奔向金钱，是这个舞台的老板。

同样的没头没尾，也没有前史，我们甚至不知道那个艺人为什么没有四肢，是生来如此还是后天所致。一只会算术的鸡改变了一切，这是故事的转折点，老板想用鸡取代这个艺人。眼下，首先，就先要考虑好艺人的着落。

马车停在河边，老板把一块巨石扔到河中，来测河水的深度。

老板走回到艺人所在的马车，看着艺人那双透彻的双眼报以歉意的一笑。这一笑用语言太难形容，这一笑也正是莱姆尼森这位奥斯卡影帝的"饭票"。我不善于夸奖演员的演技，如果你有时间，可以翻出来看下。

冰冷的大地上跑着一架大篷马车，车夫眯着眼睛看向前方的路，马车上，只剩下一只昏昏欲睡的公鸡。

整个故事似乎是要讲述一个形而上的哲理，但是对我们的触动却异常的形而下，也是整部电影中最令我动容的故事。

第四个故事 《黄金谷》

西部故事哪能离得开淘金？

我们都想知道淘金的过程是什么样子的，在风景如诗的山谷，找一条安静的河床扎营，在山涧的泥土砂石里一点一点寻找。可是淘金有一个问题，当淘不到的时候没有人会理你，可淘到金的时候呢，又不足与外人道。剩下的，只有偶尔经过却又根本不知道你在干什么的野生动物们。

我们的主人公是一个老头子，他日复一日，年复一年地在山谷里淘着金，每天晚上和他认定终将会见面的金矿们说着悄悄话。

直到有一天，老头子发现了金子。但在他的背后，枪响了。一个年轻人射杀了他，并蹲在那里慢慢地等他的血流干。年轻人去捡金子，却被装死的老头反杀。老头埋葬了年轻人和剩下的金矿离开了山谷。

故事简单至极，甚至平平无奇，却为我们提供了一个极其新颖的创作视角。太多的淘金故事包含了仇杀，背叛，复仇，解救的复杂线索，而忽略了淘金这个动作本身是一个孤独的行为，甚至在金子出现之前，更多的情绪是麻木和略带一丝绝望的。科恩兄弟赠予我们这样一个视角，正如片尾所说：只留下草地上的蹄印，和满目疮痍的山坡，刻下残酷的人生足迹，破坏山谷的宁静后离开。

第五个故事 《受到惊吓的女孩》

这是本片中时长最长的一个故事，也是颇具野心的一部，它与一部完整的长片电影距离最近，但科恩仍把它限制在了四十分钟以内。在这个故事中，科恩兄弟终于将目光投向了西部片中不可或缺的一个主题——大迁徙。

故事讲述了隆巴多小姐跟随一个大篷车队前往俄勒冈，去见她从未谋面的未婚夫。路途中，她的哥哥同时也是她的介绍人暴病而死。正在隆巴多小姐进退两难的时候，马车的领队比利却向她表达了爱意，隆巴多小姐似乎答应了他。

这让另一个马车领队亚瑟内心五味杂陈，亚瑟的年纪大比利一倍，既是同伴却又情同父子。隆巴多小姐因为走失的小狗而与大篷车队失散，遇见了一队印第安人。前去营救的老亚瑟击退了印第安人却没有救下饮弹自尽的隆巴多小姐。

这是整部影片中唯一涉及到爱情主题的故事，即便是在大迁徙过程中的爱情，看上去却又那么的无可奈何。隆巴多小姐从头到尾受到了各种不同程度的"惊吓"，从比利假装开枪杀狗，哥哥的暴毙，马车领队比利的突然示爱，一直到老亚瑟在狙击印第安人之前递给她的那把枪，并告诫她，如果自己遇到不测，在被印第安人抓到前自尽，一直到最后，隆巴多小姐用打在自己脑门上的子弹惊吓了所有的观众。在西部大迁徙的旅途中，即便是出现了爱情，友情，亲情，甚至是对小动物的怜悯这些常态生活里的情绪，但是"惊吓"才是迁徙的主基调，它会始终伴随着行走在西部大陆上的大篷车队。

对于多个不确定的因素导致最终不可逆转的结局，这个方法对于科恩兄弟驾轻就熟，早在《血迷宫》《冰血暴》中都可见到。而隆巴多小姐的故事却让我想起了另一部中国电影的结尾，《一个和八个》。老八路打水回来，看到和自己一道的女战士被一队日本兵包围，这时他的枪里只剩下一颗子弹，他踌躇了很久，最终举枪打死了这个女战士。《一个和八个》改编自郭小川的长诗，这部电影揭开了中国电影第五代导演作品的序幕。今天再来称赞《一个和八个》的结尾，已无需我的赘言，但是这部藏在西部短片合集里的《受到惊吓的女孩》，隆巴多小姐自尽的这一枪，却带给我们一种别样的凄美。

第六个故事 《遗体》

车厢内，狩猎者，赌徒，贵妇，两个赏金猎人。车厢外，马车车夫，一具置于车厢顶部的尸体。马车在抵达目的地前不会停下，而且，我们甚至全片都不曾看到过车夫的脸。这部短片只有两个场景，车厢内和旅馆前，而且没有一个实景拍摄。全片通过冗长、絮叨的台词展现，和车厢里的人们一样，观众看得昏昏欲睡且无法停歇。

作为收尾的故事，科恩兄弟似乎放弃了前五个故事和观众达成的一种共识，即寓言体的讲述。而是直接将思考，象征，疑惑等一股脑地泼向了观众。

如果说，前五个故事是因为某种原因，没有延展成一部完整的电影的话，那么第六个短片则完全脱去了故事的外衣，甚至称不上一个合情理的事件。是什么让科恩兄弟如此的胆大妄为，它将我们一下子带回了初次看到《巴顿·芬克》时的疑惑与迷茫。

关于这个故事，网上的解释众多，但每一种解释，看上去多少都有一点牵强附会，让人莫衷一是。车厢里的人们将世人分为两种，狩猎人说只有人和野兽（当然在他的认知里印第安女人也是野兽的一种），不通语言却可以成为夫妻。贵妇说君子和小人，显然她和在摩根堡等她的丈夫都是前者。赌徒说只有能玩自己手中的牌的人，每个人对于别人都是第二种。然后两个赏金猎人告诉大家，他们这行也有两种人：生者和死者。

最后，赏金猎人转向了包括观众在内的所有人，开始讲述一个家喻户晓的故事"夜归人"，每一个听故事的人都希望与故事产生关联，好的与自己有关，坏的和自己无关。在死神讲述的故事里，也存着两种人。大家不约而同的变成了一种人，那就是故事的阅读者，而另一种是故事的讲述者。

看一下短片《遗体》的英文题目直译应为"凡人的遗留物"，其实我觉得中文更有意思，故事，故去的人和事，凡人留给后人的，哪怕是伟人，不是就只剩一些故事了吗？科恩兄弟将他们的疑惑和迷茫留给了观众，最为悲伤的是，这并不是设问，而是答案。科恩兄弟《遗体》让我们看到，这是一部脱去故事外衣的故事，一部穿着西部片外衣的西部片。

电影《巴斯特·斯克鲁格斯的歌谣》获得了第75届威尼斯电影节主竞赛单元的最佳剧本奖。我想获奖的原因不单是因为这六个故事自身的妙趣横生和出奇的切入点，还有科恩兄弟对这六个故事的铺陈排序，从荒诞诙谐到悲伤沉重，一直到最后的冷静深邃。而且这个短片合集居然没有统一的标题，只使用了《巴斯特·斯克鲁格斯的歌谣和其他故事》，让我也多少理解了据说这些故事放在科恩兄弟的抽屉里长达25年都未能拍成电影的原因。老巴的歌谣并不旨在向我们展现那个光怪陆离的西部荒野,它像电影《天堂电影院》里组接的镜头一样,将这六颗珍珠摆在我们面前,是科恩兄弟对西部类型电影的一次拥吻。

(原载《海峡文艺评论》2022 年第 1 期)

切尔诺贝利的生死悖论（节选）

王子罕

一

"切尔诺贝利"的名字钻进耳朵的瞬间，脑海中便悄然生出了爆炸、绝望、恐怖、哭泣等最为灰暗的字眼，编织成一幅由火光、浓烟、灰尘、溃烂织成的末世图景。丝丝寒意凝成一条冰冷黏腻的蛇，沿着脊髓滑下。

1986 年，乌克兰的切尔诺贝利核电站发生重大事故。反应堆剧烈爆炸，数百倍于广岛原子弹剂量的辐射物质飘散开来，化为一片笼罩欧洲的阴云。

核辐射无声、无影，宛若一张钢琴线编织成的巨网，锋利又纤细。数百名消防员和医护人员第一时间赶到现场，他们不知事态的严重，只当是场寻常事故。没有做好任何防护措施，他们就直接暴露在强辐射中，被收割了性命。

这场悲剧才刚刚奏响序曲。数十万周遭居民和救援人员，只要进了切尔诺贝利的掌心，就难逃阴霾。就算没有当场身亡，核辐射诱发的癌症也如影随形，成了幸存者余生中高悬头顶的达摩克利斯之剑。

二

曾经令人闻之色变的切尔诺贝利，已经不那么危险了——甚至摇身一变，成了乌克兰必去的景点。

大大小小的旅行社，都可为你量身定制游览行程。只用几百欧元，就能得到一张通行证，跨过生与死的分界线，步入"生命禁区"一探究竟。

切尔诺贝利的很多区域，辐射已经很弱了。只要不随意触摸、到处乱跑，在禁区内待上一天受到的辐射，和坐一趟跨洋飞机无异。一次 X 光胸透，就顶上禁区里的一星期了。若你还是不放心，盖革计数器是最忠诚的护卫。只要检测仪不发出刺耳的蜂鸣声，你就是安全的。

"切尔诺贝利一日游"是最受欢迎的王牌项目。从首都基辅出发，当天便可往返。走上一圈"精华路线"，在经典场景拍几张照片，饱食一顿红菜汤和土豆沙拉，日落前返程，最后在纪念品商店买几张冰箱贴和明信片，便是终生难忘的一天了。若是想多游览几日，可以住在当年的核电站员工宿舍区。招待所级别的酒店，倒也能让你睡得香甜。

数十年前，最狂妄的幻想家也不敢如此设想，这座用绝望和窒息感逼走人类的死城，竟会以一座"废墟主题乐园"的样貌"复活"。不靠青春靓丽，也不靠美食美景，而是凭借着时光流转过后的破败和腐朽，吸引人们重返此地。

这真是相当魔幻的现实。

三

进到辐射区里，已是半上午了。

恍惚间我下了车，却有一种还在车内的错觉。比起逼仄昏暗的车厢里，外面只是稍微明亮了几分。灰青色的天空垮着张脸，不见一丝能带来些许欢脱的游云。阴天像一顶蒙着水汽的毛玻璃罩子，困住了大地、景物还有我们这些来客。

队伍寻了一条斑驳的林间小路，向着曾经的村庄进发。

说是小路，其实并没有路，只是硬生生挤出的一条口子罢了。枯枝败叶层层叠叠涌现出来，好似一帮脾气火爆的土著，毫无待客之意。

有的枝子斜穿出来，像一柄明晃晃的长剑，直接横上你的脖颈；有的树根格外猖狂，伸出一只脚来，公然给你使绊子。我们这些外来者进入了它们的领地，收获的满是敌意、抗拒、冷漠与不信任。

"不要碰植物和泥土，里面辐射最多。"

或许是因为向导这份叮嘱，我们对这里的"主人"生出了相当的敬畏心，不敢随意触碰这里的一草一木。我前头的队员，即使遇上故意找麻烦的"拦路者"，也都尽量克制挥臂推开的本能，选择避让，低头弯腰躲过"长剑"、抬起膝盖迈过"绊子"，勉强钻过"土著"们"好心"留出的空当前行。红黄斑驳的树叶点缀在乌黑的土壤上。我心里竟对这些落叶生出不愿踩踏之意，特意费些心思错开脚步。

终于穿过树林，望见了村庄群落，我竟大口喘息起来。这才意识到，一直屏息前行，竟不曾出过一口大气。

四

没人住的屋子，就没了人气儿，距离生命的终结，也就是三年五载的事儿。

我不记得在哪里听过这番话。如果有无人气儿代表着生命力的强弱，切尔诺贝利村庄的木屋，无疑已经死去多时。

小心步入屋内，残破的木地板像是饱经苦难的灵魂，在脚下发出痛苦的呻吟。窗框里只剩下黑漆漆的空洞，曾经明亮的眼眸早已破碎，化为孤苦伶仃的玻璃渣子，为地板铺上了一层时光凝结的泪滴。

人烟已逝，但若屋里还钩着一两张蜘蛛网，就还不算过于寂寞。至少还有小小的蜘蛛，愿把屋子当作安稳的家。

蛛网本是落寞与衰败的象征，此时却成为希望与活力所在。不过，它们也都在这时间里分解消散了，只剩下些蛛丝残片，还执拗地粘连在家具边缘，与数十年的灰尘紧紧拥抱，飘零成一朵朵无根无凭的败絮。

缓行出入的游人，大概是老屋里仅剩的灵动之物了。飘动的衣袖捎进来些许微风，触摸着褪色的老相片，敬重它们的孤独坚守；微风捻动桌上摊开的泛黄书页，抖动起一行行静止的音符；微风还安慰着苦苦等候主人归来的玩偶，带着心疼，轻抚它们已然残缺可怖的面庞——于是在这个瞬间，沉寂了数十年的老物件，都随风轻轻晃动，好像获得了短暂的重生。它们向空中伸出了手，想拥抱已逝的主人。但随着风的消逝，只得颓唐地落下来，重归沉寂。

房屋的主人可以选择逃离。游人在沉默叹息过后，亦可转身离去。被辐射污染的无主之物，只能无尽地等候下去，却再也等不到愿与其携手回家的人了。

又或许，那些偶然随风飘入屋内的种子，落入地板缝隙里生根发芽，点亮了绿色的生命之火——这才是那些老物件一直守候的原因与归宿？

对人类而言，毁坏和破旧的物品已是"死了"；但对于物品们来说，就算"零落成泥碾作尘"，也无非是换了一副模样罢了。它们重归故乡，在广袤无垠而又生机勃勃的自然中，开始了新的生命之旅。

从此，"有用"或"无用"、"美丽"或"丑陋"、"崭新"或"陈旧"、"亲切"或"可怖"……人类对物品下的种种定义，于这老屋与老物，都成了无关紧要的字眼。它们摆脱了人的气息，无须再为人的需要而"活着"，因此获得了前所未有的自由，这何尝不是另一种"新生"？

如此想来，就不必为这些老物件感伤，似乎应该为它们高兴才是！

五

切尔诺贝利核心地带，有两层庞大的"石棺"，镇压着四号反应堆的亡魂。

初代"石棺"临危受命，以钢筋混凝土的身躯阻止核辐射的肆意扩散，将射线的无尽利刃尽数拥入怀中。滴水尚能穿石，三十多年过去，人们建造了更大更坚固的二代"石棺"，接过了前辈锈迹斑斑的接力棒，担起了保护人类的重任。

银白色的半弧形防护罩简洁优雅，将反应堆残骸连同坍塌的初代"石棺"一并镇在下面。险些挣脱束缚的核废料，被再次封印起来，继续沉睡在黑暗中。二代防护罩的使用寿命约有百年，尽管人类仍不能高枕无忧，但总算可以喘口气了。

细品这前后因果，便能体味到更多悲哀与无奈之意。"石棺"中躺着的，是伟大工程的遗骸，也是危险的污染物，更是一个渴望自由却被束缚住的魂灵。

在切尔诺贝利，震撼人类历史的惊天爆炸之后，作为工具的核反应堆消亡了，而作为其本真自我的核辐射，却轰轰烈烈诞生了。只不过，人类崇尚核反应堆的"生"，它为人类发展提供磅礴的能源动力，带来对于美好生活的希冀。可人类却恐惧核辐射的"生"，它是为人类带来灭顶之灾的脱缰凶兽，是与人类前途道路相伴的狂暴雷电。

其实，无论是四号核反应堆还是辐射射线，都因人类而生，都是人类试图改造自然的实践过程中结出的果实。我们期望享受到蜜桃的甘甜，却憎恨毒苹果的苦涩。于是，为了自身的"生"，人类便不得不用"石棺"去扼杀核辐射的"生"。

站在人类群体立场上看，当然希望创造物永在自己的掌控中。可它们若被压制住了天性，还算是真正地"活着"吗？

六

切尔诺贝利核电站三公里远处，是前苏联的标杆城镇——普里皮亚季。这座城市曾是优质生活和现代化建设的典范，可它从运行到废弃，只有短短七年。

零散的视频片段里，冻结住了欣欣向荣的旧时光。整座城市曾经整齐划一、绿意盎然。崭新的小轿车在宽阔的马路上自如地奔跑着。红旗飘扬的广场上，整洁宽敞的大楼里，满是人们青春洋溢的微笑面容，透着对于美好未来的无尽遐想。

普里皮亚季游乐园已经做好了五天后盛大开业的准备。高耸入云的摩天轮，周身是一圈明黄色的座舱，像颗颗甜美可口的马卡龙点心。十几辆色彩鲜艳的碰碰车，在艳阳下顽皮地闪光，好像等不及要载着"骑士们"大闹一场了。

荒谬的现实在一夜间辜负了如此的良辰美景。事发突然，数万普里皮亚季市民需要紧急撤离，而留给他们打点行囊的时间，只有短短两个小时。官方安抚不安的人们，说他们几天后就能回家。于是多数人只带了几件衣服，就匆匆搭上了大巴。

再见普里皮亚季，已是物是人非。暗哑的天幕笼罩着昔日的花园城市，黑灰与青绿色交织的蛮荒丛林取代了繁华的街道。核辐射联手狂风、烈日、暴雨、冰霜，再拉上最擅长隐忍的种子们，日夜不息地侵蚀着人类曾经引以为豪的家园。

再坚固的人类工程都难以抵抗岁月的力量。失去了人们的精心维护，曾经宽阔平整的马路突兀地裂开许多伤口。高高的草丛和荆棘枝条肆意生长，大大方方拦住了衣着齐整的游人，迫使这些"归来的入侵者"另寻他路。

体育馆、电影院、消防局、幼儿园、医院、超级市场……步入一栋栋熟悉而又陌生的建筑，我愈发嗟叹世事无常。如果房屋也有自己的生命，它们如今也都在灰黑色的梦境里长眠不醒。

在这能听到自己呼吸和心跳的寂静里，游人打着手电，在黑暗中缓步前行，青苔、霉菌和野草却昂首挺胸，宣示它们对于领地的绝对主权。野草将柔韧之根钻入地砖的缝隙深处，用柔软卷曲的力量，扛起百倍于自身重量的地砖；青苔在阴冷潮湿中积蓄能量，温吞地啮噬着坚硬的木地板，将其化为碎粉；霉菌则是无畏的攀岩者，它们爬上一面面墙壁，所到之处尽是斑驳脱落的痕迹。

几株庭院里的小树也来凑热闹。它们歪着脖子，硬生生顶破了窗玻璃，挤进黑漆漆的楼道里探头探脑，窥视着它们向来不了解的神秘空间。

在人类难以生存的环境中，这许多弱小又被动的生命却存活下来。并且，作为"幸存者"，它们并没有苟延残喘，而是凭借坚韧的求生意志，以静制动，绽放出绚烂的生命奇迹，活得愈发漂亮、精彩。

七

切尔诺贝利的悲剧，是一个生与死的悖论。

普里皮亚季的花草树木没有脚，无法随居民夺路而逃，只能默默承受这无妄之灾。反应堆附近的树林吸饱了核辐射，生命却没有因此终结，只是由翠绿转瞬变成了一片赤红，如一夜之间愁白了头的黑发人。

顽强的树木并没有死于核辐射的淫威，而是毁于其主人之手——人类畏惧核辐射进一步扩散，遂把这些化为新污染源的幸存者砍伐殆尽。

带给树木最大苦难的，究竟是核辐射，还是另有他者？

人类离去以后，森林从灰烬中悄然重生。动物们并不畏惧核辐射。狍子和麋鹿在林中悠闲徜徉，棕熊、猞猁和狼群在领地里傲然巡视，超过两百种鸟类在枝头栖息筑巢……人类的地狱，却成了野生动物的诺亚方舟。

或许动物灵智未开，不知晓核辐射的危险性。但那些明知其有害，却主动选择在此定居的人类，更令我唏嘘不已。

如今的核辐射区成了无家可归者的港湾。尽管在禁区居住是非法的，许多年长者却始终拒绝撤离。这片土地是他们祖辈生长的地方，更是穷苦人赖以为生的方寸耕地。离开家园，便是真正的一无所有了。

而在禁区的边缘地带，东部战乱区的难民搬了过来。

这边的房价大概是整个乌克兰最低的了，几百美元就能买下一处被遗弃的老房子。这些木屋年久失修、破败不堪，可难民并不嫌弃。他们只求最基本的生存权利，对生活质量又能有多少奢望呢？

辐射区的土壤、植物、地下水都被污染得很严重，放射性物质会在人体内缓慢积累，最终造成不可逆的损伤。但几十年后或许才会发生的事情，就几十年后再考虑吧！至少，此时此地能给漂泊者生的机会。在所谓更宜居的环境，这些人却找不到希望，这难道不是极大的讽刺？

对于动植物来说，核辐射并不可怕。那些粗暴侵占其领地、霸道猎取其生命者，才是更无情的死神；而在落魄者看来，放射物或许会蚕食掉他们的健康，但没有比活在当下更重要的。与令人丧失尊严的贫困和瞬间夺走生命的枪炮比，在遥远未来才可能到来的病痛，又算得了什么呢？

这真是令人感到悲哀的事情。

八

生者消逝，死者复苏。旧事物的衰亡，往往蕴涵着新事物的生机。生与死之间的界限，其实并不泾渭分明。就如时间磨砺下的切尔诺贝利，始终是一团生与死的矛盾统一体。

人类在广博的大自然中，就如沧海一粟。生态环境有着强大的自我修复能力，会在百万年以计的时光里，慢慢抚平人类造成的伤痕。可人类若找不到生存之道，又能熬多久？

对生命多些尊重，对死亡多些敬畏。如果切尔诺贝利的教训，还不够让人扪心自问，那类似的悲剧便很难避免。跳不出这样的生死循环，苦涩的果实就会不停结出。吞下它们的，也终将是人类自己。

（原载《湖南文学》2022年第4期）

被吊销执照的鱼类侦探

叶褐 （旅法）

我现在回想，如果提着行李来到这里前先做了详细的调查，考虑到上了年纪的人，可能已经开始漠视那些城市藏在街道里的隐喻，旅居或在这里短暂学习几年的人，也难有深入城市触摸到街道触角的机会，我可能会先在网上找几个本地孩子聊聊，也可能打开地图从城市的边缘开始在脑海模拟的街景中探索，那样或许我能早点发现这座城市的秘密。

但是不知道一座城市构建和隐藏自己秘密的方式是否也和人类的生活方式一样，在过去的几十年间被互联网改变了，或者扭曲了，我还是隐隐期盼着那种城市的秘密氛围仍未被吹散。

来到里尔的第一年，我甚至没触及秘密的边缘，我在远离城镇的市郊租了一间宿舍，去学校只要走一条经过医院的小路，小路的另一侧是一座疗养院。我习惯不管几点钟开始上课，都睡到课前二十分钟才起床，匆匆洗漱完，备好上课用的材料，然后走到学校。我初到里尔是九月，天气炎热干燥，和我出发时的北京没什么不同。课间闲聊时老师问我觉得里尔天气怎么样，我说还不错，每天都是晴天，老师笑着说这完全是我的误解。只两三周之后连绵的阴雨就开始了，虽然每天出门时雨大都停了，但天一直是阴着的，也迅速地冷起来了。夏末的余温彻底退去之后，里尔几乎就很少见到晴天了，道路因为落叶和雨水变得泥泞，我除非必要也不太出门了。

十一月月中放假，我计划到意大利去拜访一位在那儿上学的朋友，到机场的铁路罢了工，我又临时把机票换成一张到米兰的夜班火车票，先坐大巴到车站，费了些周折才最终抵达。到了米兰，朋友接我出站，一大早街上有些冷清，但是阳光正好，吃完早餐站在街边时，我突然觉得浑身轻松，不知道已经多久没见到太阳了。

他上学的小镇在米兰东南方。他来这边的头几年都是独居，今年才有了舍友，可能这几年生活多少有些沉闷，他为健康的作息付出了很多努力，没喝几杯一到时间就靠在椅子上沉沉睡去了。第二天我醒来的时候他已经坐在桌边了。"怎么着今天，上街转转去？"他提议道。

此时街道安静的小镇像是一座死城。据说在意大利有一条诡异的传言：求学的人不能登上学校所在城市的最高点，不然就无法毕业。在宏伟的天文钟下，停靠着两三架自行车，像是直接从二十世纪的电视广告中推出来的，车筐用浅色的柔软皮革包覆起来，车架两侧也用同色的皮革做了置物的硬口袋。直到晚饭后，街上才慢慢有了些人气。

"Guarda, è un mago."背后几位年轻的意大利女孩的声音传来。

"她们说你像个巫师。"

假期结束前回到法国，兴许是过了几天节奏缓慢的生活，我这才第一次有了一种身在欧洲的实感。飞机一落地忽然有一种冲动，急切地想四处转转，于是跑到塞纳河边，去找那尊著名的"履风者"兰波雕像。到雕像前约莫下午四点，风很急，不远处有一片供人活动的广场，几个男孩在玩滑板，他们中的一个忽然停下来，走到广场边的长椅旁，从一只脏兮兮的挎包中掏出一本书读起来。这种莫名其妙的随性也让人生出莫名其妙的感动。我背后的兰波雕像上半身从诗卷中探出，也与我望着同一个方向。

这冲动延续了个把月，我总是急着想找点事情来做，等不及找到同伴就在城市里东奔西走；不出门的时候就蹲在屋里读从国内背来的书，好像有一种难以言喻的紧迫感抓住了我，虽然毫无端倪，但它像逐渐清晰的钟表声响，更像一团逐步逼近的沉默。

二〇二〇年的元旦时我也在意大利，我们在十二月三十一日当晚乘火车前往那不勒斯，火车到站前，透过车窗可以看到海平面上血红的日落。坐地铁到住处时，发现地铁的出站口意外地设在了一片没有路灯的高地上，远处隐约能听到警笛的嗡鸣声。没预订位子，当晚是很难找个餐厅坐下吃饭了。我守在一家人满为患的小吃店外，看来这儿也是不少人今晚的最后希望。

"你看看这个单子上的东西，你想吃点什么？"我以为我听错了，身旁一个意大利人字正腔圆地用汉语普通话和他的中国同伴交流着。突然，不远处的垃圾桶蹿出火光，随后被炸离了地面，周围的人蹲下又站起，叫骂着四散开去。

泥泞的落叶路、覆皮的自行车筐、与我望向同一方向的雕像似乎以一种我期望的顺序构成了一组略有坎坷但最终通往光明的隐喻序列。但是那紧逼的沉默、被夕阳染成血色的海平面和那只恶趣味的炸弹垃圾桶又是在谁的默许下被安放的呢？

在令人焦躁的沉默的逼迫下，我在熟悉的街道间游走，尝试去发现那些未被外来者揭露的秘密，我发现我常去的超市墙边，疗养院的对面，一个已废弃不用的水闸扳手被雕刻成了美人鱼的形状；我发现在市中心的法院旁，干枯的草丛间，有几朵茎秆极长的花枯萎了，它们仿佛是金属材质的；我还发现我曾有机会与一位龚古尔文学奖得主成为邻居，如果我能早几十年来到这里，或许能结识这位一生以故乡为灵感的短命的作家，尽管我不爱他的故乡。

里尔，据说在中世纪时仅是德勒河的河心岛，后围绕一座商业码头发展成城镇，由佛兰德伯国的一位公爵命名为"Isla"，即拉丁文中的"岛屿"。法语课上老师介绍这座城市名字的来历，这座城市现在的名字"Lille"，与法语中的"岛屿"一词"l'île"发音完全相同，因为它曾经真的是个岛屿。我一度以为这只是笑谈，因为这座城市如今的面貌，不仅与河流无关，也与岛屿无关。

第二学年，因为国内的考试耽搁了时间，我到法国时已经开学几天了。仓促间没租好房子，我和几位舍友暂住在一间窄小的阁楼里，站在凳子上能把头从屋顶斜开的窗子里探出去，能看到街对面房子的屋顶和法国北部灰白的天空。窄小的屋子不便通风，我便常常把头探到这窗外吸烟，看着这哪怕是无云时也不明朗，鲜少有鸽子飞过的阴郁的天空。

住处离学校有些距离，我们上课之余就在街上敲开一扇扇房产中介的门询问是否有合适的公寓。这时我才第一次看到这座城市的河道，被藏在城市北边，两座高架的高速公路之间，河流旁是贫瘠的河岸和未经装饰的步道。我们路过那里时步道上空空荡荡，没什么人。那天我们一早就出发，坐地铁到城市西边的终点站去看一间愿意租给我们的公寓。穿过一片树林走到公寓前的时候，我估算着这里到学校的路程，心里已经在盘算着如何拒绝房东了。

回去的路上，我们在穿过树林时迷了路，打开地图才发现自己正处在一座被德勒河环抱着的湖心岛上，一组极规则的五边形军事建筑群的边沿。我没去考证这座岛是否就是里尔的起源地，但还是为这偶遇兴奋。按着地图的指示，我们爬上了一座吊桥，向左能看到远处里尔要塞的围墙和护城河的河堤，以及曾是河床的草坪，除此之外，目之所及都是繁茂的橡树和冷杉。那时已是十月，但树林丝毫未显出入秋的颓败，反倒在低沉的天色的反衬下显得颇为翠绿、幽深。那时我一定在期待着什么，所以才会受到震撼。我在期待着什么呢？《城市与狗》中的年轻人把整箱整箱的葡萄酒埋在军校的沙地里，把烟盒缝在军帽里，焦躁地期盼着下一次假期，能回到他们各自街区跳舞的同伴之中。他们在城市生活和军校生活的来回间，是否会觉得二者同样虚假？他们中的某一个人，是否会因这短暂的时光而感动？顺着桥向前，远处有一组由几根长杆和长绳搭起的游乐设施，我起初以为有孩子在上面荡来荡去玩耍，稍微接近些才看出这杆子高得过分，荡在上面的是几只卷尾猴。在军校里，被规则弄得神经紧绷的军官和士官生中间，唯一望着天空而没有装腔作势的，仅有那只悠然咀嚼着叶片的羊驼。吊桥的尽头，我们将要重新走入城市前，两只犀牛在我们的视野中出现，这两头远离家乡的庞大动物只是站在原地，一动不动，似乎也没有望向哪里。

十一月似乎确实是里尔的雨季，月初我们搬到了里尔市中心的一间公寓，不很宽敞，但足够了。刚搬来的第二天，我们还没摸清到学校去的换乘线路，便步行到市中心的火车站去乘电车，到学校一看时间，全程竟花了一个多小时。下课回家，绕路买了食材，双手都提满了，从电车上下来就被大雨打得眼前一黑，那时候觉得真是难啊。

如果第一次到里尔的时候，我没有直接换乘电车去宿舍，而是从北边的出口直接出来，朝着能看到 Mama Shelter 那栋有着漂亮白色尖顶的楼的方向走，走过50路车和9路车的公交站牌继续向前，走过那幢红砖楼，走过那间装饰着金色铠甲浮雕的餐厅，再多走几步的话，绕到那幢有灰色小砖外墙屋子的背后，先看到几朵金属材质的花枯萎了，接着会看到它们中的第一个——柠檬黄和钴蓝色的身体，用一道白油漆强调身体的金属光泽，鱼鳍和鱼尾没有单独上色，嘴巴自然张开，眼睛是白油漆涂成的硕大圆点。

在见证了许多被标语、标志、亚文化符号、性暗示符号、纯粹的美术作品、讽刺漫画等涂满的墙壁后，你也会像我一样为它的不同而错愕。在那些急于宣誓自我存在的年轻团伙和艺术家之间，究竟是谁会在一座曾经靠河流而生存，后又摆脱了河流的城市墙壁上，画上一条极普通的只属于河流的鱼呢？

当隐喻般地遇到第一条之后，它们就不再向我隐匿踪迹。睡眠不足的我把头抵在公交车窗上，在到站前的短短十几分钟里，我隐约看到鱼出现在墙壁上，屋顶上，配电箱盖上，街边的报纸上。我曾经尝试记下它们的位置和数目，但可能我的注意力太过涣散，或者公交车行驶的街道总是有些微差别，除了那第一条鱼之外，我始终没记住它同伙们的确切位置。

每天去上学的路上，会经过一座公园，里面的树木稀疏但古老，我们必经的那条路，恰好在一片天鹅和绿头鸭聚集的水域旁。极少天气晴朗的时候，我们能看到鹅群和鸭群在湖中游弋，能听到它们此起彼伏的鸣叫声，更多的时候，它们在灰白的天空下聚集在湖边，啄食草坪中的草籽或是把脑袋缩在翅膀下休息。我们永远是匆匆的，一下电车就看看表，低头向学校快步走去，偶尔抬头便会瞥到它们。在湖中间有一间专供这些动物遮风的小屋，我不知道这些鸭和鹅会去哪里休息，这间小屋和湖周边的树丛是否会是它们夜间的居所。但是我偶尔会羡慕它们，羡慕它们或许是这片小湖真正的主人。

我总是想着某一天我可以在太阳升起前就出发，带着雨伞，从熟悉的街道走到陌生的街道，去发现一条再发现一条或许早已存在在那里的鱼，一路走到犀牛的领地，看看它们，再换一条新的街，赶在日落前回家，但每一个休息日的清晨，我都在睡梦中度过，在梦中弥合那几千公里的生活半径带来的裂痕，或者正准备入睡。

在里尔的最后一天，我们刚打包好行李，新的租客就搬了进来，房东催促我们离开，我们把行李搬到楼道口，等出租车来接。这时候我莫名觉得腹痛，就叫室友等着，想先去卫生间。我沿着有公共卫生间的街一路走下去，每一间都因为疫情关停了，最后竟一路走到了火车站，好歹算是解决了内急。之后，我从北边的出口直接出来，朝着能看到 Mama Shelter 漂亮的白色尖顶的方向走，走过 50 路车的公交站牌，走到 9 路车的站牌前准备等车回去。当天是周日，车次间隔时间很久，我看有一班刚刚出发，就折回去再看 50 路的站牌。在经过那个必经的路口时，我看着街角处一个男人背着书包倚靠在墙边，一手拿着啤酒，另一手拿着报纸，一如这是与三十年前某一天别无二致的午后。就在我看向他的当口，他的啤酒罐突然摔落，溅出一地的泡沫，他本人也大叫一声后倒在地上，开始剧烈抽搐，周围的人都忙迎上前去，七手八脚地把他牢牢摁住，再松开他的腰带和领口，我把他的背包解下来放在一边，好让他躺得舒服些，也有人叫了救护车。他脸涨得通红，嘴里嘟囔着，嘴边挂着还没来得及擦净的酒渍，两只手都在地面上抓挠着，像是拼命地想抓住些什么。

一会儿他清醒过来，挣扎着坐了起来，眼睛里布满血丝，喘着粗气，似乎还没力气说话，向周围做了感谢的手势，这时候下一班 9 路车来了。我搭上车回头再看的时候，那里已经没有人了，只有一只被轧扁的啤酒罐还留在原地。公交车开过那间装饰着金色铠甲浮雕的餐厅，又开过那间有灰色小砖外墙的小楼，我扭过头去看那条鱼，却发现墙被白色塑料板围了起来，塑料板上贴满了宣传竞选的海报，在塑料板的缝隙间，我也没有看到它的身影。

临出发时，我带着最后一批行李站在街边，反复回想男人的痛苦倒地和那条作为我重新发现城市秘密的标志的鱼的消失，恍惚间，一只手从我的侧后方蹿出，一把抢走了我的手机，骑着自行车的孩子和他的同伴在我熟悉的街道上拼命地蹬着。我难以抑制愤怒，大骂着追着他们跑进了一条我已经经过了无数次的小巷，两个孩子依次撞倒在了路灯上，又爬起来窜进另一条小巷。我追到巷口的时候，两个孩子已经不见了，我面前是一片完全陌生的空间，覆满青苔的石板，四处都是已风化的石柱，支撑着那不存在的穹顶。我想这座城市的秘密跟着那两个孩子一起，已经成功从我面前逃走了。我想象着那些借由画笔攀附在墙面上、房顶上、城市中每一个角落的鱼，正在期待它们的同伴在某一个冷清的街巷里重生，嘲笑一位外来者的自以为是，我已经没有再追赶、发现它们的力气了。

我们要启程前往尼斯，坐火车由北向南地穿越整个法国，把那片并不让人眷恋的天空抛在身后。我想等到了那里，在深夜，即使我站在背向月亮的窗前，月光也依然能照亮楼栋间的窄街，那街上正有海鸥飞过。

（原载《青年文学》2022 年第 7 期）

思望

情系中国蓝

赵丽宏

在上海长乐路一条幽静的新式里弄中,有一个中国蓝印花布馆。这是一栋西班牙风格的建筑,隐藏在里弄深处。这里原本是私人住宅,成为蓝印花布博物馆后,这栋有着米黄色外墙的精致的小楼,成了广受关注的艺术和历史的景点。走进这栋小楼,可以了解中国蓝印花布从古到今的发展历程,也能看到三百余年来各种风格的蓝印花布。然而人们难以想象的是,创办这个中国蓝印花布馆的人,竟然是一位来自日本的老太太,她的名字叫久保玛萨。

我至今仍清晰地记得,二十多年前,我应久保玛萨的邀请去参观蓝印花布馆。久保玛萨站在小楼门口迎接我,一头银发,满脸微笑,她身上穿的衣服,都是蓝印花布。那年,她已经年近八十。这位日本老太太,和中国的蓝印花布结下了不解之缘。中国蓝印花布馆里的展品,凝集着她几十年的心血和感情。从七十年代初开始,她把收集、研究、推广中国蓝印花布作为自己的事业,三十多年来,她无怨无悔地把所有心血、时间和精力,都投入到这项事业中。在这个中国蓝印花布馆中,陈列着她从中国各地收集来的蓝印花布精品,它们代表着各个不同时代的蓝印花布艺术。这些展品,向人们展示着中国蓝印花布的美妙，也向人们叙述着一个日本老人对中国的一片深情。

陪我参观时，久保玛萨仔细地向我介绍展馆里的蓝印花布，对那些她亲手从中国各地搜集来的蓝印花布作品，一件件如数家珍。她说，中国的蓝印花布，是世界上少有的美丽花布，她像著名的中国青花瓷器一样，以蓝白两色表现着中国老百姓丰富而朴实的情感，也是中国民间艺术家极富想象力的创造。在蓝印花布上，可以看到各种各样的花草树木，虫鱼飞鸟，那些点或线连缀而成的图案，荟萃了天地间的美妙精灵。在那一片纯蓝色中，包蕴着无穷无尽的丰富色彩。久保玛萨对我说："我喜欢中国的蓝印花布。在蓝印花布的图案中，凝结着中国人的聪明和智慧，也表现着中国人对自然的热爱，对美的追求。在日常使用的布类中，极少能像蓝印花布那样具有超越时代的特性和风采。中国人创造的蓝印花布不仅属于中国，也是人类的共同财富。能为推广介绍中国的蓝印花布做一点事情，是我此生的荣幸。"

我很感动，也非常惊奇，是什么原因，使这位日本老太太如此迷恋中国的蓝印花布？是什么动力，使她如此孜孜不倦地为推广介绍蓝印花布而呕心沥血？在和久保玛萨多次交往叙谈后，我了解了她的身世和经历，也明白了她如何和中国蓝印花布结下不解之缘。

久保玛萨1921年生于日本福岛白河市，她的原名为渡边。1940年，她在东京看了作家久保荣自编自导的话剧《火山灰城》，非常感动。此后便在久保荣先生身边当助手，成为他的养女，并改名为久保玛萨。久保荣是日本著名的进步剧作家，二次大战期间，他以鲜明的态度反对侵略战争，并在自己的剧作中公开表示对中国人民的友好。久保荣的观点，对久保玛萨产生很大的影响。在久保玛萨的心里，中国是古老博大而亲近的，中国人是善良聪明而亲切的。

对中国的蓝印花布，久保玛萨一见倾心。1955年，新中国商品展览会在东京举办，久保玛萨兴致勃勃赶去参观。在展览会上，有一个蓝印花布的展柜。也许是一种生命中的缘分，久保玛萨第一次看到中国的蓝印花布，只觉得眼睛发亮，这些朴素而美丽的土布，把她迷住了。她买回一匹，做成一件连衣裙。当她穿着这件蓝印花布连衣裙去上班时，引起周围人们的惊叹，人人都问她，这么美丽的布料，是从哪里来的？通过蓝印花布，久保玛萨对她向往的中国有了美妙而具体的认识。她隐隐约约地感到，自己的生命，和来自中国的这种美丽的土布，有了一种难以分离的维系。

1958年，久保荣去世，那时久保玛萨在话剧团工作。1971年，久保玛萨辞去了在话剧团的工作，开始在东京经营中国蓝印花布，她决意用自己的下半辈子来推广中国蓝印花布。从前那种隐隐约约的愿望，现在变得非常明确。就在自己的家里，她开办了日本的第一家中国蓝印花布店。蓝印花布店开张前，久保玛萨亲手油印了五十张明信片，明信片上印着蓝印花布的图案。她把这五十张明信片分寄给五十位日本的作家、画家和艺术家，他们都是久保荣先生的朋友。收到请柬的日本艺术家和他们的夫人陆续来到了久保玛萨的店里。几乎所有踏进这家小店的人都对中国的蓝印花布产生浓厚的兴趣。不少人穿上了蓝印花布的服装。而久保玛萨自己，从五十岁之后，几乎只穿蓝印花布服装。她说，蓝印花布柔软舒适，而且透气性好，吸湿性强，穿着比其他布料舒服。更重要的是，穿着蓝印花布服装，她感到遥远的中国和她贴得很近。

中国蓝印花布店在久保玛萨的精心经营操持下，影响越来越大。她在东京一个高雅的地段租了房屋，扩大了中国蓝印花布店，新店有两开间门面，虽然店堂不大，但顾客盈门，成为东京的一家有特色的名店。在久保玛萨的店里，常常有人问她这样的问题：在中国，人们怎样制作、使用蓝印花布？因为无法回答这样的问题，久保玛萨感到遗憾。她想到蓝印花布的故乡去看看，去实地考察中国人如何制作蓝印花布，去看看蓝印花布如何融合在中国人的生活中。

1972年，在中日两国邦交正常化的前夕，久保玛萨终于有了访问中国的机会。她参加一个日本妇女访华团，首次访问了中国。她发现，在那时的中国城市中，人们的日常生活中并无蓝印花布，这使她感到遗憾，也有些困惑。这么美的花布，中国人为什么不喜欢？在湖南韶山冲的毛泽东故居中，她第一次发现了蓝印花布，毛泽东家人当年睡过的床上，堆叠着手工纺织的蓝印花布被褥。这使她深受感动。后来，在浙江绍兴的秋瑾故居和乌镇的茅盾故居，她又看到了蓝印花布的蚊帐。她发现，中国南北各地的蓝印花布，有着不同的色泽和花纹，蓝印花布在中国人从前的生活中，占据着极重要的地位。但是，当代中国人的生活中，手工纺织，手动工印染的蓝印花布制品已经越来越稀少，很多地方手工印制蓝印花布的工艺正在逐渐被人们淡忘。而前人创造的蓝印花布，在生活中早已被使用得千疮百孔，保存完好的难得一见。如果不及时收集，那些珍贵的蓝印花布艺术品最终会从世界上消失。于是，久保玛萨的心里生出一个念头，她要想办法收集中国的民间蓝印花布。这个念头，成为她下半辈子殚精竭虑为之费心操劳的事业。

此后，久保玛萨每年都要来中国一次，她开始在中国的乡村收集民间的蓝印花布。在华北，在江南，到处留下了这位日本老人的足迹。她一个小城一个小城，一个老镇一个老镇，一个村庄一个村庄地走着，哪里有蓝印花布，哪里就出现她的身影。她不仅收集旧的蓝印花布和床单、被面、包袱布、头巾、围兜、衣衫、裙子，对蓝印花布的制作工艺，也作了深入的研究。只要听说哪里有生产蓝印花布的作坊，她总要想方设法去那里实地考察。一些农民开玩笑，称这位痴迷蓝印花布的日本老人是"东洋黄道婆"。

为了收集流散在乡间的蓝印花布，久保玛萨可谓历尽辛苦。有时，为了追寻一件旧蓝印花布作品，她可以奔波几天。蓝印花布馆中有一件用蓝印花布缝制的旧肚兜，已经有一百多年的历史。在久保玛萨的收藏中，这件小肚兜来之不易。那年，久保玛萨在福建乡村寻找蓝印花布，她听说茶乡安溪曾是蓝印花布产地，便在泥泞的道路上驱车前往。然而寻访多地却一无所获。她的诚意和精神，感动了安溪人。久保玛萨离开后，当地的一些有心人主动为她去寻找民间残存的蓝印花布。她回到上海后，收到一封来自安溪的信，信中提供了这件晚清蓝印花布肚兜的信息，收藏这件肚兜的是一位畲族老人。久保玛萨听说后，辗转努力，花了一大笔钱收购了这件珍贵的旧肚兜。

1980年，久保玛萨在东京举办了一个展览会，题为《中国蓝印花布的过去和现在》，展出了她多年来收集到的中国蓝印花布。这个展览，在日本引起很多人的兴趣，也回答了很多以前她难以回答的关于蓝印花布的问题。很多日本人是参观了她的展览会，才知道了中国蓝印花布，进而喜欢上了这种中国的民间艺术品。久保玛萨设计了各种各样印有蓝印花布图纹的明信片，共计八十余种，印制二十余万张，在日本广为散发。无数日本人正是通过这些明信片认识了中国蓝印花布的魅力。

看到东京街头穿蓝印花布服装的人越来越多，久保玛萨感到由衷地宽慰。这不仅是把中国人创造的一种美妙艺术带到了日本，也是用这些蓝色的花布在中日两国之间连接起一条友谊的纽带。

久保玛萨收集到的蓝印花布越来越多，她想让这些珍贵的艺术品有一个最合理的归宿。她觉得它们的归宿不应该在日本，而应该在中国。她几乎动用了一生的积蓄，在上海长乐路买下了一栋小楼，为她梦想中的中国蓝印花布馆准备了场所。经过多年的筹备，1990年9月15日，中国蓝印花布馆在上海正式开张，长乐路上的这栋小楼门前，挂上了"中国蓝印花布馆"的牌子。那一年，久保玛萨七十一岁。这是一个让久保玛萨永远难忘的日子。当她站在门口，把一批批前来参观的中国人和来自世界各地的旅游者迎进展厅时，当她看到参观者面对蓝印花布露出惊奇神往的目光时，她觉得自己的晚年生命活出了美丽的价值。

在上海，久保玛萨也开了一家蓝印花布店，店堂就在香山路孙中山故居门口。香山路那家蓝印花布店离我家不远，我曾经多次去那家商店参观购物，有时久保玛萨在店堂里等我，亲自向我介绍她店里蓝印花布商品。在这家店，经营各种各样蓝印花布的服饰和布艺，其中很多东西是久保玛萨自己创意设计的。她说，在我的店里，必须为顾客提供真正的中国蓝印花布。久保玛萨不仅钟情于中国的蓝印花布，对中国的其他艺术，她也非常有兴趣。每看到新鲜的美术作品，她总是会想，能不能把画中的图案移植到蓝印花布上去？久保玛萨的中国蓝印花布商店里，不少蓝印花布上的图案，是她自己设计的。

在东京和上海同时开着两家蓝印花布店，而且对店里的业务，譬如手工蓝印花布的生产，服饰的制作，产品质量的检验，久保玛萨一定事必躬亲。因为，它们事关中国蓝印花布的声誉。在上海和东京的机场，人们常常能看到她满脸倦容地匆匆来去，有时候，每一个月她就要来回走几趟。对一个年过古稀的老人，这样的工作和生活，实在太辛苦太劳累了。然而久保玛萨一直乐此不疲。

久保玛萨成了一个常住上海的日本人。在上海的街头，很多人见过这位穿着蓝印花布服装的老太太。蓝印花布馆的楼上，就是她在上海的家。她的家里，也是一个蓝印花布的世界。久保玛萨常常在家里招待中国的朋友，来她的客厅聚会的朋友们，无不被这里那种蓝白相间、简朴而雅致的氛围陶醉。我曾经多次应邀去她家做客，一起喝茶，一起听艺术家弹古琴，一起回顾中日间的文学艺术交流史。她的客厅墙上，挂着曹禺送给她父亲的书法，这幅书法，也是用蓝印花布装裱的。

在上海，只要听说哪里有艺术展览，她总是要赶去看。听说上海有一个"申窑"，聚集了一批画家，她也兴致勃勃地和我一起去看画家们在瓷器上作画，这些画家，都成了她的朋友。画家俞晓夫还在一个笔筒上为她画了一幅速写。

几十年来，久保玛萨到底收集了多少中国的蓝印花布，已经很难统计。她收集这些蓝印花布，是为了给世人留存一种古老艺术的历史和风貌，更是为了弘扬这种美妙的中国民间艺术。1995年，上海举办国际时装节，开幕式演出中，为了向人们展示中国古老的历史和民间艺术，导演设计让十六位女演员身穿蓝印花布衣裙上台舞蹈，但却无法找到有质量的蓝印花布。久保玛萨听说后，立即将自己从中国各地收集来，保存了十八年的一批手工印制的蓝印花布捐赠出来，供组委会赶制服装。在国际时装节的开幕式上，中国的时装模特穿着蓝印花布的服装走上T形舞台，使中外来宾都感到耳目一新。

久保玛萨经营的蓝印花布有一个好听的品牌："红蜻蜓"。这个名字，来源于她喜欢的一首日本民歌，这首歌，她从童年时代一直唱到现在，歌里这样唱道："晚霞中的红蜻蜓呀，请你告诉我，童年时代遇到你，是在哪一天……"人民创造的美妙艺术，是永远也不会消失的，因为它们蕴涵着天地间的善良和美。就像中国的蓝印花布，就像日本的《红蜻蜓》。

1999年秋天，我访问日本，久保玛萨正好在东京，听说我来，她高兴极了。我们通电话时，她说："我要请你看歌舞伎。你没有必要看全场，最后一场《镜狮子》，你可以看看。"那天晚上，她坐出租汽车赶到我住的宾馆，把我接到东京最大的歌舞伎座。为了让我看得真切一点，她预购了两张价钱最高的票，每张一万五千日元，相当于一千多元人民币，座位在第四排的中间。那天的演出中，歌舞伎传统名剧《镜狮子》给我留下深刻印象。久保玛萨告诉我，自从投身蓝印花布事业以来，她已经三十年没有进过歌舞伎座，如果不是陪我，她还是不会来。走进这个古老的剧场，也勾起她很多美好的记忆。

2001 年，久保玛萨将在上海过她的八十岁生日。我想为这位对中国如此友好的日本老人表达敬意，留一点纪念，花时间写了一部记录她情系蓝印花布的纪实电视剧本，上海电视台名导演滕俊杰准备拍摄。就在纪实电视片开拍前几天，久保玛萨去南通的一个蓝印花布作坊考察，途中不慎摔倒，腿部骨折，再也无法走动。电视片的拍摄只能搁置。此后，她的生活质量大受影响，很少出门活动。她曾经多次和我商量，如何处理安置她花费大半生心血收集的珍贵的蓝印花布。日本有机构想收藏她的蓝印花布，并且答应为这些珍贵的中国民间艺术品提供固定展厅，久保玛萨考虑再三，婉拒了。她对我说："这些蓝印花布，在中国创造，把它们留在中国吧。"

2011 年 5 月，久保玛萨在东京病逝，那年她九十岁。

最近，收到中国蓝印花布馆的请柬，为纪念久保玛萨百年诞辰，中国蓝印花布馆准备为她开一个纪念座谈会，蓝色的请柬上，印着五个字"情系中国蓝"。我很高兴，人们还记得久保玛萨，还记得这位为中国的蓝印花布追寻辛苦了一生的日本老人。

（原载《新民晚报》2022 年 1 月 9 日）

怀念汉学家魏柳南

阎纯德

一

友谊，善良而温暖。我的一生中，友谊仿佛就是领航人。

2020年12月22日，圣诞节前夕，汉学家魏柳南（Lionel Vairon）夫人许丽凤发来微信，悲痛地说："柳南走了……"

看到这"四个字"，如同四箭穿心，令人悲痛不已。

我结识魏柳南始于1984年在艾克斯马赛第一大学中文系执教之时。他和夫人许丽凤都是这个大学的中文系毕业生，但他们总是时不时地跑到学校找我们聊天，喝咖啡或吃饭；暑假，还邀我和妻子到他的老家GENERARGUES乡下小住，让我们了解法国的乡下生活。柳南的父亲和爷爷都是抗击法西斯入侵法国的战斗英雄，他父亲给我们讲述过洛林战斗的故事。在乡下小道散步时，第一次听这位身躯魁伟而性情温柔的魏柳南低声哼唱让·费拉（Jean Ferrat）著名的《我的法兰西》（Ma France）。这首歌，不仅代表了让·费拉对祖国的热爱，也代表了魏柳南对祖国的深情。我至今还记得这首歌词的开头：

De plaines en forêts de vallons en collines

Du printemps qui va naître à tes mortes saisons

De ce que j'ai vécu à ce que j'imagine

Je n'en finirai pas d'écrire ta chanson

Ma France

从平原到森林，从山谷到丘陵，

从走来的春天，到死亡的季节，

从我的经历，到我的想象，

我不停地歌唱你，我的法兰西……

这首歌，其实是一首抒情诗，它歌颂了法兰西，歌颂了"将世界尽收眼底"的大画家毕加索、大诗人艾吕雅和"怒吼的老雨果"，歌颂了"工人之国""矿井下劳作的五岁儿童"，歌颂了"把控未来"的"美丽的叛逆者"。

二

后来，魏柳南在艾克斯第四大学攻读国际关系学位，毕业后到外交部工作，先后在泰国、柬埔寨、埃及、突尼斯、伊拉克、黎巴嫩、加纳、尼日尔担任文化参赞和非洲两个国家的总统顾问。这位慈眉善目、心灵伟大的外交家，工作中总是心怀善意，无论是对"彼"国，还是对"己"国，都本着博爱之心，不做损人利己之事，为国际交流与合作做了许多有益的事。

我们马赛一别近三十年，岁月的流逝，从来没有冲走对这对法国夫妻的记忆。2012年3月24日，在我出席上海社会科学院举办的题为《中国与世界的共存之道》的"第五届世界中国学论坛"开幕式上，我坐在前三排中间，大会开幕式前，侧目右观，我的目光竟然撞上了我所熟悉的法兰西的目光！我们都没有说话，都立即喜出望外扑上去拥抱！我对他们说，感谢上海，如果没有这个"世界中国学论坛",我们不知何时才能相见。

魏柳南虽是法国人,但他有中国人热情好客的性格。之后,根据彼此留下的地址和联系方式,我们再也没有失去联络。再后,我又客座国立巴黎东方语言文化学院和波尔多第三大学,其间曾在他巴黎的家里做客,也到他卢森堡的寓所小住。他家的书房给我的印象极深,上千册关于中国地理、历史、经济、政治、经济、文化和文学的各类图书,不仅占据整整一面墙,大桌子小椅子上上下下都堆满了书。他们带我们游遍了卢森堡的大峡谷和马克思的故乡——德国的特里尔(Trier),还与中国驻卢森堡大公国大使曾宪柒先生在他家聚餐,讨论北京语言大学"国际汉语教学"如何落根卢森堡的可能性。如果不是魏柳南,我卢森堡之行的六七篇散文也不会诞生。

2019年8月,我和妻子应邀南下法国尼姆,魏柳南夫妇从那里把我们接到阿雷斯(ALES)人烟稀少的深山老林里;半山上只有几户人家,有的家还没有人。他们的房子建于十三世纪,魏柳南把它买下来,然后经过日积月累一砖一瓦亲自翻修,使这座大房子变得朴素而华丽,仿佛是一座"宫殿"。当晚九点,我们在室外大平台上吃饭,外面飘着小雨,偶尔可闻狼的瘆人叫声;当无边黑夜被月亮撕开,我眼前不仅有法兰西的风景,也有来自中国的"月亮"!

我们惬意地小住四天,白天他们驱车拉我们穿过山间的茂林修竹,沿途遇到煤渣堆成的小山,他便说:"很多年前,这里是法国共产党的大本营,煤矿工人全是阿拉伯人。"我们访问了一位在乡下当"村官"的女博士,她一丝不苟全天候的工作精神,让我们懂得了"为人民服务"在法国的维度。魏柳南夫妇带我们参观当地一家历史博物馆 MUSEE DU DESERT(1685—1787)之后,又带我们参观十六世纪爆发的那次整个欧洲都被卷入的宗教战争的发源地,全程参加了一次新教的弥撒活动;有的教徒看见来了两个中国人,大概都觉得很新鲜,走过来与我们握手。教堂座无虚席,一个黑人女孩弹钢琴,主持一边弹琴,一边唱颂诗,大家低头反思……

我们进入教堂之前,魏柳南翔实地讲述了那次宗教战争。十六世纪中期后的法国,风雨飘摇,法皇大帝查理九世实际是其母亲美第奇太后的傀儡。

当时天主教新教胡格诺派崇尚自由、人权和重商主义,与保守派的宗旨相左,实力迅猛增长,这导致新旧两派利益矛盾冲突日益加剧。美第奇出身富甲欧洲的佛罗伦萨家族,嫁入瓦卢瓦宫廷后生育九个子女,她实为当时法国最高统治者;为调和两派矛盾,她决定把女儿玛格丽特(玛戈)嫁给新教领袖。但是,这位睿智而阴险的皇太后,为斩草除根,以绝后患,于1572年8月24日"圣巴托洛缪节"(Saint-Barthélemy)凌晨,不仅杀死了结怨深重的十二名胡格诺新教派领袖,还疯狂地制造了以十万新教徒生命为代价的"圣巴托洛缪"大屠杀。这次屠杀持续至当年10月,美第奇导演的这场最黑暗、最血腥的历史,后被大作家大仲马据实写成"达达尼昂三部曲"《三个火枪手》《二十年后》和《布拉热洛纳子爵》,再后来又被拍摄成久演不衰的电影《巴黎的血色婚礼》。文学作品与史实当然有距离,而这场"屠杀"却成就了法国"拳打英格兰,脚踢奥地利",一扫欧洲群雄,奠定了法国几百年欧洲霸主地位。

魏柳南说,骇人听闻的宗教大屠杀不仅使法国陷入乱局,胡格诺派彻底和法国皇室决裂;历史的记忆至今还在,为了纪念那次宗教屠杀,每年9月,就在这一带的山坡上,搭满了小帐篷,聚集了来自世界各地的新教徒,他们就睡在这里,以纪念那次战争,并显示他们团结的力量。我们脚下就是那场宗教战争惨烈的发生地,蒙眬中仿佛还能看到昔日的刀光剑影……

主持弥撒的神甫是魏柳南小学时代的朋友;离开教堂,我们跟着神甫爬斜坡,钻进小胡同,到他家喝茶。小院里的凉棚下有一张长方桌,分明是专门招待朋友的地方。他夫人出来,招待我们饮茶,给我的感觉好像是一次难忘的"家访"!我们没有说宗教战争的事,他却友好地问起中国,为中国百姓祈福……

几日南方之行收获满满,离开魏柳南家时,他拿出一本书——我在1978年主编的《中国文学家辞典》(现代第一分册)让我签字。我很吃惊,心里想:"这位中国朋友,几处家都存有中国书籍,连法国乡下,竟然还有我的书!"我提起笔,不假思索地在扉页上——他的繁体字印章下,写了六句话作为留念:

1984 年，我们在法国普罗旺斯相识，

　　2012 年，我们在中国上海重逢；

　　2013 年，我们在卢森堡大公国聚首，

　　2019 年，我们重聚于法国巴黎及其南方。

　　是缘分成就了我们的友谊，

　　是友谊让我们铸就了学问与命运……

　　临行前，魏柳南将新版《论语导读》送给我，这是我南下尼姆又一个收获。此书原为"后利玛窦时代"多位传教士撰写和翻译并以拉丁文于 1687 年在巴黎出版的《中国圣哲孔子》，翌年被译成法文、英文、西班牙文等多种文字。此书的出版是标志"SINOLOGY"（汉学）诞生的重要著作；1688 年，弗朗索瓦·贝尼耶（Francois Bernier；1620—1688）将其译成法文出版。2019 年，习近平主席莅临法国访问，3 月 24 日，马克龙总统将法国仅存的两本原版法文《论语导读》之一，赠送给了习近平主席。

三

　　魏柳南作为东南亚和中东事务的外交官，不卑不亢地服务国家，"当国家远离初衷，他选择了离开政府而获自由。他喜欢移动，喜欢穿越边界，走长路，到远方，乐于在地球上不同的地方生活。"他喜欢倾听，善于学习，获取知识，不带偏见，经过了解和比较，准确地形成自己的观点。

　　从青年时代就喜欢中国文化的魏柳南，在亚非岗位上，目睹了中国和平发展及对世界的影响，最后专门研究"国际政治"，成为关心"中国问题"的汉学家，用他的话说："出于正义，秉承做人的良心，我对国际上那么多关于中国发展的偏见和攻击，罔顾事实，编造谎言，持坚决的反对态度！"这就是他坚守的良知！

　　他送我的那本中文版著作《中国威胁?》（Défi Chinois，王宝泉　叶寅晶译；2010 年，人民日报出版社），也使我更深入真切地认识了这位光明磊落的汉学家！在西方怀疑中国和平崛起的浪潮中，他始终站在阳光下看中国，坚定地告诉世人真实的中国，为中国说话！我也因此喜欢与他交谈国际政治，尤其关于"中国"；为此，2018 年，我在《汉学研究》上为他特批一个《魏柳南专栏》，连发两篇文章后，因为他忙于写作《伟大的变革：中国追梦新时代》（魏柳南著，韩冰、骛龙译；2021 年 1 月 1 日，东方出版中心），接着，他病了。但是，作为中国中央电视台英文专栏作家，在他逝世前半年，每月起码都要贡献三篇文章，以 OZSB –【柳南唔语】刊出，《欧洲时报》更是常有他的文章见诸报端。他用微信发给我的文章有：《台湾选举的重要性越来越低》《西藏：美国的第 52 州?》《中国和新冠：回顾与人类新敌人》《新冠疫情：非洲与一个中国原则》《台湾，美国施压下的工具》《香港被冷战绑架》《危机下的美国，从"美国梦"到美国》《欧盟处在十字路口》等二十来篇；他还参与中国驻法国大使卢沙野同法国战略学界举行"后疫情时代的中国与世界"视频对话会。

他的学术观点，不是因为是中国的朋友而论述上偏袒中国，而是一个真诚的学者，从人类历史发展的立场与人民对于和平的愿望出发，来论述国际关系。他的著作与文章，基于实际，是用心写出来的真话和真情，坦率地论述自己独到的见解，堪称为国际认识中国的一面镜子。

四

2020 年 2 月 19 日，他在微信里告诉我："这次癌症与上次不同，这次是'腹膜癌'，法国医生已基本没有办法治愈。" 2 月 23 日又在微信里说："我最近在等下个月 9 日的手术，看后果怎样。我爱这个世界，我还有很多事情要做；我必须继续写，这是最好忘记身体的方式……"同一天，我回复他："精神好很重要。这种病得多喝水，适当锻炼，长寿不成问题。文化名人盛成（20 世纪 30 年代留学法国，名作是《我的母亲》）生的就是这种病，他活了九十九岁。"

在他最后两个月，我们微信来往频繁。2020 年 9 月 18 日晚上，我在微信里说："柳南，不管怎么说，你是年轻人。人生就是这样，做事就是愉快和幸福。多保重！精神点儿！等'疫情'平稳之后，明年我们再在北京聚会。"

2020年11月22日上午，我又给他微信：

柳南，你卧床养病已经好几个月了；你是一位走南闯北的人，风风雨雨，见过世面。你说过，"决不放弃！"我深信你有如此伟大的信仰和意志力量可以熬过难关！我就是这样闯过五年病魔纠缠的，深信你有坚强的心志！熬过这个寒冬就是春天！那时我们一起饮香槟与茅台，你的中国朋友为你祝福！

2020年11月24日凌晨5点36分他回复我：

阎老师，谢谢您写的好内容。我在医院已经九个星期了，好像没有出来的可能，只是几个星期的事了，没办法治愈。但我继续希望会有延长，我们家都做了最后的准备。请您原谅我的中文，我们真的非常幸运多年前有机会跟你们这么好的朋友认识。我们非常喜欢你们两位，丽凤以及孩子们将来要去中国见你们，如家庭一样，谢谢你们的友谊。

2020年11月24日上午9点51分，是我最后发给他的一封微信：

柳南，我知道你很坚强！你的微信写得好，我非常明白。现在，你好像是人生"长征"途中正在经历的一段泥泞之路，你一定会以极大的毅力和意志跋涉跨越过去的。有时医生的判断也不会都准确，也可能是"误判"。我们在北京与你、丽凤和你的儿女，一起站在没有阳光的黑夜里，等待黎明的到来。你说得对，我们和丽凤是一家！北京也是你们的家！

他走了，这位1960年6月22日出生于法国海外属地新喀里多尼亚首府努美阿的汉学家走了；我耳畔始终荡漾着这位关心"中国问题"的汉学家曾多次对我说的话："研究中国，出于正义，秉承良心！"这就是魏柳南！

他的著作和多次在中国的演讲，他那些分析和判断，诸如"ISIS"（恐怖组织）为什么诞生，"二战"后在血泊中建立的人权和人权保护原则的"动摇"，都与某些大国强权政治、霸权主义政策有关。他多次说，"全球化不等于西方化"，"也不应该是西方化"，"全球化的新出路，应该从新兴国家发展的经验中汲取灵感，寻求西方化之外的可能性。"他以历史的眼光、全球的视野，客观而理性地评价中国的新时代，总结中国成功的深层因素，并对中国如何应对新威胁完成新使命提出建议。这些真诚的论述，就汉学家而言，实属难得。

这就是我的挚友——真诚、深情、勤奋、品行高洁、富有爱心的汉学家魏柳南！他不仅是我法兰西生活中的一部分，也是法国汉学和中法友好长河中的一部分。他走了，但他的梦想和思想还在！我在东方为他送别，告诉他——

放心吧，柳南，中国好好的，中国会越来越好……

（原载《国际汉学》2021年第9期）

文学之眼读钱穆（节选）

陈歆耕

一

阅读确实是非常个人化和私密化的。思绪和目光会被牵向何处，常常自己也预想不到。

看起来如同踩西瓜皮，但比踩西瓜皮更具有目不可及的"诡异"。谁能料想到，五四新文化运动主将、主张全盘西化的胡适先生，晚年最感兴趣的是研究《水经注》呢。

出发点与终点，常常南辕北辙。也许正因此种不确定因素，才使得每一次阅读，都充满了探险般的刺激和惊悚。

是不是有些夸张？且看下文。

二

遭逢特殊时期，三月最后一天晚上临离开工作室回家前，顺手抓了几本最近想读的书，其中一部是钱穆著《中国历代政治得失》。心想，既然有一段足不出户的大把时间，正好可以静下心来读闲书。

谁知风声雨声声声入耳，一心只读圣贤书也很难。从手机屏幕上迸发的各类繁杂信息撞击着大脑皮层，让人无法定神。还时有友人转来求助信息，虽无力直接援手，也会尽力找有社会资源的其他人，看能否雪中添薪柴于一二。就这样，一本只有180页的薄薄的书，居然断断续续读了半个多月。

钱先生的著作论述了中国古代史上五个朝代政治制度的演变和得失，包括汉、唐、宋、明、清。他认为，从这五个朝代的政治制度入手，基本可以捋清2000多年中国古代政治制度演变的脉络。让我感到稍为不解的是，钱先生为何忽略了大一统时的秦朝？尽管这是一个短命的王朝。常常听到学界有一句话：2000多年中国古代史，实行的无非是秦制，虽然每个朝代都有各自的调整和变化，但本质上也还是离不开秦制的基本框架。在中国学界大多人的概念中，中国古代政体中的"专制集权"属性，是从秦嬴政开始的。"秦皇汉武"，也常常被人们"捆绑"在一起论说。

钱著的"自序"，笔者读了数遍，未找到破解此谜的答案。

三

这是一部专题演讲文稿的汇集。阅读钱穆先生这部书，并非是笔者倏然想涉足中国古代政治制度的研究；如此艰深的学术课题，想一想都让我头痛。这件事，自然有历史学专业的研究者会去做。我最想了解的是这位史学大家，如何评说宋代的政治生态以及制度建设。没错。我最感兴趣的是宋代。其缘由是近年来涉足宋史，写了一组宋史随笔，还刚刚写了一部关于北宋晚期政治生态和蔡京仕宦沉浮的史传。虽然书已出版，但仍想对宋史的多个方面作进一步的探究。

读毕此书，便对钱穆的史学理念萌发浓厚兴趣。正好家中书架上有两部涉及钱先生的多年前购入的旧著，一为钱穆本人著《国史新论》，二为余英时文论集《钱穆与中国文化》，就接着往下读。余英时是海外汉学大家，又曾是钱先生弟子。我的阅读顺序是，先读余英时，再读钱穆。

在阅读过程中，我想到的第一个问题是，吾辈也算在文学圈混迹多年，但对钱先生却知之甚少。一说到五四新文化运动，一谈起二十世纪那些文化界赫赫有名的大人物，无非是鲁迅、胡适、蔡元培，还有在政界起起落落的陈独秀等。但我们似乎也不应忘记，类似顾颉刚、钱玄同、钱穆、陈寅恪这样的史学、学术大家，他们是另一股文脉。虽然没有浮在时代的潮头浪尖上，享受被"高光"追逐的声量，却在静水深流中涌动，默默为转型期的中国文化寻找新的路径。钱穆先生的文集有 56 种，摞起来超越"等身"之高。因此，我们的学界，与其盯着那几个被"钦定"的名人，挖山不止地做锦上添花乃至重复劳动的事情，不如把目光聚焦到那些曾经被时代边缘化的巨人身上。

钱先生在谈历史人物时，曾说："古来大伟人，其身虽死，其骨虽朽，其魂气当已散失于天壤之间，不再能抟聚凝结。然其生前之志气德行、事业文章，依然在此世间发生莫大之作用。则其人虽死如未死，其魂虽散如未散，故亦谓之神。"（余英时《一生为故国招魂》，见《钱穆与中国文化》第 29 页，远东出版社 1994 年 12 月版）钱先生说的是历史上的那些巨人，当然也可以用来评价他本人，可谓夫子自道。但我觉得不必将钱先生这样的学人当作"神"，唯其著述已汇入一个民族不朽的人文精神之河，当是无可置疑的。

四

钱先生的史学之路，竟然是因为 10 岁时听了体育老师的一段话："中国历史走了错路，才有'合久必分，分久必合'的治乱循环。欧洲英、法诸国，合了便不再分，治了便不再乱。所以中国此后应该学西方。"此话让少年钱穆如五雷轰顶,此后 70 余年时间,他一直在勘察、思考,中国历史究竟在什么地方出了问题?也可以说,六年后梁启超的"中国不亡论"进一步刺激他寻找答案:中国究竟靠什么才延续至今,今后又如何继续保持它的活力?(余英时《钱穆与新儒家》,见《钱穆与中国文化》第 37 页)

钱先生耗毕生精力,做中国历史典籍的爬梳工作,用余英时的话说,"一生为故国招魂",那么他找到故国之魂了吗?

且不论有什么终极答案。我最欣赏的是钱先生一生的治学态度,他曾说:"余之所论每若守旧,而余持论之出发点,则实求维新。"另借用陈寅恪的话说,"一方面吸收外来之学说,一方面不忘本来民族之地位"。(余英时《钱穆与中国文化》第 3 页)国内学界,通常将钱先生归入"新儒家"范畴。但余英时用长篇文章论述钱先生与"新儒家"的区别,不赞成将之简单地"扔"进某一个筐子里。诸如新儒家的代表性人物熊十力认为:"秦后二三千年,只有夷化、盗化、奴化,何足言文化?"既然如此,新儒家们为何又要从儒家前贤中寻找中国文化的核心元素,岂不是自扇耳光?钱先生觉得这样的看法是极其武断的,不符合历史的客观实际。

钱先生既坚持自己独立的研究立场,但又不存门户之见。他对中国社会文化转型有自己独特的学术意见,也许他的想法很容易被认为是保守的。他说:"要政治清明,社会公道,把人生安定下来,则西方科学文明并不是不可能接受。而说到政治清明和社会公道本身,那就是我们内部的事,这些却不能专向外国人学。好像花盆里的花,要从根生起。不像花瓶里的花,可以随便插进就得。我们的文化前途,要用我们自己内部的力量来解救。西方新科学固然要学,可不要妨碍了我们原有的生机。不要折损了我们自己原有的活力。能这样,中国数千年文化演进的大目的,大理想,仍然可以继续求前进求实现。"(钱穆《国史新论》第 372 页,三联书店 2001 年 6 月版)这段话来自 1941 年钱先生的一次演讲,通过一个形象的比喻:"花盆"与"花瓶",说清楚了如何对待中国优秀传统文化和吸收外来优秀文化的关系。外来文化的营养,要化为有机质,通过本民族的根须,吸收生成新的文化之花。如果像插花瓶那样,简单地插进来,其生命力是难以持续的。

我们面临的现状是，多年来做了很多持续斫丧、切断本民族文化根须的事情，另一方面很多人面对外来文化又采取了两极的态度，不是"全盘"拿来，便是"全盘"拒收。妄自菲薄与盲目自大相互交织，非"黑"即"白"的思维方式导致族群的撕裂。凡是"某国"反对的该如何，凡是"某国"拥护的该如何，成了套用一切是非判断的公式。——如何导出传统文化的优秀因子，并吸收世界文明的优质养料，培育出中华文化转型的新的枝叶花卉，是我们需要直面的重塑中国人文精神的重要命题。

一方面需要为故国招魂，一方面要为当下和未来铸魂。

因此居家读钱穆，首先读到的不是钱先生给我们开了什么药方，而是读出了先生面临现实问题和纷乱世界的治学态度和思维方式。

五

无论是"招魂"还是"铸魂"，都是为了推动中国文化的进步，推动中华民族向着更美好的方向转型。希冀有一天中国人在世界舞台上行走时，投射的目光既自信又谦卑，既美善、彬彬有礼又嫉恶如仇，既有自己独特的生活、行事方式，又有阔大的对不同生活、行事方式的包容和气度。穿旗袍或穿比基尼各自"芬芳"，喝咖啡与喝茶自由切换，用筷子还是用刀叉各从所好。

纵观中国历史和世界史，从未见过通过"枪炮"的征服，可以赢得他人尊敬的国家。也从未见过，通过拳头和菜刀逼迫，能够让邻里成为友好的朋友。朋友是吸引来的，是通过自身良好的教养和付出获得的。古人早就说过，"道不同不相为谋"。草民也懂："强扭的瓜不甜"。丛林法则虽然始终困扰着人类，但人类之所以成为人类，就因为总有人在时时摆脱丛林法则的动物性，给更多人树立摆脱肉身驱动的标高。如孟子说："无恻隐之心，非人也；无羞恶之心，非人也；无辞让之心，非人也；无是非之心，非人也。恻隐之心，仁之端也；羞恶之心，义之端也；辞让之心，礼之端也；是非之心，智之端也。人之有是四端也，犹其有四体也。"（《孟子·公孙丑上》）

有当代学人曾预言："到了东方哲学该登场的时候了。"我想，甭管东方哲学在何时何地登场，首先应该让它在其诞生的土地上生长。总不能说，我这里有很好的"哲学"，但是我做不到，希望别人都来照着我说的去做。

品读钱穆先生的《中国历代政治得失》，面对社会种种匪夷所思的现象，我有一个基本心得：从古到今，从东到西，一个王朝或一个国家兴衰，无非是两个元素起决定作用：人事与制度。如果有好的"人事"，没有好的"制度"跟进，"人事"将很难有所作为。范仲淹的"庆历新政"与"王安石变法"的夭折与失败，就是典型的案例。如果有好的"制度"，没有好的"人事"去执行，"制度"就成为可以任意变通、捏塑的"橡皮泥"。如果仔细考察一下王安石变法在执行中出现的变形，就会发现：有些利民的举措，到了某些官吏辖下居然成了"害民"的恶政，也成了很多人反对变法的把柄。原来，"出发点"与"终点"南辕北辙，不仅仅存在于阅读生活中。

无论是"招魂"或"铸魂"，不应是高蹈的概念，而要有非常现实的针对性，才能找到几块或许有助补苍天的"石头"。

六

历史上很多社会现象，常常同时交织着"人事"和"制度"问题。诸如官员的贪腐问题，古今不绝。印象中看到一篇报道，说的是某个省份的三任交通厅长，前后相继落马，这可以说是典型的"前赴后继"了。

有巨大利益诱惑的区域，几乎是公权力寻租的重灾区。

为何"肉食者"们不想想："前赴后继"的动力源究竟在哪里？制衡公权力的"笼子"该如何去编织？

文学关注的是人性。因此鲁老爷子一生致力于改造国民性。但这一关注点其实并非他的独家创造，中国先贤们一直在致力于遏制人性中魔鬼的因子。他们薪火相传地为抑"贪"设置伦理"警戒线"。是做"人"还是"非人"，"孟子曰"具有普世价值，应该镌刻到所有可以"到此一游"的处所。

重塑中国人文精神，所面对的人群当然是整个社会，但重点又在握有公权力的管理者。权力既是"春药"，也是"毒药"。如果掌控不当，既害人也害己。我们常常惊骇于某贪腐官员家中堆积如山的钱钞和藏品，感叹：人活百年，一睁一闭，他怎么去消受这一堆"纸"？金满箱，银满箱，转眼枷锁吃牢饭。但人性的弱点是，难以抗拒眼前诱惑，用"侥幸"作赌筹。

因此招什么"魂"、铸什么"魂"？仍然需要相当范畴的共识。钱先生未竟的探索，期待有更多人接力。让笔者最为厌恶的是，某些所谓精英，用一堆从历史废墟里捡来"废铜烂铁"，来炫示祖宗的荣耀，灌输文明古国的"鸡汤"。偶然看到有网友称：幸好当年慈禧太后，把贪污来的海军经费用于建颐和园，否则，银子都成了甲午海战中的炮灰，就没有每年给当下带来滚滚门票收入的颐和园了。——此种骇人之语，真的要让人惊出一身冷汗！

东方哲学该登场了？我们不妨把"预言"转换为"呼唤"。且容愚某也在这里喊一嗓子：东方哲学快快登场！别再隐身在荆棘草莽深处、散漫在馆阁泛黄的故纸堆内、把头埋在厚厚的砂砾中、羞羞答答像个被遮头布蒙住高颜的娇娘……

七

敲打键盘写此文的第一天是2022年5月17日。这天夜里做了一个奇特的梦，我已经难以复盘魔幻般的记忆了。让我终生都无法忘记的是，因梦境产生的压迫感，让我猝然从床上向左侧翻滚到地板上，连带着把床头柜上的物品：书、笔筒、记事本等"咣啷啷"撒了一地。所幸的是额头未磕到柜角，身体未摔伤……

阅读果真会带来"惊悚"的体验。

重新爬上床，长长地喘了几口粗气，脑子里闪过一个念头：老天爷对书生还算是善待的，如果胳膊腿受伤，别说深更半夜，即使大白天，到哪里求医去？

瞄一眼窗外，在沉沉夜幕下，似乎每一寸空气中都游荡着无数幽灵。

（原载《文学自由谈》2022年第4期）

那些"常为新"的教诲
——怀任继愈先生

张曼菱

春阳临窗,我取出两枚西南联大的校徽,摆在桌上,默默相对。

2007年秋末,在北京三里河任继愈先生的寓所,先生将这两枚校徽放到我手中:"昨晚接到你的电话,我把它们找出来了。就等着今天你来,送给你。"简洁的三角形带着一种力量。先生说,教师徽章后面的小铁杠,可以扣在大布衫的前襟布扣上,如果穿西服就直接用别针。"这两件东西,送给你是最合适的,因为你有这个感情。一枚是我当学生时戴的,一枚是毕业后我留校任教时戴的。背后的号码就是我当年在国立西南联合大学的身份号码。这都是记载入档的,在联大档案中能查到。"他说,"西南联大只有八年,像我这样上完了学又留下任教的不多,所以这两枚校徽也很难得了。"

和先生促膝而谈的那些给人以启迪的时刻,先生的谆谆教诲,在时代的波涛中是"常为新"的。

一

先生曾对我说："要做一个健全的学者，我认为，首先要爱国，这是个基础。"用"健全"这个词，显示了稳健的学风，并没有挤压别人的意思，反而有提示者深沉的善意。爱国，归根结底是为了我们自己。

我常跟先生探讨自己想做的事情。先生对我去台湾采访联大学人的计划勉励有加，一直到临终还惦记。他说："做社会需要你做的事情。"

他认为，年轻人有个饭碗，就应该专心做学问，不要陷入追名逐利中去。

先生为我题写了两本书的书名：《西南联大行思录》和《西南联大往事》。《行思录》在三联书店已出版经年，久印未衰。《往事》还在撰中。

一个黄昏，我从昆明打电话过去，保姆说，爷爷散步回来，正躺在沙发上休息。我说，等会儿再打吧。先生却已经从沙发上起来，接过电话，和我谈起他新注的《道德经》。一周后，他亲手题写的新书就寄到了我手上。终其一生研究老子，他的态度及语气却是"节节退后"，晚年，他总说觉得"难解"。每出一本新书，他都会说自己原来的理解"还要商榷"。这种治学的精神，今世还有几人？

我曾问先生："我可以算是您的弟子吗？"

先生欣然道："你是入室弟子。"

三里河院子里的玉兰开了，我与先生清茶相对而"论道"。我信口开河说："世事沉浮，天下归属，宇宙万物，无不与道有关。曹操、韩愈，诗文所以大气磅礴，是与道家相通的。陶潜的诗百读不厌，因他有'纵浪大化中'的理念。就是禅宗，也有道的影子。"这只是文学意象的散漫直感，先生出语则高屋建瓴，经世致用。他说："如果没有道家，中国政权更迭的历史会更加残酷。是道家的理念，给了社会、人民与文化休养生息的空间。"其悲天悯人的目光总是放在下层。

疫情快三年了，近日出小区，忽见沿街摆上了地摊，五颜六色的新鲜瓜果蔬菜、中草药和日用闲杂。摊主神态安然，路人不时购买一二。我虽然不买什么，心情却大好。夜色来临时，小区里荡漾起儿童的嬉闹叫喊声、伴舞的音乐声、来往人们一面走路一面打电话的声音，以前我嫌吵闹，现在却感到美好。这就是先生说的"休养生息"啊！

二

在与我的多次谈话中，他都提到"民气"这个话题。大学南迁之旅，使学人们走出了象牙塔，士人之气节与民间之民气相遇，这是一次民族精神的再造。他认为，只要"民气不衰"，就有希望。回顾这些年，反映民气的感人之事层出不穷。中华民族在危难中那种团结与自救的精神，始终旺盛。很多事情，不是钱能摆平的，而是用情操和勇敢支撑的。

"我们中国有一个很好的传统，就是从上到下都不愿当亡国奴。老乡们也是这样，非把小日本打跑不行。当时的生活很困难，也很痛苦，但是日本人来侵略，我们就不能忍受……打日本，他们是很积极的……有志气，民族志气。"当年国弱，而民气依然不可被征服，是鼓舞和支撑师生们的一个精神源泉。

在日寇宣称灭亡中华民族的叫嚣中，任继愈却对中国文化有了坚定的认同："那时候，我就感觉中华民族的文化是渗透在穷乡僻壤的，不光是上层。所以，从那以后我就专攻中国哲学史。过去我在大学学外国哲学多一点。"这样志存高远的学人在那个时代并不罕见。他们成为中华民族复兴之路的中坚。

先生是哲学史家，他讲的历史，不只是故事，而是带穿透力的，可以洞察中国社会。他经历抗战年代学人特有的忧患迁徙，那些步行于荒山僻地的见闻，使他的研究时常着眼于现实，着眼于下层人民。

三

任继愈曾对我谈起两大贯穿中国历史的精神：统一与气节。

"中国文化是一个民族共同体，一个整体，提倡的是，是中国人就聚在一起。后来，学历史的这些年，我就反复地考虑，这个东西很得益于秦汉的统一。咱们念历史都知道，春秋战国，百家争鸣，学术繁荣。百家争鸣争什么？都是争如何统一。"

在"统一"这个信念上，历代是没有分歧的。但是，用什么思想来统一，如何治理才能统一，却一直是争端颇大的问题。"孔子讲要以周为统一的核心；孟子讲用王道统一天下；韩非、荀子主张用武力统一天下；老庄，你看他不主张统一，其实也是主张统一的，他说圣人治天下，他的原则是无为，不要扰民。无为，还是要统一天下，不是永远分散的。"先生结语道，"中国人民渴望现代化，谁引领现代化，人民就跟谁走。"

在历史的动荡中，"气节"是中国人特别重视的精神。

吴晗在西南联大历史系任教授时，曾把文天祥定位为"失败者"：

失败者如文天祥。他二十岁中状元，是一个文人。政府里坏人当权，等到元军距离杭州三十里时，才被任命为宰相。

后在江西永丰被俘，妻子儿子也被俘了，他没有屈服，又跑掉了，再战。

崖山之役，陆秀夫、张世杰均死难，降臣张弘范趁机劝降，他拒绝。赋诗说："人生自古谁无死，留取丹心照汗青。"

忽必烈说，你到底要什么呢？文说，只求一死。第二天就被杀。

（旧史新谈（精）大家小书 吴晗 北京出版社）

任继愈则肯定了"气节"的穿透力，他不以成败论英雄，他说："文天祥也不是战功多么好，他不像岳飞那么能打仗。治国、平天下他都没有施展，他就气节这点站住了，有正气，保持着他的正气。他当丞相的时候，半壁山河已经沦陷，国家快完了。"

吴晗还说："历史上有很多人业务好，政治也好，如唐朝的颜真卿，字写得好，又是忠臣，是统一的，是肯定的历史人物。也有不统一的，如严嵩——京剧里就有《打严嵩》，他的字写得不错，传说'西鹤年堂''六必居'的招牌都是他写的，诗文也不错，有《钤山堂集》，但是个汉奸，如何处理？应该区别开来。政治上是奸臣，字是写得好的，诗文在当时也是好的，不能因为是奸臣，字也不好了。"（出处同上）

任继愈的言辞更加激烈、严厉："秦桧这个人，大家都知道他是卖国贼，害死岳飞。但秦桧考过状元，状元当然是第一名，拔尖的。秦桧字写得很好，求他写字的也不少。可是我们国家这么大，没有发现秦桧留下来的字迹，没有一幅。我很注意收集，没有。人们不愿意保存，就是因为爱国主义思想。大是大非他站错了，站那边去了，所以不齿于人类。"

四

在任继愈先生过世后，他的孩子们在整理遗物时发现了任先生在1959年和毛主席见面的一段记录。尽管得到领袖的接见和表扬是一件很光荣的事，但他从不主动提及。

时间是1959年10月13日凌晨4点30到7点30，地点是中南海毛泽东同志家里，在座者还有陈伯达、胡绳和毛泽东的秘书林克。

先生留下的记录，后来我从任重处看到了。他们的谈话很投契。毛主席表现了礼贤下士的风采、宽广的视野和独到的见地。他们二位都认为：对一种历史或哲学，如果你迷信它，就不能研究好它。

毛主席说，"研究宗教非外行不行，宗教徒搞不清楚"，"因为他们对它有了迷信"。比如，人站在神像前，能看到神像雕塑整体的完美；跪在神像前，只能看到神像脚的一个部分。

这次谈话有了一个成果，毛主席批示成立世界宗教研究所。1964年，任继愈负责筹建我国第一个宗教研究机构——中国科学院世界宗教研究所，并任所长。

被毛主席接见，无论过去还是现在，都是莫大殊荣。不仅个人荣光，就是亲友、单位、地区也与有荣焉。

任继愈曾被毛主席接见谈话，原因是主席读了他的哲学文章，尤其是佛教、禅宗的文章，甚为认同。这个交往在学界的那一辈人当中，曾经是倍受关注的。

然而任继愈却对这个谈话三缄其口，我与任先生交往多年，谈论海阔天空，也从来没有听他提起过曾经凌晨入中南海聊哲学的事情。原因是他做人的准则，先生特别喜欢竹子，因为其有"未出土时先有节，到凌云处尚虚心"的性格。

五

那一年在清华讲堂"纪念西南联大建校七十周年"会场，有人交给我一个信封，上面写的是"张曼菱学友——任继愈 2007.11.27"。打开是一小札：

> 西南联大七十年世称办学的奇迹。这奇迹无非是"五四"科学与民主精神的继续。这种精神是永远前进的方向。
>
> 任继愈二〇〇七年

先生曾叮嘱我，西南联大的这批采访资料不可分散，要集中在一起才有意义。

2008 年北京大学校庆时，我将采访这批西南联大学子的原始磁带交由北大图书馆保存，杜绝商业用途，并择其主要，转为数据化资料。电话禀告先生，他甚欣慰。

2018 年北京大学 120 年大庆，我与中华书局合作制成《西南联大专题数据库》，作为献礼。而今，商务印书馆即将推出文字版《聆听：西南联大学人访谈》。

先生说过"诗书丧，犹有舌"的话，文人的使命，归根结底是传递文化，承接前史。

(2022 年 6 月于昆明)

"中国恐龙之父"杨钟健的诗与文（节选）

柏峰

沿渭河南岸的国道前行大约 20 公里，来到华州区的龙潭堡村。龙潭堡是杨钟健的故乡。他出生在书香门第。在故乡，他度过了整个少年时代，故乡优美的自然环境和读书向上的家庭氛围，成为久久不能忘怀的乡愁。

1917 年，杨钟健先经过预科学习，第二年考入北京大学地质系。与魏野畴、李子洲等人成立"共进社"，创办《共进》杂志，发表揭发军阀暴政的文章。五四运动时，曾参加火烧赵家楼曹汝霖住宅和痛打章宗祥的斗争。1921 年，他当选为少年中国学会执行部主任，给当时在湖南的毛泽东写信，请其补填加入少年中国学会的志愿书，毛泽东很快回信。

1924 年，经老师李四光的推荐，杨钟健考入德国慕尼黑大学地质系古生物专业。在留学近五年的时间里，他博览群书，在主攻古脊椎动物学的同时，还选修了地理学和动物学，同学们称他为"学习狂人"。1927 年，以优异成绩获得博士学位。之后，他相继在瑞典、比利时、英国、法国等国游学，1928 年，经东欧取道苏联回国。

回国后，杨钟健参与了北京周口店史前遗址开掘，可惜的是没有亲自发现"北京猿人"的头骨,而是他的助手兼学术战友裴文中首先发现。这对杨钟健来说也许是一个遗憾,但是,上苍总是眷顾不断在科学的高峰上"向前"的人。他一生的志业,"以考察地质与采骨化石为主",同时,对当地社会环境和人文情况也进行了认真而有价值的考察。

"抗战全凭一将许,报国何须计鬓斑"

杨钟健喜欢写诗歌,时间跨度长达半个世纪以上,目前见到的大约2000多首,出版有《杨钟健诗文选集》。他的诗歌如同他的科学考察游记,既反映了工作历程,也记录和表达了思想情感。他长期求学海外,去国怀乡和深深的故土情结流露在诗歌之中。家国是人的根,所谓家国情怀离不开对国家主权、大好河山、灿烂文化以及骨肉同胞的感情。他虽然身在异邦,但是,心里时刻记挂着自己的家国。1924年的中秋,明月在天,杨钟健独自一人,徘徊在德国慕尼黑大学的空旷操场上,故国之思,泛上心头,情不自禁,挥笔写下《甲子中秋》,其三云:

念念今夜中,空有团圆的秋宴,
游子的情况,曾几度被提在慈母的唇边!
异域孤旅的苦楚,只配供奉在月中的面前。

他又想到水深火热的祖国:

国事呵!竟也漆也似的黑暗,
死也似的愁惨。一颗冷月,
照着多少的流离散连,照着多少的枪雨腥膻?

风雨如磐,鸡鸣不已。半殖民地半封建的祖国正处在严寒之中,人民啼饥号寒,远在莱茵河畔的游子,"哀民生之多艰",不由得"长太息以掩涕"。他决心努力向学，学好本领，将来报效国家。

1928年，杨钟健学成回国，"数年来异域为客，今幸已重回归地"，放下行装，就接到"中央地质调查所"的聘函，前往北京周口店工作，安顿好手头的工作，便急切切回到龙潭堡。这里是他儿童和少年时代嬉戏和开蒙的地方，也有他至亲至爱的亲人，其结发妻子也长眠于这块山环水绕一片青翠的热土，千万里归来，急切切回到故乡，喜悦之情溢于言表：

多年漂泊客他乡，未见家中麦梢黄。

而今游倦来小住，且与戚邻话沧桑。

故乡地处古称"天府之国"的富饶的关中平原东部，盛产小麦。小麦，据说起源于西亚的肥沃新月一带，经过中亚西南部逐渐传播到我国和东亚地区。20世纪80年代中期，考古工作者通过对河西走廊灰山堆遗址考察，采集到炭化小麦等粮食标本，得知，早在5000年前，我国就开始种植小麦——而关中平原的气候、土壤和水利条件非常适宜小麦的生长，故而，初夏，八百里秦川"麦浪摇金"。唐代大诗人白居易在《观刈麦》里形容"夜来南风起，小麦覆陇黄"，便是描写的这种情景——"麦梢黄"是渭河两岸特殊而美丽的景色——这时候，诗人回到家乡，与乡邻"开轩面场圃，把酒话桑麻"，自然有说不完的话道不完的情，其乐也陶陶。多少年"未见"的景色终于来到眼前，能不激动吗？坐在龙潭堡老家的小溪、竹林和绿荫下，和亲戚乡友共话久别的思念和彼此的生活变化，感慨人生的匆忙，真是满怀的惬意……况且，"正是四月好风光，麦苗挺秀菜花黄"，还有"依旧十里杏花香"。

然而，不久，他的父亲、教育家杨松轩去世。前年，老人还健康如常，如今却天人永隔，令人悲伤不已。回忆当年离家的时候，父亲与母亲送他到故乡的罗汶河桥头，桥下是清澈的流水，犹如离别的万千愁绪……永夜难眠，站在窗前，泪眼婆娑，他写出了感人至深的《思父作》，结尾曰："河声呜咽，山色渺茫，亲爱的父亲呵！谁能息止儿的悲伤"，借以寄托自己无限的哀思。

杨钟健长期在边陲进行田野调查，1937年至1946年，这将近十年的时间，是他诗歌创作的高峰期，而这期间我国正在进行着伟大的抗日战争，虽然是书生却不忘报国，时刻关注着日渐严酷的时世。平日里，他把南宋爱国诗人陆游的《剑南诗稿》放置手边，激励自己，抒发情怀，其《步陆放翁韵感事》最为典型：

> 国事如今正多艰，沦亡多少好河山。
> 削藩割地恨仍在，铁翼寇骑又迫关。
> 抗战全凭一将许，报国何须计鬓斑。
> 岁为只在诸将士，收复河山指顾间。

强烈的爱国主义，是我国自古以来书生优秀的精神传统，每当国家有难、民族危机的时刻，他们便奋不顾身，挺身而出，大声疾呼，号召天下，屈原、辛弃疾、文天祥、顾炎武、林则徐……用自己的诗文作檄文，其忠贞不屈之心，感天动地，光影流传。杨钟健亦是如此。他的《"七七"周年感赋》有这样的诗句："不堪回首话卢沟，遍地腥血涕泪流。万里河山一年陷，百年因果一朝收。"——是呵，从鸦片战争开始，我国受到世界各国列强的肆意侵扰，国无主权，世无宁日，统治者们只知道搜刮民财，罔顾人民安危，国家日渐贫弱不堪，"七七事变"，又遭日寇铁蹄踩躏……乾坤自有扭转人！在中国共产党领导下，全国人民奋起抗日，艰苦卓绝地"收复河山"，赢得了祖国的光明前途，赢得了民族解放。

"更应努力再钻研，还有奇物待发现"

抗日战争全面爆发后，众多科研机构辏集大西南。1938年7月，杨钟健任中央地质调查所昆明办事处主任，组织开展了对云南地质及古生物化石的调查研究工作。一路颠簸，辗转到达昆明，到达后，立即开展工作，"携锤山崖巅，探寻真自然"，他与调查所的同行在昆明西北的禄丰盆地发现了大量脊椎动物化石，这些化石动物群后来被命名为"禄丰蜥龙动物"——其中最为了不起的是发掘出来完整的一具"禄丰龙"化石——这些发掘和研究过程，《杨钟健回忆录》里都有详尽的记述。为了躲避日军轰炸，他把研究室搬到一座破庙里。当时的工作条件非常艰苦，后来，他写了一首诗《关帝庙即景》，生动诙谐地描写了当时困窘的研究条件和乐观向上的人生态度：

三间矮屋藏神龙，闷对枯骨究异同。
且忍半月地上垢，姑敲一日分内钟。
起接屋顶漏雨水，坐当脚底空穴风。
人生到此何足论，频对残篇泣路穷。

"禄丰龙"是第一具由中国人独立寻找、挖掘并研究的恐龙化石标本。其生活在距今大约两亿多年前的白垩纪早期的湖泊岸边或沼泽地带，其体形轻巧，长约6米，站立起来身高超过两米，头小，嘴部尖，鼻孔呈正三角形，眼眶大，前肢短，后肢长而且粗壮——这是我国发掘出的最古老的恐龙之一，被称为"中国第一龙"。杨钟健在1940年7月所写的《题叙事禄丰龙再造图》，表达了自己的喜悦心情：

千万年前一世雄，赐名叙事禄丰龙。
种繁宁限两洲地，运短竟与三叠终。
再造犹见峥嵘态，象形应存浑古风。
三百骨骼一卷记，付与知音究异同。

在《杨钟健回忆录》里，他说，"一年来，我从事禄丰所采化石之整理，除将类似哺乳动物化石做成初步报告，交由中国地质学会发表外，并就所采蜥龙类化石最完整之一架，做详尽叙述"，而且，继续在禄丰化石地点采掘，"结果获得比较完整之骨架甚多，关于类似哺乳动物化石，亦有新的收获"——他为了研究真是做到了"竭泽而渔"，体现出科研工作者严谨而认真宝贵精神。

1952年，四川省宜宾马鸣溪渡口附近正在修筑公路，在开凿岩石时，发现了许多像骨头样子的石头，杨钟健知悉后异常欣喜，经过仔细研究，认为这是一种世界上还没有发现过的新的恐龙化石，于是他就给这种恐龙取了个名字，叫作马门溪龙。这是我国发现的最大的蜥脚类恐龙，在《马门溪龙颂》里，他这样叙写道：

> 头小颈长身躯大，尾巴长得更可怕。
> 身长约有十三米，体重更是不成话。
> 亿万年前湖沼内，横行可算一时雄。
> 北起溯漠南长江，西起新疆到山东。
> 湖内植物供食料，偶尔岸边逞威风。
> 全球亦有其近属，唯我独尊到处同。
> 正因发展太离奇，环境一变运惨凄。
> 可怜灭身与灭种，成为化石机会稀。
> 一朝掘出供研究，生物演化说来历。
> 始信祖国真伟大，一条古龙装墙壁。
> 代表发展一阶段，供君来此仔细看。
> 更应努力再钻研，还有奇物待发现。

以数字入诗，具体而微，把恐龙化石形成的前因后果和生活习性栩栩如生地呈现在大家眼前，同时，赞美国家对恐龙化石研究非常重视，投入巨大，他勉励研究者再接再厉，努力钻研，争取有更多更有研究价值的化石发现。好像是雨果吧，他赞美法布尔的《昆虫记》，说是"昆虫的史诗"，而杨钟健的这首诗，称得上是"恐龙的史诗"。

"把所观察的、所感触的，就所能记得的记述下来"

前些年，在西安的古旧书店，得到一部杨钟健的《剖面的剖面》，前边有翁文灏写的序，介绍说："此书所述，北起长城，南抵沧海，东自鲁齐，西抵甘肃"，"著者供给我们一幅简明鲜艳而引人入胜的图画"——"图画"，自然离不开对所抵达的地方自然的优美描写，杨钟健在《自序》里也申明，"把所观察的、所感触的，就所能记得的记述下来，就是这一本游记"。

翁文灏是我国第一位地质学博士，一生治学严谨，著有《中国矿产志略》《中国地史浅说》《中国山脉考》等著作，同时，也是非常优秀的诗人。他的诗有唐宋风格，典雅而优美。他自恃才高，轻易不许人，也许和杨钟健是同行之故吧，且折服其文学才华，才愉快为之写序，评价甚高。杨钟健在《自序》里说，翁文灏"对于我的游记的见解，尤为赞成"，自然，这序与序主的文章"美美与共"，相得益彰。

从他的这些游记里，约略可以看出其对地质田野考察的科研过程及当地的风土人情，例如《山西的一角》《井陉猿人梦》《沿江印象记》《山东忆游》《广西探洞记》《甘游杂记》《晋蜀掘骨记》等篇章。《在寿阳》一节里，直接说明："我们的目的，是考察该省东南部新生代地质。"——该省是指山西省，寿阳是山西省的一个县，"枕恒岳，络太行，居潇河中上游"，地质属于"第三纪上部地层"，但是，考察的结果并不理想，这里"无论是由地层的层位与性质或化石的特征都是表示其为泥河湾式的堆积"，"并未找见大规模的化石堆积"，所以，没有逗留，便启程他去。

离去的路途，看见"太原平原尚依稀于天际，东视则羊肠一道沿河隐曲于丛山迭峰中，又兼一片晚霞铺射山岭"，此等景色，令人乐而忘返。考察途中，他路经故乡，在考察地质的同时，故乡风物奔来笔端："这一次旅行，所得印象最深的地方，莫过于瓜坡附近"，"由原上远观华县平原，有如烟海"，而"北望渭河如带，南则高山壁峙，不但五龙少华诸峰历历在望，即华山亦隐约可见。"——秦岭北麓渭河南岸的风光，在他眼里如诗如画，非常优美。杨钟健的《甘游杂记》一章，其中有对古代交通的考察：

上古时，西北的交通为六盘山所限，已为极西边地，所以平凉附近的崖洞山竟为一个富于西方神话的山。至于民俗及一切景物，因自然背景相似，所以十分相近。

他认为，上古时代西北交通的西极便是六盘山，其附近的崖洞山（崆峒山），据说西王母曾在这里与周穆王相见，至今在山前的山月峡南口还遗留有王母宫，当地流传着关于西王母的神话故事。然而，《穆天子传》却记载周穆王的西行路线，是从宗周出发，渡过黄河，北越太行山，经由河套，然后折而向西，穿越今甘肃、青海，到达西王母所居之地昆仑山，如果《穆天子传》确实是真实的历史记载，那么，我国古代的交通西极当是如此。杨钟健在兰州看见：

离了兰州沿河向西而行，天气晴和，地方又为未走过的，所以特别感觉有兴趣，尤其在将到古城一带，路沿河岸性，下为黄河巨涛，上为五泉山一类的砾石壁立欲坠，河中时见有皮筏子载西瓜顺流而下。最使人得深印象，而感到身在地道的黄河上滩。

过古城一直到新城，有一个地质的奇观，就是河北岸第三纪初期及后期地层所成的一绝好剖面，长可一二十里，以一背斜层为中心，而向东渐渐倾斜，以至于近于平铺……这个剖面虽不如长江三峡黄陵背斜层的伟大和秀丽，但却使人不期然地联想到那里。而且这红的峭壁，苍郁的黄土，覆盖的远山和万里黄河也自有他的个性，在全世界找不出第二个来。

同样在《井陉猿人梦》里，他记叙了故乡华洲的地质情况和独异的风光：

清晨辞别，出村南行，草树郁葱，风物宜人，心神甚为怡然。由赤水往高塘一路，幼时在咸校读书时，曾旅行一次，匆匆已二十年前的事，江水未改，人事如何！前行不久，即舍冲积层而入高原，因华县西南乃至渭南河南沿山一带，有黄土及较古地层的高原，其一般地质情形当与潼关附近及三门峡一带相若，非如华阴、华县沿大路之低洼……在高原上南行，秦岭在望，屹立如屏……

其《沿江印象录》描写盐井沟："愈前行，河流愈细，山愈陡""度时已薄暮飞鸟归林，不远处有小庙一座，附近小桥跨溪，疏林中现出房舍"，这里便是盐井沟了，驻足考察，得出结论："此地之此等地形，与庐山及鸡公山之顶相当。石灰岩中之洞之造成当在此壮年地形之后，与含化石堆积之先，故当为上新统"。

杨钟健田野科研考察，足迹遍及全国以及亚洲、欧洲、北美洲和非洲的许多国家，并写作了不少的游记。这些游记，真实记录了他游学行程和观感。其《去国记》，记述了去美国、加拿大、欧洲大陆等地学术考察的历程。其中的《加拿大旅行记》里，描写了雄壮的耐阿格拉瀑布，"水流至石灰岩处，成一绝壁，大约四十米，一泻而下，因成巨观""见浪花四射，银瀑如布""据云于晚上或阴雨后由浪花所成之雾中透视，可有各色光彩，尤为美观"，还详细地介绍了当地的博物馆和一些著名学者的情形；而《回到胜利后的中国》通篇则洋溢着无比的热情，开篇即云："三月末的天气，正是春回江南的季节。青草如茵，杨柳初绿。上驳船后，沿黄浦江驶行，看到两岸的景色，真觉得这是可爱的祖国。"

1956年，杨钟健出访苏联，有《访苏两月记》问世，叙述了在苏联参观的深切感受，比如，在列宁格勒附近的海边看了"寒武纪、志留纪所造成之地形"，还在南部看了"奥陶纪等时代之标准地层"，收获多多。特别是以爱沙尼亚首都塔林为中心，"看了附近所能看得到的许多俄罗斯台地北缘的许多剖面"，"虽然若干剖面大同小异，但均有其特殊性，增加了我们对古老岩层的认识"；在西伯利亚旅行的途中，他浮想联翩，"估计不久就可有莫斯科—乌兰巴托—北京直运通车"，真切地表达了自己的观感。

"大丈夫只能前行"

"夕阳虽好近黄昏，白发仍存赤子心。"1978年秋，81岁的杨钟健身患多种疾病，但他所钟爱的科研事业一刻都没有停歇。他说："我是和时间赛跑，要追赶才行。"为了获得更翔实的数据,耄耋之年的杨钟健先生踏上了庐山之旅,参加了第四季冰川现场会议,做了主题学术报告。会后,还拄着拐杖去野外考察冰川地质现象。

"大丈夫只能前行",是杨钟健一生的座右铭。50余年来,他用双脚丈量祖国的山山水水,填补了我国黄土地层分析与对比、中国华北黄土及动物群研究、爬行动物兽孔类、鱼龙类、飞龙类等多项国家研究领域的空白,并涉及地史学、气象学包括古人类学和考古学等学科,而许多工作是我国初创性的,具有启蒙和奠基性的意义,尤其是在恐龙研究领域的突出成就,被尊为"中国恐龙之父"。在大英博物馆,他的照片与国际科学巨匠达尔文、欧文并列在一起,供世人瞻仰。

沿着龙潭堡乡间洁净的山路,转过茂密的竹林,来到村口的老槐树下,浓荫里,坐在一盘锈迹斑驳、长满绿苔的老磨石上,听着溪水欢快流过的声音,我在想,杨钟健为什么既是顶尖级地质和古脊椎动物研究专家,又是优秀的散文家和诗人呢?答案是在他的心里有科学也有诗,是诗意缠绕的科学家。

(原载《光明日报》2022年1月26日)

今天是昨天的明天（节选）

许谋清

晋江有一座小山，叫双髻山，山根有块大石头，上边有摩崖石刻，线刻，是一匹马。何乔远《闽书》："唐末，罗隐乞食于罗裳山下，山下人侮之，隐乃画马于石，每夜出食禾，人追之，则马复入石，山下人乃礼马。隐乃画桩系马，马不复出。今其迹了然。"晋江有罗隐一系列传说，但很多人并不知道，那句很有名的诗也出自罗隐："今朝有酒今朝醉，明日愁来明日愁。"这句话，一千多年来一直被误读……

无言之缘

那时，我在《中国作家》编辑部上班，《中国作家》和中国作协在一起，是临时用房，一组二层防震棚，在沙滩文化部大院里边。我们在文化部大楼南边，北大红楼在我们南边。下班时，骑车出文化部，往南拐，十字路口左拐，上五四大街，北面是中国美术馆，我在那里看了董希文的《开国大典》罗中立的《父亲》的原作，还看过达·芬奇的《蒙娜丽莎》和罗丹的《思想者》。南拐是王府井大街，左边先是华侨大厦，有裂缝的华侨大厦要不要拆掉，中国要不要这声爆炸？《人民日报》有过一场记忆犹新的辩论。接着是北京人艺剧场，我在那里看过老舍的《茶馆》田汉的《名优之死》郭沫若的《虎符》迪伦马特的《贵妇还乡》彼得·谢弗的《上帝的宠儿》。到灯市口，东拐，到东单北大街，右边有协和医院。再东拐东堂子胡同，那里有我们北大老校长蔡元培的故居。横穿南小街到赵堂子胡同，而后是赵家楼胡同，五四运动火烧赵家楼，顶着就是北总布胡同，我到家了。我骑着车，读了一部中国现代史。

赵堂子胡同口，马路牙上边，有一小片砖地，一个瘦瘦的老人就站在那里。他好像不需要太大的地方，有时走几步，有时就站着。站在一部史书上，不需要太大的地方。我到那里，只是把车骑得慢一点，向他行注目礼，点一下头，招招手。他也向我点头，一个微笑，有时也抬一下手。我知道他是谁，他不知道我是谁。我们总在这里相遇，但没有说过一句话。我记得有好几年时间。后来，他没再站在那里，我路过那里，也要驻驻脚。若是坐车，要往那里望，车开过去，我也总要回眸。

有的人活着
他已经死了
有的人死了
他还活着
……

他是诗人臧克家，活了 99 岁。我认识他多年，没有和他说过一句话。

据说北京有 7000 条胡同，我把我们北总布胡同称作中国第一胡同，火烧赵家楼，中国现代史第一页就是从这里翻开的。

北总布胡同往南，顶着的是东总布胡同，对着的是四川驻京办事处，右转再南拐是贡院西街，到头是长安街，过大街是海关。右拐，那时还没有长安大剧院，走一小段，是国际饭店。我在那里参加当时煤炭部组织的一次文学评奖。就记得他们给从来没得过奖的萧军一个奖。午餐我被安排和中宣部一位副部长同桌。有一位作家一直在给他汇报自己的创作。那天,在那张饭桌,我只是吃饭、喝酒,人家举杯我也跟着举杯。

  心口呀莫要这么厉害地跳,
  灰尘呀莫把我眼睛挡住了……
  手抓黄土我不放,
  紧紧儿贴在心窝上。
  ……

这位副部长是诗人贺敬之。

出国际饭店,长安街那里有一站。我从北总布胡同家里出来,也是到这里,坐1路公共汽车,过天安门,到六部口下车,往北走一段到《北京文学》编辑部。1989年到1995年,我骑车。1994年,北京10位作家和《北京文学》发起新体验小说创作。我从北京向东南飞1700公里到福建晋江挂职体验生活。改革开放,从东南沿海翻开新的一页。晋江在海峡西岸。

晋江有个蓝鲸诗群,我不会写诗,我是局外人。他们经常组织活动,请来很多著名诗人,除大陆的,还有港澳台及东南亚华文诗人。他们七嘴八舌,我插不上话。不一样的是,一位白发老人在我的本子上写了几个字:相见恨晚。并签了名:洛夫。

  ……
  雾正升起,我们在茫然中勒马四顾
  手掌开始出汗
  望远镜中扩大数十倍的乡愁
  乱如风中的散发
  当距离调整到令人心跳的程度
  一座远山迎面飞来

把我撞成了

严重的内伤

……

三位大诗人，我和他们相遇，但没有说过一句话。

我在《无缘之缘》里说，有幸遇到艾青、张志民、蔡其矫三位大诗人，却没有学会写诗。现在想起来，我还遇到臧克家、贺敬之、洛夫三位大诗人，我虽木讷，还是受到影响，爱读诗。

晋江人的歌

晋江人想要有一支自己的歌。

有一支自己中意还能唱响的歌，可遇不可求。

晋江人和全国人民一起唱《社会主义好》（希扬词，李焕之曲）。改革开放后，晋江人情有独钟，唱《爱拼才会赢》（陈百潭词曲，歌唱家叶启田代表作品），而且把它唱响了。闽南人唱闽南语歌，晋江人又以"敢为天下先"闻名，让人以为它是为晋江人量身定做的歌。张明敏春晚唱《我的中国心》（黄霑词，王福龄曲，歌唱家张明敏代表作品），晋江人把他请到晋江唱。春晚有《爱的奉献》（黄奇石词，刘诗召曲，是歌唱家韦唯的代表作品），晋江人也唱了起来。所有这些，当然没有一支是专为晋江人写的歌。可是，有一天，我发现，这里边藏着一个小小的秘密。《社会主义好》的作曲李焕之，晋江籍。《爱拼才会赢》词曲作者陈百潭，台湾人，晋江籍。《我的中国心》的演唱者张明敏，香港人，晋江籍。《爱的奉献》词作者黄奇石，晋江籍。

一时失志不免怨叹

一时落魄不免胆寒

那通失去希望每日醉茫茫

无魂有体亲像稻草人

> 人生可比是海上的波浪
> 有时起有时落好运歹命
> 总吗要照起工来行
> 三分天注定七分靠打拼
> 爱拼才会赢

懂闽南话的比不懂闽南话的唱得好听。每个词意晋江人都明白，晋江唱这支歌是从心里唱出来的，晋江人唱得好。

史铁生陕北插队，不明白为什么老乡把馒头叫"紫锤"，后来查问，才知道是为了纪念隐居"不言禄"的介子推，终于明白了，"紫锤"是说走音了，是"子推"。

唱《爱拼才会赢》，除了闽南人，"稻草人"（丢草狼）经常唱错，唱"丢草狼"顺嘴，好听。我说过，晋江人用两种语言思考：普通话、闽南话。要知道晋江人，得懂一点他的第一母语闽南话，至少懂得三个字：人叫狼，狼叫龙，龙叫灵。狼、龙、灵，组成晋江人性格：野性、驰奔、心有灵犀。这里有一句词，"总吗要照起工来行"，除了闽南人，都不知道是什么意思。最主要的是"起工"这个词，也是说走音了，这是一个老词，是"纪纲"，到民间，就是做人不能乱来，要有底线。晋江人不会唱错，所以，他们在总结晋江精神时把"诚信"和"拼搏"摆在一起。

这个歌是存在语言障碍的，它为什么能在全国唱开？这是一支写给拼搏者的歌，这又是一个拼搏的时代，晋江人在拼搏，全中国都在拼搏，所以这支歌不胫而走。这是一支有魂魄的歌，加上词意通透，自然得到大众的青睐，"三分天注定，七分靠打拼，爱拼才会赢。"哗啦啦，如同一面旗帜。因这是一首闽南语歌曲，就总觉得那举旗的是晋江人。

《爱拼才会赢》《我的中国心》《爱的奉献》，叶启田，张明敏，韦唯用他们的歌喉掀起一个一个热潮。时隔70多年，十四届全运会，张嘉译闫妮合唱《社会主义好》，一样振奋人心。

晋江出那么多歌者，他们一定能唱响晋江。

于是，我开始寻找晋江歌者的人生轨迹，李焕之是其中的一个典型。

李焕之，人民音乐家。原籍福建晋江。1919年出生于香港，曾就读厦门双十中学、泉州培元中学；1938年到延安，在鲁艺师从冼星海。毕业后留校任教。冼星海对他有很大影响，李焕之多次指挥《黄河大合唱》，并参加《白毛女》的创作。新中国成立后，历任中央音乐学院音乐团团长、中央歌舞团艺术指导、中央民族乐团团长，1985年，当选中国音乐家协会主席。20世纪50年代是他的创作的高峰期，当年创作的《春节组曲》已成为我国春晚必演曲目；《社会主义好》影响了新中国几代人。

"七个音符，一部人生"，这是李焕之80岁生日时写下的人生总结词。

1950年，李焕之仿佛听到一种召唤，接受一种使命，承担一种责任，开始为国歌配置和声；1951年，组团赴东欧各国巡演，演奏国歌，他就为国歌编配了管弦乐总谱。有人对李焕之所作所为作了生动的比喻，因国歌作曲聂耳匆匆离世，它就像一座宏伟建筑，完成框架，来不及装修，李焕之完成了这重要的装修工程。1953年，中央指示要组织作曲家为国歌编配一份标准的管弦乐总谱。1954年，经过评审，周恩来总理批准确定李焕之为国歌编写的和声和管弦乐队配器及钢琴伴奏谱作为发放到全世界的正式版本。

然而，这段故事却鲜为人知，连他的长子，国家一级录音师李大康，也是30年后，在录制国歌立体声版本时，才知道国歌的管弦乐总谱是他父亲的作品。

奥运会，中国健儿登上领奖台，穿的是晋江品牌安踏制作的领奖服，国旗升起，同时奏响的是晋江人李焕之为国歌编配的乐曲。

晋江人仿佛是一个尽心尽力投入的合唱团员，和大家一起唱响中国人的歌。

（原载《福建文学》2022年第4期）

不能忘的林希兄

聂鑫森

早些日子，应天津《今晚报》朱孝兵小友之邀，写了篇随笔《休将白发唱黄鸡》。此中写道："天津老友林希兄，就是我很敬佩的一位。他年长我十三岁，前半生饱经磨难，一旦重操文翰，便名震文坛，'津味小说'《蛐蛐四爷》《丑末寅初》《高卖》《相士无非子》《天津闲人》等代表作可说是洛阳纸贵。这几年老两口居于海外，与儿孙朝夕相处。可他闲中取乐，到图书馆寻书，在家中静读，尤对《红楼梦》的版本、研究成果兴趣盎然。他多次从微信中发来各种资料，叙说他的见解，令我茅塞顿开。年前，他从网上看到我的小说集《书鱼馆主》出版的书讯，嘱我发电子文本过去，不到两天他就读完了，为勉励后学又写一评文《聆听聂鑫森》，让我深感他的宽厚与博识。"

林希兄八十有七，津门友人都称他为"林爷"。

我一直厮守于湖南的株洲，从过去到现在，与林希兄在空间上都相距遥遥，"水远山长处处同"，但在心理空间上却是"海内存知己，天涯若比邻"。蓦然相见也罢，长久离别也罢，好像从来就是朝夕相处在一起，随便说点儿什么，彼此都觉得兴趣悠长。相见是促膝晤谈，别后有电话、短信和微信代劳，其喜何如！

几十年来，我们真正碰面也就寥寥数次，是真正的见少别多。我最早知道他的大名，是十年动乱后，读到他发表在《诗刊》上的新诗《无名河》，写一个时代一场动乱一个国家的不幸。其实是那个年代的最好注释。后来，天津文友告诉我关于林希兄的苦难经历，便明白他要表述的是什么情感，浴血而生，是一个何其瑰丽的文化符号！他十七岁成为"胡风分子"，二十二岁成为"右派分子"，继而是十年动乱，寒霜加冷雪，受过多少非人的折磨。但他顽强地从容地存活下来，迎来了平反昭雪的朝霞晨光。

后来，我又不断地读到他的小说佳作，有长篇、中篇和短篇。他写得最多的是中篇小说，如荣获鲁迅文学奖的《"小的儿"》。这些小说中人物的活动舞台都是天津，时间背景多是1949年前的清末和民国，人物身份从上层到底层，林林总总，形形色色，各见其风采与魅力。写的是已成"过去时"的故事和人物，是"记忆"，是历史，但细想来，无不对现实生活作一种亲近的观照，突显着天津乡邦文化的浑厚和奇特，别有系人心处。我很喜欢读这种小说，正如野莽兄所言，林希兄的《"小的儿"》与汪曾祺的《受戒》，可比肩而立。我喜欢林希兄的小说语言，语感和语态都十分到位，从从容容，又波俏奇诡，繁处不嫌其多，简处不厌其少，正如清人刘熙载在《艺概·词曲概》中所说的"染"与"点"，各尽其妙。林希兄极重视小说中的闲话艺术，见性灵见学识见思辨，同时又是推动故事情节行进和塑造人物的手段，真是好功夫。我因为喜欢林希兄的作品，也就与他有了联系，为的是可便捷地向他请教。

记得1998年秋，供职于中国文学出版社的野莽兄，构思出版一套写五个古代奇女子的长篇小说，邀约林希、阿成、阎连科、星竹四兄及我各写一本，每本十二万字上下，三个月交稿。林希兄写陈圆圆，书名为《清风明月》。五书于年底前出版。接着，野莽又邀约大家齐聚北京，参加新闻发布会，与读者见面、为书签名。我是1999年1月8日中午到京的，林希、阿成、阎连科三兄上午已到，星竹兄因出差外地，请假了。这次活动野莽兄安排得很周到，参观出版社、开会、聊天、会见友人，前后达四天。这是我与林希兄相处时间较长的一次。林希兄面相如佛，脸上带着亲和的笑，谈笑风生，还不时地问我习不习惯北地的气候。三年后的 2002 年，野莽兄为新世界出版社筹划"中国作家系列书系"，先出十本，林希兄的小说集当然入选。野莽兄又让作者进京参加活动。我是五月二十二日晚上到京的，林希兄于第二天下午到达，都住在京岭饭店。几年不见，林希兄风采依旧，问我短篇小说集《生死一局》写的可是湘潭的老故事旧人物？我说"是的"，他笑着说："多写、多写。"这次在京，前后又是四天。记得还有一次，是《小说月报》组织的一次活动，来的多是中青年作家，只林希兄和我是老年，白天开会，晚上的娱乐活动我们就请假了，待在宿舍里聊天、喝茶，直到子夜后。他笑着说："他们有他们的乐子，我们有我们的乐子，两不相碍。"我说："兄之言，善哉！"

许多年过去了。林希兄曾说过的几件事，我至今难忘。

他在十年动乱时，下放在一个工厂干苦力活，还常被拉去开批斗会。有一次，那些造反派拳脚加棒棍，把林希兄打得昏死过去，就丢在一个破棚里。他的家人见林希没回家，就找上门去，正气凛然地说"活要见人，死要见尸"，让那些家伙心怯气短，不敢阻拦，只好让家人把林希背回了家。那段日子常有些不明事理的人，来林希家找麻烦，或拉去批斗，或来抄家，总是把门野蛮地擂响。以致林希兄的夫人，在此后的岁月里，一听见敲门声就会不由自主地浑身战栗……

记得有一次，我们因参加文学活动聚首，白天得闲在住处聊天。林希兄忽然接到夫人的电话，说一个水龙头不知怎么关不住，哗哗地流水。林希兄马上安慰夫人不要着急，随即打电话给好友肖克凡，请他找个工人去修理一下。克凡兄立马就去办理好了，再打电话回复林希兄。林希兄说："我如出差在外，家里有事就麻烦克凡，这份情我都记在心里，忘不了！"

如今，林希兄老两口因年事已高，离开天津去了儿孙定居的地方，但他依旧忘不了故乡忘不了朋友。而朋友也忘不了他，长长的相思便是一条通衢大道。如后学的我，仍得到他的关心和爱护，何其有幸。

去年秋，我在微信里偶然提及读过他小说的印象和体会，他马上回复："我请天津人民出版社的朋友，代我寄来新出版的自选集一套十余本。"几天后，厚厚的一沓书快递而来！

林希兄知我喜欢读野史类的闲书，今春于网上发来已出版面世的清代、民国名人史乘丛书，一套十册的电子文本！

案头有林希兄的大著，手机里有林希兄发来的史乘丛书，手触书页，目游字行，书香萦绕于室，情谊浇注于心。

长相思不能忘的林希兄！

（原载《天津日报》2022年6月20日）

一跳惊天下

黄康生

满分！满分！满分！全红婵用惊世一跳创造了"核爆"般的传奇。

2021 年，北京时间 8 月 5 日下午，全红婵神色淡定，走向十米跳台。她知道，这是世界跳水界最高跳台，这个跳台有着"世界屋脊"般的高度。

"向前翻腾 3 周半屈体。"全红婵凌空一跃，翻腾，入水，像流星在东京上空划过。动作干净利落，如行云流水。身如灵燕舞动，心如轻羽飞扬。全红婵第一跳就扼住了命运的水花。

又轮到全红婵上场了，这位来自湛江迈合村的姑娘异常镇定，表现出与年龄不符的沉着冷静。只见全红婵轻舒双臂，轻抬双手，轻舞身姿，接着"冲天一跃"，飞向碧空。那一瞬间，她那轻盈的身姿犹如灵燕一般，自由轻盈地飞舞。

熏风吹过，全红婵双手抱腿把自己卷成一个球，急速翻腾旋转，动作疾如流星，快如闪电，让人看不清她的脸，只见一个灵妙的身躯在空中飘飞。

还没等"水精灵"开口，她已经将双肩打开，脖子拉长，腰杆挺起，然后将手指、脚趾绷直，绷成一条直线，笔直笔直地插入水中，"哧"的一声，池面只溅起一丝水花……

"啊，水花消失术！"

现场爆发雷鸣般的掌声。

跃起似鸿飞，入水如针坠。全红婵史诗级一跳震撼东京，惊艳世界。现场七位裁判齐刷刷给出满分。

一时间，全世界都把目光集中在全红婵身上。在世人眼里，全红婵是一个爱吃辣条的乡村小姑娘。村里人记得，村里过年唱戏，她就在戏台下翻跟斗。

站在世界最高跳台上，全红婵显得那么渺小，但人们万万没有想到，她那小小的身躯里竟藏着如此坚强的灵魂，藏着如此神奇的跳水秘笈。全红婵的跳水秘笈里密密麻麻地写满"练"字。她每天从日出练到日落，从日落练到月升，一个动作陆上反复跳200次，水上跳120次。她相信，一个动作重复上百遍，身体就会有肌肉记忆。无论是在市队、省队、国家队，全红婵都是跳得最高、跳得最快、练得最多的运动员。她说："每次跳下去，感觉都很爽！"

一头扎进水中的感觉的确好爽，但全红婵也有悲闷的时候，奥运选拔赛，"207C"（向后翻腾三周半抱膝）把她吓哭了。后来，她日夜苦练"207C"，但奥运会跳台预赛，她还是跳砸了。"207C"几乎成了枚定时炸弹，随时爆炸。又轮到全红婵出场了，她的第三跳依然是"207C"。起跳前，现场所有人都屏住了呼吸，奇怪的是，全红婵丝毫不怯场，她凌空一跃，笔直如轻盈的箭插入池中，水面微微扬起波澜。这一惊险之跳竟也跳出了接近满分的成绩。

比赛一轮接一轮，观众的欢呼声也一浪高过一浪，但她始终沉静自若，不疾不徐。

只见她双掌撑地，双腿并拢绷直，直刺天空。紧接着一个"燕子摆尾"，便翻腾而下。飞身，翻腾，转体，全红婵在空中展示出教科书版的"燕子飞"。随后，含胸拔背，展直身体，夹紧双腿，"刺溜"一下插入碧波之中，水花几乎为零。入水瞬间，全场顿时沸腾起来。

有网友直呼："太牛了！我往水里扔个硬币都比她水花大吧！"

外国网友也不禁发出惊叹："这一跳连宇宙都会为之流泪。"

腾空翻转轻如燕，入水压花花不见。

全红婵以难度3.2的倒立动作，再次消灭水花，再次上演满分级别的神奇一跳。

在池边略做调息之后，全红婵再次走向东京奥运最高跳台。此刻，时间仿佛凝固了一般，四周静悄悄的，连根针掉水里都听得见。人们屏住气，静静地等待全红婵第5跳。

全红婵抖抖手，抖抖腿，深呼吸。看着全红婵做深呼吸的样子，整个现场鸦雀无声，观众紧张到几乎不敢呼吸。

在亿万观众瞩目中，全红婵纵身一跃，径直从台上跳下……

此刻，场上的目光已幻化成云，轻盈地将她托起，衬着蓝天碧水，酷似仙女下凡，仙气逼人。

"向后翻腾一周半，同时伴随着旋风般空中转体两周！"全红婵犹如凌波仙子一般起舞，还没等观众缓过神，就绷紧绷直躯干，夹紧夹实双腿，以楔形姿势扎入水中，几股清澈的小水花拥簇着这位从天而降的"凌波仙子"。

入水后，全红婵水下转身，动作飞一般的丝滑，宛如"水中仙子"，如梦如幻，美妙动人。

"别人跳水是'扑通'一声，你是'刺溜'一下！"网友隔屏叫绝。

又难、又稳、又准、又轻、又飘！全红婵再次以史诗级一跳征服裁判，征服世界，满分！满分！满分！现场一片欢呼。最终，全红婵以466.02分强势夺冠。整套动作477分，全红婵居然跳了466.02分，那是神一样的存在！夺冠那一刻，迈合村彻底沸腾了，欢呼声潮水般漫过戏台、祠堂、村庄……

5个动作，3个满分！全红婵跳出人类奥运史上女子10米跳台最高纪录。

有网友戏说："鱼参加比赛都达不到这个分数。"难怪有人说，全红婵简直就是为跳水而生的。她步态轻盈，关节匀称，身形修长，手形如锥，身体韧性好，爆发力强，堪称是百年难得一遇的跳水奇才！她7岁才开始练习跳水，14岁就站上了奥运跳水之巅，这不能不说是一个奇迹。

自古英雄出少年。全红婵用"惊世三跳"创下了一个属于湛江、属于中国、属于世界的奥运神话。

全红婵登顶的那一刻,人们就给她贴上"出道即巅峰"的标签,但她一脸平静:"一切才刚刚开始……"

(原载《散文选刊》2021年第12期)